夕阳何处

胡克坚◎著

中国文联出版社

图书在版编目（CIP）数据

夕阳何处 / 胡克坚著. -- 北京 ：中国文联出版社，2023.7

ISBN 978-7-5190-5233-1

Ⅰ. ①夕… Ⅱ. ①胡… Ⅲ. ①长篇小说-中国-当代 Ⅳ. ①I247.5

中国国家版本馆 CIP 数据核字（2023）第 113232 号

著　　者　胡克坚
责任编辑　周　欣
责任校对　李佳莹
装帧设计　中联华文

出版发行　中国文联出版社有限公司
地　　址　北京市朝阳区农展馆南里 10 号　　邮编　100125
电　　话　010－85923025（发行部）　　010－85923091（总编室）
经　　销　全国新华书店等
印　　刷　三河市华东印刷有限公司

开　　本　710 毫米×1000 毫米　1/16
印　　张　18.25
字　　数　314 千字
版　　次　2023 年 7 月第 1 版第 1 次印刷
定　　价　85.00 元

序 言

月有阴晴圆缺，日有旭升夕落。日月的运行，无论哪种状态，都是自然的结果，都是那么的赏心悦目。因此，人们在关注和欣赏日月的同时，会收获不少喜悦，受到一定的启发，对生活会更热爱，增添生活的力量。

人生如日月运行，无论哪一个阶段，都有着丰富的内容，精彩的篇章。因此，更值得我们去关注，值得我们欣赏。欣赏人生，让我们从中学会一些东西，用于我们的人生实践。这样，我们的生活会更顺畅，更精彩，更美好。

《夕阳何处》里面有一群老年人，有他们的生活，他们的事业和追求，他们的家庭和亲情，他们的友情和爱情……他们敢笑，敢怒，敢做，敢为。他们有热情，更有激情；他们有痛苦，更有喜悦；他们敢于进取，更善于付出。他们敢于直面人生，敢于直面社会，何等的痛快淋漓。总之，他们很有生活，他们很会生活。

如果你是老年人，你可能从中看到自己，或者找到自己的知音；你会看到你喜欢的人，或者你憎恨的人。当然，你还可能看到你的同学，看到你的朋友，你对他们那么熟悉，你爱他们，更愿意与之一起喜怒哀乐。你会很想同他们对话，你会很喜欢同他们一起生活。因此，你一定要读一读这本书。而且一定会爱上里面的人物，喜欢上这本书。

如果你是年轻人，你会从书中看到你的父辈，看到他们的生活，进入他们的生活，进入他们的内心世界。因此，你会更了解他们，更关心他们。于是，你们会更容易接受彼此，沟通彼此的内心世界，更有利于彼此的生活和事业。你还会从他们过去的生活中汲取经验，从他们过去的生活中获得有益的启示。所以，你一定会喜欢上这本书和里面的人物。

总之，无论是老年人，还是年轻人，都会从《夕阳何处》中找到知音，获取自己需要的东西。如果能给你带来收获，让你增强生活的信心，让你的生活更丰富多彩，让你的生活更美好，那么这就是作者的本意，作者会有一分欣慰，十分欢喜。

作者：胡克坚

2022 年 5 月于成都龙泉驿

目 录
CONTENTS

第一章

春节前一个寒冷的早晨，古敏很早便醒来了。他没有立即起床，而是躺在床上出神。他想了想，起床也没有什么事做，不如窝在床上还暖和许多。如果能再睡一会儿，更是好事。他已经好久没有睡过懒觉，谁又会不喜欢睡懒觉呢？那舒服的滋味不用说大家都应该深有体会吧。可是，古敏却再难入睡，他大脑异常活跃。他此时想起了许多往事，孩子时期的一些事都记了起来。他对比细想，认为还是儿童时代好。

古敏是20世纪50年代出生的，生长在农村。幼时生活虽然十分艰苦，但还是有许多美好的往事值得回忆。他记起与小伙伴一起割牛草的事来，一群小孩背着草背篼漫天遍野地自由行走，有许多时候还是光着脚跑来跑去。割牛草是农村小孩必须参加的劳动，几乎没有谁能逃脱。日复一日，重复劳作，十分单调辛苦。可是，小伙伴却能在枯燥的劳作中寻找到不少乐趣，如搏斗、打砖、骑黄牛、抱鹅蛋等不少游戏都适合这个年龄的小孩玩。有些游戏还可以花样翻新、乐趣多多地玩，不知疲倦地玩。有时游戏之后，割不满草背篼，或者衣服弄脏了，回去会挨大人打骂。但是，只要有人提议玩游戏，大家都会热情高涨，没有不参加的理由。他们玩得最多的游戏，还是搏斗。这种游戏不挑地方，不需要更多的条件，只要有一块空地便可以玩。这种游戏的形式也很简单，只需将参加的人分成两队，每次每队出一个人，便开始搏斗。如果一方倒地便算输，输的一方再出一个人与胜利者继续搏斗，直到一方的人全部“死”去，这一方就输掉了整场游戏。如果输掉的一方不服气，还可以重新抽签分配，再次进行搏斗。小孩都争强好胜，都不会只玩一场就结束游戏。只有该快回家去称牛草了，才会匆匆结束战斗。于是，各自忙着砍起草来。有时手被镰刀砍伤，都不怕疼地继续砍牛草，才能够回去交票完成劳动任务。如果割的牛草实在太少，怕被大人发现过不了关，他会将草抛松用镰刀或者树枝支撑起来作假，以此蒙混过关。由此看来，可以知道小孩从游戏中得到了多少乐趣。古敏此刻想起，还在心里乐。当然，没有玩过这种游戏的人，是很难体会到这游戏的趣味。

当时古敏在这群小伙伴中个子不算高大，力气也只是适中。但由于他有一股顽强的精神与不轻易认输的性格，加上会一点点搏斗技巧，所以往往会让一些比他大的人成为手下败将。相同条件下的伙伴想战胜他，真的很难很难。每次游戏时，无论哪方都希望抽中他，有了他似乎就有了胜利的保障。他那么受伙伴们喜欢，所以他每一次搏斗都会认真对待，不敢有一丝松懈。所以，直到此刻古敏想起都在心里发笑。也就是通过这初始的劳作、有趣的游戏锻炼，让古敏养成了不怕苦、不怕累的性格和敢于拼搏的精神，让他在后来求学和工作中受益匪浅。由于他能吃苦耐劳，有一种不轻易放弃的狠劲，刻苦学习，竟然在恢复高考的第一年便考上了一所石油专业的大学。后来，在艰苦的工作中他不断取得佳绩，从一个技术员逐渐晋升成了工程师、高级工程师。他的科研成果获得过国家级的科研成果奖，他还被登报表彰过。想起这些，他庆幸在小时候的游戏中，让他养成了不怕苦、不怕累、不服输的性格和争强好胜的精神。甚至当后来妻子生病时，他尽心尽力地护理她，从没有叫过一声苦，没有嫌过脏。也正是古敏的这些艰难付出，才让生病的妻子的日子更舒适一些，更体面一些，直到几个月前妻子离世。

想着想着，古敏开始迷糊起来。直到一阵急促的铃声将他吵醒，他才慌忙地抓起电话，回到现实中。他没有看是谁打来的电话，立即将手机放在耳边听了起来。

“古大哥，古大哥，你还猫在家里干什么呀?”听见这悦耳的普通话声音，他知道是张华丽老师的电话。张华丽是退休的小学女教师，是古敏妻子生前的好同事，好姐妹。出于这种关系，在购买住房的时候，两家才都在同一小区选购了住房，做起了邻居。如此一来，两家的关系更近了一层，除了是好同事，好朋友，还是好邻居。古敏通过妻子的关系，在很早以前便认识了张华丽。后来，古敏退休回家，他们见面的机会多了起来，彼此也成了好朋友。张华丽漂亮，热情大方，一双大眼睛炯炯有神；她从不斤斤计较，一向慷慨大度；她对人热情，善解人意，还喜欢助人为乐，很受人欢迎。古敏是一个有修养，有文化，也有地位（处级退休）的人。他处事会为对方着想，更不会强人所难。有时自己吃亏，也不愿伤了别人，伤了和气。张华丽敬佩古敏事业有成，做事认真负责，对他更高看一眼。张华丽的丈夫早年因车祸而亡，她怕再婚让女儿受到不公平待遇，让女儿受委屈，她便没有考虑再婚。因此，无论谁给她介绍男朋友，或是有那么多的男人主动追求她，她都从未动过再婚的心。她总能找出理由婉言谢绝追求者，对介绍人更是明确表态，坚持不再婚。她一个人承担起养育、培养女儿的责任，默默付出，从不叫苦或者求援，更没有动摇过生活的信心。她总是满足女儿成长的需求，让她穿好吃好玩好。学习上对女儿要求严格，并省吃俭用给女儿买了许多课外读物，开阔她的视野，丰富她的知识。她还常常陪女儿课外学习，锻炼身体。她为女儿的成长付出了很多。她女儿也很刻苦，很努力，最终考上了北方的一所著名大学。女儿毕业后，在当地参加了工作，后来安家，生了女儿，成了一个地地道道的“外地人”。可是，张华丽却慢慢变老，变丑，直到退休她都是一个人过日子。她没有退休以前，对工作认真负责，全副身心投入到工作中。学生们对她的陪伴，让她不会孤单，还有不少的乐趣。退休后，她爱好广泛，对人好，朋友多，日子过得有滋有味，总之她对自己的生活还是十分满意的。平时有人劝她找一个老伴，互相有个照应，对养老也有好处。她总是说年轻时都没有再婚，如果老了还找老伴，会让人笑话。她还说一个人生活，无拘无束，无人管着，还自由自在，就是神仙的日子也不过如此。有不熟悉她的人问她不找老伴的原因，她总是笑笑说，人的生活又不是做算术题，一定要有一个答案。她心里怎么想，谁都不知道。这就是张华丽的情况。

“张老师啊？你有什么事吗？我没有干什么事。”一听是张华丽的电话，古敏急忙问道。现在，他清醒了，情绪也随之高涨起来。

“没有干什么事？就是干事啊。”张华丽笑了，与古敏开起玩笑来。

古敏认真了一般，说：“真的没有干什么，我不会骗你。”他本来想说还在床上，想着说这样的话，会让她笑话，就没有说出口来。

“我认为你在骗人，你怎么会这样呢？”张华丽一点不放过他，继续开他的玩笑。

“张老师，你是不是太多心了？我真的没有干什么，实话告诉你吧，我刚醒来，正下床呢。”古敏终于坦白了目前的状态，还笑了笑。他继续说：“你现在知道了，该不会多心吧。”

“我就是要多心。”张华丽没有继续说下去。可是，古敏从电话里分明听到了张华丽一阵清脆的笑声。古敏一下子明白过来，她是在开玩笑。他在心里发笑，说她怎么会像小姑娘似的，就爱开玩笑。但他动作快速起来，拢好衣服，拉上裤子，下了地。

张华丽又在电话里说：“古大哥，古大哥，你怎么不说话？你难道连玩笑都不能开吗？”

可能是刚才古敏忙着穿衣服，她才有如此的问题。他没有解释，笑着说：“你认为只有你聪明？我也不傻呀。早就知道你是开玩笑，我便将计就计。哈哈哈……”

“对了，男子汉还是要有风度才行。”

听了张华丽的话，古敏一下子激动起来。电话里她还在说话："古大哥，今天的太阳真好，快点出来晒太阳，快来享受。"

"好的，我很快出来。"

"你不用慌，慢慢做。吃了东西再出来也不迟，你跌倒了，我可负不起责。哈哈哈……"

"我不用你负责，我知道小心行事。你只需等等我，我用不了多少时间。"

古敏放下电话，拉开窗帘，看见阳光，真是一个难得的好天气。他的心情顿时好极了。他突然发现不只是自己心情好，连小鸟都比平日活跃不少。窗外树丛间有几只小鸟跳来窜去，还不时发出清脆的鸣叫。它们仿佛在歌唱，又似乎在呼唤同伴。看着眼前的一幕，他心头一动，一股暖流在心中躁动。好久好久，他都没有过这种好心情了。他心里也有了一丝久违的感觉，有了诗意在萌动。但这也只是一瞬，很快就闪了过去。他急忙将毛巾在水龙头下冲着水，洗了个冷水脸。这个时候洗冷水脸，很多人都会受不了，但对古敏来说，却算不了什么。他早年读书住校时，就是常年洗冷水脸。参加工作后，在野外的时间也不少，洗冷水脸更是家常便饭。他抓了饼干在嘴里嚼着，来到另一边的阳台。

他往地上望去，看见了张华丽。他立即打招呼："张老师，早上好。"

"古大哥，你可能没有看时间，现在已经是上午时分。"

"是吗？"他按了一下手机，看着上面的时间，在心里发笑。他还是不想承认自己的错误，说："你爱较真，做什么事都十分认真。"

"毛主席都说过'世界上怕就怕认真二字，共产党就最讲认真'。"他们都是那个年代过来的人，出口就可以来上一段毛主席语录。能说出这语录并能听懂内容的，一定是那个年代的人。

古敏听后，立即竖起大拇指，说："你不愧是一个真正的共产党员，时刻不忘领袖的教导。"

"开什么玩笑？比起你来，我还差很远。"张华丽一句不让。她虽然虚心，却巧妙地回击了古敏。她为自己的胜利高兴，开心地笑着。

古敏没有话对付她，只能傻笑着应对她。他这么做，也是性格所致。他一般不喜欢与女同志争论无原则的问题，而且张华丽还是对他帮助很大的人，又是好朋友，他必须让着她。

"你怎么不说话？生气了吗？"张华丽笑着问。

"没有，没有，我不与你争论。"

"当然哟，你高高在上，姿态高，我们位置低，怎么配和你争论呢？"张华丽一语双关，还满脸的严肃。

“张老师，你真的生气了？好，好，我向你道歉。”

“谁稀罕你的道歉？”张华丽背过身去，不让古敏看见她的脸。

“女孩子就是小气，真的生气了吗？”古敏心里开始后悔，仿佛自己做了错事一样。

张华丽突然回过脸，大笑起来，说：“不吓你一下，你还不知道究竟谁更厉害。我是那么爱生气的人吗？看来，你还真的不了解我。”

古敏见状也跟着笑起来。楼上楼下笑声相连，声音是那么地合拍，又十分有韵味。树上的鸟儿却不知道是怎么一回事，吓得纷纷飞走了。

“别宅在家里，快出来晒晒太阳，顺便去买菜。”

“好的，你等着我，我马上就下来。”

古敏急忙回到屋里，去了厕所。出来后，抓了两块饼干一起往嘴里送，还喝了一大口凉开水。他突然呛着了，一阵猛咳，弯下腰。随后，他用手抹抹嘴，还梳了梳头，快速出了门。

快走出楼道的时候，他看见底层楼道放着亡妻坐过的轮椅。他一阵心酸，刚才的高兴劲儿一下消失了。他停住脚步，端详起轮椅来。看着轮椅，他便想起了妻子，她是脑梗引起的偏瘫。她明明已经康复可以下地活动了，可是不久后，却只能坐轮椅出门。为了帮助她，古敏为她洗脸、洗头、洗澡、洗衣裤，最后，连饭都要靠古敏喂。妻子已经走了几个月，他看见轮椅，就会想到她最后的日子。她是靠插胃管进食，靠尿管排泄，直到离世。不知不觉间，古敏的眼睛湿润起来。他擦擦眼和脸，走出了楼道。他整理了一下情绪，才走出去。他与张华丽见了面，勉强笑一笑，算与她打过招呼。张华丽还他一个笑，算同古敏打招呼。她看着古敏的脸，觉得他的情绪突然起了变化，她心里也有了疑惑。于是，二人都没有说话，一前一后地慢慢走着。

还是张华丽先说道：“古大哥，你不舒服吗？还是生病了？”

“没有生病，我好好的。”

“你的声音都有了变化，一定有什么。”

“我真的很好，十分正常，你就别乱猜了。”

“你自己不知道，别人可是能听出来。”说着，张华丽回过头望了他一眼。正好古敏擦眼睛，她想说什么，但没有说出来。她仍然继续往前走，但速度明显慢起来。

此刻，张华丽心里快速活动着。她想着古敏刚才的表现，知道他经常情绪不稳定，沉浸在失去妻子的悲痛中。想着他这种情绪长久不能自拔，会对他的健康不利，她有一丝不安。她想劝慰几句，又怕自己猜测有错，那样，反而会引起他忧伤。张华丽心里作难，情绪低落起来。她与古敏成为朋友后，便很谈得拢。古敏妻子没有生病的时候，他们还经常在一起吃饭，有时在古敏家，有时在张华丽家，无论在谁家里，他们都吃得十分开心。后来，古敏的妻子生了病，虽然在一起吃饭的时候少了，但在一起的时间多了起来。一个男人，要护理生病的妻子，要料理日常的生活，做家务，是多么艰难。他有时忙不过来，张华丽会主动帮助他，给他妻子喂饭，为她擦脸，擦手，有时看见地脏了，她会主动扫地。起初，古敏还会对她客气，次数多了，他也不再说什么。他们都知道，朋友之间的帮助，是不用客气的。古敏的妻子生病后，性情变得越来越怪，有时难免说些无中生有的话，让张华丽下不来台。遇到这种情况，古敏还不能出面为张华丽说话，如果出头，他妻子会说出更难听的话。他只是在心里急，在心里埋怨妻子不懂事。大家是多年的好朋友，何况她们还是好姐妹，说这种话，真的很不近人情。可是，张华丽听后，仿佛没有听见似的，她不会因为计较古敏妻子说话伤人避而远之，她还是照常帮古敏做一些事，帮助古敏渡难关。如果古敏的妻子没有在场，古敏会替妻子向张华丽道歉，她还大度地说不用解释。她说如果一句误会的话都不能接受，还能算朋友吗？古敏的妻子虽然走了，但他们更加地理解对方，仍然是好朋友。

两人默默地走了一段路，张华丽才开始说话。她先笑了笑，说："古大哥，今天日子这么好，不好好利用一下，真的很可惜。"

"有什么可惜的？"古敏无意识地反问了一句。他马上便有些感觉似的，因为他们以前经常在一起吃饭，总要找一个吃饭的理由。于是他说，"你是不是有什么好的建议？"

张华丽爽朗地说："我嘴巴开始馋了，如果在这么好的日子里聚一聚，乐一乐，不是好上加好吗？"

"好啊，我们去下馆子，好好吃它一顿。"古敏听懂了她的意思，马上高兴地回应。

她摇了摇头，说："不，不，不，两个人吃没有意思，人多才热闹。"

古敏先是一愣，仿佛意识到什么。他早就想将几个好朋友聚在一起吃一顿，并对他们的帮助和关心表示感谢。于是，他立即说道："你这个提议好，应该多几个人，热闹一些。那么，我就不客气了，请几个来一起去下馆子。"

"不，不，不。"张华丽又反对起来。

"怎么啦？"

“我是说先确定谁做东，做东的人确定了，才知道该请哪些人。”

“你说得对。论理，当然是由我做东，这事没有商量。”古敏很少这么武断，这次，他当仁不让。

张华丽没有与他争，因为她的提议，就是为了古敏。让他和自己的朋友聚在一起，才能达到应有的效果。她说：“好呀，那我就高姿态一次，让你做主。”她的话让二人一齐笑了。张华丽却提出新的建议，她说，“下馆子没有在家里吃更好，那样才有家的气氛。不会让其他的人干扰我们，我们也不干扰别人。”

“那么，请哪些人呢？”

张华丽还没有说话，便笑弯了腰。笑着说：“古大哥，你好狡猾，看不出来。”

听她如此说，古敏糊涂了，问道：“我哪点狡猾？就那么好笑吗？”

“古大哥，你是忘记了我们刚才说过的话，还是故意的？”

“我们刚才说过什么话？”

“我们刚才说好了的呀，谁做东，就由谁决定请哪些人。”

“哦，我真的忘记了。”古敏说着，拍了拍额头。于是，他开始打电话请起客来。

除了卢燕与鲁昌盛走不开外，其他人都立即答应届时赴宴。于是，他们急忙奔超市而去。张华丽为古敏参谋了应备的菜肴，便帮着他开始了采购。中午，二人都只吃了一碗面条，其余时间都在忙着准备晚餐招待客人。今天请的客人也不多，卢燕和鲁昌盛二人不能参加，连主人在内，也就是五个人。

我们先不管古敏二人弄晚餐，先介绍一下客人。其中的周一平，是古敏工作单位的老乡（如果在外省，一个省的人就是老乡）。古敏大学毕业分配报到不久，便知道了彼此是四川人。先是周一平照顾古敏。古敏不懂的东西，周一平会主动告诉他，细心教他。有时周末还让古敏去他家玩，一起聚餐，让古敏改善生活。于是，他们从老乡成了好朋友。后来，便是古敏照看着周一平。因为周一平没有文化，一直就是一个工人，直到退休。特别是周一平有不良嗜好（爱喝酒，打牌赌钱），工作流动大，照顾不好家庭，因此与妻子离了婚。他没有了家室，更没有儿女，成了孤身一人。所以，直到退休，周一平的生活如何，他的事业如何，大家可想而知。古敏利用他的人缘、领导地位来照顾周一平，顺理成章。周一平虽然有许多不合理、不入眼的地方，不会被别人高看，甚至还可能会受人欺负，但是，有了古敏的关系，不但没有人欺负他，还不得不让周一平几分，有时还为他开绿灯。这都是看在古敏的面上，是古敏的关系照看着他。他买房到这个城市定居，也是因为古敏在这个城市的原因。后来，古敏退了休，二人就来往更频繁，关系更亲近。

其他二人就是杨青与妻子凌子美。杨青是和张华丽一个学校的同事，也是朋友。由于古敏妻子的关系，后来他们便成为朋友。因为杨青，所以他的妻子也成为大家的熟人。对这几个人，张华丽虽然对各自的评价不一样，但古敏请他们，张华丽也不会说什么，还十分支持他。

张华丽与周一平还有一段故事。周一平通过古敏认识了张华丽，并且知道她是独身，便开始追求她。根据周一平的想法，他退休金是张华丽的两倍还多，自己还有存款，经济实力远远高于对方。何况，他无儿无女，以后死了，财产都是张华丽的。凭着自己的实力和感觉，他认为此事十拿九稳，便有意接近她，讨好她，有意识地对张华丽展开了追求。张华丽一开始便对他没有好感，二人文化程度不同，各自的生活习惯不同，谈吐更是难有共性。何况周一平还有不良嗜好，让她很难忍受。所有这些，张华丽该怎么决定是很明显的。但周一平认为只要他喜欢对方，就是婚姻成功的一半，再努力改变她哪怕是一点点，自己胜利的百分比就大大增加。他总是自我感觉良好，朝着自己定下的目标努力前进。起初，张华丽看在古敏面上，还应付他一下。后来，他还想进一步发展关系，张华丽干脆用行为和语言警示他。周一平坚持了一段时间，看到实在没有了希望，才打消了念头。张华丽是个有文化和修养的人，更是一个洁净高雅的人，她有自己的追求，是一个特别不爱钱的人。二人本来就是在两条平行线上，怎么可能相交呢！经过这事，周一平认为张华丽是一个怪人，世上还会有不爱钱的人？

在这里也介绍一下杨青夫妇。杨青夫妇都曾有过一次婚姻，他们是离了婚再结合在一起的半路夫妻。杨青是因为妻子风流，给他戴绿帽，还主动要求与杨青离婚，他毫不犹豫便将婚离了。女儿判给前妻，他出抚养费。后来，别人给他介绍了凌子美，交往了一段时间后，也是与前妻赌气（因为她都找到了新欢结了婚，他不相信自己不可能找不到一个女人），便与凌子美结合在了一起。后来，杨青发现了她的本来面目，但后悔已经迟了。他生性懦弱，优柔寡断，虽然吃了不少苦头，都只能默默认下。他不但没有与凌子美离婚，还用他的方法改变了凌子美。于是，二人的日子虽过得磕磕碰碰，却还是维持了下来。

据说当时凌子美的前夫是一个乡党委副书记。他在与凌子美的婚姻期间，便出了轨，与一个漂亮的女秘书混到了一块儿。他的事被凌子美发觉后，她哪里能忍受，又吵又闹。副书记干脆一不做，二不休，快刀斩乱麻，与凌子美分手。没有想到他离开了凌子美，反而官运亨通，一路高升。先是被提拔当了一把手，后来当上了县委办公室主任，再后来去市里当了一个局长。凌子美却仍然原地不动，只是基层的一个小公务员直到退休。有知道凌子美这段历史的人都说，无论从哪方面看，凌子美都配不上那位当局长的人；还有的人说，一个有再大本事的人，如果有了凌子美这样的妻子，想有所作为都不可能；还有的人说由于凌子美太强势，他才出轨女秘书。具体情况如何，谁也说不准，谁也难说准。

但有一点大家有目共睹，便是凌子美总是自恃高人一等，比谁都能干。她瞧不起任何人，任何人了解了她，也会瞧她不起。因此，很多人都为杨青抱不平，认为杨青与凌子美生活在一起，是吃了大亏，可能小便宜都没有捡着。这也只是别人的一种感觉和评价，没有人告诉他们，他们也不知道别人的这种评价。

古敏与张华丽忙着弄晚餐招待客人，忙忙碌碌，连说话的时间都没有。他们还没有歇一口气，周一平便早早地来了。周一平是天天下午都必须打麻将，为了晚上能准时赴宴，他只能做出一点牺牲，今天下午忍着没有去打麻将。不打麻将，他便找不到事情干。他到街上逛了逛，觉得十分无聊，就干脆早点到古敏这里来了。他早点来还有一个原因，他已经很久没有与古敏摆龙门阵了，还怪想与他聊聊的。

他到来时，古敏与张华丽正忙着。古敏给了周一平一杯早就泡好的茶，让他喝茶看电视。周一平东看看，西瞧瞧，自己插不上手，便只好独自喝茶看电视。他的手总是不愿闲着，一边看电视，一边不停地抽烟。不一会儿，客厅便变得乌烟瘴气。张华丽端凉菜到桌上，见状只是皱皱眉，便回到了厨房。

后来，古敏发现了这个状况，便笑着说："周大哥，看你把一个客厅弄成了什么呀？你能克制着点吗？"

"我没有做什么呀，只是坐在这里看电视，可以说动都没有动一下。"

古敏只好直接说了出来："你把一个屋子弄得烟雾沉沉，还说没干什么？你自己没有感觉吗？"

经过古敏提醒，周一平看见了满屋的烟雾。他急忙说："对不起，对不起。我没有注意，我也不是故意的。"

"没有说你故意，也没有什么对不起。只是今天人多一些，还有女同胞。"

周一平现在只看见张华丽，心想，古敏为了女人，连老友都不要了吗？他没有说出口，急忙去了阳台，关上通往客厅的门，继续抽烟看电视。

菜已经上齐。放眼望去，今晚的菜有水煮肉片、酸菜鱼、鱼香肉丝、炒辣子牛肉，还有鱼香茄子、炒油菜。凉菜是凉拌折耳根和香肠，汤是排骨炖山药。这些虽然都是家常菜，但由于张华丽厨艺高超，色香味俱全，让人闻着气味，就想饱餐一顿。可是，杨青夫妇还未到来，大家都只能耐心等待。等待期间，周一平在阳台上多抽了两支烟。

终于有人敲门，古敏忙去开门，杨青、凌子美终于出现了。一边进屋，杨青一边客气地说抱歉。凌子美没有客气，倒先用手扇了扇，说："哎呀，什么气味哟。"大家都知道她说的是什么，却没有人搭她的话。好在古敏热情地招呼客人入座，就把这事丢在了一边。

古敏忙着将五粮液往男士的杯子里倒，张华丽也开了一瓶红葡萄酒，想先往凌子美面前的杯子倒，却被凌子美眼尖手快地将杯子罩着，她淡淡地说："我不喝酒，我不喝酒。"

张华丽笑着说："少喝一点嘛，不碍事。"

"我一点都不喝，酒也不是一个好东西。谁爱喝谁喝，我喝开水。"说着，她拿起杯子，自己去接了小半杯开水放在面前。众人看了看她，没有谁再劝说让她喝葡萄酒。

张华丽的满腔热情，却在凌子美这里被冷却，她只好往自己的杯子中倒葡萄酒。她似乎赌气地一下倒满一杯，放在自己面前。

古敏首先站起，举起酒杯说："今天请各位朋友来有两层意思。一是感谢大家对我的关心和帮助；二是快过年了，大家先团一个年吧。请大家举杯，我干杯，其他人随意。"在他的提议下，众人站起来，碰杯喝酒。虽然古敏说其他人随意，但杨青与周一平还是喝干了杯中酒。

接下来，其他的人一一说话敬酒。只有凌子美没有敬酒，也不喝酒，喝水都只是做做样子。后来，古敏问："还有要表示的没有？"看没有人想说话，他便热情地招呼大家吃菜。

这时，杨青轻轻地用手肘碰了下凌子美，示意她还没有敬酒。正好她夹着一块香肠，差点掉在桌上。她马上沉下脸说："你碰我干什么，害得我差一点把菜都掉了。"她不说话可能还没有人知道，她一说话，大家都看向杨青。杨青立刻红了脸，显得十分尴尬，其他的人同样尴尬。只有凌子美像无事一般，已经又夹了一坨山药往嘴里送。其他的人仿佛没有听见，没有看见，都开始吃起菜来。不久，气氛也热闹了起来，有人还夸菜做得好。

吃着菜，大家的心情才慢慢平静。由于凌子美接连的不合拍，让大家都不想说话，怕会引来不愉快，只好独自喝酒，静静地吃东西。本来应该热烈的场面，反而很冷清。只有古敏不时地招呼着，让大家吃菜喝酒，场面才慢慢有了气氛。张华丽也不时地进出厨房，为大家添汤、递餐具什么的，让屋内有了活力。

大家闷头吃喝了一会儿，周一平不习惯起来。他终于说道："这样喝闷酒，很容易醉。不如划几拳，热闹热闹气氛。"他对着古敏说话。

古敏还没有说话，凌子美急忙抢过去说道："划拳？划什么拳哟。怕醉？就少喝一点，主人家的酒又不是没有用钱买的。"

古敏为了照顾周一平的情绪，还是微笑着说："可以，可以。要划，就划几拳。拳认真，酒不认真。各喝各杯中的酒，点到为止。"

杨青轻声说："古大哥，还是不划拳了。"

"没问题，输了，喝不得酒，做做样子都可以。"周一平慷慨地说，为杨青壮胆。

杨青刚想说话，凌子美抢过话说："要划他们划，你别管那么多。"

她的话音刚落，大家都看向了杨青。此时，杨青的脸开始泛红。凌子美一向在杨青的面前逞强，不分场合，不分时间。这样已经很多次了，让杨青下不了台，他也是很恼火。

看凌子美一再干涉别人的行为，杨青早就有些生气，但他还是忍住，没有说什么话。今天也是喝了一点酒，后来，杨青终于忍不住说道："划几拳又怎么了嘛，怎么就这么不给大家面子？"

"你要面子？你知道要面子？是里子重要还是面子重要？"凌子美一点不让。

"你是什么意思？里子，什么里子？"杨青声音很大，显然生气了。

"我没有什么意思，自已想。里子都不知道，还死要面子！"凌子美满脸瞧不起人的神情。

"我想不来，我也懒得想。"杨青顶了一句，也是酒壮了他的胆。

于是，两夫妇你一句，我一句，仿佛没完没了。此时，谁都没有吃东西，也没有人说话，都在看凌子美怎么收场，她也似乎知道无法收场。突然，凌子美哭了起来。她哭着说道："你只知道要面子，你只知道要面子。我的面子都让你丢尽了，还要面子干什么哟。"

她竟然不管其他的人，边捂着脸哭，边往外走，冲出门去。随后，杨青没有说话，也跟着冲出了门。

见状，古敏也追了出去。一个应该热闹高兴的场面，最后却是如此收场，可能是谁都不会想到的事。

第二章

对于凌子美今天的举动，张华丽还是有自己的看法。她认为女人好强一点不是不可以，但必须注意时间和场合。如果一味地好强，不但让别人不舒服，自己也难快乐，这又何苦呢？今晚是在朋友家，又不是在自己家。她这样做，不但把自己当作了主人，让主人怎么做人呢？特别是最后一幕，自己仿佛还有不少委屈，当着那么多人的面竟然哭哭啼啼，一个人就这么轻易地可以哭吗？如果真是这样的话，这样的哭就太没有价值，同时，她还把痛苦倾泻给了别人。张华丽想，亏她还当过那么多年的公务员，她是怎么去与群众打交道，怎么去做好群众工作的呢？张华丽随后又想，造成凌子美如此的强势，杨青还是有一定责任的。他不能正确看待问题，正确对待凌子美，一味地迁就，让她迷失了方向，难以判断是非。张华丽就是这样，她看一个人不是好就完全好，差就一无是处。如果认为张华丽是在为女人开脱，可能也有一些因素，谁叫她是女人呢？

随后，张华丽认为今晚的闹剧与周一平也有一定关系。如果他不一味地好酒，自己随意喝还不过瘾，还必须拉着别人喝，就不会有后来的问题。对划拳打把，高声喊叫，酒喝多了、弄得人仰马翻的情景，张华丽也十分讨厌。她认为这样只顾自己高兴、不管旁人的感受行为，就是一种自私的表现。如果在家里还可以理解，如果在大众场合这么行事，就是一种缺少公德的行为。张华丽熟悉周一平的一些习气，他的修养不是很高，不良嗜好太多，他不但好酒，还可以说是烟酒茶“三开”，还爱死了打麻将。他的麻将打得大，虽然收入高，输了钱还是会十分痛苦。她就多次看见周一平在古敏面前诉苦，还有哭泣，过后，什么又都忘得干干净净，照赌如常。他赢了钱，更爱夸海口，说自己打牌的技术有多么高超，运气是如何好，想不赢钱都很难。他这副德行，让张华丽看得多了。周一平以前还让古敏夫妻对她提亲，让她嫁给他。她不但一口拒绝，还在心里说，这样反复无常的人，怎么配别人瞧得起他？同他一起生活，自己不是找罪受吗？

张华丽为什么不愿意嫁周一平，古敏的妻子生前还私下问过。她始终没有在好姐妹面前说过原因，她不愿意指出别人的不是，这是别人的事，自己管不了，也没有必要管。但自己的事能管，自己也能做决定。她认为指出别人的缺点，是不尊重别人，有败坏别人名声的嫌疑。她不愿意做，也不愿意别人这样对待自己。当然，私下里，张华丽是无数次将周一平与古敏比较。他们俩一对比，谁都知道高下。有了这样找对象的标准，其他的人向她提个人问题，她就很难再找到理想的人了。她认为宁缺毋滥，标准绝不能改变。

想到今晚的不愉快，张华丽的心情有些郁闷起来。心绪不好，她更不愿意与周一平独处一室。见古敏还没有回来，她自己就先离开走了。张华丽离开后，周一平更加来气，他一连喝了三杯，菜都没有吃一口，也悄然离去了。

周一平走在路上，思想活动激烈。他认为杨青是一个典型的粑耳朵，在老婆面前连说一句话的自由都没有，做什么事都得看老婆的脸色，这样该有多么痛苦，多么难受啊。与其这样过日子，还不如不要老婆的好，自由比什么都更重要。想到这里，他竟然骄傲起来。他认为自己并不是世界上做人最差的，至少还有一个杨青垫在下面。他还认为张华丽太骄傲，自己对她的好，她不可能不知道，自己还托古敏去向她提过婚事，她却没有回应。问古敏是什么原因，他就是不肯说。问急了，他只是说张华丽不愿意再找男人，别人怎么能逼她呢？张华丽与凌子美比，虽然一个天上，一个地下。可是，由于张华丽太高傲，娶了她不一定就是好事。他十分苦恼，认为女人是麻烦制造者。无论遇上哪种女人，都不会是好事。他认为还是单身更好，不是单身的人，很难体会到其中的妙处。

周一平心里憋着气，他不想回家去。他知道一个人生闷气，是难过的事。于是，他出了古敏居住的小区，没有遇上古敏，他也顾不得与他告别，就独自去街上溜达起来，消除着心中的闷气。

古敏随杨青二人追了出去，有他的一番考虑。一个女人哭着在前面跑，一个男人气冲冲地在后面赶，让小区的人看了会怎么想呢？如果知道了是他的客人，可能他都无法对别人解释。他最怕的是他二人追到一起，再次吵闹，甚至动起手来，他就更难辞其咎了。所以，他必须主动避免随机事件的发生。可是，凌子美在前面跑得快，杨青也没有想要追上她，只是顺便离去，以免让众人再尴尬而已。所以，他们出了小区，走了好长一段路，还是没有遇到一起。古敏一切坏的预想没有发生，他也就放了心，在小区门口望了望，便放心地往回走。

古敏往回走的路上，遇上了姚大姐。因为二人在路边讲了几句话，所以，他才迟迟没有回到家里。

姚大姐是一个七十多岁的老女人，整天乐呵呵地在小区里转悠，捡垃圾桶里的纸盒、塑料瓶等废品。她是农村人，跟着儿子到了这里生活。她平时没有事干，也是有俭省的习惯，于是干起了捡废品的事。她生性乐观，对人真诚，很受人欢迎。因此，人们并不因为她拾废品而瞧不起她，反而认为她能变废为宝，不浪费资源，做的是有意义的事。她对古敏很真诚热情，古敏对她也很尊重。有时家里有废纸盒、废塑料瓶，还会为她保存好，见她路过时，一并送给她，她一次就能得到可观的收获。于是，他们也成了熟人，见面后有话说。

这么晚，她都没有休息。古敏见了，便站在路边让她，还先打招呼说："姚大姐，这么暗了，你还不休息啊。"

她走近一看，发现是古敏，立即回答说："古大哥，你不也没有休息吗？"随后，他们都笑了。姚大姐与古敏交谈了几句，不敢多停留，便急匆匆地离去了。她怕有人赶在前面，抢先光顾了垃圾桶。她走路总是那么匆忙，脸上却总是挂着笑。看着她远去的背影，古敏想，如果大家都像姚大姐一样平和乐观，该有多好。她捡到一个纸盒，卖了不过几分钱，却似乎有了大收获一般高兴，是那么的满足。她没有文化，不懂哲理，却用行为解释了大的哲理。所以，她才能做到：不会与谁争斗，不会心欲难以满足，始终乐观，无忧无愁，知足常乐。

回家的路上，微风轻轻吹拂，古敏的心静了下来，他对好多问题也看得更清楚。朋友之所以是朋友，就是要互相关心，互相帮助，互相理解。夫妻关系也如朋友，否则，就会有不少的争吵，不少的指责，甚至还会大打出手。最后，关系被伤害，难以为继。古敏以前认为妻子的脾气有些怪，但如果与凌子美比，简直是小巫见大巫。通过对比，他更加地看见了妻子的好，也更加怀念她。妻子的脾气怪，是她生病后渐渐变的，那时她有病啊。凌子美的脾气那么怪，难道她也是有病吗？她是什么病呢？古敏不是专业人士，他不能回答自己，也无法问别人。他后来想，凌子美应该没有病，她说话响声昂昂，做事很尽力，特别是带领她的欢庆队去为一些商店开业搞庆典，她更是有用不完的劲，使不尽的笑脸。她跳广场舞，举牌沿街宣传，敲腰鼓，是多么地卖劲啊。好在此时已经进了梯部间，不容他再多想，他急匆匆上了楼，开门进了屋。

进屋后，他没有看见一个人。他喊了张华丽几声，也没有人答应。他知道客人已经完全离去，只好自己慢慢收拾起餐具来。他还没有吃饭，也根本不想吃饭，他只觉得肚皮胀胀的，仿佛还有一股气在里面游动。盘碗里都剩下不少的菜，所以，他只需将吃饭的碗筷收到厨房即可。

过后，他摸出一支烟点燃，来到阳台上抽着。他的嘴巴感觉苦，心似乎受到感染，也有一丝苦味。突然，外面响起了敲门声，打断了他的思绪。他急忙丢掉烟头，跑着去开门。一看是张华丽站在门口，他急忙问道："张老师，你还有什么事吗？"

她笑了笑，走进屋，说："我看见你屋里亮着灯，估计你回来了。"

"哦，你坐，快坐。"他还想说点什么，始终没有说出来。

"怎么，你又抽了许多烟？"

"心里烦，不知不觉地抽了起来。"

"烟还是少抽一些，对身体有好处。"她看着桌上的菜，问道："你应该还没有吃饭吧？"

"没有吃，也不想吃。"

"我去给你热热菜，还是吃一点。"

"你不用麻烦，我真的不想吃。"

她笑笑，将端在手里的一个盘子放回桌上。她说："那样也好，你就吃一点饼干充饥吧。我去帮你把餐具洗了。"

"不用，不用，放在那里。我明天洗，不碍事。"

"那怎么行？用不了多少时间。"她不由分说动起手来。

古敏知道张华丽是一个爱干净的人，以前，她也经常来帮他收拾家务。见她动起了手，古敏便没有再说什么。

张华丽洗餐具，古敏觉得客人都在劳动，自己闲着，好像不对劲。他想去帮忙，但厨房太窄，只好作罢。帮不上忙，自己又不好意思走开，他真的好为难。所以他只能站在一旁，欣赏起她劳动来。看着她的手在快速动作，仿佛舞蹈一般，他都快看入了迷。

不一会儿，她的劳作便接近尾声。她开始查看还有没有未收拾的东西，看见古敏的神情，轻声地问道："古大哥，你在想什么？"

"我没有想什么。"他觉得自己的回答还不完整，又说："你怎么会说我在想事呢？"

她想也没有想说道："看出来的呀，难道不是吗？"

"你的眼睛真厉害，实在太敏锐。"实际上，他仿佛已经承认了自己刚才在想什么。

受到古敏的赞美，她爽朗地笑着。可是，古敏却说："你真的没有说对，我刚才根本没有想什么，头脑里一片空白。"

"不会吧？那么，也可能是我的眼睛出了问题。"她一语双关。她说完便笑了起来，古敏都没有发觉她话中的意思。

看时间已经不早，张华丽告辞走了。古敏站在门口，直到她的身影消失。才关上房门，回到室内。虽然很晚了，但他还没有一点睡意。他躺在床上，思绪似跑火车一般活动得飞快。他想起了许多往事，有些还是早年的东西。

古敏是恢复高考制度后第一届考上大学的考生。他是农村的孩子，那个时候招生名额少，能考上一个中专都不容易。而考上了中专以上的学校，就能农转非，脱离农村成为一个吃“商品粮”的城里人。于是，他在当地成了人人羡慕的人，更是收获了不少的赞扬声，获得不少赞美的目光。他工作后，又找到一个小学教师做妻子。妻子是教师，人美丽端庄，通情达理。夫妻的收入十分可观稳定，家庭生活很美满。后来，有了儿子，他就更舒心快乐。由于计划生育政策，有了儿子的家庭仿佛更让人羡慕。他虽然没有重男轻女的思想，但在农村的老家，他和他的家庭经常是不少亲戚和邻居谈论的对象。远近的人，只要知道的，都说了他及其家庭不少好听的话。但在有些人看来，石油单位的人，经常到野外作业，流动性大，生活还很艰苦。而且夫妻分居两地，一年一个假期才可能一家团聚，这是不美满的地方。古敏生性快乐，而且认为自己运气不错。因为如果不恢复高考制度，他连报考大学的资格都不可能有，更不用说考上大学。所以，他总是乐观向上，知足常乐，对自己和自己的生活十分地满意。

古敏在外地工作了几十年，退休后才回到了妻子的身边。有妻子照顾生活，互相关心，互相体贴，他真正体会到了家庭的温暖。他想一定要珍惜这样的生活，把今后的日子过好。但是，两年后，他妻子生病，这美满的生活便不复存在了。但古敏没有灰心，他有信心照顾好妻子，而且要让她尽快地康复起来，让她享受美好的生活。可是，无论他怎么为妻子努力付出，不怕脏不怕累，最后随着妻子的病情的不断恶化，于几个月前还是离开了人世。以前，大家经常看见古敏推着轮椅上街，让妻子散心。他给妻子洗的衣物，为了能更快地干，有时也会拿到外面晾。所以，周围的人都说他是一个难得的好丈夫。他听见别人赞扬自己，总是淡淡地说，对自己的亲人，谁都能这么做。没有让妻子多活几年，他时时觉得遗憾。因此，妻子离世这么久了，他一个人的时候，还是会想一些家庭圆满时的事，总有那么一丝哀愁难以抹去。

古敏的儿子古经一家也住在本城，但妻子的事，他从来不要儿子、儿媳管。他说年轻人工作压力大，竞争激烈，只要他们能干好工作，就算帮了大忙。他对儿子、儿媳的工作成绩，还是很满意，心也宽了不少。他与很多人想的不同，他以为退休后没有事干，有的是时间管好妻子的事。他还认为给妻子做事是自己的分内事，有时年轻人坚持要做一点什么，古敏也不让他们做，说他们手脚不知轻重，对病人不利；或者说年轻人用洗衣机用惯了，用手洗弄脏了的衣裤，一定洗不干净。他在心里更认为照顾妻子是自己的事，如果让别人干，就是自己的失职。

儿子见他实在累，怕他会病倒，便提议将生病的母亲送“福利院”。送“福利院”，只是用一点钱，人不会吃亏。古敏不同意将妻子送“福利院”，说人送到那里去，纯粹是花钱买罪受，让妻子到那里去受罪，自己会良心过不去，别人更会说闲话。最后，他硬是坚持了下来。几年啊，多么的不容易。现在，他想起这些事，并不骄傲，而是内疚不已，认为自己还没有给妻子最好的照顾。

妻子生病后，古敏早上扶她起床，然后为她漱口、洗脸、喂饭，饭后有空便背她下楼，推她到小区里散步，看风景。晚上，又为她洗脚，给她脱衣服，直到她躺下睡着了，古敏一天的劳作才结束。另外，三两天还要给她洗头和洗澡，就是冬天，都至少一个星期必须给她洗一次澡。他妻子生病几年，身上的衣服穿得干干净净的，而且身上没有一点异味。久而久之，做这些事都让他程序化了，现在，不做这些事，他反而有点不习惯。古敏就是这样一个人。可能会有人说他怪，他其实一点不怪，他是一个为别人考虑得最周到、处处都要让与他接触的人感到舒服的人。妻子是他最亲近的人，他能不对她好吗？

此时，他还想到了张华丽。她是妻子的同事、好朋友、好姐妹。他退休后，妻子和张华丽经常一起游玩，摆龙门阵，有时还在一起吃饭。当然，古敏也自然加入进去。妻子生病后，古敏要照顾病人，吃喝的事少了，游玩的事没有了。但是，张华丽却没有退出这个圈子。她与古敏夫妻照常来往，有时还会帮着做一些事，包括为古敏妻子做事。但他妻子有时不但不领情，反而说一些伤人的话。可是，张华丽不但不计较多心，反而照常做认为该做的事。过后，古敏代表妻子向张华丽道歉，她却说朋友间，重在理解，应该多站在别人的角度考虑问题，就能看清一切，处理好一切事。

古敏再联系到张华丽年轻时没有了丈夫，独自带大女儿，培养女儿成才，她能做得如此好，该是多么的不容易啊。看来，她是一个很有韧性、耐得住寂寞的人。于是，他评价张华丽是一个好人，一个高素质的人，一个了不起的人。她帮着为古敏妻子做事，一是妻子是张华丽的朋友，二是理解古敏的不易。因为她是经历过失去最亲的人的痛苦，她也曾独自承担过很多重任，所以她对别人的苦特别能理解，深有体会。她这样做，是要有多么高的精神境界啊。她的所作所为，是常人难以理解的。她不是一般的女人，而应该是一个受到大家敬重的人。

他由张华丽想到了凌子美。凌子美十分好强，就是对自己的丈夫都从不会吃一点的亏。她不但在行动上不愿意吃亏，哪怕是说话都不会让自己吃亏。凌子美退休后，便热心于搞“欢庆队”的事。她召集了一批上年纪的妇女，组成了一个叫“欢庆队”的队伍。所谓“欢庆队”，就是她们一伙人经常去为商家、企业的庆典敲鼓助兴，举牌游街宣传。如果没有庆典活动，她们便大跳广场舞，嘻嘻哈哈地自寻欢乐。家里的事她不管不顾，全都推给丈夫干。

凌子美在外面热情高涨，回到家里会立即变为一副冷脸。因此，凡是熟悉凌子美的人，都对她没有一个好的评价，都不是很喜欢她。大家讨厌她的理由很多，如她说话挑大话说，还经常用言语敲打人；无论有什么人在场，她首先考虑的都是让自己满意，自己快乐，从不考虑别人的感受，也不在乎别人是否能接受；如果她认为别人伤害了她，她会立即加倍地报复回来。古敏通过对张华丽和凌子美做对比，想到同为女人，怎么就有这么大的差异呢？他一时想不出答案，竟然叹了一口气。每当烦闷时，古敏就会想到吸烟，此刻，他又想到吸烟了。但是，他想起先前张华丽说的，烟还是少抽一些为好，他终于克制住没有起床，放弃了吸烟的念头。

他还是想凌子美的事。凌子美不但对外人不会吃一点亏，就是对丈夫杨青，她也不会吃一点亏。杨青几乎承包了家里所有的事，凌子美即使在外面高兴了，回家还会因为一点不顺心的事发脾气。对凌子美的所作所为，杨青也只能忍让。在外人面前，凌子美也不会给杨青一点面子。她对杨青的交友、杨青的活动总是横加干涉，让杨青接受她的一切主张和安排。杨青虽然反对过，但是反对往往都是无效的。在凌子美的管束下，杨青的朋友很少。先前与杨青好的朋友，由于凌子美得罪了他们，他们也不愿意与杨青来往。杨青心里闷，找不到说话的人，他只能对古敏倾诉。古敏是一个脾气好的人，也很愿意听他说话。古敏还能不时地给予他安慰和排解，让他消消气，恢复好情绪。久而久之，古敏也就成了杨青的好朋友，几乎是唯一的好朋友。

今晚，见凌子美哭着离去，杨青也追了出去。而古敏紧跟了出去，也是想给他俩调解，不让他们因为自己请客而闹矛盾。想着想着，古敏竟然睡着了，一只手还放在了被子外面，他真的很累很疲倦。

张华丽回到家里也想了一些事。今晚的请客吃饭，还是她提议的，本意是想让古敏开心，从苦闷中早一点解脱。谁能想到凌子美就爱冒出一些事来呢？她想，凌子美让大家都不开心，古敏可能更烦闷。她认为这次的请客真是不应该，或者还是多余的。她在心里责怪自己多事，只会帮倒忙。她自责，也是她性格原因的自然体现。因为她对自己要求比较严，有事会多找自己的原因。

后来，张华丽还想到了古敏的不易。他常年工作在外，又苦又累，他不但得不到妻子温暖的照顾，还要为家庭和妻子担心。后来，古敏退休回到妻子身边，才过上了有人照顾的生活。他照顾妻子，妻子温柔体贴他，看着他们互相照顾得如此温暖，让别人羡慕不已，她也认为他们是天生的一对。后来，古敏妻子突然得病，他照顾妻子的一切，她更是那么清楚熟悉。她认为要做到古敏那个程度，真的很难很难。她看在眼里，急在心头，大家是好朋友，她不能不去管啊。她便主动去帮忙做一点事，她对别人的闲话和古敏妻子的误会和碎语，一点都不记在心上，并坦然对待。

想到这些，她不由得叹了一口气。她感叹事情总不是那么美好，古敏的苦命似乎是天公造成的。她哪里会想到，除了古敏命苦，谁的命又是特别好呢？谁能一辈子顺顺利利，不遇什么风浪艰险呢？实际上各人有各命，各人有各人的苦楚和艰难。她还想到了杨青与凌子美，想他们又是什么命呢？双方都是半路夫妻，还不加以珍惜。他们吵吵闹闹地过着，将美日子过成冤孽似的，找着理由伤害对方。这样对杨青是苦难，凌子美又得到什么好处呢？她想不通，因为不是自己的事，不久，也睡着了。

话说周一平，他在街上漫无目的地闲逛了好久，终于慢慢平复了心情。无意间他来到了一个地方，门口站了一个美女，天气还有寒意，她却只穿了一条毛线裙，一条透明的保暖裤仿佛都能看见里面的汗毛。见了周一平她便热情地迎了上去，还拉着他的手不放。

周一平还算清醒，急忙问："这里面是干什么的?"

"你才问得奇怪，里面干什么都不知道，还会到这里来吗?"她虽然语气有一些不屑，但热情丝毫不减。而且她紧紧地贴着周一平，让周一平都感受到了她身上的温暖。

此时，周一平才看清楚，原来这是泡脚的地方。他突然记起，在茶馆里经常有人说起这种地方，叫什么"洗脚城"吧。那些人说起"洗脚城"都似乎很神秘，更像是什么东西的代名词。他对到外面洗脚不感兴趣，就没有多留心此事。现在，他突然来了兴趣，特别是美女的热情，让他心动不已。他认为总之没有事干，也去消费消费吧。钱对他来说一点不是问题，他想通过泡脚将烦恼一并泡走。

如果说他突然对洗脚有了兴趣，还不如说他对这女孩子有好感。他便故意说道："洗脚有什么了不起的嘛，谁在家里没有洗过脚？"

"大叔，你可能还没有到这里洗过脚吧，才会这么说外行话。"她还是笑嘻嘻地说话，笑得更加地甜美。

周一平听了，仿佛她瞧不起自己。他不能认输，急忙说："我承认没有到这里洗过脚，但什么叫洗脚，我可不算外行。"

"大叔，我承认你见多识广，但此洗脚非彼洗脚，名称相同，内涵不一样，效果也不一样。"她一席叽里拐弯的话，还真的让周一平无言以对。

"我经常在家里洗脚，好处也知道一些。那你就说说这里洗脚的内涵和效果来我听听？"

还没有说完，周一平已经被她拥入了室内。她将周一平安顿在皮椅上坐下，立即有人端来了一盆热气腾腾的汤水。她将周一平的鞋袜脱去，将脚放在盆中，在盆面盖着一张大毛巾。她并没有离去，竟然拉过一条小板凳，坐到他斜对面。

这时，周一平想起她还没有回答自己的问题。他便提出说道："妹子，刚才我问的东西，你忘记了回答我。"

"你这大叔就是记性好，你都在体验着，还需要我多话吗？"

"别的不行，我就是记性好。"

他没有得到解释，还真的不放心。她没有回答提问，却先对他笑着，安顿着他的心。实际上周一平并不是非要她回答问题不可，而是怕她起身走掉，故意找话说，拖住不让她离去。

她才不愿离去，不用周一平再次提问，她便主动细细地为他讲解了起来："我们这里泡脚的水，与家里的泡脚水有很大的区别。温度十分讲究，温度高了会烫伤脚不说，还会起反作用，对人体无益，反而有害；温度低了，达不到效果，算白泡了脚，这样对顾客不负责任。我们的泡脚水里还放了家传秘方的神秘药物，这就更是可贵之处。这药物功效奇特，可以说是'包祛百病'。如果什么病都没有，就会强身健体。只要你坚持泡下去，最多两月，少至一月，就能收到奇效。如果问有哪些奇效，可以说是数都数不过来，只讲一种效果让你开开眼界，那就是白发可以慢慢变青。如果不能完全变青，也能渐渐减少白发。泡了脚后，走起路来特别轻巧，劲头倍增。人的内心也会起变化，心会变得越来越年轻，几十岁的人，可以变为二十几的小伙一般。年轻人能想的事，老年人照样能想；年轻人能干的事，老年人会不输年轻人。到了后来，如果谁不让他泡脚的话，比挖了他祖坟还伤心……"

她说着说着，周一平便迷糊起来。他完全听入了迷，飘飘欲仙一般。至于她后面说了什么，他已经听不清了，更不愿意管那么多。周一平享受着泡脚，更享受着她的服务。

过了好久，周一平终于醒了过来。原来，她将他的脚放在自己的腿上，慢慢地为他擦脚，还为他穿上已经有些味道的袜子。此时，他根本不嫌她擦脚太慢，他心里多么希望她擦久一点才更安逸，更享受。

鞋子还没有开始穿，她又开始为周一平推荐起更高级的项目来。她娇气地说："大叔，现在感觉如何？"

因为刚才周一平已经睡着了，现在问他的感觉，他怎么说呢？他也是见过世面的人，什么话好听，什么话难听，他还是知道一些。他急忙说："不错，不错，小妹妹是一个老实人，讲真话的好人。你没有说假话，一点没有说假话。"

"如果你相信我，我还要推荐更适合你身体的项目。当然，是否消费，完全取决于你，我绝对不勉强任何人。你这么好的大叔，我更是悉听尊便。"

单是她的话语就让周一平失去了抵抗力，何况他还不想这么快离开她。没有让她继续说，他便抢着说："有什么好项目，你尽管说出来。"

"那就是推拿按摩啊。"

"什么，推拿按摩？"

"你怎么啦？不会不懂推拿按摩吧。"

"我没有怎么，只是这么简单的东西，你还向我推荐？"

"你知道推拿按摩的内涵吗？"

她先前说过这名词，他基本知道内涵指的是什么，他急忙说："推拿按摩谁不知道，对我来说就是简单的事。"

"什么，你是内行？"

"我说的是实话，小时候，我们一群小孩子，几乎天天都要练习几遍。不信你问问农村的孩子，谁不会捂架（摔跤）？捂架时推拿按摩是常事。"

听了周一平的话，她忍着没有笑，后来才说："大叔，你真幽默，说话好有趣。"

"我爱说老实话，很实在。我的话不幽默，一点不幽默。"

"大叔，你好谦虚。"现在，她终于忍不住笑出了声。这笑声飘荡在空气里，却敲打着周一平那蠢蠢欲动的心。

她一笑，周一平立即知道必须镇静，安慰说道："你不用说那么多，我相信你，按摩就按摩，我消费得起。"

"大叔是什么人哟，谁也不敢怀疑你的经济实力。"

为什么周一平说话这么有底气？他思考过，泡脚都还有一盆水，水里还有她说的神秘药物，也不过是区区几十元。如果按摩的话，无论她怎么按，按哪样摩，总没有一盆神秘的水贵。就是贵一点，也贵不到天边去。大不了多出几个钱，钱对他来说，早就看透彻了。钱不是个东西，不能让这东西吓住自己。还有，他觉得这小妹有人情味，为她花上几个钱，也是十分值得的事。

他们说干就干，她带周一平去了隔壁一个房间里。房间很暗淡，开了灯才能看清屋内的设备。屋内一张踏板，似乎矮床一般，床上有毯子，一张条凳上放着一些瓶瓶罐罐的东西。他站在地上东看看，西瞧瞧，没有她的指挥，他还真的不知道怎么行动。于是，他先开口问道："小妹，你叫什么名字？"

她听见问名字，脸上挂着奇怪的笑。她嘻嘻地说："我姓白，你叫我白茉莉好了。"

"好啊，白茉莉这名字好。"

"为什么？你怎么知道好？"

"谁都知道茉莉是什么嘛，又白又香，能不好吗？"

他们说着话，白茉莉指挥着他。他也很听话，她叫干什么，他就照着做。他脱去了衣服、鞋子正要脱裤子时，被她叫了停。周一平正奇怪时，她笑了笑说："你慌什么嘛。"

"好嘛，你说不慌就不慌，我是规矩人，很听招呼。"

他躺在矮床上，白茉莉便给他按摩起来。她手法十分温柔，身上的一股特殊的气味让他心开始激动。因为他好久都没有这么近距离地嗅过女人的气味，何况，她的气味很不一般，让人特别激动。随着她的手在身上按着揉着，他很想睡，但又不能睡。他必须坚持着，不能让这美好的享受溜走。这样的美好，他已经好久没有尝过了。

可能是白茉莉嫌太单调了，在揉他肌肤的同时，开始找话来对他说："大叔，一看你就不是一般的人。"

周一平听着她那娇柔的赞美之声，心里麻酥酥的特别舒服，也愿意与她谈话。他故意逗白茉莉说："妹子，你真聪明。你是怎么看出来的？"

白茉莉找话来说，也是一种策略。一是职业的特点，二是让客人开心。她还没有想过他会反问，因为能提出反问的顾客太少太少。当然白茉莉也不是一般的人，她小时候读书时，老师教他们脑筋急转弯，她就经常受到表扬。她反应快速，脑筋转得特别快。她笑一笑，露着洁白的牙齿说："大叔是什么人？你走南闯北，能是一般人吗？"

周一平对她的回答十分满意，他还要继续考她，他笑笑说：“我不是一般的人，那你是什么样的人呢？”

她没有回答，只是柔柔地按摩着他，似乎在考虑怎么回答更恰当。过了一会儿，她说：“大叔，你骄傲了吧，我是什么人你还需要问吗？你是故意的吧？”

她这一问，还真的让周一平为了难。他想说点什么，又怕说不准，会让她笑话；自己不说吧，又过不了关。此时，她已经按到了他的腿上，让他特别敏感起来。他灵机一动，挑逗地说：“我想与你开一个玩笑，你不会生气吧？”

“你想说什么？”她望着他问，似乎在鼓励一般，一对眼珠不停地转动着，然后说：“你想说什么就说，我也不是那么小家把式的人。”

“那我就说哟。”他停顿后，大胆地开起玩笑：“你按摩是要收钱的吧？”

“大叔真会开玩笑。”她不知道他想干什么，便没有正面回答。

“因为我没有带钱，才这样问。”

“大叔不但会开玩笑，还有不少幽默。”

……

按摩之后，周一平按照她说的价钱，爽快地抛了两次的费用给她，还慷慨地说不用找补。他没有让她退费，假装了一回慷慨。

他先是怏怏地走在街上，一会儿便高兴了起来。他感谢白茉莉引导他找回了快乐，如此，他以后的日子再也不会寂寞。如果他先前有些恨凌子美的话，现在，他没有了恨意。他认为没有凌子美的胡闹，自己就不会心烦；自己不心烦，就不会找到开心的事。他在心里感谢凌子美，至少是一点也不恨她。他愉快极了，认为生活充满了阳光。他想，人为什么要与自己过不去呢？尽情享受生活才是硬道理。他走着走着，竟然哼起了早年在农村哼过的小调，这些小调是他久远的乐趣。他心情很美，大摇大摆地往家的方向走去。

第三章

第二天，古敏八点多才起床。由于昨天请客忙碌了一天，他觉得很累，睡下后又不能很快入睡。凌子美的无理取闹，将一件高兴的事搅黄，他作为主人，很是尴尬。他上床以后，仍在想一些人和事。这些人和事，让古敏感慨良多。人真的很复杂，难以认清。他想说服自己，又觉得还没有能说服自己的水平，他的脑子乱极了。后来，他强迫自己不去想，可能是太累的原因，他还是迷迷糊糊地睡着了，可是，却不停地做梦。他醒过几次，梦中的内容却一点记不清楚，更难连贯起来。

起了床，古敏还觉得脑子有些沉。他洗过冷水脸，才清醒了许多。看着桌上昨晚的剩菜，不愉快的一幕又出现在脑子里。突然，他听见窗外传来鸟鸣声，清脆悦耳，他便朝传来声音的地方走过去。今天又是一个好天气，太阳早就升了起来。看着柔美的阳光，人身子顿时暖和不少。身上不但觉得暖和，心情更是特别愉悦。窗外的树木，让他看了特别顺眼。阳光从树叶间透过，照耀着大地，仿佛也照到了古敏的心上。他无意间看去，仿佛阳光还在不时地闪动，细看，是树上有几只小鸟在跳动翻飞，搅动了和谐的阳光。他没有再向前走，怕惊动了树间活跃的小鸟。小鸟的心情也特别好，只见它们不停地窜来跳去，嘴里不时地发出叽叽喳喳的鸣叫。小鸟的鸣叫，好像在歌唱，也似乎呼朋唤友，还可能是在向伙伴交流心得。古敏小时候在农村，经常见到这种情形，但是，这种情形他已经多年不见了。因为他读书在城里，工作后在荒郊野外，都没有机会遇上这么好的时机。退休后，护理生病的妻子，心情不好，不会注意到这么好的情景。即使见到了美景，也没有好心情去体会和领略。他现在领略到了眼前的美景，好像回到了家乡，回到了孩提时代。他不由产生了一丝思乡之情，想起了远在千里之外的故乡。那是一个美好的地方，他不能忘记的一个小山村。美景不但引来古敏的思乡之情，还激发了他的诗意。他的心在躁动，特别想写诗。他要用诗记下眼前的美景，记下心中的感受。

古敏急忙找到了纸和笔，坐在沙发前的小板凳上，便开始了写作。他的脑子转动得特别快，也特别流畅顺滑。一句句诗迅速出现在纸上，几首短诗可以说是一挥而就。这诗不是写出来的，是从古敏的脑子里流出来的，所以才这么顺利。读大学后，他爱上了写作，便经常写诗。几年前，他还在网站上发表过不少的诗。后来由于忙工作，写的时候少了。他有基础，才能快速写出这些诗。他看着诗句，十分满意。他认为自己的脑子还很好使，自己还能写作，他涂涂抹抹，几首诗便写成了。随后，他欣赏起自己的诗来。

杂感三题

一

树间小鸟叫声昂，
上蹿下跳心头慌。

你在畅说生活美，
还是邀友共歌唱？

二

一鸟近处啾啾鸣，
四下吱吱应和声。
枝动叶闪彩光影，
此情此景心咋平？

三

大树小草映阳光，
美景入眼心花放。
虽说人生苦味多，
热爱生活自甜香。

他心中的感受太多，几首小诗根本不能完全表达。他想继续写，一时没有合适的表现，他只好暂时写到这里。

他见今天天气特别好，不想浪费了这冬日的好时刻，立即决定要出去走一走。他想起了卢燕和鲁昌盛夫妇，也想顺便去看看他们。他们还是妻子住院后认识的，后来成了朋友。卢燕是医院里的一名护工，是从农村出来打工的中年妇女。妻子生病后，便请卢燕护理妻子。卢燕工作细致主动，不怕脏不怕累，很受病人的喜欢。卢燕第一次护理了他妻子，她后来住院，都要求卢燕来护理她。如果卢燕有其他的病人需要护理，卢燕都会让鲁昌盛替换一下，她才能很好地护理他妻子。由于他妻子住院的次数多，他们接触的时间也多了起来。后来，大家便成了朋友。他们之间不完全是雇主与雇工之间的关系，彼此之间能说一些知心话、烦恼事。特别是卢燕，她完全相信古敏，更是将他当自己的亲哥哥看，对古敏无话不讲，有不顺心的事也希望得到他的指点和帮助。古敏不但对卢燕的现状清楚，而且对她的过去也很了解。

卢燕五十多岁，身体强壮，丈夫早年病故，孩子养大了，已经去到外地打工。她觉得自己还能养活自己，便到近处的城市打工，来医院当了一名护工。她在农村什么重活脏活没有干过，所以，她对护工那些活根本没有放在眼里，样样她都能干。她工作细致耐心，对病人实诚有爱心。因此，她不但受到病人的欢迎，他们的组织也很信任她，对她另眼相看。有一次鲁昌盛生病住院，正好卢燕护理他。鲁昌盛已经快七十的人了，生病住院后，却像小孩一般爱发脾气，动不动就吵吵闹闹的，还特别不听话。你说东，他偏说西；

你说吃了药病才能好，他却说药这么好，你怎么就不吃？药不可以当饭吃；你要给他注射，他偏说打针痛，高低就是不打针。他有时发了火，还会骂人，摔东西。他生气的时候，无论是医生，还是护士，无论是家人，还是旁人，谁给他说话，他都不听，谁让做什么，他都不会好好配合。但是，就是有一个人让他信服。这个人不是别人，就是卢燕。他不吃饭，卢燕喂他吃，像对付小孩一般哄着他吃；他不吃药，卢燕会说同他一起吃药，但必须他先吃，因为鲁昌盛更大，必须先大后小；注射时鲁昌盛害怕痛，她便让他抓住她的手，减轻他的疼痛。总之，对鲁昌盛的任性和无理取闹，卢燕都有办法对付，他也会乖乖地听从她。见到这现象，众人都说是怪事。在卢燕的精心护理下，鲁昌盛的病很快好了起来。

出院后，鲁昌盛却恋上了医院这地方。他几乎天天都要到医院来，来了便找卢燕。卢燕没有空，他便在一旁看她工作。她工作忙不过来的时候，他还主动去帮忙做事。卢燕有了空，他就找卢燕摆龙门阵，说自己的过去和现在，更多的是说自己的将来。当然，他也经常问卢燕的过去，还问卢燕怎么不找一个老伴一同过日子。卢燕告诉他说一个人过日子挺好的，他便说没有两个人在一起过日子好。他还说两个人没有在一起生活过，怎么会知道两个人过日子不会比一个人过日子好呢？生活上可以互相关心，互相照顾，就是摆龙门阵，都需要一个人来听啊。卢燕说人都老了，再找老伴，别人一定会笑话。他却告诉卢燕，什么事情都会有人说东道西，最关键是自己怎么想，因为生活是自己过，又关别人什么事呢？他还告诉卢燕，你这么年轻漂亮，应该趁早找一个老伴，找一个老伴也是很容易的事。卢燕听他说自己漂亮，立刻就“噗”地笑出了声。鲁昌盛问卢燕笑什么。卢燕说鲁大哥说话太搞笑，这么久了，还没有谁说过她漂亮。鲁昌盛知道了她笑的原因，就硬要坚持自己的看法，说她真的漂亮，说她就是比别的女人耐看。没有旁人的时候，他还会叫她卢美女。久而久之，他叫卢美女，她还真的就应着他。

鲁昌盛不但来医院陪卢燕玩，陪她工作，陪她摆龙门阵，后来，他还管起了卢燕的生活。他说医院的饭食单一，吃久了怪难吃，对身体不好，他便在家里变着花样做好吃的，送到医院里，让卢燕吃。起先的时候，卢燕不接受他送来的吃食。见卢燕这么不领情，他很生气，还当她的面将食物倒掉。卢燕说倒了怪可惜，他说没有人看得起的东西，有什么可惜的呢！一次倒了，他第二天又照常弄好送了来。卢燕不接受，他又是倒掉了事。后来，卢燕拿他没有办法，只好接受。于是，他便天天多了一件事做，就是在家里弄了好吃的，准时给卢燕送到医院让她吃。卢燕过意不去，到了休班的时候，她也在出租屋弄了好吃的，叫上鲁昌盛一起吃。一来二去，他俩几乎天天在一起吃东西。

卢燕的出租屋老板要涨价，鲁昌盛听说了，便说自己的三居室一个人住，让她不要租屋住，干脆搬到他那里去住。他还发誓保证让她一个人住一间屋，绝不会打扰她的生活，给她自由自在的空间，让她安全地生活。因为其他的出租屋没有找好，卢燕便暂时住到了鲁昌盛家里。卢燕住进去后，鲁昌盛都一直按自己的承诺让卢燕安全地生活，有充分的自由空间。实际上在外人眼里，卢燕与鲁昌盛俨然是一家人，是一对恩爱的夫妻。可是，只有他们才知道两人的真正关系是什么。

后来，鲁昌盛的儿子鲁国庆不相信卢燕与他父亲的关系会那么干净，还以为卢燕之所以要与鲁昌盛同居，是看上了他父亲的房产和可观的现金收入，才肯与比自己大十多岁的男人同居。鲁国庆便经常要求他父亲赶走卢燕，他父亲不照他说的办，他便经常找他父亲要钱，想榨干他父亲的钱，还经常来说气他父亲的话，骂他父亲不正经。有一次，鲁国庆又来骂了他父亲，还以要与鲁昌盛断绝父子关系进行要挟，让鲁昌盛在卢燕与他之间只能选择一人，气得鲁昌盛直哭。

卢燕下班回来后发现了鲁昌盛的异常，才知道了他儿子骂他的难听话。鲁昌盛还说，就是死在儿子面前，也不会赶走卢燕，更不会离开卢燕。这晚吃过饭后，卢燕主动找他谈了一次话，表明自己绝不是看上鲁昌盛的钱财，也不是看上了他的房屋，如果他哪一天死了，她会直接走人。话都说到了这个份上，鲁昌盛也向她表明了自己的态度，说自己是真心地看上了卢燕，更是离不开卢燕，就是自己要死了，也会立下遗嘱，让卢燕不会为生活担忧，让她能将生活过好。当晚，他们住到了一间屋里，睡到了一张床上，开始了同居生活。

这些过程和事情，都是鲁昌盛与古敏成了好朋友后，才慢慢地告诉古敏，让古敏知道了他们之间的事。古敏还向鲁昌盛开玩笑说："鲁大哥，看不出来，原来，你还是一个恋爱的高手！"

鲁昌盛没有听懂古敏的话，疑惑地反问道："古大哥（鲁昌盛跟着卢燕，才这么称呼古敏），你说的话，我怎么就听不懂呢？"

"这么简单，你不可能不懂吧？"

"我真的不懂，你可不可以说明白一点？"

"好，我就给你说说你的高明之处。"古敏笑了笑说，"你先是赖上别人，要别人喂饭，要抓住别人的手才肯打针，有这回事吧？"

鲁昌盛直点头，承认自己确实有这些行为，还说自己也不知道是怎么的，就这样做了，笑说自己可能是变小孩了，才会这么做。

古敏继续说："你出院了，又往医院跑，跑去干什么呢？你是找卢燕吧？你是一个男人，找人家女人是要干什么，图什么？"

"我不干什么，更不图什么。"

"我相信你不图什么。但是，你找别人摆龙门阵，她忙不过来的时候，你还主动去帮忙，她如果有病人强求护理，你还去帮她顶替过吧？"

"对，有这些事。你一点都没有多说。有时候，我怕她累，还替她上过班。"

"再后来，你为她送过饭吧？"

"对，是我主动送东西给她吃。最开始，还是我逼着她吃。我承认有这事，你说的一点没有错。"

"再后来，你还让卢燕搬到你家里住。"

"那是她没有住处，我不可能不管她。"

"我主要问你有没有这事，你必须回答我是有，还是没有，好不好？"

"有，有，一点不假。"

"还有，你让人家住到你家里，心里在想什么？老实交代交代？"

"我不想干什么，我就是不想让她花冤枉钱租房住，不想让她住露天坝。何况我的住房宽，空也是空着。我这样做，有错吗？"鲁昌盛有些委屈，无辜地望着古敏。

"你不用急，听我说。"古敏安慰着心急的鲁昌盛，笑了笑说，"你看，你这一步一步地，已经在向一个美女靠拢，然后让别人信任你，再后来，竟然将她弄回了家。你还不承认自己是追女人的高手？谁还相信你说的话呢？"

这下，鲁昌盛才知道古敏七弯八拐地说话的用意，是他想要自己承认是主动追求卢燕，还采取了不少手段，而且手段十分高明。但鲁昌盛嘴巴上还是要为自己辩解说："古大哥，天地良心，她住到我家里那么长的时间，我可连碰都没有碰她一下。"

"我知道你们是干净的交往，规规矩矩的人。"古敏笑了，"总之，你最后把人家卢妹子弄到了手，你可不会不承认吧。你为什么能让她心甘情愿地给了你？你这手腕不高明，谁的手腕还更高明？"

最后，他们一起笑了起来。他们笑得十分开心，不知道的人，还以为他俩捡着了金元宝。

鲁昌盛也是一个农民，他的条件也不会好多少。只是城市的发展需要，占了他们的土地，让他们成了“新市民”，他们才有了宽敞的赔偿房，每月有固定的收入，年终有集体财产的分红。这样，他们才比卢燕富裕了不少，让他们在卢燕们面前能骄傲一些，条件优越一些。鲁昌盛与卢燕同居后，他想给卢燕一个名分，与卢燕办结婚手续。可是，鲁国庆还是从中作梗，不同意他父亲的主张，看他父亲要强行执行，他干脆采取手段将鲁昌盛的户口簿、身份证等证件都收缴了，让他们根本办不成手续。他们没有正式结婚，卢燕就不能领到每月的固定收入，年终更没有分红，让卢燕损失不少。到了将来的某一天，如果卢燕不能打工了，没有了收入，生活一定会受影响。因此，现在鲁昌盛争取的就是要给卢燕一个名分，让她能有一份可观的固定收入。这也是鲁昌盛经常与古敏谈起的事，也是鲁昌盛要古敏为他出主意的事。

可是，古敏再高明，也难断别人的家务事。他只能安慰鲁昌盛，让他慢慢来，等他的家人接受了他们的关系，事情才好办。他还安慰鲁昌盛，说卢燕都不急，就先别强求儿子了。于是，鲁昌盛与卢燕就是这样过着日子。

出门来，古敏心情特别好。他走路轻松，看着什么都觉得顺眼。刚要出小区时，姚大姐背了一个大大的编织袋迎面走来。

“古大哥，你要去哪里？”你看，她又高高兴兴地与古敏打起了招呼。

“今天天气这么好，我想到处走走。”

“走走好啊，散散心，更锻炼了身体。”

“就是，姚大姐，你的身体才锻炼得好哈。”

她没有说话，先大声地笑了一串，然后说：“古大哥，我的命是贱命，不用锻炼就是这个样。”

“姚大姐，这样说可不好哟。”古敏停顿了一下，她有些张皇，以为自己说错了。古敏急忙说：“人人都是一条命，没有什么高低贵贱之分，必须要自己看得起自己，自己珍视自己。”

“古大哥是文化人，水平高，说得在理，说得在理。我也是这样想，过日子要自己高兴，其他的也管不了那么多。”

古敏心情好，也特别想找人说话。他继续说：“姚大姐，你一天到晚都在忙哈，真是不简单。”

“古大哥，我是穷忙。别人都爱说‘穷忙，越穷越忙，越忙越穷’。”

“劳动光荣，劳动光荣。有事情忙，好得很。”

“对，我也是这样想。自己还动得，就应该动一动。”

古敏对她说了再见，刚走了两步，姚大姐像突然想到什么似的，喊住了古敏。她问道：“古大哥，张老师呢？怎么没有看见她呢？”

古敏也没有看见她，他忙着去看卢燕他们，便没有去找她。姚大姐问到了，他想也没有想，说道："我也没有看见她，不知道她干什么去了。你找她有事吗？"

"没有事，没有事。我只是随便问问。"说完，姚大姐便急急地走了。

走了几步，古敏才想起刚才姚大姐怎么会突然问起张华丽呢？想了想，找不到理由，他也不去多想。他想，可能是她经常看见他俩在一起，才会这样提问的吧。

姚大姐已经七十多了，却愉快地生活着。她每一天的生活有规律，日常起居，拾废品，有空还要打扑克取乐，生活安排得井井有条。古敏对姚大姐的评价还是很高的，认为她乐观，生活态度积极；她对人热情诚实，知足常乐；她整天忙碌，却乐趣不少；她对人好，别人对她也好，这可能就是以心换心的道理吧。有的人虽然很有钱，生活富足，却总是愁眉不展，认为别人对不起他，怨天尤人，自己不快乐，也不让别人快乐。

由此，他又想到了凌子美。她还是一个公务员退休，还有较高的收入。杨青又是一个教师，文化高，有修养。照理说，他们的生活就应该富足，家庭和睦，过安逸且无忧无虑的日子。可是，凌子美却爱发脾气，有不少的怨气。在与凌子美的接触中，只看见她强势不让人，从没有见过她关心别人。她是一个什么样的人，古敏还真难下结论。他又想起凌子美昨晚发脾气的事，认为她根本没有必要发火生气。她此举既得罪了丈夫，也得罪了朋友。古敏强制自己别去想凌子美的事，想一点高兴的事，对身体都要好一些。

为了驱走心中的烦闷，古敏轻轻吹起了口哨。他能吹这么好听的口哨，还是割牛草的时候跟一个老头学的。那个老头不但能吹口哨，还能用手蒙着嘴，学各种鸟叫，就是扯下路边的一片草，放入嘴里，也能吹出乐曲来。过了许多年，古敏吹起口哨，便想起了那老人，认为他是一个能人，如果有发挥他才能的地方，被人发掘，他一定会成为名人。这个老人虽然是孤身一人，却整天乐呵呵的。他心中有快乐，就少了许多苦难。他教小孩吹口哨，就是他的一种快乐。

走出小区不远，古敏听到了远处传来鼓声。他想，是不是又有什么商家开业，或者搞庆典。他快要走到敲鼓的地方，远远望去，那里许多人走动着，地上还摆放了许多花篮，看来，还真的有商家搞活动。凌子美也在其中，她特别突出。只见她不光指指点点，还大声地说话，指挥着她的"欢庆队"使劲敲鼓。今天的凌子美与昨晚的凌子美相比，判若两人。古敏昨晚还担心杨青会与她大吵一场，看来，他的担忧是多余的。

再说凌子美，昨晚回家之后，虽然没有与杨青吵闹，但对他的惩罚必不可少。她先前哭着跑走了，回到家里，她便关了门睡觉。杨青敲门，她也不开门。杨青并不是要进去睡觉，而是想对她解释解释，让她明白在朋友家，自己要摆正位置。进不了门，杨青只好到小房间的小床上睡了。杨青在小屋睡觉的时候很多，他早就习惯了。不久，他便睡得很香很甜。人们知道了凌子美的强势，也知道了杨青忍让的程度和美德，觉得杨青是一个好人，只是没有遇上好的女人。

古敏远远地看了一会儿，想起自己的正事，便离开了此地。他走走停停，十点一过，古敏终于到了医院。这是一所市级医院，一边靠山，一边临水，从外表看其规模不小。他妻子生病后，经常到这里住院，古敏便经常光顾这里。外部看去，房子有一些陈旧。但是，医院内部的一切现代化医疗设备都齐全，比如CT机、X光机、核磁共振一样不少。对于病人的疾病检查可以做到面面俱到，无一短缺。通过化验血液、脑电图、心电图、X光片，无论病情有多么严重，都能看得一清二楚，无有遗漏。为了对病人负责，医院也不惜重复使用各种设备给病人做详细检查。病人及其家属，一旦到达这里，便十分恭顺听话。医院让其检查什么项目，家属就会立即去交钱，拿到检验单进行检查。他们不会因为省一点钱而要求少检查一个项目。对医院及其医生们的负责精神和医生的高超医术，还是有许多病人家属会十分感谢，并有所表示。到医院的各科室走一遭，随处都能看见一些制作精美的锦旗，上面的赞美之词也五花八门，有的上面写的是“救死扶伤，医术精湛”；有的上面的文字是“华佗再世，病人救星”；还有的是“医者仁者，宅心仁厚”……这些锦旗，都是病人出院后，家属为了感谢而自觉自愿送到医院来的。有人送了，他们就挂出来。如此一来，只要病人及其家属看到锦旗上的文字，立即放心不少。他们相信锦旗上的文字，更相信医院的声誉。古敏对锦旗上的文字，几乎都能背诵。因为他到这里的次数很多，没有事的时候，便喜欢看这些文字，久而久之，便烂熟于心。

卢燕在哪里上班，古敏是熟悉的，他径直到了她上班的地方。卢燕正在忙着，因为这里又来了新病人。他只听到医生不停地叫着，“家属，送血液去二楼化验室”“病人家属，去挂号缴费”。交了血液回来的家属，又被医生叫着陪同病人照X光、照CT去了。病人的两个家属被叫得东跑西忙的，病人回到病房，他又会被护士安排看着输液。好在这两个家属年轻，否则，这一系列事情做下来，弄不好，可能还会多出一个病人。

卢燕见到古敏，急忙告诉他，让他去走廊的椅子上自己找座位，她还不能陪他说话。古敏坐在椅子上，看着来来去去的人，头快晕了。

过了很久，古敏听见一个叫声："古老弟，你几时来的？"

他寻着声音望去，看见鲁昌盛提着饭盒走来。古敏知道，鲁昌盛是给卢燕送午餐来了。古敏迎着他，说："我来了一会儿，卢妹子还没有忙过来呢。你是送饭来了吧。"

鲁昌盛走拢后，对古敏说："古老弟，你的脸色好看多了哈。"

"是吗？你说得真好。"

以前，鲁昌盛没少看过古敏那张苦恼的脸。现看见他的脸色好看了，鲁昌盛高兴不少。随后，两个老友坐在同一张椅子上轻声交谈起来。

"你还是天天坚持给妹子送饭吃？"

"家里弄得可口一些，花样可以变换着。"

"是哈，你心真细。"

"反正没有什么事，找点事来混手，还好过一些。"鲁昌盛说着客气话。自从他与卢燕同居后，他就坚持给卢燕送饭，这不是一个混手那么简单的事。

"古老弟，你有什么事吗？"鲁昌盛问道。

"没有什么事，只想来看看你们。"古敏想了想，说："你们还好吧？"

"好，好，我们很好。"

"好，那就好。什么都没有生活得好强，人好是好事。"

鲁昌盛想说感谢的话，但是他没有说，他认为太客气反而会生疏起来。最后，他还是说了心里的一丝忧愁："就是我那个儿子，哪一点像我的儿子哟。"说完，鲁昌盛叹了一声气。

"你们国庆怎么了？"听他埋怨，古敏十分关切。

"不是他的事，是他总给我找事，让人心烦。"

"鲁大哥，事情得慢慢解决，急是急不得的。"古敏在想该怎么说话，便停顿下来。过了一会儿，他关切地说："你还是要注意身体，经常心急，对身体不利。"

"国庆真的不像话，总找碴儿，干扰我们的事。无论怎么给他说，他总是害怕自己吃亏，根本不替我们想想。"说着说着，鲁昌盛便开始生气。

古敏知道是他的儿子鲁国庆干涉他与卢燕婚姻的事。因为鲁昌盛与卢燕同居很久了，他想给卢燕一个正式的名分。儿子不但明确反对他与卢燕的结合，还用各种手段将鲁昌盛的户口簿、身份证等证件收缴了，让他们不能办结婚证。鲁国庆怕自己的利益受损，便极力干涉老人的婚姻。可是，他根本没有从老人的角度考虑问题，他让老人难受，更让他们难做。古敏想，这不是一家的问题，这是很现实的社会问题。古敏无法帮上忙，心里便时时想着他们的事。现在鲁昌盛再次提起，古敏心忧起来。

古敏沉默了一会儿，只好说："鲁大哥，保重身体最重要，其他的事会慢慢好起来。"

"我知道，我知道这个道理。所以，我才没有与他硬来。"

"你这就做对了，我也放心不少。"

古敏见卢燕还没空，到了吃午饭的时候，他告辞了鲁昌盛，走出了医院。他来到医院外，看着明媚的阳光，心情好了不少，仿佛呼吸都更通畅了。

临近春节，古敏想去给读初中的孙子买一身新衣服。看着超市各式各样的新衣服，他的眼睛都花了。他这样摸摸，那样比比，总觉得不满意。最后，他决定不买衣服，干脆把钱给儿媳妇，让她给孙子古典买新衣服。这样，自己省力，也更合孙子的心意。现在的老人，对子孙的事总是那么关心，想得那么周到。如果年轻人也有这样的心为老年人考虑，那该有多好啊。

又过了几天，年味更浓起来。一个晚上，古敏在小区外散步，看见到处已经挂上了彩灯。一闪一闪的彩灯仿佛在笑，古敏也心情轻松，一会儿观看彩灯，一会儿看看路边的各种商品。商家为了吸引顾客，各种商品都堆得高高的，满满的。正在这时，张华丽从后面赶了上来。她还先招呼道："古大哥，你要买什么东西吗？"

看见是张华丽，古敏笑着说："随便看看，没有我买的东西。"随后，他问道："张老师，你想买什么东西吗？"

"我也是随便看看。"说完，他们都笑了起来。因为他们想到了一块儿，才觉得好笑。

二人一边走，一边看路旁的商品，还低声交谈着。他们走到一个地方，这里的人在起劲地跳坝坝舞。三个年轻的女子站在高台上卖力地跳着，引领其他的人跳动。跳坝坝舞的大多数是中老年女子，她们动作虽然有快有慢，有大有小，但也顾不了那么多，重在参与嘛。特别是领舞的人更加卖力，她们穿得很少，跳动起来的时候还不断地露出肚皮，脸上早就汗流不止。这是中国城乡经常见到的场景，说老实话，古敏不但从来没有参与过，连认真观赏的时候都没有。此时，看着看着，古敏在心里赞美起坝坝舞来，也在赞美跳坝坝舞的人。坝坝舞虽说是锻炼身体，但那舞姿还是很优美的，不认真做，还真做不好。

张华丽看了一会儿，竟然在一旁跟着跳了起来。她刚跳了几个动作，立即引起了古敏的注意，因为他还没有看见张华丽跳过舞。只见她动作轻盈优美，一举手，一投足，是那么合拍、标准。古敏第一次看她跳舞，从她的动作看，一定不是才学跳舞的人。于是，古敏产生了疑惑。一曲跳完，张华丽休息时，古敏上去问道："张老师，看不出来，你跳得真好。"

"古大哥，你不是故意夸我吧？"

"真的跳得很好，赶得上那领舞的小妹了。"

"古大哥，你真会说话。"张华丽微微笑着，继续说，"上了岁数，手脚僵硬了不少。"

"从你的动作看，一点不僵硬，还柔软着呢。"

"你别笑话我。"说着，张华丽的脸有些泛红。

"我说的是真话，一点没有别的意思。"他怕张华丽误会，急忙解释。

张华丽没有继续说这个话题。过了一会儿，她说："我们还是到别处走走吧。"

"你不再跳一会儿？"

"不跳了，跳不好。只是看别人跳，就心痒痒，不自觉地就动了起来。"

古敏鼓励她继续跳，她还是坚持往前面走了。于是，古敏也跟在她后面，离开了跳舞的地方。

走在路上，不知是难忘美好的过去，还是为了解释她怎么能跳舞，张华丽主动讲起了遥远的故事。她说读师范的时候，她所在的城市里有一个高炮团参加对越自卫反击战。这个团作战勇敢，还荣立集体二等功。听说他们即将凯旋。当地政府给师范校的任务就是组织女子秧歌队，在战士们回到驻地时，表演秧歌欢迎他们。师范校那么多女生，从中挑选的几十名女生，简直是个个高挑，脸蛋也十分姣好。在舞蹈老师的精心调教下，个个动作优美，协调整齐划一。彩排时，她们的表演赏心悦目，大受赞扬。那是好多年前，人们都是过着革命化的日子，一下看见这么浪漫而精彩的表演，让人们吃惊不已。她们这些舞者，更是力量倍增。那么多年过去了，张华丽仍记忆犹新。

听她深情地回忆，古敏也似乎亲见一般得着迷。她没有说话，她还沉浸在喜悦和默想中。

过后，古敏突然说："这么美的秧歌，配上军人整齐的步伐，那真是浪漫壮观极了。"

"你怎么会知道呢？"

"这样的场面，想也能想到啊。"

她只是笑笑，没有说话。她的表现，让古敏十分奇怪，他急忙问道："我难道说错什么了吗？"

“没有，没有，没有。”

“你只知道说没有，是什么意思啊。”

后来，经古敏的一再询问，张华丽才说出了原委。原来部队有纪律，也是为了不干扰当地人们的正常生活，战士们在一个深夜悄无声色地回到了驻地。因此，她们准备的精美表演，也只是在彩排时亮了一下相。现在说起来，张华丽仿佛都还十分遗憾。怎么会这样呢？古敏想不通。

这天晚上，古敏仍然放不下那群扭秧歌的靓丽女生。联想到现在的张华丽，她读师范时，一定是一个人见人爱的美女。这天晚上，他有点失眠，不知几时才睡着，他还做了一个梦……

第四章

临近过年，凌子美带领的“欢庆队”生意特别好，有时，一天会接到几单生意。如果忙不过来，她们会分成几个小队去完成任务。无论怎么说，她们都有应对的办法。凌子美她们在捧场时要一直保持欢笑，不停地跳、敲鼓，所以有时特别累。虽然累得难受，但是收入特别高，吃得特别好，她们心里还是乐开了花。于是这段时间，凌子美很少发脾气。在家里，出现了少有的安静祥和。

凌子美在外面忙着欢庆，忙着赚钱，家里的事，更需要杨青顶着干。临近过年，家里的事又会比平时增加不少，四下奔忙，采购年货。家里放了大箱小包的东西，都是杨青去采购扛回的。香肠、腊肉，也是杨青亲自制作而成的。特别是打扫卫生，更是力气活。擦洗门窗，他是跳上跳下细致地做着。搓洗好抹布，然后逐一地擦干净每一个角落，做到窗明几净。还有就是洗晾床上用品，他忙了几天，才将各屋的床上用品洗干净、晾干，收拾停当。一切家务事，让他忙得不亦乐乎。由于凌子美在外面忙，没有人干涉他的工作，所以再累，他都是那么乐呵。看他那个架势，仿佛回到了年轻时代，有使不完的劲。

杨青突出的表现，凌子美还是看在眼里，在心里给他点了不少的赞。为什么说她是在心里为杨青点赞呢？因为凌子美从来没有点赞别人的习惯，对杨青来说就更没有必要多此一举。所以，她心里再满意，都不会说出来，否则，她怕杨青辨不清东西南北。她心里满意杨青，对他更要严格要求，怕他翘尾巴，不利于他的进步。

她嘴里不说杨青的好，但还是有所行动。今天商家庆典的酒席十分丰盛，菜更是剩了许多。她破例打了包，带回家奖励杨青，特别不容易的是她将酒瓶里还剩有二两左右的“五粮液”塞入道具袋子里，一并带回了家。她知道杨青喜欢喝酒，想让杨青尝尝“五粮液”的美味。凌子美的好意，杨青还是很感激。但再好的剩菜，也是别人用过的，他吃到肚里，总有一股不好的感觉。他不敢说出来，但却用行动表示了不满。凌子美搞庆典走了，他立即将没有吃完的菜倒掉。他做这事似乎像贼一般，干完后却是一身轻松。

第二天，杨青的肚子不舒服了，不一会儿便要上一次厕所，凌子美搞庆典去了，她一点都不知道。杨青还不敢将此事告诉凌子美，她知道了还会说自己的好心不被杨青领受。

凌子美对杨青的好，很快就消失了，他们商量今年在谁家过年的时候闹了分歧。凌子美坚持去她儿子凌林家过年，由于好几年都没有到女儿杨茹家过年，杨青要求去女儿家过年。凌子美不但不同意，还说从没有看见谁到女儿家过年，如果这样，会让人笑话。为了此事，杨青很生气。他心中的闷气发泄不出来，于是对杨茹说了心中的不满。女儿反过来劝父亲没有必要生气，现在生活好了，几乎天天过年，过年那一天在哪里吃饭都一样。她还举例说，现在有些人过年图干脆，还去餐馆就餐呢。听了女儿的话，杨青终于消了气。当然，让杨青消气的还是他女儿争气，读书努力，上了大学，毕业后到金融部门工作，女婿还是一个中层干部，外孙也很听话，现在就表现得很聪明。这样，他不会为了女儿的事发愁。然而，凌子美的儿子读书不努力，读了一个高中没有考上大学。后来，不好好找工作，就是找了工作也都是干不了几天便辞工不干。再后来，凌林干脆不找工作，天天泡在茶馆打麻将。他赢了钱就大吃大喝，输了钱便找凌子美要。凡是儿子向她要钱，她都百依百顺，从没有反对过。她为什么会这样惯着凌林？她曾不断地向杨青声明，她是要靠儿子养老。她必须顺着儿子，儿子以后才会给她养老。她心中有目标，便不断用行动加以证明。凌林之所以不找工作干，也是凌子美惯出来的。打麻将轻松好玩，一点不费力气，还有不少的惊喜，欲望也可以从中得到满足。有凌子美这个靠山，换了谁也不会去找工作干。

后来，杨青和凌子美到她儿子家吃年饭。由于凌林和媳妇王二妹都要忙着去打牌，就只弄一点东西出来，与平时的饭食相比丰盛不了多少。只可惜凌子美私下拿了钱，让凌林准备年饭却没有用到正途，而凌林过年那天打牌，却输得精光。

凌子美为什么要坚持到她儿子家过年呢？这是有深刻含义的。最主要的是凌子美很看重这个权利。如果去了杨青女儿家过年，凌子美就仿佛处于从属地位了，这是她根本不认可的，更是坚决反对、寸步不让的事。

这次过年前后，张华丽与古敏的境况就与杨青他们的大不相同了。

先说古敏。他给儿媳妇钱，让她去给孙子买一身新衣服过年穿。儿媳妇说古典那么多衣物穿，再买就是浪费，高矮不要古敏的钱。最后，还是古敏采取策略说这钱不买衣服也可以，让她给孙子买学习用品，她才接受了。古敏看孙子在手机上玩游戏，便好奇地看了起来，于是，孙子不但教会了他许多好玩的游戏，还教会了他做相册。过年这段时间，吃饭基本都是到儿子家。因为儿子一家都在过寒假，都有空闲时间陪古敏，古敏也乐意同他们在一起，一家人其乐融融的，十分舒服愉快。

张华丽已经两年没有去北方女儿家了。今年，女儿女婿要求她一定要去北方过年，并保证让她过好年，身体也一定舒服。张华丽没有了推辞的理由，但她还是有许多放不下的地方，于是找古敏商量来了。

古敏听说张华丽要去北方过年，立即来了兴趣，马上表示支持她去女儿那里过年，还向她提出了要求。古敏要求她到了北方，要尽情地玩，但是，不要只顾自己玩，还要分享北方的风光，多拍照片，发给他欣赏，也让他这个没有去过北方的人高兴高兴。他还告诉张华丽，不要一朝被蛇咬，十年怕井绳，寒冷不是那么可怕，寒冷还能锻炼一个人的意志。

张华丽听古敏说得那么高兴，却偏偏给他泼冷水，说："我偏偏不去，你说得如此美妙，好处多多，干脆你去吧。"

"我去，怎么会是我去呢？"古敏一脸茫然，心里想那又不是我女儿家。

"你既然说北方那么美，那么好，满足你啊。你说，我哪点又说错了呢？"

古敏先笑了笑，说："我是想去，但没有那个资格。"

"你想去就去啊，需要什么资格呢？"张华丽想了想说，"你去了，杨纯洁一家一定会热情接待你。"

"那又不是我女儿家，她没有邀请我，我怎么好意思去呢？"

突然，二人都沉默了。古敏似乎意识到话没有说明白，但一旦说完了话，反而不好补充了。如果补充的话，会让大家尴尬。

见古敏突然沉默，张华丽望了望他泛红的脸，也意识到了什么。她细想，低下了头。他们都想到了一个点上，而且是十分敏感的点。他们都是孤身的男女，如果有外人在场，别人会怎么看他们呢？他们虽然那么熟悉，那么谈得拢，几乎无话不谈，却从没有谈过男女之间的事。两个单身男女若谈这方面的事，还真的很敏感。若某一方没有那个意思，或者还没有心理准备，就会很尴尬。他俩是这么的熟悉，彼此都能关心对方，帮助对方，且那么知心，如果往那个方向发展，应该是顺理成章、很美满的事。虽然是无意之举，但是细心的古敏感觉到了，怕张华丽不高兴，就及时地将话打住。古敏就是这样一个人，说话快，脑子反应灵敏，很多人与他争论什么，大多数人都只能认输。就是他没有理的时候，都会绕着说，慢慢地被他绕了进去。这次，他及时打住话，才避免了尴尬。至于张华丽现在怎么想，他就无从知道了。

古敏为了掩饰刚才的失言，他想了一下，说："我劝你还是下定决心，去你女儿那里过年。"

"我偏不去。"张华丽故意说，不知道这是对他的表现不满，还是逗他多说话。

"你呀，怎么说呢？"过了一会儿，古敏还是说，"你放心去吧，不要找理由推辞，这样会让你女儿失望的。"

"我当然有理由啊，你看我那么多的花花草草。我去过了年回来，会怎么样啊，我怎么放心呢？"

听她说完，古敏突然大笑起来，笑得张华丽都不好意思了。她以为自己说错了什么，才让他如此大笑。她不敢问，也不想去问。这时，古敏自己说了出来："你呀，这都能算问题吗？让人听了会笑话的。"

"笑什么，真的那么好笑吗？"

"是呀，这里还有我，我可以帮你照顾啊。这小事一桩，对吧。"

"对你是小事，对我可重要了。"张华丽撇撇嘴说，"交给你管理，我能放心吗？"

"你有什么不放心？你怕我给你弄去卖钱用？还是有其他的想法？"

"我不是对你不放心，你管得来吗？"

"我管不来花草？我告诉你，我是农民出身，庄稼都种得好，还看不好你那几盆花草？"

张华丽看他的急样子，在心里发笑，说他就是一个急性子，怕别人不相信，自己都先急了。张华丽最终还是决定去女儿那里过年，让古敏一定要照顾好她的花草。如果她回来，发现他没有精心照看，会不高兴的。随后，她带古敏去了她的住处，一一地告诉古敏，哪些花应该多浇水，哪些花可以少浇水，哪些花可以不浇水。她认真地交代，古敏细心地聆听。她还告诉古敏，如果有太阳，记住将花盆搬到室外晒太阳，光合作用强，花草会长得更好。

古敏看看阳台上的花架上摆放的大小花盆几十个，如果一次全部搬了去晒太阳，然后再搬回去，那一定很费劲。他不由在心中暗暗叫苦，但他不能说，也不会说，一是怕张华丽改变主意，二是怕她说自己怕苦怕累。

张华丽仿佛知道他心里想什么，笑着说："你一次不用完全搬，只搬一部分就可以。如果换着搬去晒太阳，还很省事。还有，不是很贵重的花，搬出去了，不一定就要及时收回去。"

"我可不敢偷懒。"

"你什么意思，为什么不敢？"

"我是说不敢将花盆搬去晒了太阳，就放在室外。如果被别人弄走了，我可赔不起你。"

张华丽笑笑，没有再说什么。她心里甜甜的，十分满意。不几天，她便坐动车去了北方。

后来，张华丽也兑现了自己的承诺，经常给古敏发照片，为古敏分享北国风光，以及她在雪地里的美照。古敏将这些照片集中起来，做成相册，在微信里发给张华丽再欣赏。她夸古敏真能干，做的相册真美。古敏与她开玩笑，说有了她的美，才有相册的美。张华丽没有多说，不知是不想与他争论，还是默认了他的说法。总之，他们很谈得来，说话就高兴，哪怕是在电话里。

过年前后，最忙最高兴的还有小区里的姚大姐。这段时间，大家忙着采购年货，快递买的特别多。于是，饮料瓶、包装盒也多。特别是快到过年的时候，家家户户打扫卫生，将家里不用的东西扔掉，扔掉的儿童车、破自行车、破烂的铝锅等金属制品也不少，她往往有惊喜的收获。收获大，她的收入也很喜人。她比往时更忙更累，但也更高兴。她起得特别早，收工特别晚。平时，她还去参与打升级。现在，她是一心一意捡废品。她虽然很忙很累，但她笑得更开心，嘴巴经常笑得闭不拢，心里愉快极了。

古敏帮张华丽搬花盆晒太阳，会经常看见姚大姐，他们打照面的时候也更多。无论姚大姐多忙，见面还是会与古敏打招呼，说上几句话。她知道张华丽到北方过春节去了，还是会打听张华丽的消息，问她去北方过得惯不，问她是否习惯那里的生活，问她几时才回来。知道的，古敏会给她满意的回答；不知道的，他也会根据自己的推断，给她一个大概的回答。他们在一起，还是有许多话说，更有共同关心的人。

话说周一平自从去洗脚城认识了白茉莉，有了第一次友好快乐的合作后，不仅享受到了她的服务，还找回了久违的乐趣。于是，他青春焕发，激情满满，对白茉莉念念不忘，经常去照顾她的"生意"，成了白茉莉的常客。多交往几次，二人除了生意上的事，其他的事也有了一些交流。因此，周一平对白茉莉有了更多的了解。

白茉莉也上过大学，学校不是名校，专业也不是什么好专业，毕业后虽然找到了工作，但是她眼光高，很快就辞掉了。她嫌这工作又苦又累，收入特别低，工资除了房租、吃饭，就剩不下几个钱。如果还想买化妆品，孝敬父母，根本不可能。再想存点钱，以后结婚生子，更是想都不用想了。她要靠自己的本事找到更轻松的工作，收入也必须让自己满意。她相信天生我材必有用，自己不是平庸的人。

她找了许多工作，不是嫌收入低，就是嫌工作苦或者累，总有不如意的地方。后来，她到洗脚城当了服务员，就是别人说的“洗脚女”。当初，洗脚女也是底层劳动者入不了她的法眼。可是，当时她连吃饭、睡觉的问题都快难于解决了，实在没有办法，只能暂时放下身段干上这一行。她要保证自己不会饿死，才可能有发达的一天。周一平听了白茉莉的故事后，不但没有瞧不起她，反而更同情她、怜惜她。为了让白茉莉收入增加，他经常去洗脚城消费，出手也大方。钱对他不是问题，他要为白茉莉付出，让她得到真正的幸福。春节期间，她有时忙不过来，还会特别为周一平加班。从这里可以看出，他们的关系已经到了什么程度。

自从他们能到彼此的家里，二人俨然成了一家人。于是，他给白茉莉的钱更多，这一切都是周一平自愿的，无怨无悔。后来，他们约定，周一平不用去洗脚城消费，他们私下住到一起。白茉莉让他有了老婆一般的感觉。周一平还产生了想法，如果白茉莉为他怀孕，为他生个一男半女，这将是意外的收获、意外的惊喜。他相信一切都有可能，一切都可以预料。

所以，这个春节，周一平过得特别舒心、特别高兴、特别欢欣，天天处于快乐之中。他感觉到上天对他不薄，他的春天才刚开始。

第五章

有了白茉莉的陪伴，这个春节周一平过得最开心幸福。他认为这幸福的得来，还要感谢古敏的请客。如果不是他请客时自己受气不过，赌气去了洗脚城，就没有后来的故事，也没有自己现在的幸福。他仿佛找到了自己的真爱，体会到了人生的美好。他与杨青都有爱喝酒的习惯，喝了酒后，他们有不少的共同话题。他找到了幸福，更想与朋友分享。于是，他电话约好杨青与古敏，三个人准备聚一聚，好好聊一聊。

这是春节后的一个大晴天，三人决定在古敏家相聚。因为凌子美的欢庆队参加了龙灯节，去市里参加比赛了。杨青没有了管束，心情好，正是尽情欢聚的好时机。周一平让古敏只需准备一些蔬菜，其余的凉菜、下酒的花生米等，都由他买现成的带去。周一平来的时候，杨青已经到了。

杨青为什么来得这么早？一是他没有事干，又没有人管束，想几时出门就几时出门。二是他想早点到古敏这里，帮他干点什么。杨青一向对古敏评价高，印象好，特别是他长期护理生病的妻子，为她做了一切该做的事，尽心尽力，是多少人都难做到的。古敏为妻子做的事多，而且没有一句怨言，更是难能可贵。他护理妻子的时间不短，几乎是整整的五年。能这么长期地坚持，该付出多少，难度有多大，外人不可能想象得到。这样的人，多么了不起，多么让杨青敬佩啊。杨青想与古敏谈谈话，还要让古敏不用计较凌子美的无理取闹，代凌子美向古敏道歉。实际上，古敏从来就没有计较过凌子美的无理，还有几分同情杨青的遭遇。一个有文化、有修养的男人，被一个不按常理出牌的女人长期压迫，这样的日子过得该有多么苦？他能极力忍受，这样的男人多么了不起啊。可以说古敏与杨青是互相欣赏，互为知音。

古敏理解杨青，杨青敬佩古敏。二人早就无话不说，彼此赞赏着对方。他们谈了很多，谈到高潮处，周一平来了。他在门外用脚敲打着门，古敏急忙去开门，见周一平提了大包小包的吃食，背上还有一个背包。他用脚敲门，原来是两手不空的原因。

进得门来，周一平便吩咐道："老弟，快去取几个盘子来，把熟食、凉菜装在盘子里。"

古敏装盘时发现，周一平买来的吃食还真不少。有凉拌牛肉片、凉拌猪耳朵、切成片的香肠、炒花生米，另外还有芹菜炒肉丝、葱爆腰花；更有当地的特色菜——炖羊肉汤。古敏一边装盘，一边说道："你看你，弄了这么多的东西，三个人怎么吃得了？"

周一平笑了笑，说："吃不了，大家就使劲吃。"他心里高兴，说话很受听，透着一股喜气。

"使劲吃？我看你有多大的肚皮来装。"古敏笑着说。

"老弟，我今天特别高兴。就是浪费了，我都不心疼。"

"我知道你开心，但浪费不应该呀。"

"你不用替我心疼钱。我俩是什么关系？我们是'战友'，是老乡，是朋友。"周一平兴奋地说话。

古敏分装好食物，正想往厨房去，却被周一平叫住了。只见他从背包拿出两瓶五粮春放在茶几上，他说："这酒中午喝，看我们三人能解决完它不。"

古敏刚想说什么，周一平又拿出一条中华烟递到他手里，说道："这是我特意给你买的。"

"周大哥，你这是干什么？不行不行。"古敏推让着，不愿意接受。

"你不用太客气，我俩是什么关系？"周一平想了想说，"我知道你俭省，平时舍不得买好一点的烟抽。我还从没有送过你什么东西，我今天特别高兴，也应该对你有所感谢。你是一个有文化的工程师，我是一个大老粗，你能认我为朋友，还照顾我不少。钱这个东西，就是来用的。"

二人推辞了起来，一个不收，一个执意要送。相持不下，古敏只好收下完事。他让周一平坐一会儿，很快就可以喝酒聊天。随后，古敏和杨青将炒好的油菜、白菜等蔬菜端上了桌。于是，三人便开始了午餐。古敏倒好了酒，提议说："大家春节快乐，为了我们的友谊干杯。"三人头一昂，一饮而尽。都是六十以上的人了，喝酒还如此豪爽，可以想象他们年轻时喝酒的风采。

随后，古敏招呼大家吃菜，不要急着喝酒。周一平是客人，他也招呼着吃这样，吃那样。因为今天的吃食大部分都是他带来的，他似乎也成了主人。他如此表现，也是他的性格使然，更是心情愉快的表露。周一平在招呼别人吃的时候，自己也一一评尝了一番。他评尝时，不是赞扬菜的好处，却专门点出菜的缺陷，比如他说花生米炒老了，带有一点煳味；香肠不够辣，四川人吃着不舒服；凉拌猪耳朵煮烂了，有点黏牙齿；炒腰花的泡海椒放少了，没有压住腥气。如此一来，他俨然是一个美食家。

品尝了一遍菜肴，大家又频频举杯。几杯酒下肚，话便多了起来。周一平首先说："古老弟，你对弟妹的护理，是尽心尽力了。现在，你也没有什么遗憾的地方，你有空的时候，还必须出去走走。这样既开心，又会有许多乐趣等着你。"

古敏笑了笑，感谢他的关心。

杨青接着说："话虽这样说，但当事人还是要许久才能从悲痛中走出来。就是吵吵闹闹的夫妻，夫妻一场都很难忘。何况古大哥夫妻情深，非同一般。"说完，他先对古敏笑了笑，然后，对周一平笑了一下。

古敏对朋友的关心表示感谢，但他没有多的话说。过了一会儿，周一平感慨地说："在我看来，一个人结婚都有些多余。如果不结婚，没有管束和挂念，快乐照常不会少。"

周一平突然冒出这些话，让人深思。杨青想了想说："周兄，你这话是什么意思呢?”

周一平听到杨青反问，知道他误会了自己的意思，他立即解释说：“杨老师，我只是谈自己的看法，绝对没有其他的意思。你不要误会了我，更不要多心。”

杨青没有说话，先笑了，然后说：“我知道你不会说话伤人，只是好奇，想让你说详细一点。”

周一平没有急着说话，不快不慢地吃菜，还喝了半杯酒，他抹了抹嘴，说：“没有吃过猪肉，但是看过猪跑。”说完，他的脸开始泛红。

古敏没有注意，只是出于主人的身份招呼说：“大家多吃菜，不要只顾说话。只顾说话、喝酒去了，还没有吃多少菜。”听了他的话，大家都大口吃菜。于是，便把先前的话题岔开了。

大家闷头吃了一会儿菜，喝了几口酒。只喝酒而不说话，总感觉不舒服。因此，喝了酒，便特别想说话。男人与男人在一起，更有一种说女人的冲动。这种话题一旦有人说起，其他的人也兴趣浓厚。于是，杨青旧话再提，他说：“周大哥，你是不是开始走桃花运？给大家说说啊。”

周一平不回避，大方地说：“人都老了，还什么桃花运哟。现今的社会，遇上个把女人，还是很容易。”

听周一平如此说，古敏一惊。他嘴里含着东西，没有说出话来。杨青先说了话：“周兄说得好，值得点赞。”

古敏的嘴巴空了，接着说：“你知道他说的什么？还为之点赞?”

“古兄，你不知道他是什么意思，说明你还是旧脑筋，应该将思想开放开放。”说完，他笑了起来。杨青明白周一平话中的意思。

这让古敏更急了，他说：“你以为我不知道他说的什么吗？人怎么能那么随便呢？特别是你，还是老师。”

大家又闷头吃菜，喝酒。然后，杨青接着前面的话题说道：“我虽然不这么做，但我不反对别人做。有了市场，就不缺买主，特别是周兄这样的，出点钱找乐子，未尝不可。周兄，你说是不是这道理?”

周一平没有说话，默认了杨青的说法。这让古敏更心急，还为周一平担心。他说：“周兄，你不能乱来，更应该小心一点好。当然，有合适的，找一个老伴还是可以。”

听了古敏的话，周一平立即笑了起来。他笑过后说：“整那种事，对你合适，我就不用去想了。”

“你一样可以找老伴，别瞧不起自己。”古敏忧心地想了想又说：“如果只为了浪漫，不但不合适，还会有许多问题。”

看着忧心的古敏，周一平笑了，说：“老弟，你放心。我也是几十岁的人了，做事知道分寸。”

“这样好，这样好。”古敏没有细说，更没有揭出话底。他是一个不愿干涉别人的事，更不希望别人按自己的意思行事的人。特别是朋友，更不想伤了和气。说完话，他将杯中的酒一下喝干。

心里烦闷，古敏特别想吸烟。他便掏出烟来，先给客人散烟，自己也点上，慢慢吸起了烟。他望着眼前的烟尘，没有说话。过了一会儿，他问道：“杨老师，你怎么会不吸烟？”

“我对烟没有兴趣，便不抽烟。”杨青淡淡地说，还笑了笑。

“这一定不是真正的原因。”周一平笑着对杨青说，眼睛眨了眨。

“你说是什么原因？”杨青望着周一平，想知道答案，当然，更有反对他的意思。

周一平喝了酒，胆子也大。想都没有想，便大声地说：“你是妻管严，一定是怕抽了烟，嘴会臭。如果亲嘴的话，一定过不了关！”

“亲嘴？亲你个头哟。”杨青突然提高音量说，把另外二人吓了一跳。说完，又似泄气的皮球一般。

古敏以为杨青生了气，急忙出面调和说：“杨老师，别生气。他又不是故意的，男人之间有什么不好说的呢？”

“古兄，你知道什么哟。你是一点都不知道。”由于喝了酒，杨青心情激动，声音都变了调。

“杨老师，我替周兄给你道歉。”古敏真的慌了神，生怕伤了和气。

“不，不，不……”杨青突然站起来，举了举手说，“你们想不想听听更多的东西？想听，我就给你们说说，你们也好评评理。”

这时，古敏才知道他不是生周一平的气，他如此激动，应该有另外的原因。二人都不能说听还是不听，只是同情地望着他。

“跟你们说了都不怕，也不怕你们笑话。那个，那个，我好久都没……”说到后面，他没有说下去，但是，听的人都明白他话中的意思。他那痛苦的样子，大家还少有看见过。

古敏安慰他说：“你不要想那么多，一切都会好的。”

“古兄，你是不知道，我根本不会想那么多。我当然要想那么多，我是她男人，凭什么连嘴都不能亲？你们说是这个理吗？”说着，他低下头，伏在了桌上。

“她是女人吗？她怎么这么霸道？”周一平为杨青抱不平，愤愤地说。他是一个耿直人，想什么就说什么。他也是吃过女人的亏，才反应如此激烈。

“她认为自己高贵吧，她有这个权利。”杨青嘟噜着说，没有抬起头来。

“她高贵，她能高贵到哪里去？”周一平更气愤，继续说，“她再高贵，还不是女人，她与男人的位置能颠倒着来吗？”他说到后来，不像是在劝解人，仿佛在骂人。

“周兄，你少说两句。让杨老师静一静心。”古敏见周一平的话有些出格，急忙招呼着。

“老弟，你不用管那么多。我怕什么？我什么都不怕。”周一平说着，还捋了捋衣袖，口水四溅。

“你们都不要说了，都不要说了。”杨青抬起头，四下茫然地望望。

“我偏要说，偏要说。不是我说你，娶婆娘干什么？你怎么这样粑疲哟。”他停顿一下，“说差一点，这样的婆娘，连洗脚女都不如。”周一平想起上次喝酒时凌子美的张狂，再也不想忍耐，便爆发了出来。无意间，竟然将自己的秘密说了出来。

两瓶酒快喝完了，三人的酒量都快到了头。说起伤心事，杨青一个劲地吐苦水。周一平也发泄着心中的怒气，为杨青抱不平。古敏不知道说什么好，只能让他们尽情发挥。后来，先是杨青无声无息地开门走了。不久，周一平也骂骂咧咧地离开了，他还在为杨青说话，但杨青早就走远了。

三个男人在一起大口喝酒，大口吃肉，大胆地说话，大方地抒发情感，真是自由自在，痛快淋漓。这样，怎有不喝醉的呢？杨青与周一平先后走了，只剩下古敏。如果再多喝，必定有“现场直播”。今天，古敏是比较清醒的一个。其他二人走了之后，他想了很多。他对杨青很是同情，觉得他实在可怜。这么一个有文化、有修养的男人，怎么会找了一个不讲理而又强势的女人呢？他在家里不但没有地位，连做丈夫的权利都没有了，他怎么就忍受了呢？不是喝了酒，他还不会对外人说。于是，古敏对这种半路夫妻的东西，开始害怕起来。照此说来，周一平的做法反而有些道理。如果真的搞不好关系，还不如单身的好。但是，他不同意周一平的做法，为了乐趣，竟然去找女人。如果不慎，玩出火都不一定。他叹了口气，觉得做人太难，做人有太多的不幸。

他又想起春节时，儿子和儿媳与他谈起以后的生活，要求他去一起生活。他知道与子女一起生活也有许多不方便的地方，年轻人有他们的事业，他们忙去了，老人一个人在家里，也就是做做家务，仿佛当一个不带工资的保姆，这样，还不如一个人生活轻松。特别是两代人在一起生活，对一些问题的看法、处理的方法会不同，短期在一起看不出来，长期在一起，便会出现许多矛盾。还有就是对小孩的教育问题，父母有父母的处理方法，祖辈有祖辈的看法。如果长期争论，不但伤害亲情，家庭也会不和睦。这种情形，对小孩的教育和成长，更是有害，让小孩无所适从。因此，他不愿意与儿子一家生活。他只好找借口说自己已经习惯一个人生活，不同意到儿子家过日子。听了他的说法，儿子对他一个人生活又不放心，便主张他还是应该在合适的时候，找一个老伴一起生活更好。有了老伴，互相关心，互相照顾，让年轻人放心许多。看了杨青的处境和难处，他对找老伴感到害怕。当然，他更反对周一平的生活方式，就是一个人生活，也绝对不会随便找女人取乐。总之，对以后的生活，他没有了方向。他心里十分矛盾，仿佛看不清前方。

这天，终于出了大太阳。古敏遵照张华丽的吩咐，把她的花盆端了出来晒太阳。干了一会儿，他便觉得身上发热。看来，春天真的快到来了。他心里好高兴，心情特别愉快。此时，他听见后面有人招呼他，转身一看，原来是姚大姐。她仍然提了一个大编织袋，满脸都是笑。见了她，古敏向她打招呼，说："姚大姐，你好勤快，春节期间都不休息休息?"

"这又不是什么累活，不用休息。活动活动筋骨，比什么都强。"她笑着说，似乎永远都没有忧愁。

姚大姐没有固定的经济来源，捡纸板卖一点钱，她都觉得十分高兴。古敏心里觉得，还是劳动人民好，劳动人民没有大的欲望，很容易满足。俗话说得好，知足常乐，这句话在姚大姐身上得到了充分的体现。他之所以很尊重她，也是对她的乐观态度很认可。他想到为张华丽收拾屋子的时候，还积攒了几个纸盒，便急忙拿了出来，递给姚大姐。她见状，高兴极了，脸上像开了花，嘴里还不停地说谢谢。看着她走远了，古敏心里也高兴着。

话说张华丽去她女儿家过年，人走了，心还是在家里。她为了履行与古敏的约定，不时地与他用微信交流信息。这不是，他将花盆摆在太阳下，还发了照片给张华丽，告诉她今天这里是阳光灿烂，她的花长得很好。他还说自己将她的花照顾得很好，让她在北方放心地好好玩。她却告诉古敏，北方现在是大雪纷飞。她还拍了许多雪景的照片发给古敏，让他欣赏雪景，其中有她在雪中的倩影，雪花纷飞中的英姿。她还录了飘雪的视频，让他感受雪花纷纷的情景。古敏为她的靓影点赞，夸她勇敢，是雪中的雄鹰。他还形容飘雪，就像下面粉一般，逗得她在微信中笑个不停。古敏也笑个不停，心里更快乐。两个退了休的人，还像小孩一般笑着，高兴着。

张华丽这次去女儿家过年，十分快乐。她感到了快乐，也给女儿家带去了快乐。特别是八岁的外孙女星耀更是黏着她，整天缠着她。她知道外婆是老师，便十分崇拜外婆。在小孩的眼里，老师就是最受欢迎的人，是最了不起的人。小孩可以不相信父母，但会相信老师，父母的话可以不听，但老师叫干什么，便一定会照着做。现在有了一个崇拜的人在身边，还是自己的外婆，她多么高兴和幸福啊。有外婆在身边，她感受到了许多方便。以前她做作业，有做不好的时候，如果去问母亲，母亲一定要求她去百度查资料、查字典解决；现在有了外婆在身边，凡是有了问题，她都会来找外婆问。外婆也很愿意帮助她，有时一问便有了答案。当然，她也会引导小孩分析，打开她的思路，从而解决问题。于是，她的思路开阔了不少，能力也有所提高。而女儿杨纯洁多是在生活上关心母亲，她知道母亲为自己的成长付出很多，自己还没有好好尽过孝道，现在有了机会，她一定不能放过。她为母亲添置了不少新衣服，还告诉她，在生活上一定不能省。她还想着法子弄好吃的东西来孝敬母亲，让她吃好似乎就幸福了一般。她还带着母亲到处游玩，观赏散心。她注意到女儿星耀问题的时候多了，自己动手解决问题的时候少了，但她不便插嘴干涉，去破坏两婆孙的亲密关系。但她还是有自己的看法，认为母亲的处理方式有不妥之处。

这天晚上，星耀完成作业后睡了。杨纯洁准备了水果，要陪母亲一起吃水果。后来，她便轻声地问道："母亲，这段时间星耀做作业是不是经常问你？"

"是啊，怎么哪？"

"没有什么。"她笑了笑说，"我发现星耀变懒了，你走后，她该怎么办呢？"

"她问我问题，与变懒有必然联系吗？"张华丽有些不解。

"妈妈，你不了解。"她递了一瓣橘子给母亲，笑着说，"以前，她不能解决的问题，我都是让她自己想办法。"

"真的吗？我给她说，有什么不对吗？"张华丽想了想说，"那是你没有空，她也只能如此吧。"

"妈妈，你也没有什么错。但是，她一问便给她说答案，总不是办法。"

解答问题，张华丽历来都是这样处理。她相信自己的教学水平还是很高，教学效果也不错。现在，女儿似乎怀疑她的教学方法。她心里很不服气，想说点什么，但没有立即说出口。过了一会儿，她若有所思，只好淡淡地说："人老了，真的没有用了。"

"妈妈，你怎么会这样想呢？"杨纯洁望着母亲，笑了笑说，"你一点没有老，你永远是那么年轻，永远是那么漂亮。"

张华丽故意板着脸说："你不要说谎来宽我的心。你妈妈能永远年轻？永远漂亮？你妈妈是老妖精吗？"

"妈妈，你不是妖精。你真的很显年轻，如仙女一般。"杨纯洁依偎着母亲，两人间的冲突一下化解了，两颗心贴得更近了。

第二天，当星耀再问问题时，张华丽故意说不知道怎么在手机上查资料，要她教外婆怎么查。星耀相信了外婆的话，竟然当起了小老师，既教会了外婆怎么上百度查资料，也顺便解决了问题。这时，张华丽才真的体会到了女儿话中的意义。她开始认输了，感觉自己有些跟不上时代。后来，星耀还教会了外婆怎么上网买东西，怎么玩抖音、做相册……张华丽知道了自己的不足，发现现在小孩的能力是那么的强。

张华丽羡慕现在的小孩，自己这一代人与他们没有可比性。星耀并没有瞧不起她，还是有不少的问题要问她。星耀特别想知道外婆小时候的事，一旦有空，她便缠着向外婆提问，比如问外婆小时候有没有电视，有没有电脑，有没有手机。张华丽只能告诉她，不但没有这些现代化的东西，连电都没有用上。星耀听了感到十分奇怪，她不能想象没有电的时代，会是一个什么样的世界。她只好耐心地为星耀解释，说看书、做事，都是靠点煤油灯，不但不亮，还有很浓的黑烟。现在小孩玩的东西，那时一样都没有。那时的小孩只能玩跳绳、踢毽子、抓石子等。这些原始的玩意儿，反而让星耀兴趣很浓。她要求外婆教自己怎么抓石子，她对抓石子有兴趣。于是，张华丽找来五颗小小的鹅卵石，婆孙俩便玩起了抓石子。外婆示范了一遍，星耀便会玩了，有空的时候，她便找外婆玩抓石子。会玩手机的小女孩，竟然喜欢上了这么土的玩意儿，让张华丽都有些吃惊。她想，不是小孩只知道玩手机，只是一些传统的玩意儿失去了传承。看来，老玩意儿需要教会现在的小孩，老人也应该学会新的玩意儿。于是，她想买一个更高档的手机，以便更好地玩抖音、做相册、抢红包等。

女婿石森早就给她准备了一个手机，只是他怕老人心疼钱，还没有找到让她能接受的理由，便没有及时给她。当她提出想换一个内存更大、像素更高的手机时，石森就立即将手机呈上。他还教她怎么使用这手机，为她介绍了一些功能和具体操作。

不久，在一个下雪天，杨纯洁带了母亲去雪地里照相，为她拍了许多照片，还为她录了视频。看着照片，张华丽都十分吃惊。她想，自己真的很美，一点都不显老。于是，她不但有了生活的乐趣，还有了生活的信心。她将照片、视频发了朋友圈，收到不少点赞。

古敏看着照片、视频，似乎到了现场般的高兴。他还看着照片写起诗来，他一口气写了多首古体诗，其中有一首咏雪，他十分喜欢。

咏雪

知寒觉暖适时飘，
如花似玉身段娇。
心灵高洁技艺巧，
装点万物似琼瑶。

他又想起了赞美北方白杨树的文章，他竟然拟人化地用来赞美起了人，他将白杨树与白雪放在一起写了一首现代诗。

白雪与白杨

看那耀眼的白雪，
忍不住赞你如姑娘。
你是那么的纯洁，
心灵更是如此亮堂。
带给人间以美好，
品质是多么的高尚。
我不但要赞美你，
更要为你高声歌唱。

屹立雪中的白杨，
你是那么挺拔高昂。
接受严寒的洗礼，
迎战着风雪与冰霜。
不会低下那头颅，
更没有一丝的忧伤。
越是艰难困苦时，
你便更加风流倜傥。

看白雪和白杨啊，
都是那么美好高尚。
令人注视和仰慕，
不禁要将你们赞扬。
那白雪与白杨啊，
成就多少美的诗行。

古敏将诗配了照片，做成美篇。他将美篇发给张华丽，她看了又看，爱不释手。看着美篇，她乐在心里，竟然还拿给女儿欣赏。看着母亲如此高兴，杨纯洁也有了兴趣。她细心地欣赏起了美篇，她看着美篇，心里想了许多，心情起伏。

她抬头看了看母亲，笑嘻嘻地说："母亲，古叔叔还会写诗？真的了不起，太了不起啦。"

"他会写诗啊，你不知道？"想了想，她说，"你不了解他。"

"我对他不甚了解，当然也不知道他还会写诗。"杨纯洁承认，话语中有着赞美。

"他不但会写诗，他会的东西还很多呢。"

"他还会些什么？"

"你是不知道，他会的东西多着呢！"张华丽想了想，说，"他是高级工程师，还当过处长，你说他会的东西能少吗？他的科研成果，还获得过国家的科技奖。"

看着母亲说起古敏那高兴劲儿，杨纯洁也十分欣喜。她还想继续引出母亲的话，便说："那是他的工作，不懂能行吗？不过国家级的奖励，真的不容易获得。"

"看来，你对别人的要求还很高嘛。"张华丽对女儿的说法，似乎不满意。

"妈妈，我不是对古叔叔要求高，我是真的对他感兴趣，才想多了解了解。"

"他不但知道的东西多，他的心还特别好。"

张华丽从他做的事又说到了他的心，看来，她对古敏还真的了解不少，评价还蛮好。说起这些东西，她心里就乐。

杨纯洁故意说："他的心怎么样好法？"

张华丽想都没有想，说道："单说他护理妻子，就足以说明问题。他为了妻子，是不管不顾。他不怕脏不怕累，起早摸黑，做了这样做那样。他的妻子瘫痪了，不但为她接屎接尿，为她洗澡洗头，还为妻子做饭、喂饭，妻子的一切，他都去做，做得那么尽心，做得那么完美。让一个病人过上不是病人的日子，他做的东西能少吗，心灵能不好吗？”

听到这里，杨纯洁由衷地赞叹：“真不容易，他真是一个极品男人。”

“这下，你相信了吧。”

“妈妈，我早就知道他优秀。因为你是一个不轻易赞扬别人的人。”

“你原来是故意问的？”

“妈妈，我不是故意问。我是真的想听你说古叔叔的事。”说完，杨纯洁大笑起来，笑得她母亲都不好意思起来。她还想说点什么，终究没有说出来。

张华丽这次到北方过春节，心情好极了。她不但心情好，还没有生病，她都感到奇怪。但当她知道南方已经春暖花开，便有了归心。

在南方的古敏，心情也十分地好。他看着盛开的繁花，便会情不自禁地拍照。特别是看见油菜花开，竟然有了思乡之情。在他的心底，永远保存着那漫山遍野的黄色。这黄色不但给人以美丽，还给人们的生活带来希望。他已经好多年没有回故乡了，他多么想回去看看。他将自己的想法告诉了儿子，儿子十分支持他回故乡去看一看。他知道父亲这几年太辛苦了，他也想让父亲出去散散心。一旦决定了，古敏的心便飞回了故乡。但是，他还必须等待，等待着张华丽回来。只有她回来了，他才能把自己的任务做一个交代。

第六章

在春暖花开的时节，张华丽回到了她生活的小县城。

虽然女儿还想留她，外孙女也哀求她不要走，星耀已经对外婆产生了依恋，她的爸爸妈妈都在忙工作，只有外婆才有时间陪伴她，将就她。她在饭桌上挑食，许多问题都是外婆为她解决的。比如，她不爱吃蔬菜，妈妈夹在她碗里的，趁母亲没有注意，她会快速地往外婆碗里转移。她实在喜欢外婆，想留住外婆。

她还最喜欢听外婆讲小时候的故事，她还没有听够呢。如果外婆走了，谁能给她讲这么好听的故事呢？但是，张华丽想过自己的生活，如果长期与星耀在一起，她不敢保证不将就她，那样，对星耀的成长不利。所以，张华丽还是走了。

张华丽回来后，向古敏讲了许多北方稀奇的事情，让他听了感慨不已。特别是她给星耀讲点煤油灯的事，古敏更是体会深刻。古敏小时候不但点煤油灯，而且煤油都是供应着用，一个月的定量用完，就只能过摸黑的日子。说到那时小孩的玩具，古敏说那时男孩玩的东西都是自己亲自动手做。用木板做玩具枪，用泥土做弹子玩，做风筝放，做地钻子玩，还有就是拍烟盒，拍尖角。哪像现在的孩子这么幸福，什么玩具都可以买到。现代的电子玩具，那时想也难想象到。张华丽还把她与外孙女的故事讲给古敏听，让他分享自己的快乐。

她说星耀有一次问她学习的事，问她喜欢什么学科。

她说："外婆小时候喜欢数学，也喜欢语文。大了一点，也喜欢物理，喜欢化学。"

星耀听了，便拍着手说："外婆真厉害，还喜欢数学，我就不喜欢数学。"

"数学里有许多有趣的原理，还能解决许多问题。所以，外婆就喜欢数学啊。如果学好了数学，对学好物理、学好化学都有很大的帮助。"

"可是，我就不喜欢数学。"星耀十分为难地说。

"你为什么会不喜欢数学呢?"她关心地问星耀。

"我觉得数学不好玩，就不喜欢。"星耀老实说。

"因为你还没有了解它，还没有发现它的乐趣，就觉得不好玩哟。当你去认真学习了，一定会喜欢上数学。"

"真的吗?"

"外婆不会哄你。"

后来，张华丽还给她讲了许多数学家的故事，讲陈景润钻研数学入了迷，竟然碰上树都不知道。

张华丽不但为古敏带回来许多有趣的故事，还给他带了许多北方的小吃，比如北京的烤鸭、狗不理包子……张华丽还特别说明，这是奖励他的。

听着张华丽的故事，吃着她带来的美食，古敏心里乐着。于是，他更有了强烈的思乡之情。他为什么会思乡呢？看看他写的诗吧。

远方

远方啊，远方，
有生养我的故乡。
许多久远的往事，
让我终身难遗忘。

远方啊，远方，
有我放牛的草场。
那里的一草一木，
都存在我的心上。

远方啊，远方，
有我求学的课堂。
师恩与同窗情谊，
助我长硬了翅膀。

远方啊，远方，
你多么令我向往。
我要立即奔向前，
投入你宽大胸怀。

在回故乡前，古敏还要做一件事。他决定请一次客，他要请张华丽和卢燕、鲁昌盛来家里做客。这是当地的一种风俗，正月间必须请客。亲戚朋友互请吃饭，表示对新年的祝贺，以此欢聚联络情谊。在当地的朋友们，他已经请过一次，剩下的这几位，还必须得请一请。

这天，卢燕没有上班，她与鲁昌盛吃过早饭，买了水果便来到了古敏家。卢燕真是一个勤快人，到了这里，放下东西便帮着古敏做起事来。她为古敏当下手，帮着准备午餐。鲁昌盛也不愿闲着，自觉地参与进来。不久，张华丽来了，也是主动帮着做事。几个人进进出出，忙里忙外。如果不知道的人见了他们，还分不清谁是主人，谁是客人。

菜摆上桌，大家面前都摆了酒杯。男人喝白酒，女人喝红酒，都主动地倒上酒。气氛热烈，大家欣喜不已。

古敏是主人，他先发话。他表示了对卢燕的感谢，谢谢她对自己妻子生病时的照顾。她的帮助，让自己松了口气，也让病人生活得更好。说到动情处，古敏的声音都有些哽咽。他说完话，大家都跟着他举杯喝了一口。

随后，卢燕也讲了话。她说自己照顾病人是本职工作，做再多都是应该的。要说感谢的是自己，自己是一个没有文化、没有地位的农村妇女，一个打工者，但是，古大哥还对自己这么看重、这么尊重自己。古大哥不嫌弃我，还不时地关心我，与我交朋友。在交往中向他学到了许多东西，懂得了许多做人的道理，还让自己有了生活的信心，并对未来充满希望。借古大哥的酒，敬大家一杯，表示真心的感谢。于是，大家都没有说什么，喝了酒，表示接受。

卢燕话中的意思还包括许多。她与鲁昌盛同居，古敏给他们鼓励和帮助。鲁昌盛的儿子横加干涉，收缴了他的一切证件，让他们不能正式结合，这样，卢燕不能享受到相应的福利，损失很大。古敏听了卢燕的诉说，帮她分析情况，鼓励他们过自己的生活。古敏告诉她老年人再婚，往往都会受到子女的不理解，或者无理干涉。这种干涉的原因很多，但都与利益有关。除了经济利益怕被外人分享外，还与彼此不了解有关。有的怕上当受骗，有的是戒备这样，防着那样。只有过好自己的生活，用事实说话，说明老人的结合不是为了得到对方的利益，不是贪图获得，这样才会以心换心，相互关心和理解，拉近彼此的距离。只要双方心里有对方，心里认可对方是自己的配偶，比得到一纸结婚证更有保证。这样的婚姻就是最大的幸福，是最美好的黄昏恋。有了古敏的分析和劝解，卢燕眼睛明亮了，许多事情看穿了，心情开朗了起来。卢燕与鲁昌盛共同生活，虽然受到他儿子的为难，但他们彼此相爱、彼此相助。他们商量着处理各种问题，生活过得有滋有味。他们的心越贴越紧，相亲相爱。当鲁昌盛为儿子的举动发怒，她还能好言相劝，让他宽容儿子，保重自己的身体最重要。当鲁昌盛执意要立遗嘱、将他的财产赠予卢燕时，她更是表示不会接受，阻止他立遗嘱，避免他们父子的矛盾加深。卢燕是一个好女人，无论对谁都是真心诚意。大家相信，总有一天，她也会被鲁昌盛儿子一家所接受。

随后，古敏又发言，说要特别感谢张华丽。她能无私地给予帮助，能从容地对待妻子无端的指责，请大家为这位好邻居干一杯。张华丽想说什么，但没有开口。大家喝酒，她也无声地喝了酒。

后来，张华丽也向大家敬酒，说朋友间就应该互相理解，互相关心，互相帮助。朋友更需真诚交心，心与心的交流，才是真正的朋友。大家都同意她的说法，高兴地喝了酒。

鲁昌盛也敬了酒。他没有讲大道理，只是表示要好好待卢燕，要好好与古敏、张华丽做朋友，让大家看他的行动，他要让彼此的情谊越来越深厚。

席间，古敏说出了心中的一个想法。他说自己最近想要完成心愿，回到家乡去。他说自己太想家乡，想回去看看家乡，顺便去散散心。更重要的是那里有自己的根，没有根的时候，总是不踏实。听了古敏的话，大家先是一愣，随后响起了掌声。大家都赞成他回故乡去，希望他尽快成行。大家都期望他收获愉快，达到美好的愿望。

后来，听说古敏要回故乡，杨青也赶到了他这里为古敏送行，同他话别。见了杨青，古敏十分高兴。他们谈得很融洽，有许多感兴趣的东西来谈。杨青十分羡慕古敏，说他能干自己想干的事，这多么美好啊。古敏出于客气，他告诉杨青，他同样可以干自己想干的事，这没有什么值得羡慕的。杨青直摇头，没有说话。为了岔开话题，他便问杨青，这次为什么凌子美没有同他一起来。

杨青摇了摇头，说："她怎么来，她有脸来吗？"

古敏知道他话中的意思，因为上次凌子美的无理，让大家十分扫兴。可见，杨青仍将此事记在心上。古敏笑了笑，安慰他道："杨老师，过去了的事就放下吧。她的为人，大家是知道的。何况那是小事一桩，大家不会计较那么多。"

"你们宽宏大量原谅她，她是不会懂的，可是，她是一个什么人，你们并不了解。她是一个一条道走到底的人，不会将别人的善良放在眼里，只知道自己重要。我最了解她，她是自私自利到了极致。"

杨青实在很生气，越说越激动。看着杨青，古敏也不知道怎么劝解。他天天面对一个这样的人，他该多么难受，有多少的怨气啊。见了古敏，算见到了知己，似乎要一吐为快。于是，只能让他说，他说出来了可能痛快些。他只好静静地听着他说话，自己却没有多说话。

杨青沉默了一会儿，突然说："古兄，我有一件事，想请你评评理。"

杨青还从没有这样慎重地说过话，让古敏心里一惊。他向前倾了倾身子，关切地说："你有什么事，尽管说出来吧。"

"凌子美太宠她的儿子，真的是太宠。她儿子都是安了家、生了孩子的人却总不愿意去找工作干，靠自己的正当劳动来养家。他不但不劳动，还整天沉溺于打麻将，赢了钱便大吃大喝，任意使钱，没有了钱，便向他妈伸手要。她不但当着我的面大把给她儿子钱，而且背着我的面还不断给她儿子钱使。如果是正当的，我会无条件地支持她。但是，她这样袒护儿子，我想这不但不是帮他，可能还会毁了他。"

听了杨青的话，古敏不但同情他的处境，也为凌子美的儿子担忧。古敏就是这样一个人，凡是他的亲人、他的朋友，他都希望大家好。如果谁有了困难，他都愿意帮一把。谁有了烦心的事，他都愿意为之解忧。就是不能出力，也会为之说说话。对凌子美的为人处世，他不会干涉。但是，对凌子美如此处理事情，他还是有自己的看法。他不好说出来，怕伤害了杨青夫妇的感情，怕引来他俩之间不必要的纠纷。他觉得十分为难，只能说："你也不必生气，生气对身体不好。家务事，没有必要多计较。"

"古兄，不是我计较，她真的很过分。"说到这里，杨青沉默了。沉默了好久，他气愤地说："过年的时候，她给了她儿子一大笔钱，说让他家过一个幸福美好的年。这我没有意见，我毕竟也是继父，我也希望他们幸福。可是，过了不久，家里的一笔钱又不翼而飞了。我多次询问，她才生气地说是她用了。家里没有添置一件东西，没有买一粒米，她会用到哪里去呢？她平时是那么抠门的人，一大笔钱会用到哪里？不是明摆着的吗？"

古敏摇了摇头，似乎也很痛心。他想，既然是半路夫妻，更应该互相沟通，做事尽量公开透明才对。对他们家的事，古敏真的不易理解。

二人沉默时，古敏的儿子一家提了大包小包的东西到来，有给古敏准备回家乡时送人的礼品，还买了许多吃食，这是让古敏在路途中吃的东西。古敏的儿子古经还告诉古敏，说到省城的高铁票已经给订好，还告诉他应该怎么取票，路途的注意事项。他还怕父亲忘记，一一给他写在一张纸上。

古经说完，他儿媳妇又接着告诉公公，他不懂的时候，一定照着同行人的办法操作。实在不懂，一定记住问工作人员，他们会给予帮助。

看着古敏儿子、儿媳的举动，杨青激动不已。他们这么细致地为出远门的父亲准备着，细心地安排着，这才真正是一家人。可是，自己却没有享受过如此的照顾。他自认为对凌子美的儿子一家不薄，可是，他们对自己却看似路人，不但不会关心你，还对你不搭不理。他为古敏高兴，也为自己痛心。

杨青不忍再看下去，立即告辞离去。他走在街上，心里一阵阵痛。他看着路上的东西都没有什么反响，眼里充满迷茫。

古敏终于回到了好久都没有回的故乡。古敏的父母早已离世，弟妹也都离开故乡到了外地，有的到外地工作，有的嫁到别处。他回到故乡，堂弟晓斌热情地接待了他，为他准备了可口的家乡菜，还陪他喝了不少的龙盛高粱酒，特别是这很有名气的高粱酒，他已经很多年没有喝到过了。醇香的味道让他记忆深刻，喝在嘴里，甜到心里。喝了不一会儿，他的话渐渐多了起来，说着说着，他还动了感情，就差没掉泪。这是家乡的味道，家乡的情谊。

饭后，乡亲们听说古敏回来了，都赶来看望他。古敏多年没有回家乡，家乡的人也多年没有看见他了。他儿时的玩伴都老了，年轻人却一个都不认识，但是，大家都十分高兴。玩伴都还记着古敏年轻时的事，都夸他了不起，他们说那时就断定古敏不是一般的人，他真的很了不起。在古敏看来，玩伴变化太大，他知道这些人在年轻时都吃了不少的苦，苦难的印迹都还写在他们脸上。他感慨时间不饶人，生活是多么不易啊。他想，如果没有高考制度的改革，他就是这群人中的一个。他感谢时代，感谢社会，他感到自己是幸运的人。

年轻人是带了好奇心到这里来的，他们已经听了不少古敏的故事。直到今天，他们才将那些奇事与本人联系到了一块儿。古敏是村里第一个考上大学的人，他是村里值得骄傲的人。现在看到古敏，觉得他没有什么奇特的地方，说话与村里的人口音一样，说的东西大家都熟悉。但是，他的气质与见识与众不同，特别是通过对比，才知道他与众人确是不同。人们在屋里涌来涌去，有很多人都够不着与他说话。很多人只是听老人吩咐，叫一声“三爷”“三公”“三祖”。古敏也是不停地应着这个，又忙着应着那个。小孩特别多，他们不关心古敏的过去，也不懂得古敏在村里的地位。他们在屋里窜来窜去，打闹着，嬉笑着，特别高兴的是他们可以任意地吃着古敏带来的糖果、瓜子之类的吃食。只有几位老人一直陪伴着古敏，他们是古敏的小伙伴，已经好多年没有在一起了。这些老人在农村生活，甚至还没有出过远门。但是，他们这伙人中出了一个古敏，他们便特别高兴，特别自豪。

后来，人们慢慢散去，这几个老人还在与古敏小声谈话。后来，胖子二娃（古敏的族兄，古敏称他二哥）问道：“古敏，你还记得我们三个去割草走丢的事不?”

“二哥，我怎么能忘记这事呢？我们去二姑他们那里割草，还在二姑家住了一晚上。”说完，古敏哈哈大笑起来。

“是，我记得二姑还去买了羊肉给我们吃。那晚，大表姐还带我们几个去看了一场坝坝电影。”铁头三哥（这是古敏的另一位族兄）插了话。

顿时，古敏沉默了，似乎有些伤感。过了一会儿他才说：“我们在那里吃好的，看电影特别高兴，可是，家里的大人快急死了。他们到处找我们，还到河沟里找，到附近的池塘找，怕我们洗冷水澡淹死。”古敏为什么会伤感，因为这些老人都已离世。古敏想到他们的辛劳，他们都没有过几天好日子，如果他们还在世，该有多好啊。

胖子二娃也笑了说：“那时不怕小孩被人偷走，就怕洗澡被淹死。”

“那个时候，哪家没有几个小孩？谁还会去偷小孩来做什么。”铁头三哥接着说。

“是，家家都没有什么吃的。自己的孩子都养不好，还去偷小孩，吃了饭没有事干？”古敏附和着，表情凝重。

过了一会儿，古敏问起了离他们家不远的小溪，还有小溪上的拦河坝和拦河坝旁的水冲磨坊。这些有趣的东西，让古敏特别感兴趣，记忆特别牢靠。因此，他便特别提问了出来。

听古敏提到这些，一个外号叫“水上漂”的（他的名字叫王林，水性特别好，大家便给他取了这么一个外号）将烟杆放下，淡淡地说：“小溪仍然在那里，溪水仍在流动着，可是，拦河坝没有了，水冲磨坊更是没有了影子。”

“啊，多么可惜。”古敏感叹了一句。

“有什么可惜？后来，到处都有了磨面机、打米机，谁还到那水冲磨坊去哟，它自然就慢慢没有了。”水上漂望着古敏，不解地说着。

他根本不能理解古敏的心思。那是古敏经常去玩的地方，那里有古敏小时候的乐趣，有那时的记忆。他到了外地，许多东西慢慢忘记，只有这些东西，他记得最清楚。就是到了现在，他有时候做梦，也会梦见那磨坊。当然，他们没有古敏的经历，没有他的体验，也就没有了他那样的感受和伤感。

几个玩伴，又谈了一会儿话。堂弟说古敏坐车劳累，应该早点休息。他们才怏怏告别。他们还约定，让古敏多在家乡玩几天。他们还要陪古敏一起到周围走一走，带他到处看看。古敏高兴地答应了下来，这也正是他希望的。

堂弟妹为他布置的住房，收拾得干干净净，特别是床上用品，全部是新添置的。她还告诉古敏，如果冷的话，就开电热毯，让他不用考虑电费，现在也不缺那几个钱。由此看来，家乡人生活的变化真是很大，大家过起了小康生活。

古敏从回到家乡那一刻起，一直都处在激动中。堂弟的热情接待，乡亲们的关切，都让古敏感到乡情的浓厚。临睡时，他拿出一笔钱给堂弟，让他安排一次筵席，他要请全村人吃一顿饭，一是表示一下心意，二是对家乡的感谢。

堂弟将钱退给他，说：“你没有必要请客，现在大家也不在乎吃的东西，何况，请人吃饭，怪费劲。”

“不需要你一个人出力，多找几个人帮忙吧。大家在一起吃饭，他们会乐意帮忙吧？”

堂弟知道他没有理解自己的意思，笑了笑，说：“三哥，你没有懂我的意思。我是说，你这样做没有必要，真的。”

“看来，你还是怕麻烦？”

“请客吃饭，一点不麻烦。现在有一条龙服务，只要给他钱，什么都不用管。方便得很，方便得很。”

“那么，这就更不能省了这顿饭。弟弟，你就帮我找一条龙服务好了。”

见古敏主意已定，堂弟依了他。随后，他俩商量了请雷五的一条龙服务。他收费合理，菜品的味道特别好，在附近很有名气。

说到雷五，古敏想到了自己的一个同学。那时，大家就一直叫他雷五。古敏一问，还真的是那个同学。听堂弟说雷五依靠一条龙服务，找了不少的钱，早就修起了楼房，还买了汽车，已经发了财。古敏为老同学高兴，心情一时又激动起来。

随后，他俩计算了人数，然后大概估计了经费。古敏又拿出钱来，要给堂弟。堂弟用手挡着说：“先不用拿钱，烟酒等用品，可以到小卖部挂账。一条龙也是最后算账。到时，该多少我带着你去结账。”

古敏想想今天的经历，仿佛在做梦。他心情激动，感慨良多。虽然已经很晚，但他还没有一点睡意。他突然想起了要填词，于是，他便开始了创作。不久后，他便写好了两首词。

忆江南

童年事，
说起话悠长。
轻率行止似冒险，
不思结果逞豪强。
今忆甚忧伤。

渔歌子

头顶骄阳收割忙，
强忍饥饿汗流淌。
勤耕种，
报偿良，
肩挑重担喜洋洋。

写完，他想起年轻时的事。那时粮食不够吃，劳动强度大，蔬菜、汤水勉强填饱肚皮，饭后撒一泡尿，肚皮就饿了。他还记起当时的口号——“红苕能顶半年粮”。那时的红苕是主粮，却没有什么营养。

堂弟电话联系了雷五，然后告诉古敏，说请客的事就定在两天后进行。那是雷五的空档期，安排起来合适。如果还有什么细节的事，到时候，什么都可以商量。

堂弟还问他明天的早饭想吃点什么。古敏想都没有想，便开口说：“你就煮红苕稀饭吃。红苕稀饭下酸巴菜，特别特别好吃。”

堂弟说红苕稀饭有什么吃头？一定要带他去街上喝羊肉汤。古敏坚决不同意到街上去吃，堂弟只好依从了他，说一定煮好红苕稀饭，让他好好吃一顿。堂弟还告诉他可以睡迟一点，不要忙着早起床。

上床后，古敏一会儿便迷迷糊糊地睡着了。看来，他还真的累了。不久，古敏开始做梦。仿佛是小时候去割牛草，漫山遍野地跑。他跑累了，便躺在草地上晒太阳。小虫爬进了衣服里，将他咬了。他醒了，原来是一个梦。他想想这个梦，既甜蜜，又心酸。

第二天一早，天刚蒙蒙亮，古敏便醒来了，他听见屋后竹林里有小鸟在叫，似乎还有鸟儿在追逐，听见了“噗噗噗”的响声。这样的情景，他已经好久没有感受到了。他现在真的感到离开了都市，回到了家乡。这样的田园生活，不是谁都会喜欢的。只有古敏这样经过了多年的外地生活，再次回到这静谧的乡村，回味儿时的记忆，才会感到特别温馨，特别香甜。想到早年的生活，他似乎在做梦一般。此时，他有些兴奋，有些感慨，也有一丝忧伤。复杂的感情，搅动着古敏的心，他再也难以入睡。他不想睡了，他不能错过这么美好的早晨。

他起床后，便到住处的周围走动。他走着看着，呼吸着清新的空气。他感到特别舒服，心情特别好。他看农村的早晨，更是兴奋不已。不远处，几只小狗在空地里追逐，鸡、鹅在草地里散步觅食，不时为了抢食而打闹。特别是各种美妙的声音，让人听了会觉得像听音乐会一般。他举眼远望，近处有水田、堰塘，远处有庄稼地。此时的地里，麦苗绿油油的，像茂密的草原一般。鲜艳的油菜花开得正盛，给大地染上一片片金黄。眼前的景物，是任何画家都描绘不出的。这是一幅难得的美妙山乡图，只能用心去感受。他在心里赞叹家乡是多么美，大都市怎么能与她媲美呢。他小时候虽然在这里生活了多年，却从没有感受到她的美。他要将这美记录下来。回到屋里，他又开始了写诗填词。

忆江南

山乡好，
有妙曲悠扬。
小鸟清唱呼早起，
牧童傍晚唤牛羊。
鸡乐叫声昂。

忆江南

村居妙，
顶数人情浓。
家中常有邻做客，
出门随处笑相逢。
来往特从容。

古敏写得兴起，堂弟催他几次吃早餐，他都没有起身。他不想将自己头脑里的美景因吃早餐而忘掉。他让堂弟先吃，硬是要将词填好才罢休。吃过早饭，堂弟说出去走走，他说还要写东西，走走看看的事，推后再说。

早餐后，他又写起诗来。

红苕情

困苦时代事难忘，
红苕权当半年粮。
酸菜伴食味道美，
救人活命情谊长。

诗写好以后，他立即起身往外走。堂弟说陪他，他谢绝了。他急急地走路，到了野外，他开始拍照。他拍了黄澄澄的油菜花，拍了绿油油的麦苗，还有水中悠闲游动的鸭群……

回到住处，他将照片配上写的诗词，添上悠扬的音乐，做成了一个美篇。欣赏着自己的作品，古敏心里甜美，嘴里自然地吹起了小调。他那陶醉的样子，让堂弟在心里发笑。晓斌不知道古敏在乐什么，但是，他知道古敏一定喜欢上了家乡。他走路都小心翼翼的，生怕破坏了古敏心中的美。

中午，堂弟提议喝一点酒。古敏说自己还有事做，喝酒放在晚上。午饭后，古敏又继续修改他的美篇，直到完成了作品，他才起身伸伸懒腰，松了一口气。他对自己的美篇终于满意了，立即发给张华丽欣赏。

不久，张华丽便给他发微信，赞美了他的诗词，赞美了他的美篇。她评论说，诗词有真情实感，仿佛从心里流出一般；照片很美，给人以美的享受，让人无限向往。美与美的结合而成为美篇，那就是美上加美，美不胜收。古敏相信她说的，因为他也感受到了这些东西，只是让她说了出来。

张华丽还赞美了古敏的家乡真美，仿佛仙境一般。她还说自己都想去古敏家乡看看，享受这美好的环境、美好的情调。古敏告诉她，以后有机会，一定带她到这里来。到时，让她多住几天，那样才能真正地体会到更多的美。

古敏心情激动，久久不能平静。

第七章

先前说到了古敏做的美篇，受到了张华丽的赞美，说他的诗词美，照片美，美篇更美。

古敏谦虚地说不是自己写得好，是这里的景色好。由于自己笔拙，还没有很好地表达出来。古敏还告诉张华丽，说乡亲们怎么热情，怎样热情地欢迎他。家乡的乡情民风，根本无法用语言和文字表达完全。张华丽十分羡慕古敏，说他在家乡这么高兴，该有多么的美。她还说那么美的地方，她都想看看。古敏便与她开玩笑，让她立即赶来，他一定给她当好向导，让她尽情地领略自己家乡的风景美，人情美。

张华丽知道他在开玩笑，便顺着他的话说，要他派一架直升机去，她就一定立即赶来。说完，他们都笑了。手机里互传着笑声，一旁的人都感到十分奇怪，不知道他们在笑什么。看到古敏回到家乡这么高兴，还不断地赞美家乡，她为他高兴，认为他这次回到家乡，是十分值得的。回到家乡，会让他从悲伤中走出来，获得更美好的生活。

与张华丽发了一会儿微信，古敏突然想到了什么，便问道："晓斌，我记得马鞍山那个地方有一棵黄葛树，树上还长了一棵柏树。那树还在吗？"

"在啊，两棵树都长很大了。"

"我们能去看看吗？"

“当然可以。我们明天上午就去爬马鞍山，看树上长树的奇景。看了树之后，我们就去大石坎，去看白沙溪。”

第二天上午，为了陪伴古敏，晓斌还约了胖子二哥，铁头三哥，多几个人，边走边看，不会显得冷清。

他们开始向马鞍山进发。出了村子不远，古敏发现有的田里长满了杂草，田里还有许多丢弃的塑料瓶，乱七八糟的杂物。如此看来，这田块已经几年都没有耕种过了。古敏立即问道：“晓斌，这田没有人种吗？”

“是没有人种，已经荒废了几年。”

“怎么会这样呢？这么好的良田，如果种上的话，产量应该很高。”

晓斌笑了笑，没有说话。走了几步，他还是说道：“现在的粮食不值钱，大家就没有心思种地了。”

听了晓斌的话，古敏心里咯噔了一下。他十分伤感地说：“记得我在家种地的时候，只要能点一颗豆的地方，都不会让它空置。”

“那个时候的话，怎么能拿到这个时候来说？”晓斌那个时候小，根本不了解那个时代的生活，那个年代的艰苦。因此，他根本不理解古敏此刻的心情。

“这么好的田土，荒废了总是可惜。”古敏摇了摇头，似乎很痛苦。

晓斌笑了笑，说：“没有什么可惜的，凡是田土荒废的人家，都是出去打工的。他们找到的钱什么东西买不到？谁还稀奇这点土地。”

这时，铁头三哥接过话说：“年轻人都出去打工找现钱去了，村里尽是老弱病残，想种都无法去种。”

晓斌淡淡地说：“就是这样的状况。前几年，三哥就捡了许多的空闲地来种。现在，三哥的地都种不了。三哥，你说是不是这样？”

铁头三哥点了点头，没有说话。胖子二哥接了话说：“老的干不动了，小的还不能干活。因此，只能看着它荒，谁都没有办法。”

古敏想了想，说：“这么多田土荒了，没有人来管一管？”

铁头三哥说：“现在是各管各的，土地都是自家的，谁还多管闲事？”

晓斌说：“谁说没有人管？听说要搞土地流转，据说界市那边已经在搞试点了。现在搞得如何了，谁都不知道。”

古敏眼前一亮，说：“这个办法好，具体怎么流转，你们知道吗？”

晓斌摇了摇头，说：“只听说过，没有看见，谁知道怎么流转。我们这里还不知道哪年哪月能搞流转，早着呢！”他漠不关心，也不想去关心。

随后，谁都没有说话，他们都在想心事。他们默默地走了一会儿，古敏突然闻着了一股怪臭味。他再嗅了嗅，说：“这是什么气味？怎么这样难闻。”

胖子二哥扇了扇鼻子，脸色焦急地说：“这是牛棚子那地方，有人又开始烧废塑料。”

“烧废塑料？”古敏疑惑地问。

晓斌急忙解释说：“牛棚子那里是一个废旧物资集散地，做鸭毛、废旧塑料、废旧金属生意的人很多。他们到各地回收到的废品，不能用的，便到处堆放，或者干脆烧掉了事。这些商家都找了钱，可是，老百姓就遭了大殃。”

“就是，这气味难闻还好一点，当地的土地被污染，水也被污染，真的是害人不浅。”胖子二哥气愤。

“他们这样乱堆乱放废旧物资，随意烧污染物，就没有人来管吗？”古敏也很气愤。

晓斌往地上吐了口水，说：“说是有人管，用钱说话，就过了关。据说高层都被惊动了，要建一个再生资源基地，还不知道几时能建成。”

随后，一行人都闷了头走路，再没有人说话。特别是古敏，他先前兴奋的心，完全低沉下来。他不只是心低沉，更是痛心不已。古敏虽然离开故乡多年，不是一个靠土地吃饭的人。但是，他的心还在这里，还热爱着这片土地。因为他在这片土地上长大，靠这片土地养活过。如今，土地荒废，以后的人该怎么生活呢？不可能都靠打工过活吧。还有那些乱丢废弃物的人，他们找了钱，便到了远远的地方买房过好生活。他们的生活过舒适了，生活美好了，但是，当地人却不能走，还必须祖祖辈辈在这里生活，他们会持续在这里受苦，受到无端的伤害。看来，这些问题不解决，将是一个大问题。长此以往，自己的家乡会变成什么样，他不敢去想象。因此，他怎么能不心痛呢？

好在远远地能看见马鞍山了，特别是那棵标志性的树也在远处向他招手。他转移了心思，小心地朝前走。因为路的两边都长满了杂草，特别是思茅草，长得有一人高。如果要想通过，必须细心地在草里找路。如果一不小心，就会有摔跤的危险。晓斌走在前面开路，他不停地踩倒草丛，才现出路来。看着这么茂盛的草，古敏心情十分复杂。当年，他割草的时候，可没有这样好的草来让他们割。他们必须走很远的路，到大石坎以下的山地去割草。到那么远的地方去割草，用来走路的时间比割草的时间多。有的时候，到了中午时分，背篼都没有割满，人已经饥饿难忍，心里特别着急。最后，草背篼虽然割满了，但是还要饿着肚皮走十多里路。那样的生活，他经历过几年，让古敏久久不能忘记。可是，现在不用走多少路，就有那么茂盛的草，却没有人割草了。不是那个年代经过了那样生活的小孩，是不知道其情其景的。古敏不知道这是好事，还是坏事。只是这荒草太茂盛，走路实在艰难，必须小心前行。他不敢分心，必须集中精神走路，生怕摔跤。

由于看见了黄葛树，古敏心情激动，他把烦恼抛到了脑后，急急地赶路。他对黄葛树太有感情了，一想到家乡，他就会想起这黄葛树来。因此，似乎这黄葛树就成了家乡的象征。没久久离开过家乡的人，是不会有他这样的感觉的。对他这般匆忙地赶路，同行人还很为他担心，只见晓斌一再提醒他注意脚下，可是古敏却像没有听见一样。

古敏一马当先，最先奔到了黄葛树那里。其他人赶到的时候，看见古敏早就抱着树干，用脸亲着那树了，他一动不动，没有说话。其他的人怕打扰了古敏，只好远远地站住，静静地望着他。不但没有人说话，连树上的鸟儿都没有鸣叫。

过了好久，古敏松开了黄葛树。他用手擦了擦眼泪，回头与大家打招呼。他招呼大家坐，一起吸烟休息。古敏看着眼前的黄葛树，许多久远的事情开始浮现在眼前。

他十多岁的时候，与小伙伴割草便经常来这里，到黄葛树周围玩，爬上树去远望。人站在树上能看得很远，连几十里外的古塔都能看见。现在，树长粗大了，他也不能爬树了，他只能站在树下，四下瞭望。

马鞍山顾名思义，就是像马鞍似的一座小山，两头高，中间低的小山上有草坪、乱石。他们除了爬树玩，还能在树下找到许多的玩意儿。比如比赛扔石头，看谁扔得更远，扔得更准；有时还比赛爬树，看谁爬得更快，爬得更高。

这棵黄葛树特别之处是上面还长了一棵柏树，他们好奇地猜测这柏树是怎么长出来的。有的说是人栽的，便有人反对说谁会在树上栽树，从没有听说过这样的事；有的说可能是两棵树一起长，后来，柏树长不赢，就赖在了黄葛树上，但是，很多人也不同意这说法；还有人说可能是小鸟啄了树籽放在黄葛树上，后来便有了柏树。那时候，他们谁都说不服谁，只能留下许多美好的猜想。树上长树，大家都稀奇，便小心爱护着这一奇观。这奇观还能保留到现在，让古敏倍感欣慰。

古敏记得，他们玩得最多的是在树下摔跤。将大家分成两队，一方出一个人对摔，谁先倒地，便算输掉了一个。后面的上来一个接着与胜者摔，直到一方没有人了，这方便彻底输掉比赛。胜利的一方便会将输家的主帅抬了去丢，丢了这主帅，其他的人必须马上奔回阵地。如果被这主帅抓住了，对方会将此人抬了去摔。结束了一场，不服气的提议再战，便会重新分配人马，再次搏斗。那时，古敏的个子虽然小，但他摔跤很有技巧，许多比他个子大的伙伴，都可能会被他摔倒。因此，有了古敏在的一方，往往都有获胜的希望。于是，他很受同伴的喜爱，他自己也感到很自豪。这些久远的记忆，古敏现在都记得清清楚楚，仿佛发生在昨天一般。

如果不玩摔跤，小伙伴都喜欢躺在树旁的草坪上睡觉。睡了好久好久，眼见快到回家吃饭的时候，大家才匆忙散开，忙着割牛草。有时不小心，便会砍了手指。虽然受了伤，也不喊不闹，悄悄处理了伤口，继续割牛草。

后来，古敏读高中住了校，才结束了割草生涯，也便没有到过马鞍山玩了。他没有来过马鞍山，但这棵奇特的树久久地留存在了他心底。再后来，他去了外地工作，回家乡的时候都少了。特别是他父母亡故后，古敏便没有回过故乡。今天来到这里，他仿佛回到了过去。他找回了儿时的记忆，回味着那快乐的事，他的心情能不激动吗?

离开马鞍山的时候，古敏又去抱了一下黄葛树。他深情地望着黄葛树和柏树，在心里默默念着：美好的黄葛树啊，我还要来看你。

他们来到了白沙溪边。举眼望去，溪水还是那么清澈，只是岸边的草更加茂盛。他来到水边蹲了下去，用手捧了一捧水，浇在自己的脸上，心里甜甜的。以前，他们割草来到白沙溪，不是用溪水洗脸，就是捧了水喝，因此，他对这溪水有种特殊的感情。溪上的拦水坝仍在，却没有了拦水的功能。当年作用不小的水冲磨坊没有了踪影，只有一些乱石横七竖八地躺在地上。望着乱石，古敏想说点什么，却没有说出口。那乱石也似乎对他很熟悉，却表示不出来。他摸了摸石头，最后坐在了一块石头上。他们抽着烟，古敏抬眼四望，想找找当年的感觉。当年已经远去，一切仿佛都陌生起来。他再望向溪水，溪水在静静流淌。他知道这溪水在十多里外汇入沱江，沱江在泸州汇入长江。于是，古敏的心也似乎随着溪水去了远方。当年，他就经常望着溪水默想，他会想着远方，想着一些不着边际的东西。这些东西对一个十多岁的小孩来说，就是一种希望，一种追求。但是，他不知道外面的世界是一个什么样子，无论他怎么想，都想不出一个完整的东西来。后来，他出去读书，参加工作。他才知道外面的世界是多么的大，一个乡村的孩子，怎么能知道世界的本来面目呢?但是，他不会笑话那时的无知，正是有了那时的默想，才成就了他，让他有所作为。

现在，他又来到了这里，古敏的心静了。他似乎找到了当年的一些答案。任何大江大河，起源的地方都很渺小，可是，没有这渺小的源头，便没有后面的大江大河。人也是如此，从小慢慢长大。走路必须大胆地迈开步，然后一步一步地踏实前行，只有不断地前行，才可能到达目的地。家乡就是一个人的根，一个人的源头。无论你到了哪里，无论你从事什么职业，你都需要根，更离不了源头。有了根和源头，才不会缺少力量，不会迷失方向，否则，便会夭折，或者走失方向。此时此刻，古敏的心不但得到了安宁，而且他的眼睛更加明亮。他精神一振，充满了无穷的力量。

他再次来到了溪边，捧了一捧水浇到脸上。溪水虽然有一些凉，但他的心火热。这样仿佛还难以表达他此刻的心情，又捧了水放在嘴边。

身后突然响起晓斌的惊呼："哥，这水不能吃。"

古敏放掉了水，回头问道："兄弟，谁说这水不能吃？以前，我们可没有少喝。"

"我的意思是怕你喝了冷水，肚子受不了。"

古敏明白了他的意思，又想喝一口溪水。但是，他还是没有坚持自己的想法，他怕真的会拉肚子，那样就麻烦了。他怏怏地回到原地，望着其他的人笑了笑。

在回家的路上，他们很少说话。不是累了，而是都在想心事。吃过午饭，少有午睡习惯的古敏竟然美美地睡了一觉。他睡得十分香甜，醒来时，已经是半下午了。他翻身起床，喝着晓斌为他泡的茉莉花茶，头脑特别清醒。想想今天的经历，他感慨良多，便立即找了纸笔，写起诗来。

小溪流

在山的怀抱里，
有一条小溪流。
它认准了方向，
去实现其追求。
它是一路欢歌，
没有什么忧愁。
越过一切阻拦，
不管不顾奔流。
多么自由自在，
那么欢乐悠悠。
努力向前奔跑，
一刻不愿停留。

对大海的渴望，
它有无限劲头。
要去实现理想，
实现着那追求。
在山的怀抱里，
有着一条溪流。

古敏抑制不住激动的心情，便直接用微信，将诗发给张华丽，让她欣赏。张华丽说他的诗进步很大，很有情趣。她还说古敏深藏不露，原来还有这么大的本领。古敏只好告诉她，说自己从高中时便喜欢写，只是后来工作忙，还到处奔波，便无法静心写作了。但是，写作一直没有断，现在退了休，又才捡起了早年的爱好，写得更多。听了古敏的话，张华丽鼓励他要多写，她说写多了积累起来，那才会有意思，说不定他还会成为一个诗人。古敏听了她的赞美和鼓励，不知道说什么好，只是在心里鼓劲，一定要努力多写，不辜负她的期望。

张华丽的话，说到了古敏心里。这段时间，他也经常想这问题。现在，他想通了，以后将写作当作一件事来做，不但要写诗，还要写更大型的东西。他想，不愁以后没有事干。如果能坚持的话，还可能会有意想不到的收获。他心里乐着，暗暗下了决心。他没有把这想法告诉张华丽，怕她会笑话自己。

随后，古敏问张华丽过得还好吗？张华丽告诉他，说自己过得很好，只是还很想小外孙女，她太可爱了。她说觉得与外孙女生活在一起，乐趣无穷，现在没有与她在一起，心里还有一些空落落的。

古敏也鼓励她写东西，说写作起来，会觉得有许多的乐趣。古敏说她是老师，有能力和水平，一定会比自己写得好。张华丽急忙笑着推辞，说自己不会写东西，不过她表示有信心找到事情来做，一定会让自己的生活更充实，只有过更充实的生活，晚年生活才更有意义。

后来，古敏还向张华丽问起了杨青、凌子美、卢燕、鲁昌盛最近的情况。这时，张华丽才告诉古敏，说卢燕受了一点伤。

听说卢燕受了伤，古敏心头一惊，想都没有想便问道："她怎么会受伤？怎么受的伤啊？"

听到古敏急切的语气，张华丽急忙安慰道："你不用着急，也没有伤很重。只要调养一段时间，便会好起来。你还是安心在家乡看，好好在家乡玩。用好心情写诗，别耽误了你的正事。"

听说卢燕受伤，古敏怎么能安心呢？他追问着原因，要张华丽赶快告诉他。张华丽没有办法，只得告诉他，卢燕当护工的那所医院发生了一起医患矛盾。这医患矛盾与卢燕没有关系，却伤害到了卢燕。张华丽虽然说得十分轻松，但是让古敏更加想不通，既然与卢燕没有关系，怎么会是她受伤呢？古敏还是不放心，非要问出详情不可。张华丽拿他没有办法，只得详细地说给他听。

后来，张华丽告诉古敏，说卢燕的伤没有什么大碍，让他一定放心。如果因为这事影响了他的情绪，她还真的不应该告诉他。古敏向她保证，一定放下此事，二人才笑着放下了电话。

可是，古敏并没有放下此事。直到睡前，古敏的心都没有平静，他的心很乱，想了很多。他还由此联系到其他的社会问题和矛盾，许多都可以避免。这天晚上，古敏怎么睡着的都不知道。第二天早晨起床后，他觉得头昏昏沉沉的。后来，雷五来了，他与老同学打过招呼，心情才好了一些。二人毕竟是老同学，又是多年没有会面，二人的手亲热地紧紧握在一起，心情都十分激动。古敏发现雷五变化很大，总之，他显得很苍老。古敏知道，农村的劳动强度大，一般的人看上去都会比实际年龄大。

二人坐下后，古敏便向雷五问起了初中的许多同学。雷五也将自己知道的，尽量告诉古敏。

后来，古敏问到他们初中的班长。这班长还是古敏的同桌，二人的关系很好。他开口问道："雷五，那个雷从高在干什么？"

雷五笑了笑，说："他不能干什么。"

"你这话是什么意思？"

"没有什么意思，他已经死多年了。"

"真的，怎么会这样呢？"古敏很吃惊，不敢相信自己的耳朵。

雷五轻声地告诉古敏说："雷从高起初就是一点小毛病，农村人得了病，一般都是自己扯了点草药煎了来喝，不会去医院看病。可是后来，不知什么原因就死掉了。"

听说初中时的班长逝世，古敏心里一阵难过。他想，班长不过五十多岁就死去了。现今的时代，这个岁数正是年富力强的时候，怎么说没有就没有了呢？他不知道怎么回答这个问题，更不能接受这样的事实。他沉默着，抽起闷烟。他眼前一片迷雾，眼里充满茫然。想着那个热心班上工作、关心同学的人走了，再也不能看见他了，古敏他痛苦极了。他只能在心里默默祝福，让他的班长在天堂快乐。

随后，古敏又问起了其他的同学。雷五都一一给他回答，有的在当地务农，有的出去打工了。因为当年能读高中的人毕竟很少，能通过读书改变命运的人更少，因此，古敏才真正感到了自己很幸运，自己更应该感谢高考制度的改革。他还要感谢帮助过自己的人，感谢国家的改革开放。是的，应该感谢改革开放，它改变了国家的命运，改变了中国人的命运。人们都能够吃饱饭，过上小康生活，这是多么不容易的事。

过了一会儿，古敏又问道："我们班上的那个仙女呢？"

"你说的是哪个仙女？"雷五迷茫地问，好像他们不是在一个班上读书。

读书的时候，男生都喜欢给女生取外号，女生也喜欢给男生取外号。因此，不是很熟悉内情的人，外号是指的谁，有的同学还真的不知道，何况已经过去了几十年，所以，雷五才会这么反问。

古敏笑了笑，说："就是那个头发长长的女生，叫什么仙的。"

"哦，你指的是她哟。"雷五神秘地笑起来，然后说，"看来，你对她很有好感？这么多年还记得她。"

"读书的时候，就是觉得她美。"古敏没有反对，承认了对这女生的好感。

"你还记得她的外号，美丽的长头发。你那么喜欢她，怎么没有和她好呢？"

"你就爱开玩笑，那个时候，哪里知道那么多。大家都只知道打闹、好玩，谁对谁有好感，也是一种朦朦胧胧的感觉。那么小的孩子，还有臭奶味，如果知道追女孩的事才怪。"

"你不能这样说，还是有人知道男女之事的。不过，都是干空事。"

"我的家庭条件那么差，我才不会与女生交往。"

"你太看低自己了，你成绩那么好，一定会有女生喜欢你。"

"我才没有女生喜欢。你那么喜欢与女生打闹，肯定有女生喜欢你！"古敏转换话题，开起了雷五的玩笑。

"我的家庭条件比你更差，人又调皮，还不爱学习，哪个女生能喜欢我这样的人？"

"你这是自卑，还是谦虚？"

"不自卑不行。"雷五说到这里，沉默了。然后回答古敏的问题，"听说她嫁给了一个工人，到远方去了。她现在如何，我也不知道。你真的没有联系她，她也没有联系你？"

"联系，联系你个头。"古敏拍了雷五一下，两人都笑了。人都老了，说起早年的往事，还是要开玩笑，还是那么开心。人就是这样，相隔再久，见面后，情谊便回来了。

后来，古敏仿佛话犹未尽地说：“我记得读书那个时候，你经常去逗女生，被她们追着打闹。不喜欢你，她们能与你嬉闹?”

“她们能喜欢我？笑话。她们那是讨厌我，恨不得打死我。”

“你不记得人们经常说的‘打是亲，骂是爱，不打不骂不自在’？你被她们打骂着，心里怕乐得不得了哟。”古敏开着雷五的玩笑，心情好了起来。

二位老同学，说着笑着，仿佛回到了当年。他们也显得特别亲，关系非同一般。于是，在后来服务的时候，雷五一定要优惠古敏，但古敏不要他优惠，只要求他把筵席办好，让乡亲们吃好，就感谢不尽了。可是，雷五反而说闲话了，说古敏看不起他。最后，两同学达成协议，雷五优惠古敏到百分之八十五。看雷五执意这么做，怕伤了他的感情，古敏只能按他说的办。

抽空，古敏还去祭奠了父母等逝去的老人。他还去看了自己以前住过的老屋，完成了自己的心愿。特别是在老屋外面看的时候，他差一点掉泪。因为没有人居住，老屋都快垮掉了。这是他生活过的地方，他大为伤感。可是，他也没有办法。

宴请乡亲后，古敏想尽快回去，可是，堂弟不让他走，要留他多耍几天。说他回来一次很不容易，如果这次走了，还不知道几时再回来。古敏想想也是，就留了下来。他也想找找高中的同学，建立起联系。但是，他早就没有了任何高中同学的联系方式了。后来，他想起去高中的母校，到那里去碰碰运气，说不定会有惊喜。他把自己的想法告诉堂弟，晓斌说这是一个好办法。于是，他决定明天就去母校看看。

这天晚上，古敏躺在床上，梳理了一遍这几天的经历。他有不少的收获，有高兴的事，也有不满的地方。家乡人的生活比过去好了不少，大家都能吃饱穿暖。过去的茅草房没有了，家家都修了楼房。但是，也有遗憾的地方，特别是土地的荒芜，环境的污染，让他十分忧心。他睡着后，便做起了梦来，但一会儿熟睡，一会儿惊醒。想着去母校找高中同学联系，他不知道结果会是怎样的，他担心起来……

第八章

古敏高中的母校，是离他家几十里外的一所乡村中学。那时是推荐读高中，推荐优秀的初中生入读，但是，要想读高中还真的不容易，因为那时高中招生名额少，初中毕业生特别多。推荐读高中的学生，必须首先满足各级干部子女入读。一般百姓家庭的子女，能读高中的便少之又少。古敏就是这少数人中的一个，他虽然品学兼优，但还是没有被推荐读高中。后来，一位入学的人退学，他才获得补缺读高中的机会。机会实在难得，他必须要好好利用。所以他读高中的时候特别自觉刻苦地学习，各方面的表现都很优秀，成绩特别出众。这样品学兼优的学生，不但老师很器重他，同学们也很喜欢他。那时，读高中的生活很艰苦，虽然勉强能填饱肚皮，但是一个月那么几元钱生活费都很难凑齐，有的还要靠国家的助学金来解决。他的家到学校几十里路，都是靠走路来去。虽然条件差，他却从不叫一声苦。两年的高中生活，他打下了坚实的文化基础，生活能力也提高很多。后来，恢复高考制度，他一次性地考上了大学。过去几十年了，他从未忘记过这所乡村中学。他特别感谢自己的同学，感谢自己的老师，没有一刻忘记过他们。只是他一直在外地工作，才没有了什么联系，他多么盼望能回到母校去走走看看，如果能联系到同学和老师，那更是意外之喜。

慌忙吃过早饭，古敏便坐上一辆摩的急急地向母校赶去。虽然还有寒意，坐摩的也不是很舒服，但是，古敏一路上都很兴奋。特别是看见路边一片片绿油油的麦地，黄澄澄的油菜花，他的心情再也不能平静。这样的情景，他早年看得太多太多，现在再看见这美好的景致，他仿佛又回到了过去，回到了求学时代。他怀着激动的心情，来到了母校的大门外。他看着气派的校门，又让他回到了现实，望着那一栋栋楼房，仿佛这里不是母校了。因为他读书的时候，这里的建筑全部都是平房，学生的住房更是清一色的土坯房。他走到门卫室，将自己的情况和来意告诉了门卫。虽然门卫不认识他，却十分热情地接待了他。门卫的热情，让他有一种回家的感觉。后来，他还说了自己是哪个年级的学生，想看看学校，如果能找到当年的老师和同学，就更高兴了。门卫告诉他，当年的老师都退休了，但找同学还是有希望的。门卫让他等一等，他试着打电话找人。

不久，便见一个人朝这里走来。他远远望去，似乎有些熟悉。那人走近以后，他一下知道了是谁。他急忙迎了上去，对方也快步向他走来，两双手握到了一起。古敏激动地喊道："李清江，真的是你吗?"

"古敏，今天是什么风将你吹到了这里?"

两人都很兴奋，因为他们都没有想到会在此时此刻见面。来人正是他高中的副班长李清江，他们读书的时候是好朋友，而且还曾是同桌。虽然过去了几十年，但是他们一见面，便立刻认出了对方。

随后，李清江笑着说："古敏，这下终于找到你了。"他将古敏的手抓得更紧，生怕他会跑掉。

听了李清江的话，古敏惊奇地问道："你这样说，难道你们找过我？"

"我们怎么会不找你呢？你是我们的学习委员，没有一个同学会忘记你。可是，我们使用了许多办法，就是找不到你的信息。"

"你们都在找我？"古敏觉得他话中有话，心里好感动，但他还是奇怪地问了一句。

"你可能不知道，我们现在都退休了，所以经常开同学会。每开一次同学会，大家都在探问你的信息，就是没有谁知道。所以，总是找不到你。"

现在，古敏相信了李清江的说法，心里好一阵激动。他说不出话来，还差一点掉泪。

"古敏，你自己玩失踪，还怀疑我们没找你？"李清江笑着说，他心里也好高兴。大家近年来的努力，终于有了结果。

"不是玩失踪，确实没有空回家乡来。我人在外地，心里也很想你们。"古敏说话有些哽咽，但他克制着情绪。

"你今天怎么想到要回一下母校来？"

"我想回到母校来碰碰运气，看能不能联系到一个同学。看来，我的运气还真的不错，不费什么力气便找到了你。"说完，古敏哈哈哈地笑了起来。

"好啊，说明我俩有缘。现在你来了，就不要想着走。先到我家里去坐，然后我们慢慢聊。"

来到李清江的家，通过聊天，古敏才知道李清江是顶替他父亲当上的教师。他先在一所小学上班，后来调到这所学校任教。他在学校筹资修了住房，三室一厅，十分宽敞。孩子到外地参加了工作，现在老两口居住，屋内收拾得干干净净。随后，李清江告诉了古敏几个同学的电话，并把古敏的电话在同学群里公布出来。不等他打电话，就有同学加他微信了。还有同学直接与他通电话，在电话里，有的同学还与他开起玩笑。同学就是如此，相隔再久，一旦交谈起来，便立即回到了过去。特别是有女同学还开玩笑说好想他，让他不知怎么应对。他只是哈哈大笑，避免尴尬。他记得读书那个时候，男女同学之间说话的都很少，更不用说开玩笑。可能是到了老年，大家都大方起来，说话随意了许多。古敏读书那个时候，胆子很小，特别不敢面对女同学。现在，对她们的玩笑，也能以笑应对了。对他们的班长陈萍，古敏很想念。她对人热情大方，很关心同学，大家都很喜欢她。可是，李清江没有告诉他有关陈萍的信息，古敏也不好意思询问。当然，在古敏与同学通电话的同时，李清江也忙着打电话，接电话。

李清江忙过之后，便带古敏到校区走走看看。他们一路走来，古敏感慨良多。他读书时的建筑全都不存在了，取而代之的都是一栋栋楼房。这些建筑不但高大，而且很有气派。校内的绿化很好，走到哪里，都是花草绿树，环境优美。在这样的环境里读书，简直是一种享受。他还要求李清江带他去看了读书时的那口水井。这口水井的水特别清澈，远近闻名。这是一口双井口的水井，与邻近的凤凰岭联系起来想，便有许多神话的意义。有人说这井就是一对凤凰，喝了井水的人便特别有灵气，人也特别聪明。对于当时的学生来说，是不相信这种神话的。他们只是对这水井有一种亲切感。因为他们除了要饮用这井里的水，还要用井水洗脸，用井水洗衣服，用井水冲冷水澡。如果没有这口井，他们的生活便少了许多乐趣，少了许多方便。这井水特别的地方是冬暖夏凉，对于这些穷学生来说，简直就是天赐良物。现在，学校早就用上了自来水，这井水也没有什么人使用了。只见井台四周长满了草，井里的水却还是那么清澈。古敏捧了一捧水喝下，嘴里有一点甜味，心里凉悠悠的。古敏的心情好极了。古敏认为，这井水的水质好，如果饮用的话，要比自来水好上几倍。放弃这井水，简直就是一种浪费。他可能是留恋那时的生活，才有了如此感想。

离开凤凰井，古敏还不时地回头张望。李清江还在不时地通电话，他没有多注意古敏。接完电话，李清江笑着问古敏："你猜一猜，这个电话是谁打来的?"

李清江让古敏猜，他想了想，不敢说出自己想到的人，只是带笑地望着李清江，要他自己说出是谁的电话。

李清江也是心急，高兴地说："我想你也不好猜到是谁的电话，还是我告诉你吧。这是我们的美女班长的电话，听说了你的消息，她异常激动。"

"你说是陈萍的电话？真的是她的电话?"古敏显得很急切。实际上，他先前就想猜是陈萍的电话，但是，他没有敢说出口。因为他怕李清江笑话他，说他心里只有陈萍。陈萍是他们的班长，家庭条件很好，人长得漂亮，特别是她平易近人，关心同学。所以，陈萍很受同学们欢迎。虽然几十年过去了，古敏还是第一个想到了她。

古敏还在沉思，李清江又笑着说道："你猜猜陈萍都说了些什么?"

古敏想了想，还是摇了摇头，表示猜不出来。李清江说道："看来，你对她淡薄了，她对你可还念念不忘呢。"

古敏红了脸，说："你呀，就爱开玩笑。"

"我不是开玩笑，陈萍真的很记挂你。每一次开同学会，她都要提到你，说你没有到场是一种遗憾。"

"她对同学都好，她对每一个同学都会这样。"说到这里，古敏没有说下去，头脑里却出现了一个美女的形象。陈萍高挑的个子，瓜子脸的一边有一个浅浅的酒窝，不大不小的眼睛整天都笑眯眯的，仿佛笑神经特别发达；她对人热情开朗，落落大方；她对同学十分关心，助人为乐。她喜欢同学们，同学们也都喜欢她。陈萍的父亲是公安局的一位干部，母亲是区委副书记。这样的家庭，生活富足，办事很顺畅。她生在这样的家庭，有着优裕的先天条件，生活无忧无虑，一切事情都不用自己考虑。她不但生活舒适，前途还一片光明。古敏在班上成绩好，许多同学都爱向他问问题。陈萍不但爱向他提问，还喜欢同他交流诗艺。陈萍热情大方，便显得大大咧咧。她有时还对古敏做出一些亲昵的动作，对她是自然的流露，对古敏却会是灾难一般。他怕别人说闲话，还可能会惹出麻烦。于是，每当陈萍有亲昵的动作，他都会被吓着。那个年代，男女交往很是讲究。男女同学之间，有一道天然的鸿沟。如果男女同学多说上几句话，别人就会产生怀疑，以为这是超越了革命友谊。男女稍微亲昵一点，别人会以为在恋爱。所以知道古敏为什么会对陈萍有些害怕了吧。古敏本来胆小，他不想惹麻烦。有时古敏还故意躲着她，以此疏远她。

"你不要掩饰了，同学们都知道她对你好。"

"你最爱乱说话，难道她对你不好，她凶过你吗？"古敏没有等他回答，接着问道，"陈萍现在怎么样？"

"你真的不了解她的状况？还是故意装糊涂？"

"自从高中毕业，我一次都没有见过她。"古敏见李清江没有说话，补充道，"你是知道的，她还没有毕业就去下了乡。只听说她后来去了一个石油单位上班，再后来的事便一点都不知道。"

"你啊，真的是一个笨蛋。当年，大家都知道陈萍对你好。大家还嫉妒你，说有她罩着你，你的前途是一片光明。据你现在的表现，你们的关系还真的不是别人猜测的那样。"

"外人怎么猜，我不知道。反正我与她是正大光明地交往，一点都没有超越同学间的友谊。"

"看你，现在说到男女之间的事，还会脸红。所以说，你们真的是成不了一对。"说完，李清江大笑起来。

“陈萍现在怎么样？你给我说说。”古敏表现出十分关心她的样子。他们毕竟是要好的同学，他多么想知道她的事啊。

“你不用着急，很快就会见到她。她的事，还是由她告诉你。”

“你怎么这么怪哟，你说出来不是一样吗？故弄玄虚。”

“让她告诉你，你们才会有龙门阵摆。你们还可以再温习当年的旧梦，叙说当年的情话。”李清江笑了，笑得十分奇怪。古敏做出要打他的动作，李清江立即跑远了。他远远地站着，还在不停地笑。

古敏慢慢向李清江走去，想着心事，走得很慢。陈萍当年是美女，家庭条件那么好，是人见人爱的女孩。可是，古敏却从没有对她动过心。现在想来，他认为由于自己家里穷，自卑心理使他不敢去想美事吧。即使当年就是陈萍敢表达爱意，自己也是不敢接受。现在，李清江谈起那时的事，还是认为他们之间一定有秘密。看来，同学们是不清楚他俩的事。当然，到了现在，他也不想澄清什么。

后来，他们还去了当年伙食团的地方，那里已经有了一个宽大的食堂，饭桌一排一排的，看上去让人羡慕不已。他们读书的时候，没有食堂，下雨的时候，大家都是冒雨在树下就餐。当年他们吃的是大盆饭，一盆大馒头分成四份。半个月才能吃上一次肉，每次都是红烧肉。如果是冬天，红烧肉分到每一个人碗里，油汤都已经冻上了，可是，每一个人都吃得那么有味，那么喷香。

李清江还带古敏参观了如今的学生宿舍。高大的楼房，室内的摆设仿佛宾馆一般。他们当年的土坯房、高低床根本不能与之相比。一圈走下来，古敏想法很多。看现在的学校，与过去相比，真是天上地下。李清江留古敏在他家住，说有人安排开一次同学会，表示对古敏的欢迎。

这晚，古敏一点睡意都没有。他厘清了一下思路，很快就写成了一首诗。

母校啊，怎能忘

凤凰岭下我的母校啊，
怎能有一刻将你遗忘？
你曾深情地养育我们，
犹如细心慈祥的亲娘。
这里我们永久的记忆，
不少东西在心里珍藏。
这里留有我们的脚印，

这是冲锋出发的地方。
你培育我们茁壮成长，
长硬一双奋飞的翅膀。
双眼井水是多么清澈，
盆盆饭有诱人的清香。
大馒头让我填饱肚皮，
豆瓣下饭是习以为常。
半月一次的红烧肉啊，
泡饭还须剩余的油汤。
宽阔广大的黄沙土坝，
是锻炼身体的好地方。
深夜的一间间教室里，
灯光闪闪是那般明亮。
当一缕缕晨曦升起时，
背诵英语声早已响亮。
那时候虽然十分艰苦，
同窗学子却无比坚强。
有人认为读书没有用，
我们却没有一刻迷茫。
人人都装有着一个梦，
母校是产生梦的地方。
一旦从这里走了出去，
个个都挺胸头颅高昂。
当有外敌入侵的时候，
有人毅然前行上战场。
为了接受祖国的挑选，
有人敢于展示在考场。
为了祖国的经济发展，
有人冲突竞争在商场。
满足人们的生活需要，
有人默默奉献着食粮。
在祖国的各行各业里，
都有我们写下的华章。

四十年一晃便过去了，
今天我们又欢聚一堂。
想起求学那段日子啊，
好多往事便涌上胸膛。
如今我们激动和感谢，
没有一丝一毫的忧伤。
都为在母校日子骄傲，
也更珍惜今天的时光。
深深地感谢我的母校，
我们会为你光大发扬。

古敏激情迸发，一挥而就。写了这么多，仿佛还有许多东西没有表达出来。但是，经过反复修改，他认为目前只能这样。他还从没有写过这么长的诗，看着写下的东西，他都感到一丝奇怪。他惊异自己还会如此思绪敏捷，有如此好的表现力。诗写好了，他还不想睡，又翻看起今天照的相片。后来，他还将照片发给了张华丽，让她一起欣赏。

张华丽也没有睡，还及时给予点赞。她夸他们的母校真美，是一个育人的好地方。她说难怪古敏这么有知识，这么有能力，原来是这么美的地方培养出的人才。

听了张华丽的赞美，以及她的乱联想，古敏笑了起来。他告诉张华丽，说他在这里读书的时候，才没有如此好的校园。那时哪来这样的大规模、大气派？你可不能弄混了时空。张华丽也跟着笑了，说自己老了，都快糊涂了。古敏听了，又忙安慰她，说她没有老，年轻人有好多地方都不能与她相比。

自从听说陈萍要来，古敏就盼望着见到她。李清江告诉古敏，说陈萍在忙事，要他耐心等待，让他等得有些心焦了，陈萍才在第二天的下午来看他了。她开着一辆宝马来到母校，下得车来，她那光鲜的形象出现在了古敏面前。她戴着一副墨镜，让人看不清她的脸；穿了一件貂皮大衣，几乎将身子遮住了，穿一双长筒靴子，更显气派；飘逸的长发随风而动，让人眼花缭乱。她奔着向古敏扑来，古敏也迎了上去。古敏向她伸出手去，她避开了他的手，直接给了他一个熊抱。她的动作让古敏没有准备，他不知道该怎么回应她。于是，他头向后仰，双手往外延伸，就是不敢收拢。古敏还没有这样被女孩抱过，让他有一些受不了。陈萍认为这样还不能够表达，接着给了古敏一个贴面礼。两人的脸贴得紧紧的，还将自己脸上的粉分给了古敏的脸上，一时让古敏很窘。李清江在一边看了，便一个劲地拍手，活跃了热烈的气氛。

放开古敏，陈萍大声地说："我们的大学习委员，我要敞开怀抱欢迎你。"她如此做，如此说，一贯风风火火的风格尽显无遗。由此看来，陈萍的性格一点没有改变，甚至还有很大进步。

受了陈萍的感染，古敏也说道："我们的大美女班长，我好想你。"要知道，古敏还从没有对一个女同志说过这种话。今天，他终于一吐为快。

陈萍退后两步，认真地端详着古敏，仿佛不认识一般。过了一会儿，她笑着说："你说你想我？你没有说假话？"

古敏是在与陈萍开玩笑，根本没有想到她会质问。他一时语塞，说不出话来。要说他没有想过陈萍，那是不可能的，要说想她，也不是特别想的那种。他是一个老实的人，已经被问住了，就再不敢开玩笑地说话。

见了他的窘态，李清江笑了。他及时打断："古敏啊，古敏，让我说你什么好呢？以前读书的时候，可以说你是没有经历世事，我们可以认了。现在，你是大知识分子，还走南闯北，什么事没有见过？什么话没有听过？难道还那么傻戳戳，连讨好人的话都不会说？"

古敏还在考虑李清江话中意思，陈萍打了李清江一下。她说："你以为谁都像你一样，假话张口就来。"

陈萍都为古敏说话了，古敏更不知道应该怎么应付。他只能看看这个，瞧瞧那个，脸上笑眯眯的，就是说不出话来。

只见李清江整整衣服，清清声腔，正儿八经地说："我们的美女班长至今还爱着你，你是一点都不知道？她多么关注你，找你找得那么心焦。"李清江说完，陈萍没有说话，更没有反对。反而是李清江，他说完便开跑。见陈萍没有打他的意思，才慢慢走了回来。

他回来后，陈萍说："玩笑话就少说了，我们都很想了解你的情况，你说来我们听听吧。"

于是，古敏便开始讲自己的事。他说自己是高考恢复的第一年便考上大学到外地求学去了。后来，又长期在外地工作。工作还算顺利，科研上也有一定的收获，顺理成章，也评上了高级工程师，还提拔当了干部。时间过得飞快，不久，就退休了。他话说得快，很有条理，表达很清楚，让别人听了，便基本了解了他这几十年的情况。但是，他们也知道古敏谦虚，很多细节的东西他都没有说出来。

后来，陈萍提出了问题。她说："你只说了工作，你也应该说说你的家庭吧？"

“家庭有什么说的，大家都差不多。”

“你是什么意思？怕我们知道了什么吗？”陈萍不放过他，追着问。

古敏笑笑说：“我们这一代，都只有独生子女。钱勉强够用，事业能完成。儿子也是读了大学，现在成家了，也有了小孩。”古敏歇了口气，为了争取主动，他话语一转，以攻为守地对陈萍说：“你别只问我的事，你的事也应该说来我们听听才合理。”

“你要知道我什么事？是不是想与我耍朋友？我可是名花有主了，你只有空想了哟。”

古敏根本没有想到陈萍会这么说话，立即让他红了脸。实际上，这就是陈萍的性格。她是想到什么就说什么，大方自然。因此，有许多人会被她这习惯窘了。如果像古敏这样不会开玩笑的人，更会不知所措。

现在，古敏知道她是开玩笑，便顺着她的话说道：“我就是想与你耍朋友，你会愿意吗？”

人到了老年，什么话都能说，都能说得出口，说了不但不尴尬，还像没有事一般。但是，谁都不能认真，否则，就不是朋友了。因为古敏和陈萍是同学，是朋友，才有这样的谈话。他们的对话，却让李清江有了兴趣，竟然不时地拍起手大笑。

陈萍没有管李清江的笑，大方地说道：“我可以告诉我的经历，李清江是知道的，他就不用听了。”

“我为什么就不能听？你这个美女才有些奇怪。”李清江开始嚷了起来。他又说道：“我偏要听，我怕你们背着我会爱得死去活来，我可承担不起责任。”

“需要你承担责任？我们有什么责任需要你来承担？”陈萍嘴巴就是不饶人，她大声地说话，好远的人都能听见。

“那么，你们有什么话又会怕我听了呢？我偏要听。”

“你想听，也不会有人赶你。”陈萍望着古敏说，“高中还没有毕业，我就去接受贫下中农的再教育。仿佛还没有教育好，就又接受工人阶级的教育。工作了一段时间，我觉得不如意，就自动离了职。还是自由职业好，自己给自己当老板多自由。我现在家有了，钱有了，人却老了。于是，我就想到了献爱心。”陈萍说完，开心地笑起来。

李清江立即赞扬道：“你看，我们的美女班长多潇洒。”

听了陈萍后面的话，古敏却迷惑起来。他想了想，还是轻声问道：“你说的献爱心是什么意思？说细一点好不好。”

“这你都不懂啊，她说要爱你，把心也献给你。”李清江故意往一边斜着说，打趣起古敏。陈萍没有什么表示，反倒是古敏打了他一下，以示反对。

“你不要多嘴多舌的好不好？我当然可以爱他，也可以爱你。只要有人需要，我都可以爱，献出一片爱心。”

古敏还是不明白，一脸的疑惑，然后恳求地说：“陈萍，你不开玩笑好不好？你还是说清楚一点。”

“那么高深的难题你都能解答，怎么就不明白这么简单的问题了呢？”陈萍就是不正面回答，让古敏干着急。

还是李清江笑着说：“我们的美女班长，真的是在献爱心。她把钱找完了，现在改邪归正，做起了慈善家。她先是小敲小打，给这个捐点款，给那个送点衣物。现在，她正在干一票大的，她要做医养结合的福利院。你说，这不是爱大家吗？”

“哦，原来是这么一回事。”古敏终于明白过来，立即赞许道，“你真的做得很不错。你爱大家，大家也会爱你。当然，包括我也爱你。”说到最后，古敏不失时机地开了她的玩笑。

“好啊，你终于敢坦白爱我们的美女了。”李清江拍起了手，仿佛在期待着他说出这样的话来。

陈萍撇撇嘴，轻声地说：“你说爱我？还不是嘴上说得好听，抱都不敢抱我一下，还说爱我？”陈萍知道古敏的性格，他最胆小，对女同学简直可以说是怕。他不敢主动接近女同学，就是女同学问他问题，他说话都会脸红。所以，她不想放过他，故意逗他玩。

“抱啊，快抱啊。美女主动要你抱，你怕什么？”李清江又开始起哄，还拍起巴掌来。

“我喊他抱，又没有喊你抱，你兴奋有什么用？”陈萍瞪了李清江一眼，装出很严肃的样子。

话都说到这个份上了，古敏不忸怩了。只见他上前两步，伸出双手轻轻地抱着陈萍。顿时，她闭上了眼睛。随后，三个人都笑了起来。

玩笑了一番后，他们才进入了正题。陈萍说了同学会的安排。原来，她已经联系到了三十人左右。因为听说找到了古敏，大家都愿意来参加同学会。听到这里，古敏好感动，这是一份多么大的人情啊，同学们都还记着他，还十分欢迎他。陈萍还说了具体的安排，吃住都在“松鹤山庄”农家乐，很是方便。玩的项目安排了两个，一是巡视新县城，二是游览古玉湖。当然，还要开座谈会，向同学们介绍自己的情况，增加互相的了解。座谈会后就是联欢会，能唱的唱，能舞的舞，不能歌舞的，也要上台献一个节目。总之，大家都必须参与，一起欢乐。

陈萍说着安排，其他二人都在认真地听。听着她说，古敏在心里十分佩服她。她真的太能干了，做事干脆利索，安排合情合理，考虑十分周到。当陈萍一说完，古敏由衷地赞美了她。

陈萍笑了笑说："古敏，我给你想了一个节目，可以发挥你的特长，就是你要为同学会写一首诗，在台上朗诵一遍。"

"好哇，我接受你的安排。"古敏爽快地答应着。因为他已经写好了一首诗，才这么有把握地立即答应下来。

李清江笑着说："古敏，你这么快就答应了，看来你是有把握哟。你高中时就那么会写诗，是不是已经成了诗人啰？如果是诗人的话，可不能向老同学保密。"

"说实话，由于忙，好久都没有搞这玩意儿。写诗的事，才恢复不久。"

"你不要客气，答应了的事，就必须要完成。"陈萍以为他在说推口话，急忙叮嘱一句。

"班长安排，谁敢不完成？你放心好了，既然立了军令状，我怎么敢乱来呢？再说，我也应该为美女班长争口气。"古敏想了想又说，"如果让你下不了台，那样多不好？"

"古敏，就是要她下不了台才好。让她站在台上，大家欣赏美女如同欣赏诗一样才好。"李清江不失时机地幽默了一句。

"你就是爱凑热闹，总怕事情搞不大。"陈萍假装生气，瞪了李清江一眼。

不一会儿，陈萍说让李清江陪好古敏，她说自己还有事情要去办，不能陪古敏了。然后，她便开着宝马一溜烟地离去了。

陈萍走后，李清江还给古敏说了一些她的事。他说："陈萍十分能干，有先见之明。所以，她无论干什么，都能跑在别人前面。她找了钱，她老公的钱更多。据说她老公还是高干子弟，开了一家公司，资产已经上亿。还听说她有两个子女，有一个还留了学。虽然她老公还在外地发展，她却回到家乡干起自己的事业来了。"

听李清江的口气，看来很多事他都是听说。古敏听了只是笑笑，没有做评论。他承认陈萍能干，发展得不错，但是，她的事，还是只有她才能说清楚。他怕李清江笑话，便没有再多问陈萍的事。有一点古敏清楚，就是陈萍的发展离不开她的父辈开路。说明白一点，她也算一个官二代。只不过她这个官二代有一些特别，找了钱还不忘记回报社会。

这天晚上，古敏失眠了……

第九章

开同学会这天，古敏和李清江起了一个大早。他们去街上吃过早餐，李清江便开着大众，载了古敏一起直奔松鹤山庄而去。

松鹤山庄离县城有四五里地，坐落在一个小山的半腰，背靠山崖，前有松林，远眺湖水。如此的好风景，真是一个休闲观光的佳妙之地。

古敏二人到得比较早，便在山庄周围游走观赏。他们看着山庄种植的花木，低声闲聊。不久，就有同学陆陆续续到来。大家打过招呼，便加入了闲聊。古敏是第一次参加同学会，多年没有与同学相聚，大家见了他，都要先与他热情地打招呼。因此，古敏特别忙，应着这个，又要招呼那个。相隔多年，有的同学变化大，古敏不能认出，李清江便给他介绍。经过介绍知道了是谁，古敏还责怪自己记性不好，连老同学都会忘记。古敏实际上算记性好的，少数同学不能认出来也属正常现象。要知道，四十年的时间，多少东西都会改变。说古敏的记性好，是有事实可以证明的。当他与班上的团支书相见时，还能喊出对方的小名——四毛。因为读书的时候，这个同学有一个姐姐在学校读书，这位姐姐经常叫弟弟的小名，所以，大家就知道了谁是四毛。过去了几十年，古敏还能记得他的小名。

与同学们的交谈中，古敏不时问起其他同学的情况。特别让他伤感的是竟然有几位同学已经离世，有的年轻时就没了。这些人大多数都是因病不治而亡，毕竟是同学一场，这让他伤感不已，他产生了世事难料的感觉。于是，他想应该抓住当下，珍惜生命，珍惜友情。

人来得差不多了，陈萍这个主持人招呼大家就座。因为大多数都参加过多次同学会，都相互了解，只有古敏是第一次参加，便主要听他介绍。座谈会结束后就是大联欢。

同学们听说联欢表演节目，立即兴奋起来。男女同学分成两队，进行拉歌比赛，一方唱完，马上就提出要求，让对方唱一个歌。有的唱，有的拍巴掌打节拍。每唱一首歌，大家都鼓掌高呼。他们唱的大多数都是老歌曲，听着这些歌曲，仿佛回到了过去。总之，无论是唱还是吼，表演者与听众都异常兴奋。随后，也有表演街舞的，有的还独唱。古敏要朗诵诗，一直在做着准备。这样一来，他反而没有闲心欣赏同学们的精彩表演。

轮到古敏的诗朗诵，大家都热情鼓掌。他也不客气，大方地走到了舞台中央。说了几句客气话，便高声地朗诵起来。

让同窗情谊长久芬芳

同学，今天的日子真好，
因为我们又欢聚在一堂。
人人心情激动然而轻快，
个个脸上泛着笑意红光。
大家放下那繁重的任务，
为着今天的相聚而奔忙。
要问一声这是为了什么？
想温习友谊并大加发扬。
别怪有人会问到你是谁，
也不用将对方久久端详。
只怪时间这把无情钢刷，
早将众位的美帅一扫光。
每个人心中牢记的仍是，
你当年的那副俊俏模样。
男孩，是多么英俊潇洒，
女孩，是那么姣好漂亮。
如今，这一切的一切啊，
都悄悄溜走跑了个精光。
那也没有什么值得伤感，
更不应该有半点的迷茫。
可不要说我们已经变老，
今天一定要聊发少年狂。
这是多好的机会和场合，
莫辜负了一片大好时光。
要嘻嘻哈哈加打打闹闹，
还有翩翩起舞大声地唱。
将所有烦恼抛它到脑后，
没有理由不去喜气洋洋。

如今不用再辛苦奋斗哪，
什么酸甜苦辣早已遍尝。
来到了这收获的季节里，
更加应该喜悦说笑张扬。
请再进一杯美妙的酒吧，
它能够增加激情和力量。
请你再放声高歌一曲吧，
尽情地抒发无限的高昂。
同学啊，不要默默坐着，
更不用细细地加以考量。
重在参与快行动起来吧，
都投入这欢乐的大海洋。
今日的相聚是一种缘分，
是多年的期盼不比寻常。
跳吧唱吧笑吧加上嬉笑，
同窗相聚就应该疯与狂。
此刻语言显得多么无力，
让行动带我们奔向前方。
大家都应该珍惜着今天，
让美好的时刻更加漫长。
人人要为友谊努力付出，
使同窗情谊长久地芬芳。

古敏深情地朗诵，深深打动了同学们，引起大家共鸣，阵阵掌声过后，有的还湿润了眼眶。古敏的诗歌朗诵将联欢会推向了高潮。古敏从台上下来，会场中风尘仆仆地进来了一个人，他正好迎着古敏，并热情地抓住古敏的手握了起来。古敏先有一点没有回过神，刚想问对方是谁，他突然脑袋里一闪，想到这是班上的化学科代表刘高昂。

古敏问道：“刘高昂，你怎么才来？迟到了哟。”

“古敏，你不知道我有多么忙。”

“大家都退休了，你还忙什么？不要说笑话吧。”古敏脸上茫然，心里涌起了疑团。

“你还不相信我的话？不是听说你大驾光临，我还不能来。”他说着先大笑了起来，然后说："我们好多年没有见面，今日特来与你相见。当然，我俩还必须喝一杯。"

"必须喝一杯，那是当然。"古敏摇着刘高昂的手，十分亲热地说。

他们坐下交谈了起来。不久，刘高昂便吩咐一个同学去拿酒来。古敏说喝酒还早，有的是酒喝。刘高昂仿佛没有听见古敏说话，他旁若无人地说："我等不及了，必须马上喝。"他抓过同学手中的酒瓶，往两个杯子里倒满酒，与古敏碰了杯便一饮而尽，他也不管古敏喝与不喝。他站了起来，往四下望着。

原来，他在找陈萍。看见她，刘高昂丢下古敏，急匆匆地找陈萍去了。走到陈萍面前，他笑着对陈萍说："今天古敏来参加同学会，我参加不了。为表示一点心意，我赞助一千元钱吧。"说着，他将钱向陈萍递了过去。

陈萍手一挡说："谁要你赞助？我们是AA制。愿意参加就交份子钱，不愿意参加，就请便。"

刘高昂的手停在空中，收回不好，不收回也不好。他嘟哝着说："你怎么是这样一个人？"

"我是什么样的人，你才知道吗？"陈萍大声地说话，引来了众人的目光。

刘高昂站在那里，十分尴尬。他想了想，将钱放入挎包，对古敏笑一笑说："古敏，对不起了。我真的有事，今天实在不能陪你。"他与古敏握了握手，便头也不回地走了。他没有理会其他的同学，其他的同学也没有理会他。

古敏想去送送他，却被陈萍拉住。他没有挣扎，只是看着刘高昂离去。

过后，古敏向李清江问了刘高昂的事。李清江详细地介绍了刘高昂，他说："刘高昂退休前是县一中的教导主任，化学高级教师。他的教学效果好，在附近的县都很有名气。退休后，便有许多社会的培训机构来找他，要他去帮忙办高中补习班。这正合刘高昂的意，于是，他便热情高涨地去补习班上班了。他不但亲自上课，还要为补习学校搞策划，搞活动。因此，他虽然退了休，却比没有退休的时候还忙。他虽然找了钱，却失去了许多。同学会他基本不参加，就是参加都不会自始至终。听说家里的事他都不管，反正他只出钱。他连亲戚都不走一下，全推给了他夫人。"

"这样，他妻子没有意见吗？"

"她能有什么意见，只要刘高昂能大把大把地拿钱回家，她应该不会有意见吧！"李清江说完，笑了起来。

"难怪他那么忙，连坐下来吃一顿饭的时间都挤不出来。"古敏感叹了一句，没有继续说下去。他想了想，还是不解地说道，"人都退休了，还这样拼命值得吗？他是图什么？”古敏摇了摇头，心里很苦恼。

“不知道他是怎么看问题，他可能认为值得吧，否则，他也不会乐此不疲地忙得不可开交。”说完，李清江笑了起来。

“他怎么会这样呢？来去匆匆，仿佛世外之人。”

“我们开了几次同学会，他不是说有事忙，就是说不喜欢热闹，总是有那么多借口不到。还有就是有人拉他入同学群，拉了一次，不几天他就退了出去。”说到这里，李清江沉默了一会儿，继续说，“今天，他是看你的面子才亲自到场。他竟然还与你喝了一杯酒，真是难得，难得。他今天的举止，太阳仿佛是从西边出来了。”

“你是说他看我的面子？你别讽刺我好不好。”古敏十分不解，一脸茫然。他想，大家都是退休人员，应该是一样的人。

“我怎么会讽刺你呢？你看他眼睛里有没有其他人？喝了一杯就离去，与别人招呼都不打一个。”

因为不了解刘高昂的现状，古敏先前不好说什么。现在听李清江说了，古敏对刘高昂有了看法。他淡淡地说：“他怎么会这样做呢？大家同学一场，还是应该讲点人情世故。”

“他眼睛里只有钱，对有钱人他就看得见。”

“我也是一个没有钱的人。”

“你没有钱，但你有地位。”

“我就是一个平民百姓，哪来的地位？”

“你毕竟是处长退休，还是高级知识分子。他比你不过，只能甘拜下风。所以，他才对你特别客气。”

古敏先前的情绪甚好，没有想到刘高昂来了一段插曲，让他的情绪很低沉。他对人少有研究，对这里面的高深道理一点不懂。他虽然不同意李清江的说法，却找不到驳斥他的理由。后来，还有哪些同学表演了节目，节目是否精彩，他都没有注意。直到联欢会结束，古敏心情都十分沉重。

联欢会后，大家便照相。先是照集体相，然后是各自留影。大家对古敏都很热情，无论男女同学，都纷纷与他合影留念。

特别是陈萍，她人美且热情大方，众人都喜欢与她单独合影。合影的人还有要求，让陈萍必须要亲热。见状，她便高声表态，谁愿意与她合影，她都来者不拒，而且还一定热情。她说到做到，满足了所有人的要求。特别是古敏与她合影时，其他的同学还起哄喊贴紧一点，贴紧一点。古敏不好意思挨得那么紧，后来，陈萍干脆用手搭到他的肩上，才照完了相。这么亲密的照相，谁都没有说法了。

午饭后，便是游览新县城。几十年前，古敏考上学校，到县医院体检，那是最后一次到县城。那时的房屋低矮，而且破烂不堪，道路都是坑坑洼洼的，还都是脏兮兮。如今的县城不但高楼林立，道路也宽敞、平坦、整洁，特别是县城的规模比原来扩大了几倍，让古敏都弄不清东南西北了。看到眼前的景象，古敏想了很多。改革开放后，祖国的变化真的很大，特别是最近几年，简直是一天一个变化。一个地方如果一段时间没有去，便会大变样。何况这县城是几十年前来过，变得让他几乎不认识了。如果下次回来，又会变成什么样，他根本无法估计。于是，他拍了许多照片，既是留念，也便于以后慢慢欣赏。

晚上，古敏住在山庄，他才有空与张华丽用微信互动。他特别发了许多照片给她，并一一给她介绍。张华丽看了照片，赞叹不已，一个劲儿地说美。后来，古敏还把同学们的合影发给她看，也给她说了好几个同学的人和事。他还特别介绍了陈萍，说到她的事，古敏特别兴奋。他原以为张华丽会评论一番，可是，她却没有再多说什么话。

古敏要回去了。临别的时候，陈萍告诉他要多与同学们交流，多在同学群里互动。大家都到了老年，一定要高高兴兴过好每一天。

古敏回到了家。第二天，他邀请张华丽一起去探望卢燕。张华丽说她已经看过了卢燕，她的伤没有问题。她还说自己有事需要去办，就不去医院了。

古敏提上水果和牛奶来到了医院。卢燕见古敏来探望自己，喜出望外，同时，鲁昌盛也十分高兴。他们根本没有想到古敏刚回到家，就立即来探望。他们十分感动，认为他那么平易近人，真是一个好人，特别是卢燕，看见古敏对人这么好，认为有了他的照顾，自己的生活也会更好。

卢燕告诉古敏，说自己受的伤不是很严重，让古大哥这般挂念，自己心里十分过意不去。特别是你这么高贵的人，对我们这些下层人还如此尊重，更是难得。

古敏告诉卢燕："妹子，你不能这样说。社会只有分工不同，人与人都是平等的，没有贵贱之分。人们的交往是以心换心，彼此尊重，才会有真正的友谊。"

古敏说话，卢燕不断点头表示认可。随后，卢燕换了话题，高兴地说："古大哥，你这次回到家乡，一定玩得开心，收获也很大吧。"

"你说得很对，我不但玩得高兴，还有意外的收获。"

卢燕心里一惊，以为古敏……但她没有多去想，轻声地问："你这么高兴，收获了什么？能说来听听吗？”

没有说话前，古敏先笑了起来，然后说：“完全可以说给你们听呀，你们能分享我的快乐，我是求之不得。”这些快乐古敏已经与张华丽分享过了，他也愿意与卢燕和鲁昌盛再分享一遍。于是，他拿出了手机，翻出自己拍的照片让他们看。在看照片的时候，古敏还给予一一解说。

看了一会儿照片，卢燕突然说：“古大哥，你们的女同学个个漂亮，男同学人人帅气。不愧是有文化的人，就是不一般。”

“人都老了，说不上漂亮和帅气。”古敏笑了，轻快地说。

“再老，模样也是不能改变的。何况，都很有气质。”卢燕说。

“是吗？你的眼光不错。”

“当然是这样。”卢燕想了想说，“可能是你们都有文化，有修养和气质，看上去就特别不同。特别是你和那个女同学，就更是不同一般。”

卢燕指的是陈萍。不但卢燕对她的评价高，古敏也这样认为。他认为陈萍确实美，气质高雅，与其他人大不相同。听了卢燕的话，古敏在心里乐着。

这时，卢燕翻到了他与陈萍的合影。她高兴地问道：“古大哥，你看你这女同学多么爱你，与你挨得这么紧，似乎用手在后面半抱着你。”

“这是我们的班长，她不但美，还是一个能干的人。”

“看来，你对她的看法很好。”卢燕笑了，然后说，“你也一定爱她吧。”

“你问我爱她吗？”见卢燕笑着点了点头，古敏笑着说：“我当然爱她。”

“古大哥，祝福你又找到了幸福。”

古敏知道卢燕误会了他的意思，他没有解释，继续说：“她对大家都爱，当然也爱我。她爱大家，大家更爱她。”

这下，卢燕迷惑了。她沉默了一会儿，还是说出了自己的想法。她说：“古大哥，她怎么是这样一个人呢？你可要当心。”

“你让我当心什么？”

“她这不是爱心，是花心。她再怎么爱你，你都不能上当。”

卢燕虽然没有明说，但古敏也知道了她的意思。于是，他突然哈哈大笑了起来。他的笑让卢燕摸不着头脑，脸都红了，说不出话来。这次同学会，古敏对陈萍印象特佳。现在卢燕提起这事，而且还有误会，他就更要对卢燕多说几句。于是，古敏将陈萍读高中的事以及他听到的陈萍后来的事，简要地对卢燕说了说。这次同学会前后陈萍的事就说得更详细。说到后来，卢燕都有一些入迷了。

卢燕知道了详情，才知道自己的想法多余了。她高兴地说：“古大哥，你们的同学真好，我多么羡慕你们啊。你玩得那么高兴开心，我听了也一样开心。”

“你是觉得我们那时候的事有意思？我也觉得有意思。因此，我还想将这些事和人写下来，让更多的人认识。”

卢燕想了一想，突然明白了似的，说：“古大哥，你是说你要写文章？这样好啊，一定精彩。”

“对，写文章。不只是文章，可能写成一本书。”古敏将近段时间心里想的东西，终于说了出来。这个想法在心里憋得越久，他的心越难安宁。一旦说出来，反而轻松了。

“古大哥，你要写书？你真能干。”卢燕惊叹道。这时，她才觉得自己对古敏了解太少。

“是一种想法，先试一试看。现在还不知道能行不。你先别夸我，那样会让我有压力。”古敏考虑了一下，仿佛又有了信心，继续说：“我想，退休了，又没有什么事干，以后就多多地写，能写成什么样就是什么样，先不管那么多。”

“古大哥，这是好事啊，你一定能行。”卢燕眼睛闪着光，嘴里说着赞美的话。

说到这里，古敏又想起医疗纠纷的事。他看了看门外，说：“妹子，医疗纠纷是怎么解决的？那个病人家属伤你的事又是怎么解决的？”

卢燕看了看门外，轻声地说：“是派出所解决的，医院、家属都有错，各打五十大板了事。”对自己受伤的事，卢燕没有说。

“你的伤怎么解决呢？”

卢燕淡淡地说：“医院负责给我治疗，还让我休了几天假。”卢燕停顿了一会儿，继续说，“我没有要病人家属赔偿我，他们也是没有办法才这么做的。”

“你真善良，你是一个好人。”

“病人和家属真的很不容易，他们够听医院的话了。这样的事，谁都不想发生。”

了解到卢燕的伤没有大问题，古敏放心了。他也不想对这事多说话，更不想指责医院。他怕影响卢燕的工作，影响她的生活。他安慰卢燕，让她注意休息，便离开了医院。因为古敏的妻子几年来经常住院，古敏对医院的事看得多了，对医院的做法以及他们对病人和家属的态度，古敏也领教了许多。

回到家里，古敏觉得好累。他想，可能是回家乡这段时间活动量大、情绪起伏不定、休息不好造成的。于是，他便早早地上床睡了。

话说张华丽，这几天的情绪波动很大，心情十分矛盾。她仿佛有些不认识古敏了，对古敏有了新的看法。

在古敏妻子生病期间，看到古敏对妻子的护理，不怕脏不怕累、尽心尽力地为妻子做事，她心生敬佩之情。她认为古敏不但有文化、有修养，而且心地特别善良。他是一个有责任心的人，能为他人付出的人。在敬佩古敏的同时，她也愿意为他做一点事。于是，能帮助他的时候，她都主动尽力地帮助，做一些力所能及的事。何况古敏的妻子还是她的好姐妹，好同事。所以，她对古敏认识更加深刻，认为他是一个难得的好人。

古敏妻子亡故之后，见他长久沉浸在悲痛之中，她心里也十分着急。她不但为他担忧，还主动关心他。她想方设法让他开心，想让他早日从悲伤中走出来。后来，古敏说想回家乡走走，她便支持他，认为这是一件好事，让他换一个环境，接触早年的一些人和事对他恢复活力是有帮助的。她还主动提出为他看家，让他放心去游玩。

后来，古敏回家乡不但开心快乐，还写了大量的诗。这让张华丽也跟着快乐，也是十分惊喜。她认为古敏还有许多不为人知的好处，特别是他还能写诗，更是让她羡慕。于是，他似乎成了她的偶像一般。她不但欣赏着古敏的每一首诗，还为之点评鼓掌。她都感到奇怪，到了这个年龄的人，还像年轻人一样有了偶像这不是用敬佩能解释的。

古敏在她心目中的偶像位置，不久就消失了。她看见古敏与陈萍的亲密照，便突然产生了一丝怪异的感觉。她认为古敏有了新欢，他妻子刚亡故不久，就与旧日的情人热络异常。他怎么能这样做呢？他怎么是这样一个人呢？他对妻子那么深情，难道一切都是假象吗？她不能说服自己，更找不到答案。当然，她在极力说服自己，说那个女同学确实漂亮，古敏喜欢她没有错。但是，她心里矛盾，混乱极了。

后来几天，张华丽便对古敏起了微妙的变化。她对他总是不冷不热的，不即也不离。两人在一起时，她也没有以前那么自然随意，对古敏的诗也不多做评价，对他的话也不是句句都赞扬应对了。

有一天，古敏收到了陈萍寄来的同学会纪念册。纪念册上有许多照片，还收录了古敏写的诗。古敏看着纪念册，心里高兴，没有多想便去与张华丽分享。他翻着纪念册让张华丽看，她又看到了古敏与陈萍的亲密照。她终于忍不住说道："你这女同学是干什么的？她对你这么好。"

古敏没有多想，随口说道："她是我们的班长，对人十分热情。"

张华丽也是要套出他的话来，故意说："她对人十分热情，对你更热情。"

古敏听出了她话中的味道，急忙说："她不只对我热情，还说要向大家献爱心。"说完，古敏又翻了几张陈萍与其他同学的亲密照，让张华丽欣赏。

继续看了几张照片，张华丽看到陈萍与其他的同学也是这样照相，她才知道自己以前想多了，更是错怪了古敏。她心里一时难以平静，脸上开始发热。她轻轻地说："她献爱心，就用这种方式？"

"不是，照相是因为大家都喜欢与她合影，要求她必须这样照。"

"那么，献爱心又是怎么一回事呢？她是干什么的？"她心里有疑惑，不能理解向大家献爱心的意思。她只能发问，心里觉得好不是滋味。

"她是干什么的？"古敏想了想说，"她当过知青，干过工人，后来当老板，找了不少的钱。现在不想赚钱了，就做起了慈善。她现在正在建医养结合的福利院，向所有需要的人献爱心。"

"这人真的不一般。"张华丽赞美了一句说，"她有这么大的经济实力吗？别是夸海口吧。"

"她能行，她有这个经济实力。还有，她丈夫是企业家，很支持她的事。"

"她有丈夫？"

"她当然有丈夫，并且事业还蒸蒸日上呢。"

"原来是这样，你怎么不早点说呢？"

"你问过这方面的事吗？我没有事干？无缘无故地去说她丈夫干什么？"

古敏的反问，让张华丽说不出话来。她的心乱跳，脸上发烧，她虽然很窘，心里的一团迷雾却消散了。她在心里责怪自己，怎么会往斜处想事？而且还会对古敏产生怀疑？这都是不应该的呀。自己怎么会有这样的表现呢？如此敏感又为哪般呢？她的心很乱，却在努力克制着，不让别人看出她的慌乱。她心里明白，这一切都是那张亲密照引起的。她再次翻看纪念册，看着古敏与陈萍的亲密照，却没有了以前那种别扭感。她检讨自己，看人不能看表面，更不能以不明的细小而轻易改变看法。如果是这样的话，是没有主心骨的表现，是自我轻贱，会被人瞧不起。她想通了，心里亮堂起来。她想对古敏说点什么，却开不了口。

看她沉默着，古敏不知她怎么了。他问道："张老师，你刚才说我不早说，你是什么意思？"

她对古敏微微一笑，说："没有什么意思，是我错了。"

"你有什么错？没有什么值得道歉！"

"你不知道，你也不用知道。"

过后，没有等古敏说话，她便换了话题："你吃晚饭没有？"

古敏想了想，不好意思地说："我还真的没有吃晚饭，收到纪念册一高兴，便跑来找你。"

"那么，你就在这里吃点吧。"

"不，不，不，我现在还不觉得饿。"

她也没有勉强他吃东西，仍然一边吃饭，一边欣赏古敏的诗。她的心情变好了，看着古敏写母校、同学情的诗，她的感情也起着变化。她不但认为这些诗写得好，还认为没有深刻感情的人，是写不出这样的诗句来的。

"你看了这么多，不发表一点看法？"

"你想听什么？"

"我想听听你对这些诗的看法，大胆发表真实的评论。只要是真心话，无论怎么说我都能接受。"

"真的吗？"

"真的。因为我写了许多，心里却没有底。"

"我说的就那么重要吗？"

"因为你是内行，所以你的话很重要。"

张华丽见他那么真诚，也不想绕圈子了。但是，她还是这样说："我怕说了不该说的话，会给你带来不好的结果。"

"有那么严重吗？"古敏显出十分关切的样子，略显不安。他不敢再催她说话，怕真的听到不想听的话。

张华丽调整了坐姿，认真地说："你能写出来，怎么就没有自信呢？"

"自己对自己都是好的看法，但不一定符合实际。"

"你的诗真的不错，是真实情感的流露。依照我的水平看，这种诗能打动自己，也能打动读者。当然，不能骄傲，同志仍须努力。"

"你不是故意逗我开心吧？"

"你要我说，我说了后，你却不相信。这样，我不是在做无用功吗？"她故意装出生气的样子。

见状，古敏慌忙说："你不要生气，我不是故意反对你的说法。"

"我知道你是谦虚，但谦虚也不能过分。"张华丽停下来，看看他的表情，继续说，"你哪个时候见我说过假话？如果说错了话，那是我的水平有限。"

古敏的心情放松了一些，有了一些自信。但他仍然保持平常的表情，不敢有一点兴奋的表现。

见他没有说话，张华丽问道："你怎么不说话？是我说错了话吗？"

“你没有说错话，是我的原因。”古敏以为她生气了，慌忙应答，但又不知道怎么说才行。

张华丽突然大笑起来，说：“你这个人，没有一点城府，一试你就现出真形来。”

“原来你是故意寻我开心？你怎么是这样的人？”古敏站起来，迈开步子，做出要离开的样子。

张华丽知道自己的玩笑开大了，自己不应该这样对待一个老实人。于是，她顾不了那么多，竟然伸手拉着他，请求着说：“古大哥，你别生气，我不该故意逗你玩，你难道不能原谅我吗？”

见张华丽那般紧张，似乎在哀求，他仅有的一点怨气也泄掉了。他想女孩子都是如此，看似十分强势，实际上却很脆弱。他还想整治她一下，坚持走几步，但是，他回头一望，立即打消了这念头。他分明看见她都快掉眼泪的样子，他只好往回走。

“古大哥，你的诗真的有深情，是好诗。”

“你别说了，你也没有伤害我。我早就说过，无论你的评论如何，我都能接受。”他怕去看张华丽的眼睛，在椅子上坐下了。

张华丽的心情慢慢恢复常态，也坐了下来。这时，古敏终于说出了这段时间自己想着的一件大事，也是他的秘密。他说：“我想告诉你一件事，你要认真地听清楚，然后回答我好吗？”

她见古敏如此慎重的样子，不知道他要说什么。她的心开始悬起来，看来这事一定很重要，而且关乎着他的重要决定。这是什么呢？她开始猜测，莫不是他要续弦？想到这里，她有点紧张，还有一些不好意思起来。她自己都不知道怎么想到续弦，就会紧张起来呢？自己有什么怕的吗？她原来怕他说出续弦对象的名字。如果他说出的名字是自己，那么该怎么回答他？如果不是的话，自己又该怎么面对呢？这一系列的疑问折磨着她，时间虽然短暂，她却快受不住了。她终于咬咬牙，闭上眼睛点了点头。

古敏没有注意她的表情，见她点了头，便立即说道：“我决定在以后的日子里，要做成一件大事。那就是我要动手写小说，把我所经历过的一些人和事写出来。这才对得起生活，对得起历史，对得起社会和自己。”

直到他没有说话了，张华丽才慢慢睁开眼睛。她心虽然平稳了，却有些失望似的。她在心里笑自己，笑自己多愁善感，笑自己想法太多，笑自己有一些傻。看来，自己真的不了解古敏，竟然还以他的知己自居。她在想着事情，一时没有说话。屋内静静的，仿佛都能听见对方心跳的声音。

见她不说话，古敏反而紧张起来。他的自信心开始减退，竟然问道：“你说，我能写小说吗？”

张华丽如梦初醒，立即肯定地说：“你能写小说，一定能写。”

“为什么？你说说依据好吗？”看来，古敏对自己没有了信心，竟然让别人来为他找理由。

“你诗写得那么好，文字表达能力没有问题。你有那么丰富的生活积累，见多识广，一定有许多故事。有了这些，写小说就有了可能。”

看来，张华丽不是随口而谈，也不是故意讨好古敏。她的依据很全面，也很实在，让人听了不得不相信她的话。

古敏想了想，说道：“我回到家乡，让我想起许多的人和事。这些人和事在逼迫着我将他们写出来，让更多的人知晓。知晓了这些人和事，便知晓了一段历史，知晓那时人的喜怒哀乐。因为这些人和事太厚重，这段历史太沉重，所以是诗歌不能表达的。要表现他们，必须要用另外的文学形式。所以，我才想到写小说。是的，只能用小说来表达。一部小说不能完全表达，就用两部、三部……”

古敏一口气说出来，没有停顿，说得十分流畅。看来，他不是异想天开，是经过深思熟虑的。她不知道古敏这次回家乡看到什么、听到什么、想到什么，才决定了写小说。但是，她认为古敏的决定十分正确，切实可行。于是，张华丽调整了坐姿，说道：“对呀，这是很好的事。”

“你说很好的事是什么意思？”

“我的意思是你的人和事，只有用小说表现，才是最好的结合。否则，会浪费生活，辜负历史。”

他相信张华丽的话，因为他也是这样想。看来，他们还是有许多共同的想法，共同的看法，所以才有了共同的决定。只见他站了起来，慢慢地朝门外走去。他没有向张华丽告辞，便离开了，这是以前没有过的事。他走了之后，张华丽才发现他竟然将纪念册都忘记带走了。

这天晚上，张华丽想起了在女儿家的一件事。有一次，她向女儿介绍了古敏的为人处世，特别说了他对生病妻子的付出，赞美古敏心地善良，是一个责任感强、有担当的好男人时，女儿突然冒出一句话说：“妈妈，我都建议你去追他。”

听女儿如此说，她脸唰地便羞红起来，故意生气地说：“你这没良心的，不想要妈妈了吗？”

“妈妈，不是我不要你。这样的极品男人，可遇而不可求。如果错过了，真的很可惜。”

女儿一席话把她的心说乱了。她心跳加速，脸开始泛红，却说不出话来。她想说点什么，又不知道该怎么说，她太为难了。

看到她的表现，女儿的胆子更大了。她认真地说：“妈妈，再婚不是什么丢脸的事。你也上了年纪，有一个人守着你，有一个人照顾你，是很理想的啊。”

张华丽对这事还真的没有想过，但她觉得女儿的话不无道理。可是，她却没有做好接受一个男人的准备。她不能断然否定女儿，更不能立即答应她。何况，古敏是否喜欢自己、是否接受自己都还不知道。她不想女儿继续这话题，故意生气地说：“你还越说越来劲，妈妈要生气了。”

看见她突然生气，女儿有些莫名其妙。她只好撂下母亲走了，让她一个人静一静。

她现在想起这事，联系到对古敏的误会，看见他与陈萍的亲密照，会有激烈的反感，后来还故意疏远他，自己的这一系列表现，就是一种由爱生恨的体现。她现在承认，自己已经不知不觉地爱上了他，自己都仿佛不认识自己。

看来，这天晚上，张华丽一定会睡不安稳。

第十章

古敏快速离开张华丽的家，竟然忘记了带走纪念册。原来，他想到了小说的开头，他认为这开头很重要，怕会忘掉，所以要赶快回家写下来。

他回到家里，急忙找到纸笔，开始了写作。只见他疾笔如飞，潦草地写下了一个个字。这字根本不像他平时写的字，有的字还只有他才能认得。他顾不了那么多，因为头脑里的东西在往外涌，他必须如此才跟得上思路。他一直这样快速潦草地写着，坚持了几个钟头，终于写出了第一章。他从头看了一遍，添上了一些写漏的字，增了一些细节。看着这开头，他十分满意。几个主要人物都巧妙地上了场，还有了一些伏笔。他对目前的人物设置很满意，后面的情节也有了梗概，一部小说展现出轮廓。他头脑里有许多人和事在涌现，他忘记了疲惫，只是瞌睡一直在折磨他，他都快睁不开眼了。没有办法，他只好停下笔，上床睡觉，倒下不久，他便甜甜地熟睡了。

杨青和凌子美这段日子很不好过，事情不顺心而且很烦。以前，他们因为凌子美的一些小事以及乱用钱而发生争吵，由于凌子美的强势，争吵的结果都是以杨青的忍让而结束。这一次发生的事，他认为不是忍就能过去的。

事情是这样的。一天晚上，凌子美的儿媳妇王二妹找到家里来。王二妹哭诉说凌子美的儿子凌林两天没有回家了，要她一定管一管凌林。如果她再不管凌林，再是几天都不归家的话，那么她也会乱来，家散了还会有家。

凌子美虽然对丈夫霸道，对外人霸道，但对儿子一家异常温顺。首先，她宠凌林，可以说是百依百顺。因为与前夫离婚后，凌林就是她的命根子，她要依靠他养老，她必须顺着他。后来，她与杨青结婚，她就更宠凌林。儿子是她的骨肉，是她地位的象征。她宠凌林，顺着凌林，是在杨青面前显示自己的权威和地位。但后来，杨青不但被凌子美压迫，而且连凌林都不敢管教。

之后，凌林结了婚。为了维护儿子的家庭，凌子美必须对王二妹好，依从于她。有了孙女凌芝，而凌芝的地位都在杨青之上。

可是，凌林一点不为母亲争气。他读书没有长进，没有文凭、知识，找不到好的工作。凌林还不能吃苦，更不能受气。他找到一个工作干不了几天，就不干了。不是老板炒了他，就是他炒了老板。到后来，他干脆不找工作了，天天泡茶馆打麻将。赢了钱就大吃大喝，没有钱就找凌子美要。凌子美对儿子从来就是有求必应，给儿子钱用她从不心疼。凌林到了找对象的时候，凌子美才开始了心焦。因为凌林没有正当职业，要找一个正经的女孩，还真的不容易。凌子美找了好多熟人为儿子做媒，但听了凌林的现状，很多人都直接拒绝。有的就是见了面，也是不久就不辞而别。后来，有人介绍了王二妹，她也是一个没有职业的耍娃。但是，她毕竟是一个女孩，只要她答应嫁给凌林，凌子美就高兴了。她宠王二妹比凌林更盛，给她买穿的、戴的，还拿钱给她用。二人结婚后，凌林也独立成了家。于是，凌林两口子就一起泡茶馆，还真是很相配的一对。但是，没有钱用，他们还是找凌子美要钱。每次要钱，凌子美都没有拒绝过。他们有了女儿，王二妹不打牌了，专门照顾女儿，做做家务。凌林一家就这样过活了几年至今。现在，凌芝都快读初中了。

听说儿子不归家，凌子美就来气。她十分生气地说：“你的男人都管不好，好意思来找我？”

她的话音还未落，王二妹便吼道：“他是你儿子，又不是我儿子。我不找你去找谁？你说啊！”因为她为凌子美家生了后代，所以才这么有底气。除此以外，王二妹还有一件制服凌子美的武器，那就是说要与凌林离婚。凌子美最怕王二妹说离婚，如果她付诸实践，后果是凌子美想都不敢想的。

“你说话好听一点行不行?”凌子美脸一沉，但语气还是很弱。如果是杨青看见凌子美这脸色，一定是投降。凌子美长期以来，练就了这脸色的功夫。

可是，王二妹不吃她这一套，因为她从不看凌子美的脸色，就是看了她的脸色，她也不会有一点怕。听了凌子美的话，王二妹不但说话的语气没有变，似乎还很幽默地说:“我又不是唱戏的，说话那么好听有什么用!”

“你不是唱戏的，你是什么呢?”

“你说我是什么，我就是什么?”王二妹针锋相对，毫不避让。

凌子美的眼睛鼓了又鼓，嘴巴蠕动了好久才吐出声来，说:“好，好，我让你。看你好洋气，看你能洋几天。”

“能洋几天就洋几天，洋不起了就往云南搬。”王二妹像唱歌一样说话。但她还没有解气，继续厉声地说，“亏你还是当妈的，竟然说出这样没有良心的话。我洋不起又怎么? 你希望这样吗?”说着说着，王二妹开始哭，还越哭越伤心。

她这边一哭，凌子美的心便开始乱。以往，她们已经有过多次这样的战斗，结果都是凌子美失败认输。王二妹不但哭，还在哭的同时嚷嚷着说:“如此的生活真的不好过，我也不管孩子了，谁要谁拿去。我一个人还不能过吗?走到哪里都能生活，就没有看见哪里有饿死的人。”她的话再明白不过，她发泄怨气，故意说给凌子美听。

“哭，哭，哭，你就只知道哭。”凌子美的心让她哭乱了。

“男人都不回家，我不哭，还要打起哈哈地笑吗?”

“好，好，好，我让你还不行吗?”凌子美开始退让。

“你让我? 我让谁呢?”

这时，凌子美已经气得说不出话来。过了一会儿，她装出好的声气说:“他不回家是怎么一回事? 你说给我听听。”

“脚生在他身上，我怎么知道。”

“你不能去找啊?”

“我去找他? 我找他干什么，我离开了男人就不能过日子吗?”王二妹没有了哭腔，声音还十分洪亮。她补上一句:“要找你去找。”

凌子美的眼睛鼓了又鼓，嘴唇颤动不停。她的表情十分难看，王二妹瞟也不瞟她一眼。她已经冲出门，扬长而去了。

凌子美四下望望，杨青早就没有了踪影。没有发泄的对象，她开始生儿子的气。她早年以有儿子为骄傲，认为有儿子就有依靠，有儿子便没有后顾之忧。她没有想到的是，有了这样一个不争气的儿子，平添了不少麻烦，增添了不少忧愁。以后还会有什么事，她不敢去想。

她静心一想，不敢怠慢，必须过问儿子的事。她必须找回儿子，那是她的依靠，更不能让儿子没有家。她没有看见杨青，只好自己去找。她去了街上的茶馆找，除了自己看以外，还不时地询问茶馆老板。但是，她找累了都没有凌林的消息。她还去了派出所问，她以为是凌林赌钱被抓了进去。派出所明确告诉她，打麻将的事，派出所不管。眼见快半夜了，她只能疲惫地回家去。

回到家里，杨青已经知趣地去小房间睡了。她本来想叫杨青起来，同他商量找凌林的事。但她不想求杨青，更不想让他看笑话，她更怕杨青会说不受听的话来刺激她，她只能暂时安歇，等天亮了再说。

第二天，有一个商家搞庆典，她不愿意失去一个露脸赚钱的机会，就没有忙凌林的事。庆典中，凌子美虽然装出一副笑脸，但内心就没有安稳过。她虽然心不安稳，但为了庆典的事仍然十分卖力。只见她跑前跑后，安排人手，指挥敲腰鼓，一点不偷懒。

庆典结束，已经是下午时分了。酒足饭饱后，她才想起了儿子的事。于是，她没有回家，直接去了儿子家。进门看见王二妹正悠闲地嗑瓜子，她便没有好气地问道："王二妹，凌林回来没有？"

"谁知道他到哪里去了，反正我没有看见他的鬼影子。"王二妹瞧都没有瞧她一眼，吐出了难听的话。

"你口口声声地这样骂，硬是安了心让他出事吗？"

"他会不会出事，是他的事，你与我吵有用吗？"

"你会不会说话哟？我来是与你商量事，不是来与你吵架，你搞清楚一点。"她说话的气势和口气，都是她当基层公务员养成的。她在职的时候，只要听见她如此说话，别人都要让她几分。

她这一套在王二妹面前却一点不灵。王二妹不但不吃这一套，还有火上浇油的效果。只见王二妹将嘴里的瓜子壳用力往地上吐，厉声地说："我不会说话怎么了？还不是怪我妈会屙不会教，才有这样的报应。你听不惯，就把耳朵塞住。"王二妹这是指桑骂槐，意思是凌子美没有教育好凌林，凌子美才出了报应。

凌子美佯装没有听懂，吼道："说得好，就是会屙不会教，才会有你这样没大没小的东西。"

"谁是东西？"

“谁是东西？自己心里明白。”

“是东西总比不是东西好。”

二人对骂，绕来绕去，十分好笑。凌子美气急败坏，王二妹趾高气扬。她们这样对骂，哪里像婆媳，与外人吵架都没有这样骂人的。如果被人骂报应，一定是此人做了丧德的事，不会有好的后代。王二妹骂凌子美报应，已经不是第一次。凌子美听了特别刺耳，但她又拿王二妹没有办法。她又气又急，一口气堵住了嗓子眼，吐不出，咽不下。她特别难受，眼泪都快憋了出来。

凌子美虽然霸道，吵架厉害，却不是王二妹的对手。二人每次交锋，凌子美都没有胜过。看来，这次她也很难取胜。不过，她更是担心着凌林，怕他真的是一个报应，如果报应了，更让人笑话。于是，她自己就气短了一截，又有以前失败的阴影，她想早一点退出战斗。只见她带了哭腔地说：“我不与你吵，我让你。我去找你父母，让他们评评理。”说着，她慢慢离去了。

凌子美撤退之后，来到大街上。她根本不会去找王二妹的父母，因为她瞧不起王二妹的父母。她不知道儿子去了哪里，怎么会两天都不露面呢？她担忧儿子，就没有闲心与王二妹计较。她到街上四下转悠，一方面找凌林，一方面是散心。她走了好久，仍然不见凌林的影子。于是她只好拖着疲惫的脚往家里走，想找杨青商量一下，下一步该怎么办。

凌子美还没有走到家门，便远远地看见王二妹怒气冲冲地站在门口。她心里一咯噔，心想这个王二妹发疯了，竟然骂上了门。这是她的家，她还是很有底气，硬着头皮走了上去。她还没有开口说话，王二妹却凶神恶煞地说道：“你的好儿子有下落了，现在交给你。”说着，她将一张纸片塞到凌子美手里，立即走掉了。她莫名其妙的，看见王二妹一阵风地跑远了。

她将纸片细看，原来是一张戒毒所对家属的通知单。上面明确写着让家属给强制戒毒人员准备的物品，以及应交的费用。

虽然知道了儿子的下落，但却不是凌子美希望的结果。她心里好难受，突然眼前一黑，差一点跌倒。她进到家门，杨青正在弄晚饭。因为他早就从王二妹那里知道了是什么事，他只能默默做事，不想去招惹凌子美。凌子美不知道该干什么，只是站在屋中间发愣。她心里激烈活动着，想到的都是不顺心的事。烦心的事太多，心口似乎隐隐作痛。接着她发现牙齿开始痛，身子似乎也不舒服。晚上她根本没有心情吃东西，她一直都在心里考虑着，怎么与杨青商量有关凌林的事。出了这样的丑事，她都没有了往日的强劲，但事情都出来了，她必须要处理。

凌子美终于提出了凌林的事，她让杨青帮助拿主意。杨青知道她的商量就是一个程序，无论他的态度如何，决定权都在她手里。他都成了习惯，无论什么事，他都少说为佳。可是，这件事不一般，他不表示不行。他说："戒毒的费用和罚款必须交，这不是一般的错误。我们学校明天组织退休教师活动，我必须去参加。一切事宜，你看着办吧。"

听杨青的口气，他心里很不乐意管凌林这事。凌子美嘴巴噜了噜，但没有吐出音来。如果在往常，杨青这态度一定会受到她的一顿臭骂。但今天，她不敢骂人，因为自己儿子太不争气，让她气短了几分。再说，虽然她握有经济大权，但毕竟数目比较大，她也不敢擅自做主。她还想让杨青舒心一些，所以必须装出一副好态度。

她用少有的好听的语气说："杨老师，你还有没有现钱？我这里现成的不够啊。"

"谁有那么多现成的钱？我的情况你又不是不知道。"长期以来，这二人都有一个约定，杨青的工资留下多少做零用，其余的便归公。存钱的事是凌子美操作，她支配。

"那么，只有取存款哟。"

"取不取，你确定。"

第二天一早起床，杨青早饭都没有在家吃就走了。他对凌子美有意见，却只能憋在心里，他最怕吵架，更怕外人笑话。

凌子美觉得儿子这次丢脸丢大了，自己还要为此使用一大笔钱，对杨青实在不公平。于是，为了弥补他，她竟然主动邀请他到大床上睡但杨青并不领情，仍然坚持去了小屋，独自睡在小床上。凌子美知道他心里有气，但也不能太迁就他，也就没有再邀请。她在心里却骂了不少，心想看他能坚持多久。二人就这样无声无息地度过了一夜，这也是他们少有的一夜。

第二天早晨，凌子美发现大事不妙。睡了一夜，她的牙痛不但没有消失，反而更加严重。现在牙龈肿起，嘴张开都十分疼痛，饭在嘴里无法咀嚼，喝水都困难。杨青早就离开了，诉苦都找不到一个人。为了儿子的事，她还必须坚持着去处理。她去药店买了清火的药，连家都没有回就办事去了。

她先去了银行取钱。递上存单，银行工作人员告诉她，这定期时间不到，只能当活期算利息。见她没有说话，对方又告诉她，这样很不划算。看来，如果她不说话，还真的不行。

她早就有一肚皮气无处发泄，心里骂了几次对方装好人，实在憋不住了，硬气地说："我让你取就取，那么啰唆有用吗？"她似乎还不解气，补上一句，

“钱算什么东西？生不带来，死不带去。”

银行工作人员望了她一眼，不知道她发哪门子的火，但她不敢再多言，埋头办业务。凌子美拿了钱数都不数就出了银行，让那业务员都有些奇怪。

她又去了儿子家，要找王二妹取换洗衣物。她到的时候，门紧锁着，不知王二妹去了哪里。她早就要儿子给一把钥匙，但王二妹坚持着没有给她。她进不了门，更加冒火，但没有办法。她早就累了，干脆坐在门前歇息。过路的人看了，都觉得她十分可怜。

后来她终于在一个茶馆找到了王二妹，她正嗑着瓜子与人聊闲。看着王二妹悠闲的样子，她心里就气，男人都进了戒毒所，她还屁事没有一般。她不敢惹事，捂着疼痛的半边脸，上前低声地说：“二妹，你回去一趟，我有事找你。”

“你有什么事？有事就在这里说。”

“这里说不方便。”

“有什么不方便？又不是做了见不得人的事。”

凌子美是一个好面子的人，儿子的事她要避了人说。她没有再说什么，转身往远处走，站在那里等。

王二妹见她不离开，只好向她走来。远远地她就开始说：“你究竟有什么事？现在可以说了嘛！”

“我要给凌林送衣服，你回去拿一下。”

王二妹想给她钥匙，让她自己去取。但是，她不放心，只好往家里走。她在前面走，凌子美在后面紧跟着。开了门，王二妹指着沙发上的一堆衣服，说：“你要什么，就取什么。”

她慢慢地整理衣服，回头问道：“二妹，你有事没得？”

“我有没有事，要你来管吗？”

凌子美瞪了她一眼，说：“如果你没有什么事，与我一起去。”

“我没有空，要去你自己去。”

“你没有空？你就不能去一下吗？”

“我去，我这个家不要了吗？”

凌子美不敢发火，怕又会吵起来，只是说：“我牙齿痛，不舒服。”她声音很小，似乎在哀求。

“你牙齿痛，我还周身痛呢！”

看来，王二妹是不会去的。她只恨儿子不争气，让自己都说不起话。她只能自认倒霉，收拾好衣服匆匆离去。没有走几步，便听身后砰的一声响，她知道是王二妹在关门，但没有回头看。

到了戒毒所，她交了钱和东西，连儿子都没有看到，便被请了出去。她回到家，终于忍不住倒在床上哭了起来。

再说周一平，自从与白茉莉勾搭上后，他的生活有滋有味，趣味多多。白茉莉与周一平交往后，慢慢地熟悉了他。她知道周一平是孤身一人，而且是石油单位退休，收入十分可观。于是，她对周一平特别好，什么都顺着他。周一平对她也特别有好感，认为她年轻漂亮，又温顺可人。于是，他对白茉莉特别能出钱，除了正常的付费外，还不时地多给她钱，以博得她的喜欢。不久，二人便是情投意合，关系不同一般起来。周一平长期没有女人，有了白茉莉后，仿佛自己真的过上了神仙般的日子。只见他整天乐呵呵的，脸上容光焕发。

白茉莉很温顺，周一平舍得对她花钱。他还为白茉莉买化妆品，为她买项链。为了讨他的欢心，白茉莉特别注意打扮，而闻着她身上的气味，他就有一种冲动。他还特别注意照顾她，比如给她弄好吃的，为她买小吃瓜果。他们经常厮混在一起，俨然夫妻一般。他还产生了一种特殊的想法，如果碰巧的话，她能给他生一个儿子，更是天作之美。当然，这只是他的想法，他不敢告诉白茉莉。

后来，他试着说出想娶她的意思。她没有答应他，装着不懂。他以为她嫌自己老，想着慢慢来吧，不急在一时。他告诉白茉莉，说自己虽然老一点，但身体很棒。如果一个小伙子要比赢自己，都还有一个拼。他还对白茉莉许诺，如果跟了他，就不用上班那么辛苦，他完全能养活一家人。总之，他要白茉莉相信他，嫁给他好处多多。他不但口头说，还落实到了行动上。他喝酒少了，吸烟也有节制了。在他的劝说下，白茉莉有点动心，她不讨厌他说这方面的事，有时还对他笑一笑，带有鼓励的性质。于是，周一平充满了希望。

听说古敏回来了，他拖了几天才有空来看古敏。他见古敏气色比以前好多了，还特别有精神，他为古敏高兴，更为自己的事高兴。但他自己知道与古敏比还差得远，特别是自己没有文化，就是一个最大的缺点。

古敏见周一平来看自己，很是高兴。他正在写作，他说一会儿就好了，让周一平自己泡茶喝。他匆匆地结束了写作，说要弄几个菜，与周一平喝几杯。听到喝酒，周一平十分高兴，把自己的克制抛到了脑后。

古敏的小说写了精彩的开头，但他没有继续写下去，他要先设置好人物、故事及其发展，写出提纲。如果想到哪里写到哪里，一定会凌乱，也没有统一性。提纲基本完成后，他觉得照此写出的小说还是有可读性，能反映时代特色。

古敏见了朋友高兴，为自己的小说有了基础欢欣不已。他煮香肠、腊牛肉，还炒了两个新鲜的荤菜，抓了生花生放在桌上，二人便高兴地喝起酒来。

周一平心情舒畅，客气地说："你整这么多菜，两个人怎么吃得了哟。"

"吃不完，就使劲吃。"古敏正往杯子里倒酒，不去望他。

周一平笑了笑，说："我的意思是叫张老师来，我们一起吃。"

"她今天没空，她有活动。"

"不凑巧，我还想帮你说几句。"

"你帮我说什么？"听了周一平的话，古敏莫名其妙，一脸茫然。

"你一点都不懂，你与她的事啊。"

"我与她的什么事？你莫乱说话。玩笑不能随便开，你知道吗？"

"我不是开玩笑，你和她都是单身，大家都很谈得拢。"

"谈得拢？我与谁都谈得拢。"古敏看了他一眼，继续说，"快喝酒，快喝酒。"

"你不要不好意思，可以考虑一下。"

"我一天到晚很忙的，哪有时间考虑。"古敏笑笑，找借口推托。

"你抽空都考虑考虑，再大的岁数，找一个女人过日子还是更安逸。"周一平意味深长地说，还露出一丝窃笑。

听了他的话，古敏警觉了。因为平时周一平根本不谈此类问题，他如此说话，说明他不是随便说话。他立即问道："你是不是在想这方面的事？"

"我当然也可以想，你说不可以吗？"

"可以，完全可以。"古敏说着，露出一丝笑。

"你笑什么？"

"我没有笑，我是说几天没有见你，你的变化还很大。"

"我变了吗？"

"你当然变了。"古敏停顿了一下，说："以前，你根本不谈这种问题，现在改变了态度，是好事，是好事。"

"你不要转换话题，我说你的事，你反而说起我了？"

古敏没有继续说此问题，周一平说喝酒的事，就把这事放下了。后来，周一平走了，古敏忙着写东西，便没有多想。

杨青参加了退休老师的活动，回到家里后看见凌子美躺在床上，以为她病了。他询问后，才知道她是担心儿子的事，实在没有了主意，才提不起精神。杨青没有什么话说，只是安慰她，让她顺其自然，这样的事，再急也没有办法。

杨青看见她那颓废的样子，想到她的强势，好像不认识她了。看来，任何人都有弱点，凌子美也不能例外。

第十一章

话说张华丽去参加退休老师的活动，心情十分舒畅。她本来很平易近人，大家都喜欢与她交谈。后来，她见杨青闷闷不乐，很少说话。她便关切地问杨青是不是身体不舒服，退休了更要注意身体。在退休的同事中，她与杨青关系更好一些，对杨青更关注。杨青本来不想谈，见张华丽问着了，于是，他将凌子美儿子的事简略地说给了她听。

听了杨青的话，张华丽十分吃惊。她愤愤地说："凌子美的儿子怎么会这样呢?"

"你以为他应该怎样?"杨青不以为然地说，心里有气。

"一个人虽然不能成才，至少不应该吸毒!"

"年轻人不好好劳动，不积极找工作，整天打麻将，长年累月地混天过日，不走上邪道才是怪事。"杨青说出心中的不平，说出了早就有过的判断。

听杨青语气有些无奈，张华丽同情地说："这下凌子美可惨了，害得你也跟着倒霉。"

杨青只是淡淡地笑笑，没有说话。张华丽见他心烦，安慰他说："你还是要把心放宽一些，事情总会过去的。"

"不放宽心又能怎样，只能走一步看一步。"

"你能想得开，就是最好。"

后来，有其他的人招呼他们，他们便结束了谈话，分开向各自的熟人走去。后来，两人再没有单独谈话的机会，再没有谈论此事。这种事不是什么光荣的东西，杨青不想让更多的人知道，到张华丽这里便打住了。但是，张华丽总放不下此事，不时地想起，还忧心不已。她回到家里，想将此事立刻告诉古敏。她告诉古敏，不只是想让他知道此事。而是因为他也是杨青的朋友，如果不告诉他，张华丽还真做不到。还有一层意思，张华丽凡是有了心事，只能想到让古敏最先了解。她回到小区，家门都没有进，就去了古敏家。

张华丽到来时，古敏正在修改作品。见他正忙，张华丽抑制着内心的冲动，没有开口说话。她怕打断古敏的思绪，影响他写作。古敏招呼她，并没有停下手中的事。她拿起一旁的手稿看，原来是几首诗。

古玉湖杂感

一

当年求学到此游，
民工筑堤成人流。
汗水浇出湖水美，
前人之恩应记留。

二

野鸭嬉戏白鹭游，
桃红柳绿碧水流。
春光胜过秋色美，
满眼景致任我收。

三

生活富足重旅游，
良田闲置触心头。
花树遍地娱乐美，
心身愉悦无愁忧？

张华丽看到这里，体会着诗的情感。这些诗有喜，还有一丝愁忧；有历史，也有现实。古敏完成了写作，见她在认真地思考，他一时有了兴趣，便热情地给她介绍古玉湖的过去和现在。他说："古玉湖是我家乡县城不远处的一个人工湖，20 世纪 70 年代修建用于储水，主要是考虑农业的用途，经过多年打理，现在，古玉湖环境十分优美，水质上乘。于是，引来许多鸟类在此栖息繁殖。有关部门加强管理，逐渐开发成了旅游景观区，既可以观景，还可以坐船游湖。堤岸还有许多娱乐设施和餐饮场所。谁也想不到的是，原来的设想和用途没有了踪影。时间过得快，变化更快。"

古敏给张华丽介绍的时候，仿佛看见了当年读高中时，跑了几十里到这里看筑堤的情形。那时是人工挑泥土筑堤，人来人往十分壮观。这个人工湖，完全是民工用汗水完成的。他这次游湖观景不只是乐，还隐含了一丝心忧。他对发展旅游与发展农业生产，该怎样处理其关系，总是想不到一个好的办法。于是，这种矛盾的心理，完全表现在了诗中。

她看过了诗，听了古敏的介绍，不免惊叹道："古玉湖真美，你的家乡真美。"

"古玉湖真的很美，特别是我们这种多年的游子，对这里更有特殊的感受。"

"是的，如果没有当年的修建，怎会有如今的旅游胜景。"说到这里，张华丽若有所思，她沉默了。过了一会儿，她说，"比如乐山大佛，当年开凿是为了镇水怪。谁能想到现在成了世界闻名的胜景，当年的设想却渐渐被遗忘。当年人们的付出，为如今的人们带来大的收益。"

"你真的很会联系，比喻恰当。"古敏笑着赞扬了她，气氛活跃了不少。

受到古敏的赞扬，张华丽有些不好意思。她脸发烧，心跳加快，但是，她对古玉湖还有话说。她淡淡地笑了笑，说："这不是会联想，而是事实。不过，我真的很喜欢古玉湖，如果能去实地一游，那是最好不过的了。"

"你如果想去一游，是很容易的事。你有空想去的时候，我还可以给你当导游。那个时候，陈萍的福利院也完工了。我们可以让她承担吃住，想玩多久就可以玩多久。"

听古敏提到陈萍，她想起先前对陈萍的误会。她心里一热，但马上镇静下来，说："你们的美女班长人漂亮，特能干。不说你们喜欢她，我都快爱上她了。"

"你如果喜欢她，完全可以与她交往。"

"我是谁，她又不认识我。"

"我可以给你们牵线搭桥，你放心，她是一个很好交往的人。"

张华丽在想心事，一时没有说话。古敏见了她的情形，心里发笑。他觉得女孩子（老太婆）就是多愁善感，什么事都要思考一番。她们这样生活，不知道是否会累。他突然想到了什么，笑着问道："张老师，你今天去参加活动，与老同事在一起玩，一定很快乐吧！有没有什么好东西与我分享？"

"有分享的东西，不只是快乐，还有忧愁。"张华丽想到了杨青的事，她没有立即说出来。

"有什么忧愁？"古敏好奇地问。

"你想先听什么？是听喜，还是忧？"张华丽偏着头问。

古敏思考了一下，确切地说："还是先苦后甜，先说忧愁的事。"

"好，你就慢慢听我道来。"说了一句，她便停下，还说，"先声明一句，我不是喜欢传播别人的事。因为他是我们共同的朋友，我必须让你知道，才决定告诉你。”

看她郑重其事的样子，古敏鼓励道：“你不用声明，你是什么样的人，我知根知底。有什么事你就大胆地说出来，不用担心什么。”

“我今天参加活动，看见杨青很不开心。我便问他有什么事吗？原来，他家还真的摊上了大事。”

听到这里，古敏吃惊地问道：“他家摊上什么大事？你快一点说来听听。”

“凌子美的儿子凌林，原来他在吸毒。现在被抓住了，还被送去强制戒毒。凌子美心里着急，便在杨青身上撒气。如此一来，杨青十分不开心。”

“凌林怎么会吸毒呢？”古敏十分不解，摇了摇头。

“你怎么认为他不会吸毒呢？”没等古敏回答，张华丽继续说，“凌子美与杨青是半路夫妻，二人都很不幸。既然结合在一起，就应该倍加珍惜，谁都想不到凌子美那么好强，连一句话都不会让人，别人只有顺着她，她一点亏都不会吃。她对杨青，更是强盛到了极点，难怪她的前夫会与她离婚。”

说到这里，张华丽没有继续说下去。她看着古敏沉思的样子，没有问他想什么。

古敏突然从沉思中清醒，问道：“你说完了吗？凌子美的事，我还真不很了解。”

“凌子美总是护着儿子，对儿子百依百顺。看杨青和他的女儿，一点都不顺眼。”张华丽还想举例，但认为没有必要。

“这些与她儿子吸毒有关系吗？”

“有关系，太有关系了。她的儿子杨青不能说，不能管教，一直宠着儿子，说儿子太不幸了，她要让他过上幸福生活。凌林从不做家务事，衣来伸手，饭来张口，她还说找了钱，就是让儿子用的。凌林有了钱就好交朋友，从小就是一个孩子王，书不会读，还养成一身的坏毛病。长大了没有本事，更不会去找工作。整天没有事干，就知道打牌混日子。反正财权在凌子美手里，她供着儿子玩。”

“这样怎么能行？杨青就不应该太放任了。”

“杨青不放任行吗？凌子美早就对杨青约法三章，她的儿子不用杨青管。”说着话，张华丽仿佛还很生气。

“如此宠孩子怎么行呢！”古敏若有所思，话没有说完，便说不下去了。

“凌林之所以会出问题，原因也很明显，不过如此一来，只是苦了杨青。”张华丽为杨青十分惋惜，又没有什么办法帮助他，说着这些话，张华丽还很苦恼。

看来，凌林吸毒有家庭的原因，更有自身的问题，特别是他长期打麻将，一批牌友对他的影响很大，彼此灵魂空虚，便以烟酒来麻醉自己，再进一步，就可能吸毒。杨青夹在凌子美和儿子中间，那样的日子怎么好过？古敏想着这些事，没有说话。

“杨青怎么不解脱自己呢？一个人过日子，也比这样强。”古敏对杨青不理解，摇了摇头。

“不知道他是怎么想的。我听很多同事都在背后说他傻，说他找老婆，纯粹是找罪受。”张华丽说着话，有些愤愤然。

二人都沉默着，屋里好安静。他们表面平静，内心却活动激烈。他们在想心事，在想杨青，也似乎在想自己。

过了很久，张华丽说：“杨青聊以自慰的是女儿十分优秀，为他争了气。女儿虽然判给女方，但是杨青出钱培养了她。她长大后知道父母离婚的原因，更心疼父亲。她读书努力，大学毕业进了金融系统工作，丈夫还是一个中层干部。女儿说父亲不容易，很孝顺他。不仅在一个城市住着，她还经常要父亲去家里，还经常给杨青买东西。否则，杨青闷都会闷死。”

听了杨青的遭遇，古敏对再婚产生了畏惧。他想如果再婚似杨青一般，还不如单身好，至少自由一些。

过了一会儿，古敏如梦初醒地说：“不去谈忧愁的事，你还是谈喜事吧。”

张华丽望着古敏一笑，但没有开口说话。她在想应该怎么开口，但又怕古敏笑话。她今天找古敏，就是要告诉他自己的一件好事。谈起杨青家的事，二人的情绪都弄坏了，生了不少闲气。她顺了顺气，笑着说：“我想让你猜猜看？对于我来说，喜悦的事是什么？”

看着她羞涩地说话，古敏首先想到了她是有了心上人。她单身那么多年，怎么突然就要找老伴？想到这里，古敏心里怪怪的。他一方面为她高兴，但似乎更多的是失落。再细想，他否定了自己这样的猜想。因为张华丽不是一个轻浮的人，她不会用这样的事在朋友面前炫耀。他又想了许多，都被自己否定了。后来，他笑着说：“我真的很笨，想了好久，就是猜不出来。我看，还是你自己告诉我吧。”说完，古敏还轻轻地拍了自己的脑袋。

他的举动，逗笑了她。她说：“古大哥，你这人真狡猾。”

“我都承认了自己笨，你怎么还说我狡猾呢？”

“你就是狡猾，承认了自己笨，就不用费心去猜了啊。这样多么轻松，借口很充分。”

“我不是找借口，我是真的猜不出来。”古敏看着她，见她没有说话的意思，补充道，“我不敢乱说话，否则，那会更糟。我看，还是你自己说出来，让我分享你的喜悦吧。有喜悦不分享，也是一种损失。”

“你不但狡猾，还会用激将法。”张华丽说着，笑了起来。她笑完后，说，“我今天参加活动，才知道了农村学校的艰苦。现在，年轻人都不愿意去农村任教，就是干了一段时间的人，宁肯失业，都不愿意再干下去。所以，农村学校很缺教师，我报名去农村学校当志愿者了。”

“这么说，你又要当老师了？”

“不是又当老师，我本来就是老师。我当志愿者，是想发挥余热。”

“这是好事，你真行。”说着，古敏对她竖起了大拇指。

“我不行，是机会让我能行。”

“你真谦虚，是一个好同志。”

“我本来就是一个好同志。”说着，张华丽的脸红了。她低下头，整理了一下头发。

古敏看着她羞涩的样子，好像年轻了许多。他说：“可惜，我没有教师资格，否则，我也要向你学习，去当一个志愿者。”古敏是农村长大的，他对农村有感情，更愿意为美好的农村付出力量。

“你不用去当志愿者，那是大材小用。”

“你这是什么意思？”

“你写书，当作家，比教师的作用大，就是这个意思。”

“写书没有当老师实在，效果会更明显。”

“我觉得写书效果更大，精神文明建设作用不小。”

“你真不愧是教师，太会说话了。”

“这是事实，你不得不承认。”

古敏在心里承认了她的说法，她不但会说话，还很有人情味。于是，他对自己更担心了，他说：“我不知道能否把书写成功，如果写不好，怎么谈得上作用呢？”

“古大哥，你要相信自己。我听你谈了构思，都认为你写出来一定会成功。这样的书有很大的教育意义，精神文明建设不可缺少。”

听了她的鼓励，古敏心头一热，笑着说：“好吧，我们约定，用不同的方式发挥余热。”

“好啊，一言为定。我们要互相帮助，互相激励，共同前进。”

张华丽走了，古敏还想了许多。杨青与凌子美都是六十以上的人，夫妻之间应该相互帮助，相互照顾。可是，一方太强势，且以压倒另一方为目的，这样的夫妻过日子，能过好吗？古敏不能回答，更不敢想象。

这次回家乡参加同学会，同学们知道他的妻子亡故，都来关心他，还建议让他找一个老伴一起生活。他们说有老伴照顾，是最理想的。两人相互照顾，生活质量比一个人高很多。他没有回答，只是一笑而过。他不是不想找老伴，只是没有合适的人，他就没有话可说。现在，有了杨青夫妇的生活作为镜子，他对找老伴产生了畏惧。如果遇上凌子美这样的人，谁能经受得住折腾。

由此，他还想到了周一平。听他说过想找一个女人过日子，他都单身那么久了，怎么一下冒出如此想法。他如果找女人过日子，又会找到一个什么样的人呢？他在心里想，却想象不出来。他心里愿意周一平生活过得好，但更怕他会受苦。于是，他想了许多……

再说杨青没有听凌子美的安排，赌气参加了退休教师的活动。他最近一段时间也在考虑自己的生活，特别是与凌子美的关系。他与凌子美虽然是半路夫妻，但他们结合得早，他以为二人只要努力，是很好磨合的。但没有想到凌子美太好强，就是说一句话，她都要分个输赢。她不但要分输赢，而且必须是自己赢，对谁都不肯让半步。他为了维持婚姻，只好退让将就着她。那时，大家都有工作，有了问题避让一下，只要大家都上班去了，一切问题就消失了。后来，这便成了规律，总是他避让着，便相安无事。虽然委屈自己不少，但是几十年也过来了。

到了晚年，大家退了休，两人整天待在一起，便没有了避让的空间。一个看似和谐的家庭，矛盾却不少。杨青长久处于痛苦中，这样的生活，让杨青苦不堪言。他考虑过离婚，这样可以一了百了，但他迫于舆论和面子，从没有提出过离婚。他也知道，如果提出离婚的话，凌子美一定不会同意，她一定会大吵大闹。她什么事都干得出来，就是去死都有可能。他就是想法多，才拖了下来。现在，不但凌子美让他生活不愉快，连她的儿子也在逼他。吸毒的危害他是知道的，而且别人知道了，还不知道会说什么闲话。看来，不走离婚那一步，还真的难过这一关。他心肠硬了，行为上便没有什么怕的东西了。

他不服从凌子美的安排，就是一种造反的举动。凌林吸毒，与凌子美的溺爱分不开。如果自己还将就着她，她还真的不知高低，这事必须由她去处理，让她尝尝办事的难处，让她知道溺爱儿子造成的伤害是什么。实际上杨青参加活动，心里还是不痛快，就是与熟人说话，都怕别人问他凌林吸毒的事。当然，他心里还想着凌子美，她办事的结果如何了，他都会随时想想。

后来，在吃饭的时候，他故意多喝酒，想以此麻醉自己。不知道的人还一个劲地夸杨青，说他的酒量见长了，真是老当益壮。

回家的路上，冷风一吹，他清醒了不少。想到回家凌子美看见自己的醉态，还不知道她会怎么吵闹。当然，现在他胆子大了，一点不怕她闹事。他还想如果她闹事，自己正好提出离婚。他现在要通过自己的斗争，争取到自己的自由。他知道自己离开凌子美，也能很好地生活。因为自己的女儿孝顺，女儿一家对自己都很好，就是离开了凌子美，女儿一家会热情地接纳自己，让自己尽情享受天伦之乐。想到这些，杨青走路都挺起了胸膛。

杨青想好了对策，找到了退路，胆子壮了不少。他理直气壮地走进家门，用力推开家门那一刻，已经做好了迎接战斗的准备。令他吃惊的是家里黑灯瞎火，没有一丝声息，他突然想到可能凌子美去了戒毒所，现在还没有回家吧。他放宽了心，心里发笑，认为自己的一切准备都是多余的。

他刚准备坐到沙发上，就突然听见了动静，那是从大房间里发出的。他亮了灯，往里面一望，凌子美躺在床上。原来，她早就回到了家，奇怪的是她怎么会那么安静，紧接着听见了她的呻吟，声音有些凄凉。顿时，杨青的心软了，急忙上前俯身问道："你怎么了？哪里不舒服？"

她没有说话，只见凌子美脸发红，半边脸都肿了起来，看来，她病得不轻。他轻声地问："你病了吗？我送你去医院？"见她没有说话，他补充说："我还是打个120吧。"

"打什么120？不用打，我没有那么严重。"

"那么，我送你去医院。"

"我不去医院。"

"你为什么不去医院？有病还是要去医院。"

"你如果要管我，就去给我买点消炎药，我水都喝不下……"

"既然那么严重，就更应该去医院。"

杨青坚持着自己的主张，凌子美却没有发火。她虽然话很少，但却是那么和善，她的表现，仿佛换了一个人。

过了一会儿，她说："去了医院，要花很多钱。"

既然凌子美如此坚定，杨青只好让步。他陪凌子美去药店买了药服下，让她睡了等明天看效果。对于凌林进戒毒所她去探望的事，凌子美没有说，杨青也没有问。总之，他们从没有这般配合过，而且如此的一致，真是一种奇迹，难得的奇迹。

第十二章

自从听说凌林被抓去强制戒毒，凌子美又急又气。她不知道在心里骂过多少遍凌林这个不争气的东西，让她这当母亲的人跟着他丢人现眼。家里出了一个吸毒的人，仿佛其他的人都跟着矮人三分，会被人另眼相看。凌子美是一个何等好强的人，在任何人面前都很要面子，比任何人都要高傲。如今，她恨不得找一个地缝钻进去，实在没有脸见人。但是，那毕竟是她儿子，她必须为他奔波。她东奔西走，四下求人，想让儿子早日解脱出来。

她找到一个有地位的熟人，让他帮忙求情将儿子放出来，她还保证自己能管好儿子，让他在家里把毒戒掉。她怕别人不相信，竟然用一个党员的名誉作保证，一定能让凌林改邪归正。

别人听了她的说法，手直摆，头直摇。她以为别人不肯帮忙，又开始叨叨地说个不停，她怕别人再次拒绝，不给别人说话的机会。她说累了，终于停了下来。

熟人才严肃地对她说："我可以明确告诉你，任何人都不能为戒毒人员担保，也是无法担保。"

"为什么，这是什么规定?"

"你先别急，听我慢慢给你说。"他喝了一口茶，说："对吸毒人员之所以要采取强制措施，严格管理，是为了帮助他们戒毒，这是针对特殊的对象采取的有效措施。戒毒是一个漫长的过程，要克服生理和心理的障碍才可能戒掉毒瘾，有的还可能反复多次，才能戒掉毒瘾。这样复杂的事，任何家庭都不可能完成。"

"戒毒真的这么难吗?"

"你以为很容易吗?"他沉默了一会儿，说："有许多事实都说明戒毒很难，困难的程度不是常人可以想象。你看过《霍元甲》吧，他戒毒很难了吧，那时的毒品无论从哪个角度看，都比不上现代的毒品毒性大。要戒掉毒瘾，不下苦功夫，很难做到。"

听了他的说法和举例，凌子美似乎清醒了一些，但是，她还想争取一下。她说："任何事都可以试验，如果让他在家里戒毒成功了，不是很好的事情吗?"

“你开什么玩笑？如果可以让你试验，别人早就成功了，还需要你来试验？”他说完，轻轻地笑了。他的笑含义深刻，仿佛在笑凌子美的天真。

后来，凌子美又去找了一些人。得到的结果同样是其他的事可以帮忙，这件事真的帮不了忙，如果帮忙的话，实际上是害了戒毒人员。她跑了不少路，说了不少好话，得到的都是失望的结果。这时，凌子美才知道了吸毒的危害，吸毒带来的后果有多大。想到摊上这样的麻烦事，她又气又急，欲哭无泪。她这个好强的人，从不认输的人，终于感到了求人无门的难处。她真的不想认输，但没有办法解决这事，她吃饭没有滋味，睡觉都睡不好。

杨青回到家里，她不敢把自己求人的结果告诉杨青。她怕杨青笑话她，让她失去权威。虽然儿子被关起来了，但她还要关心一下王二妹。她去看王二妹，王二妹却没有好脸色给她。如果在平时，她才不愿意看别人的脸色过日子。现在，无论王二妹怎么给她脸色，她都当没有看见一样。经过这事，凌子美也在开始慢慢地变了，不过还没有人察觉到，包括她自己。

这段时间，凌子美心里有气，又四下奔忙，牙痛总不见好。后来，还是杨青硬要她去买药吃，才慢慢好了起来。以前，她对杨青的话是不听的，现在看见杨青没有歧视她，还关心她，她才知道了杨青的好。可是，她该怎么对杨青，还一时改变不过来，但是，现在家里清净多了，两人在一起也能多说几句话了。

儿子戒毒，不知几时能放出来，凌子美失去了主心骨。她不但想现在，还想到了将来。她一直骄傲的是有一个儿子，有了儿子就有靠山。现在，儿子出了事，她开始担心自己的晚年不知该怎么过。对于儿子戒毒，她虽然有信心，但是，她不能保证儿子以后还会不会出其他事。她对杨青的态度有所改变，觉得他并不是那么无用。但是，她对王二妹的态度没有改变，总想找机会报复她。因为她认为自己是公务员出身，王二妹不过是一个无业耍娃；自己是长辈，她是自己的儿媳妇，无论从能力，还是人情关系王二妹都不如自己，不能让着她。

收拾报复王二妹的机会，没有多久便到来了。

这天，王二妹气冲冲地找到了凌子美的住处。一见面，她便恶声地对凌子美说：“你家凌芝没有吃饭的钱了，我来替她讨要生活费。”

王二妹向别人要钱，还理直气壮，真是一个特别的人。不用说别人认为这种方式不好，就是凌子美也觉得她太过分了，仿佛不认识她似的。也难怪，以前都是凌林出面要钱，王二妹还是第一次向她要钱。凌子美本来就要收拾她，见她如此举动，让凌子美有点举棋不定。应该怎么对付她，凌子美得认真考虑，一时没有说话。她压下火气想，凌林被抓，王二妹也一定难以接受。她肯定很气愤，生活和家庭没有一个男人照顾，她确实很难，何况又没有工作，经济上也很困难。如果自己不管她们母女的事，她就更是没有办法了。于是，她在心里原谅了王二妹的无礼。但转念一想，王二妹心里再有气，也不应该有这种态度，特别是在王二妹家里，凌子美从没有见过她的好脸色。于是，她平静的心，又开始激动，她的脸色开始变化，心头的气又往上涌。

凌子美想，不好好收拾王二妹一下，她还会不知好歹。凌子美想到这里，她脸一沉，恶声地说道："凌芝是谁？我不知道啊。我的钱不是捡来的，无缘无故就给了谁用。"

"你说不认识凌芝？你还是不认凌芝是你家的种？"王二妹上前一步说，很有气势。她见凌子美没有说话，大声吼道："好，记住你说过的话，过两天我就把她卖了，总能换几个钱，多多少少用得了几天。到时，你就不要来找我说些乌七八糟的话。"

凌子美根本没有想到她会说出这样的话来，让她心头一震。可是，她不能示弱，她同样吼道："量你也不敢，你敢卖人，就不怕国家的王法？"

"你知道国家有王法？你是讲王法的人吗？"

"你说，你说我哪一点没有讲王法？"

"你说你讲王法？我就问你一句。她那么小的一个孩子，没有饭吃，把她饿死了，符合王法吗？"王二妹的话将凌子美问住了，她一下子不知道怎么回答。王二妹又说话了："让她饿死，还不如卖给别人，还给了她一条生路。我这样做，不但没有错，还合理合情。"

王二妹一席话，有条有理，滴水不漏。凌子美听了，立即气得说不出话来。过了很久，她只好说："凌芝没有吃，我可以管。但是，我可不会养你。"凌子美这样说，是故意气王二妹。她就是不能让王二妹太得势，必须杀一杀她的威风。

"哼，我要你养？我需要你养吗？我是自带饭票，走到哪里都能吃香喝辣。"王二妹说话声调变化有致，十分有韵味。

"你好大的能耐哟？"

"我有能耐，我年轻就是本钱。"王二妹说着话，嘴巴还故意撇一撇，显得十分得意。

王二妹的话说得再明白不过了，这一时让凌子美气昏了头。但是，她不能认输，她用食指划着脸，说："你不照一照，你还有人要吗？都像'老母猪'了，谁还会要你？"

“我总比你嫩得多。”听了她的羞辱，王二妹根本不生气，还十分得意。她的话不认真听，还以为说的空话，认真想想，这话意味深长且反击力甚强。

婆媳二人在屋里吵，声音很大，立即引来过路人的好奇，有的还探头探脑地张望，想看稀奇。

如此吵下去，凌子美还真的不好意思了。看来，她硬是拿王二妹没有办法。想着自己的儿子不争气，她的气短了一大截。想到自己的孙女“造孽”，她只能认输。她刚想掏钱给王二妹，钱还没有摸出来，王二妹却跑走了。看着她离去的背影，凌子美都想骂上几句。但是，她没有说话，只是无力地坐在板凳上。

过后一天，凌子美将钱亲自给王二妹送上门去。王二妹对她仍然没有好脸色，连坐都没有喊她坐，王二妹也不会接她的钱，她只能压住火气将钱放在桌上，转身悄然离去。

回到家里，凌子美都没有缓过气来。她实在忍不住了，竟然破口大骂王二妹是烂货，是没有家教的泼妇。不过，她只能在家里骂，如果外人知道了，一定会看她的笑话。她是一个爱面子的人，丢不起这个脸。她更怕别人说恶人有恶人收拾，凌子美不承认自己是恶人。

有人一定会奇怪，这婆媳二人吵架，如此不讲理，杨青是干什么的呢？先不说杨青不在场，就是他在场，也不敢多言多语。因为凌子美不会听他的，王二妹对凌子美都是这样的态度，杨青就更不在话下。他能躲就躲，绝不会自讨苦吃。

凌子美嘴里胡乱地咒骂王二妹，以此出着心中的闷气。她内心却风云变幻，特别不是滋味。她一向以强势示人，自认为比谁都能干，比谁都更高明。如今遇上王二妹，她才知道有了对手。她细想，现在自己优势不是很明显，自己是退休人员，没有了权力；就是有权力的时候，遇上家务事，也不能公事公办，特别是自己的儿子出了错，她就自认矮了三分。她嘴上不认输，心里还是有不少畏惧，想着与王二妹的矛盾，想着以后的事，她心里没有了底。

张华丽报名去农村学校当志愿者后，便开始认真准备着。不久，她便接到了通知，让她去几十里外的一个山区学校任教。教育局的领导告诉她，考虑到她岁数偏大，将安排她去一个交通相对方便一些的学校。

教育局的人派车送她到了支教的学校——天铧小学。一听学校的名字，她就在猜想，怎么会有这样的名字？到了学校，她才明白其含义。这学校所在地叫天铧村，村子背后有一座山，似犁铧一般高耸。

天铧学校名义上是一所完全小学，但生源不足，每一个年级就是一个班，最多人数的班也只有四十人左右。这里地处偏僻，经济相对落后，为了谋出路，年轻人都外出打工去了。条件好一点的将孩子带走了，留在当地读书的孩子都是祖父母、外祖父母照看。照看孩子的老人，只是管他们的吃穿，对他们的教育情况几乎不过问，任其自由发展。校长把这里的情况给张华丽介绍了一番，让她有一个思想准备。

随后，校长给她介绍了学校的现状。学校的条件不好，根本留不住年轻教师。到这里任教的年轻人，来了就想走，不能调走的，便干脆辞职而去；老年一点的，都是不能走或者等退休的。学校缺教师，学科也不配套，学校设备简陋，吃水是靠炊事员去村子里的土井挑。学校有一个小篮球场，篮架都是木制的，什么图书、实验设备更是稀少。学校几乎不开展文艺活动，更没有什么体育比赛。

张华丽在城里长大，工作也是在城里。她虽然知道农村很苦，但苦到什么程度，她根本想不到。现在她才知道了这里的艰苦程度，但她没有被吓住，还在心里告诉自己，一定要坚持下去。她想支教都不能坚持，别人长期在这里又怎么过呢?

她将这里的情况用微信告诉了古敏，还向他发了照片。对农村的情况，古敏还是知道的。农村的学校各种条件都差，但是，那里的人特别能吃苦，只要引导好了，还能出人才。因此，他对张华丽只是鼓励，这样一来，张华丽仿佛更没有了退路。后来，他还开玩笑地对她说："你就当是旅游，当长见识，在农村支教还是很有趣。"

张华丽知道他是开玩笑，但她还是故意问道："你这么说，是什么意思呢?"

"没有什么意思，我是怕你被吓回来。"

"你根本不了解我，我是会被吓住的人吗?"

"这样最好，我相信你是一个勇敢的人。"

"我不勇敢，但一定不会被人看笑话。"

张华丽在心里鼓励自己，一定要坚持下去，一定要干出一个样子来。她的支教工作就这样开始了。一个周末后，她回到城里见了古敏，便要求他骑上自行车陪自己去原来的学校。

不知道她要回原来的学校做什么，古敏没有多问。张华丽骑车走前面，古敏在后面跟着，总是不超过她。到了她原来的学校，二人的脸上都挂着汗珠。她回头望着他笑了笑，还用手擦了脸上的汗。

古敏笑着说："张老师，你的车骑得好快。"

“心里急，车便跑得快。”

“哦。”他应了一声，没有多说话。

进了学校，她带古敏上了二楼，教导处的刘老师接待了他们。随后，刘老师指着地上的编织袋，说：“张老师，你要的东西都在这里。”

她看着编织袋，笑了。她说：“刘老师，这么多啊。”

“是啊，听了你说的情况，大家都支持你，便收集了这么多。”

张华丽好激动，但她说不出话来。过了一会儿，她对古敏说：“古大哥，我们一起搬运吧。”

将这些东西运回张华丽的家，古敏才知道这是学生用过的学习资料。张华丽告诉古敏，农村的学生除了书本，就没有其他的学习资料了。于是，她要为他们找更多的学习材料，开阔他们的眼界，提高他们的学习成绩。

她要古敏帮着将破旧的、不能用的清理出来，再找出橡皮擦，要他帮着擦去写的铅笔字。他们忙了好大一阵，才完成了工作。

到了星期天下午，张华丽还是叫了一辆出租车才将这些资料运到公交车站。望着离去的公交车，古敏想了很多。他认为张华丽是一个做事认真的人，是一个要把事情做好的人。对这样的人，古敏十分佩服。

回到小区，古敏看见了姚大姐。他急忙迎了上去，说：“姚大姐，你跟我来，我有事找你。”

“古大哥，你要我帮你做什么？”

“你不用急，没有什么大事。”

当古敏带她去了张华丽的家，她才知道是什么事。她看见堆在地上的纸张书籍，她脸上笑开了花。她急忙说：“你是要送我这些东西？谢谢，谢谢。”

“这是张老师要来的，她说送给你。”

“那还应该谢谢张老师。”先前，她不知道古敏有什么事求自己，还在心里想了许多。现在知道了，她不但感谢他们，还认为他们都是好人。

临出门的时候，姚大姐再一次感谢了他们。姚大姐的举动，让古敏笑了。

后来几个星期，张华丽告诉古敏，说自己在给学生排练文艺节目，一定要让这里的学生过一个愉快的六一儿童节，因此，她回城的时间会更少，她要求古敏给她照看好家，养好她的花草，还说如果有快递，一定帮她取了保存好。

为了给她取快递，他天天都去询问。这一天，终于有了张华丽的快递。她的快递是几只大纸箱，看着纸箱，古敏猜测了起来，但他总是不能确定是什么。他分几次才将纸箱搬到张华丽家里，身上还出了不少汗。他将此事告诉了张华丽，她听了十分高兴，并决定周末回城一趟。

张华丽来的时候，古敏已经吃过晚饭，正在写小说。他起身给她倒了一杯水，还问她吃晚饭没有。她没有多说，只是要古敏去她家。打开纸箱，古敏才知道里面是一些服装，这都是一些穿过的、而且大小不一的服装。他好奇地问："你买这些东西有用吗？"

"不是买的，是让我女儿收集寄来的。"

"你要这些东西干什么，不会是办展览吧？"

"你说到哪里去了？"张华丽想了想，说："这些东西，对有用的人来说，就可以派上大用场。"

后来，古敏才知道是张华丽让她女儿办的，有的是准备送给没有衣服穿的孩子，有的是用来表演节目的服装。原来，她女儿家里有许多小孩不穿的衣服，放着还占地方，她女儿的朋友们的孩子也有一些不用的服装，她要女儿去要了来，便收集了这么多。古敏不免感叹道："你的女儿真乖，多么听你的话啊。"

张华丽没有多说，但脸上始终洋溢着笑容。为了转换话题，她说："你的大作写得如何了？是否让我先睹为快？"

"可以啊，我还求之不得呢。"

"你是什么意思？"

"你是内行，有你把关，我就更有了方向。"

他们又回到了古敏家，他让张华丽坐，还为她倒了一杯水。张华丽笑着接过水杯，笑着说："你总是那么客气，其实没有这个必要。"

"你是我请来的老师，必须尊重你才行。"

张华丽拿起他递过来的稿子，认真地看了起来。看了一会儿，她笑着说："不错，作家的文笔很流畅，故事很感动人。"

"你不是说反话吧？"

"我为什么要说反话？你怎么不相信人呢？"

"我最怕别人夸，有人夸的时候，反而不踏实。"

"我没有夸你，我说的是实话。"她想了想，继续说，"但是，你一定不能骄傲。如果因为骄傲，后面写的如何，可能就不好说。"她如此说话，让古敏不能再说什么话。

过了一会儿，张华丽问道："这才几章，女主角怎么就写淹死了？"

"没有啊，怎么会呢？"

"怎么没有呢？我明明看见你这样写了。"为了证实自己的判断，她补充说，“一个人在水里淹了几分钟，能活过来吗?”

“我说她没有死就一定不会死。”古敏脸上微笑着，似乎有深刻的含义。他说：“你猜一猜，以后的故事应该如何发展?”

“你让我猜？你怎么想的，我哪里猜得到呢。”她嘴里说猜不着，心里早就猜了起来。她想到一种情况，又立即否定了。如此反复几次之后，她笑着说，“我知道了，你一定会安排那个男孩来救她。是这样的吧?”

“你真聪明。”

“不对，不对。”张华丽摇了摇头，马上否定了自己的说法。

“怎么又不对了呢?”

“这样安排不对，是不对。你想，一个人在水里淹那么久，男孩就是救起来她，还能有命活吗?”

“是，你想法很正确。”古敏脸上露出一丝不易察觉的笑。

“你笑什么？难道不是这样吗?”她眼睛敏锐，古敏的一丝笑还是被她发现了。

他没有回答，张华丽也沉默着。过了一会儿，她叹了一口气说，“好残酷的故事，一个美女就这样没有了，真的很悲剧。”

这下，古敏大笑了起来，一边笑，一边说：“你们女同志，就是多愁善感。”

“不是多愁善感，是现实太残酷了。”

见她如此忧伤，古敏不想逗她玩了，他想了想说：“还是让我给你说构思吧。”

“你的故事会怎么发展，快一点说啊。”张华丽心急起来，开始催促着他。

看她心急的样子，他在心里笑。他很平静地说：“男孩听说女同学洗冷水澡淹死了，他的心冰凉冰凉的。他不敢停留，急急地赶到了堰塘边，他用手电筒照水面，终于发现了浮在水面的人。他从水中抱起她，把她放到了水塘边。”

“我说嘛，还是淹死了。”

“他给她做人工呼吸。”

没有让古敏说下去，张华丽抢着说：“人工呼吸有用吗？你这样写太虚假了。”

“人工呼吸还是有必要的，死马当活马医嘛。你不要说，人工呼吸还真的起了作用。”

“不对，不对，读者会一眼就看出这情节的虚假。”

他见张华丽认了真，便不说话了。室内一片寂静，仿佛都能听见对方的心跳。过了很久，张华丽还是不甘心，央求道："你不应该这样安排，多么好的一个女孩，她就不应该死掉。"

"好的女孩死了就可惜，其他的就不可惜？你这说法不对。"古敏偏着头说话，还望着她微笑。

张华丽此时心情沉痛，没有与他争辩。她的模样让他看了，觉得十分好笑。看来，她完全进入了故事中，与小说中的人物共命运了。他不想让她痛苦，只好告诉她说："你不用忧伤，那女孩活得好好的，后来还要做许多的事。"

"你不能故意将她写活啊，那样会虚假。"张华丽反而为古敏着想，还给他及时的提醒。

"知道了女孩的背景，你就知道不虚假了。"

"她有什么背景？你说来听听。"

"女孩的舅舅是省游泳队的教练，她很小的时候就学会了游泳。她还是县少年游泳队、青年游泳队的队员。堰塘里的水能淹死她吗？"

"哦，原来是这样，真的淹不了她。"张华丽笑了，心情好了不少。但她又提出了疑问，"她怎么会装死呢？她这样做有意思吗？"

"因为另外两个女孩欺负她，她必须吓她们一下。她潜游到了很远的地方，爬到了岸上，躲入了竹林中。另外两个女孩惊慌失措，忙前忙后找人，还跑回村里找人来救人，这让她暗暗发笑。只是这玩笑太逼真，才引起了一场虚惊。"

"这个女孩太调皮，很不应该。"

"年轻人争强好胜，什么事都干得出来。"

张华丽一时没有说话，她在想心事。她认为古敏真的很有才，做什么事都能做好。他写的这些故事，她从没有听说过，因此产生了很大的兴趣。她为古敏高兴，心情十分愉快。

她抬头望着古敏说："古大哥，你真的很有才，故事编得真好。"

"不是故事编得好，很多事都是我经历过的、听说过的。如果编的话，我可编不出来。"

"你见多识广，真让人羡慕。"

"我走的地方很多，经历的事不少，苦也吃了很多，没有什么能让人羡慕的地方。"

"你把这些东西写出来，一定很精彩，你好好写，我就等着拜读你的大作。”张华丽心情大好，说话很动听。

“什么大作哟，还不知道能否成功。”

“你写得真好，一定要坚持下去，如果你不写出来，一定是一种损失。”

“好的，谢谢你的鼓励。”

回到学校，张华丽还不时地想起古敏的小说。她多么想早日看见古敏那完整的小说，心情很急迫。不久，她就为教学、排练文艺节目忙开了。她与孩子们在一起，每天都很快乐。她也没有想到，自己还能奉献余热。看来，自己还有一点作用。她对生活充满了信心。

古敏的小说写得很顺畅，怕忘记了构思，他有时半夜都要起床赶着写。有的时候写起东西来还会忘记吃饭，忘记许多事。古敏的字本来写得很漂亮，但为了赶时间，他草稿上的字迹有的很潦草，只有他才认识是什么字。有时，为了写小说，他经常不去买菜；为了抢时间，他经常吃方便面。当然，他也很少与张华丽联系，心里只有他的小说。

虽然古敏和张华丽退休了，但都在忙碌着。一个人有事干，真的很好。

第十三章

周一平与白茉莉几乎同居了，她照常到洗脚城上班，下班便回到周一平家。二人约定，她陪周一平吃住，每陪一天，他就付一定的报酬。说好听一点，这是给她开工资。只不过不是一次一结算，而是每月初就一次性给白茉莉开“工资”。一次拿出几千元，周一平却一点不心痛。因为他有这个经济实力，而且他还认为这是个很划算的买卖。他认为自己这么老了，每天还有一个年轻漂亮的女人陪着，这是多少人可想而不可得的美好生活，竟让他实现了，好似神仙过的日子。他认为实现这么美好的日子，竟然是几个钱就能办到，真是让他捡到了大便宜。他还有一个目的，如果长期与她在一起，说不定还会有意外的收获。这个想法他不能告诉任何人，只是在心中暗喜。为了这些，周一平有了底气，便大把地对白茉莉使钱，放心地高消费起来。过了一段时间，他竟然将白茉莉当妻子一般对待，给她买首饰，买高档衣服，买高档化妆品，精心包装起她来。她的光鲜靓丽，给他带去了美的享受。

周一平对白茉莉的好，她是感恩不尽，也给了他回报。她尽情地满足着他的一切需求，还十分体贴他，照顾他。她越是对他好，他就越是慷慨大方。

这些让二人心领神会，各自行使着“义务”。总之，周一平将白茉莉当家人对待，把她的事当自己的事，而且十分真心。

有一天，白茉莉进门便痛哭不已。看着心爱的人如此伤心，周一平慌了手脚，低声下气地询问着原因。无论他怎么问，白茉莉总是哭，就是不说为什么。他以为白茉莉在外面受了欺负，竟然气愤地说，让她不用去干了，就在家里待着，他完全能养活她。他都说到如此份上了，她还是不能止住哭泣。

她哭够了，一边擦泪，一边说话。原来是她奶奶生了病，需要钱动手术，家里拿不出钱，她也没有能力帮助家里。眼见奶奶将离她而去，她却无能为力，想着这些，她都不想活了。

知道了她痛哭的原因，他不但不安慰她，反而笑了起来。见他这么漠然置之，她很生气，说白认识了他，原来他是一个虚伪的人，是不可靠的人。说着说着，她就要离去。见她反应如此强烈，他不敢再笑，还抱住了她，坚持不让她离开。

他还急忙说道：“我不是为你奶奶生病笑，而是笑你太傻。”

她立即给了他一个美人拳，说道：“别人都傻，就你聪明。聪明人都是没心没肺的吗？都是没有良心的吗？”

“谁说我没心没肺？谁说我没有良心？谁这么说，我就与谁急。”他挡住了她的手，做出生气的样子。

“我说的，我说的，你就是这样的人。”白茉莉偏不怕他生气，硬要与他作对。

周一平对她的任性，还有一点喜欢。他大声地说道：“动手术，不过用几个钱，这么伤心值得吗？”

白茉莉平静了一些，但没有说话。她低着头在想事，想着该怎么对他说话。过了一会儿，她低声地说：“现在的医院谁住得起？现在是住院观察，如果还需要动手术的话，不用十万，也得用八万。我们家实在太穷，怎么能担负得了！”

他听了，又笑了起来，但马上止住了笑，大声地说：“这点事也是事吗？”

“看什么人遇上这种事，地主资本家遇上就不是事，我们家遇上，就是天大的事。”

“如果你相信我，就不是事。”

“为什么？”

“不为什么，总之不是什么事。”

“你不明说，我凭什么相信你？”

“我就明确告诉你，我愿意帮助你渡过难关。”

“这么大的事，你都愿意帮助我？”她心里充满了疑惑。

“你不相信我能帮助你？”他想了想，说道，“我工作这么多年，收入也不低，你还怀疑我没有能力帮助你？”

“我不是怀疑你的诚意，我是说我不值得你这般破费来帮助我。另外，借了你的钱，我害怕一时还不上。”

“一时还不上更好啊，你就慢慢地还。”

“我如果一辈子都还不上呢？”

“那更好。”

“为什么？”

“你就一辈子陪着我，慢慢还。”

“你真坏，你真坏。”说着，她在周一平的肩上轻轻地拍打着。打在他身上，快乐在他心上。

周一平一下抱着她，使劲地亲了起来。他心里在想，好在她奶奶生病，她才如此的纯善。他似乎认为她奶奶生病，反而是一件好事。白茉莉有了周一平的承诺，仿佛安心了许多，她看上去，更加漂亮了。

可能会有人说，周一平这么一把年纪了，说话还那么轻率，他真是天真，真是一个好玩的人。可是，周一平在热恋着白茉莉，他还要她嫁给自己，并让她为自己生孩子。在这种目的的驱使下，他这样的举动不但合情，更是很合理。他还认为白茉莉爱着他，很依顺体贴他，对他十二分的好。于是，他不能有私心，必须真心地对待她。她的欢乐就是自己的欢乐，她的苦难就是自己的苦难。她有了事，他就不能对她的事不闻不问。他想的是自己越是主动关心她，爱护她，她就会对自己加倍地好。他对她好，对她使钱都是出于自愿。他同白茉莉热恋，还处于保密期，这些事不能被外人知道。如果外人知道了，一定会坏自己的好事。他认为现在做的事，就是古敏这个好朋友，都不能让他知道。因为古敏是一个认真的人，什么事都要考虑周到。如果他知道了，一定不会有好结果。所以，他就这样决定了，没有一点犹豫。

这天晚上，白茉莉对他特别温柔，对他特别顺从。周一平嗅着她的体香，心里舒服极了。他一边享受，一边思考，自己这么大的岁数，她肯如此对待自己，是为了什么呢？说白了，还不是自己有经济实力，能给她幸福生活。他现在知道了钱的好处，这是自己的优势。他感觉到自己的命运真好，到了老年还有桃花运。

第二天起床，他告诉白茉莉，自己立即去为她准备钱，让她不要为钱的事发愁。白茉莉笑着告诉他，不要这么心急，现在病人还在观察，用不了多少钱。周一平说还是应该先出点钱，于是，他将自己的一万现金交给了白茉莉，让她给家里转过去。白茉莉推辞不要，还是周一平硬塞到了她的包里。她临出门时亲了周一平，让他心里甜甜的，好半天都难以静心。

过后几天，白茉莉回到家里，周一平询问她奶奶的病情，白茉莉会如实地告诉他，有时说病情松了一些，有时说又加重了。看来，这病的情况很不乐观。白茉莉的脸上在不断变化，一时快乐，一时忧愁。周一平看在眼里，急在心里，只有不断地安慰她，为她不断地付出，以减轻她的痛苦。

这样的日子持续了十多天，周一平的心总没有消停，仿佛比白茉莉还心急。这天，白茉莉一进门，便告诉他说明天必须回家去，奶奶的心脏手术不能拖了，必须立即做，否则性命难保。这天晚上，白茉莉寝食难安，话都很少说，为她奶奶担忧不已。周一平小心翼翼地奉承着她，不断地安慰她。他还要求她明天就回家去，并将早就准备好的六万元钱交给她，还说让她看着办，如果还需要钱，一定要电话告诉他。接过他的钱，白茉莉终于忍不住掉了泪。他在一旁看了，心里酸酸的很不是滋味。

第二天，他送她去坐高铁。临走那一刻，白茉莉倚在他怀里说他真是一个靠得住的男人，她也想通了，回来后就嫁给他。两人在那里的亲热劲让外人看了都有些嫉妒，当然，有的人以为他们是父女，更羡慕不已。她坐的高铁开走了，他的心也一同被她带走了。

白茉莉走了，周一平不怕她一去不复返吗？他借了那么多钱给她，他就不怕受骗吗？周一平认为自己不是智力障碍者，见过的事情多了，要想骗他的人还没有出世。白茉莉孤身一人走的，她的大皮箱还放在周一平家里。他亲眼见过那里面放了她的首饰等贵重物品，还有很值钱的衣物。她的出租屋里还有她的日常用品，特别是她还有洗脚城的工作，她不可能不回来。

白茉莉虽然走了，但她天天都会给他打电话，报告着事情。她说医药费已经交了，医院安排了手术。她说过几天奶奶动了手术，她就会立即回到他身边，她每天都很想他，她要给他一个大惊喜。她让他不用关心她的生活，她生活得很好，陪伴奶奶很快乐。他问白茉莉还需要钱否，让她尽管开口。白茉莉告诉他不要大手大脚地用钱，他们二人以后用钱的地方还多着呢！白茉莉还告诉他，让他照顾好自己，如果她回来发现他瘦了，一定会批评他。总之，她电话天天有，说的话更让他受用。

周一平没有人打扰，心宁静了许多。他心情舒畅，想法多了起来。他在展望未来的美好生活，畅想与白茉莉的甜蜜未来。他要为白茉莉举行一个体面的婚礼，让她在大众面前尽显美丽。他还要让朋友们为他祝福，朋友一定会羡慕不已。他还想到了白茉莉为他生的孩子，是女孩好还是男孩好呢？他不能确定。后来，他想应该是一对双胞胎更好，而且是龙凤胎最美满。

他估计白茉莉返回的日子快近了，他有些迫不及待地希望看见她。但是，电话里再也听不见她那腻味特浓的声音，而是一个标准的普通话音告诉他电话无法接通。怎么会无法接通呢？他十分奇怪。他想，是不是她的手机出了问题？如果她回来了，一定要给她买一个高级的手机。可是，总是无法接通，他只能去问别人这是什么原因。

他找到了唯一的朋友古敏，把这事告诉了他。还把白茉莉与他的事简要地说了一下。但是，借钱给白茉莉的事，他一个字都没有提。对于电话无法接通，古敏也说不明白是什么原因。但他分析，说他与白茉莉的事，可能不是很美满的事。因为他们年龄相差太大，有很多不相宜的地方。特别是她太年轻，他虽然对她好，但她所需要的东西，他不一定能给她。听了古敏的话，周一平没有反驳，但是，他心里很不服气。他认为古敏根本不了解内情，不了解她对他的好，不了解她对他的顺从和感激。古敏不知道这些，所以才说了这样的话。他还认为古敏是书呆子，做什么事都一本正经。

后来，古敏问道："你家里有没有丢掉贵重的东西？"

"你这话是什么意思？"

"我的意思是她偷了你的钱财，逃走了也说不定。"

听到他说偷字，周一平就在心里发笑，认为他是书呆子气太重，怎么会想到偷的事呢？她用不着偷啊，都是自己主动给她的啊。

"我的钱存在银行，她怎么偷？"

"那一定是她嫌弃你，才不辞而别。"

"她能嫌弃我什么？她不会嫌弃我的。"周一平有十分的把握说话，信心很足。

这样，古敏没有话说了。最后，古敏说："你最好去洗脚城问问，或者到她的出租屋看看，了解她的去向。"

虽然他不相信古敏说的话，但他想白茉莉了，必须了解她的现状。于是，他去了白茉莉的出租屋，那里的门紧锁着。他又去了洗脚城，老板说白茉莉没有回来，并且说白茉莉急需用钱，将工作了半个月的工钱都预支走了。

他只能回家等，耐心等待着她的归来。又是几天过去了，白茉莉仍然没有归来，更没有她的一丝信息。他没有了主意，只好又去找古敏。这次，他终于说了实情，说自己借了几万元钱给白茉莉，让她给她奶奶治病。

听了他的话，古敏很生气，说："你怎么现在才说借了钱给她呢？为什么不早告诉我呢？"

"我认为没有必要说这些琐事，还怕你笑话我，就没有说。"

"你不用等她，她一定不会回来了。"

"真的吗？"

"她如果要回来，早就回来了。"

"那我借给她的钱呢？"周一平有些慌了神。他望着古敏，显出十分无助的样子，很是可怜。

古敏对他的做法很不理解，但还是为他出主意，说："你赶快去派出所报案吧，看公安机关是否能帮上你。"

周一平再也坐不住了，起身就走。连古敏问他是不是需要人陪他去派出所，他都没有回答。他走得很急，很快就在古敏眼前消失了。

他离去了，古敏的心思更乱了。他没有心思写小说，不知道自己该干什么。他与周一平有特殊的友谊，没有照顾好他，他认为是自己太不够朋友。古敏自责，更是十分内疚。

可是，周一平没有立即去派出所报案。他还存有一丝侥幸心理，因为他相信白茉莉不会背叛他。他必须等等看，他怕报了案而她又归来，会受到她的埋怨。他认为信人不疑，否则，会影响二人今后的感情和生活。

又过了几天，白茉莉还是没有信息。周一平终于心慌了，气愤地撬开了她的皮箱，在里面翻找着。一个个首饰盒打开，都是空的。箱底垫的是纸板，上面几件衣物，也只是用来遮盖纸板用的。这时，他相信了古敏的话，他也意识到自己真的被骗了。他心里又气又急，都不知道该干什么好。他还是想到了古敏，必须先告诉他。

他又一次来到了古敏的住处，进门便嚷道："老弟，糟了，糟了。"

听了他这莫名其妙的话，古敏只好问道："你慢慢说清楚，什么糟了？"

"还是你说得对，我一定受了这个'娼妇'的骗。"他心里愤恨，嘴里骂了粗话。现在在他看来，白茉莉比"娼妇"还可恨。他心里恨得痒痒的，如果她在面前，他一定要撕碎她才解恨。

"你是从哪里了解到的？她骗了你。"

于是，周一平才把自己看见她皮箱里的事告诉了古敏。这下，古敏不但没有安慰他，而且埋怨地说："你让我说你什么好呢？你都是几十岁的人了，做事怎么这般不靠谱？你早点告诉一声，一定不会有这样的结果。"

"干这样的事，怎么好对人说嘛。"他苦笑了一下，很是无奈。

“你都能干这种事，怎么就不能说呢？既然知道不好说的事，你怎么就干了呢？”古敏望着他垂头丧气的样子，还是忍不住要多说他几句。

古敏想，本来就是不光彩的事，谁能四处张扬呢？但为了弄清来龙去脉，他问道：“你是几时与白茉莉交往上的？”

“就是那次你请客，大家不欢而散。我在街上游走，后来被人请进了洗脚城洗脚。后来，就遇上了白茉莉。于是……”后面的话他有些说不出口，便没有说下去。

但是，古敏知道那后面是什么。他说：“你啊你，什么事不可以干？就……”

“我还以为运气好，才能遇上这好事。”

“我问你，你去报警没有？”

“还没有。”他低头想了想，说：“这事能报警吗？”

“你怕什么？”古敏故意问他。

“我怕钱追不回来，反而脱不了手。”周一平小声地说，几乎不能让人听清楚他在说什么。

古敏耳朵十分灵，于是顶了他一句，说：“你现在害怕脱不了手，当时怎么有胆子去干呢？”

周一平没有回答，显得很犹豫。古敏看他的样子，既生气，又可怜他。他想了想，说：“她借了你的钱，不辞而别，怎么不能报警？”实际上古敏在教他隐瞒交往的事，只报失掉借款的事。他本来是一个诚实的人，从不会说谎，为了朋友，他宁愿让自己不诚实。

“你说得对呀，照你这样说一定没有问题。”周一平松了一口气，心情似乎舒服了不少。

古敏的话提醒了他，为他找到了报警的理由。古敏还是不放心，只好放下手上的事，陪着他去了派出所。他们来到派出所，公安询问周一平的事，他只知道她叫白茉莉，哪里的人、身份证号码等，通通不知道。公安说你对她什么都不知道，怎么会借钱给她呢？一下子让周一平哑了口，愣在了那里。

于是，古敏告诉公安说：“他去泡脚，知道她奶奶生了病，没有钱动手术。他可怜她才借了钱给她，没有想到她借了钱不回来了呢。”为了周一平，古敏说了一回谎。

公安没有多问，只是告诉他们，案可以挂在这里，但只有找到这个人，才有可能为他追回钱。但是，她的信息都不详，能否破案，只能靠运气。没有其他的事，他们只能先离开了派出所，回去耐心等待。

出了派出所，古敏见周一平垂头丧气的样子，只能安慰他说：“你也不要多想，几万元对你来说，就当失了盗来看。但是，一定要吸取教训，做事多想想，荒唐事一定干不得。”

周一平只能点头，没有说话。回到家里，古敏留周一平喝酒，他说没有心情喝酒，便一个人走了。想着周一平的事，古敏总是放心不下。他不想写小说，心情也不舒服。他想啊想，竟然写了打油诗来解闷。

世事感怀

一

举眼世事感怀多，
寻欢作乐找磋磨。
上当受骗心中苦，
你情我愿谁之过？

二

面对世事气平和，
心中无鬼便无魔。
如果不往正道走，
路难顺畅好蹉跎。

这一天，鲁昌盛的儿子鲁国庆又来到了父亲家。他说读小学的儿子鲁建设要报兴趣班，自己没有钱缴费，特地来向爷爷求救。为了挤兑出父亲的钱，鲁国庆经常找借口来要钱。以前，鲁昌盛对儿子家的事，还是很愿意出钱的。在他看来，自己的钱早晚都是他们的，早给晚给都是给。只要用到合理的地方，他都愿意。自从鲁昌盛与卢燕同居后，为了让卢燕有社区居民的正当收益，他便想与她把手续办了，将她的户籍迁到自己名下。这样，卢燕就能参与每年的集体分红，每个月还有一份补偿收入。可是，儿子高低就不让父亲与卢燕办手续，他怕卢燕是为了父亲的钱财，才与他结婚。于是，他把父亲的户口本等证件都收了去，就是不让他们办结婚证。从此，父子便矛盾不断。鲁国庆找父亲要钱，也不像以前那样顺畅，就是给了钱，鲁昌盛都很不痛快。

现在，听儿子开口又是要钱，他便没有了好心情。他生气地说：“你以为我是人民银行？有提不完的款。”

他见父亲不肯出钱，没有好口气地说：“你有没有钱，自己心头明白。”

“我心头明白不明白，需要你来管吗？”

“我管得了你吗？你那么牛。”鲁国庆想了想，补充一句说：“再牛的人，都有受骗的时候。”

“我吃饭都不长了，谁对我如何，我心里明白得很。”

“不要夸海口，多少聪明人都可能做糊涂事，何况一个没有见过世面的老农民。”

鲁昌盛很自豪自己是新市民，最伤心别人提他以前的身份。听儿子故意诋毁他，一下来了气。他大声吼道：“谁敢叫老子是农民？你知书识礼，连新市民与农民都分不清，还敢指责我是吧。”

“好，算我不懂，你就自我陶醉吧。”

父子俩你一句我一句，谁都不想认输，到了后来，反而偏离了主题。

但是，鲁国庆还是很清醒，争论了几句，他立即把话拉了回来，说：“为了培养孙子用点钱都吝啬，还有什么值得自豪？”

“谁说我在孙子身上用钱吝啬？你硬要睁眼说瞎话吗？你说一点良心话好不好。”

“你能做，怕别人说吗？”

“我做了什么，我做了什么？你说啊。”

“你做了什么，还用我说吗？我看真是老糊涂了。”

“你敢说我糊涂？我心里明白得很。”

两父子每次都是这样，只要碰到一起，说不上几句话就非吵不可。吵了半天，事情虽然会办，却伤了感情。过后，他们都觉得不应该，但谁都不愿意讲和。他们这样吵吵闹闹的日子，已经持续了好久。

吵了一阵，两父子都累了，只好暂时休战。各人在生闷气，谁也不理谁。过了一会儿，还是当儿子的人想缓和气氛，递了一支烟给当父亲的。鲁昌盛也不拒绝，接过来便点着抽了起来。

等烟快抽完，鲁昌盛开始说话了。他说：“你没有想一下，你出生也是光着来的。你长这么大，能说我没有在你身上用钱吗？你少用了我的钱吗？”

“看来，你一定后悔了。”

“我做任何事，从不会后悔。”

“你总是认为自己正确无比，怎么就不听听别人说的呢？别人是怎么评价你的。”

“谁能说我，谁敢评价我？”

“我说你说少了？你怎么就一句话都听不进去呢？”鲁国庆气呼呼地说话，一句也不松劲。

“好哇，原来你早就把自己当作了外人，难怪对我那么绝情。你终于露出狐狸尾巴了，我说你怎么变了呢？”

鲁国庆望着他父亲，说不出话。他知道自己心急，说漏了嘴。自己编排父亲的不是，是想让他反省。没有想到自己却被自己告了密，他真的好后悔。

鲁昌盛好气愤，声音都变了调：“我为了你们，什么都舍得。你们对付我，就只能指手画脚地说这样不对，那样不该。”

“你做的都对，好不好。”

“那么，你把户口本还给我，我凭什么让你来管着我？”

看见父亲发了火，鲁国庆没有话说。看着可怜的父亲，他心里还是有点隐隐作痛的。他只能轻声地说：“爸，你怎么就不理解我呢？我这样做还不是为了你好，你如果吃了亏，我们还不是跟着你倒霉啊。”

“你只能跟着我享福，你哪里肯跟着我倒霉？”

鲁国庆知道他父亲的脾气，一旦倒了毛，他就是认死理的人。他知道今天的事不好办了，只能暂时撤退。他假装生气地说：“你就好好想一想，看哪一个给你送终吧。”说完，他径直走了。

鲁昌盛看着离去的儿子，心想，我怎么会有这样一个儿子哟。他深深地叹气，什么话都说不出来。他闷坐着，什么事都不想做。他已经被气饱了，肚皮胀胀的。

卢燕下班回家，看见他还在生气，便问道：“你今天怎么了？”

鲁昌盛回过神来，嘟噜着说：“还不是因为国庆。”

“你自己要生气，怎么怪起别人来了？”

“怎么不怪他？他又来找我要钱。”

“他找你要钱，就值得生气吗？”

“他对我不好，还要得多，我怎么不生气？”

卢燕夹在这父子间，事情还真的很难处理。她一般都不过问他们的事，不会帮着谁。她知道自己说多了，是很不好的。这样既不利于她与鲁昌盛的关系，更不利于一家人的和睦。见他实在很生气，只好问道：“他要钱干什么？该给还是要给，他毕竟是你儿子。”

“他说是给建设报兴趣班，需要一大笔钱。”

“报兴趣班好啊，现在哪家的孩子不上兴趣班？对孩子的教育，还是要舍得出钱。”卢燕以为他心疼钱，便劝解他，开导他。

“我知道这个道理，他对我不好，我心里有气。”

卢燕知道他话中的意思，但是，她是一个明事理的人。事情应该一码归一码，不能把不相干的事总是拉扯到一块儿来谈。这样，事情不但处理不好，还会闹出许多新矛盾。她认为自己与鲁昌盛是真心相爱，真心想结合。她早就将钱财看淡了，人不能只为金钱活着。鲁国庆对他们的结合有想法，从他的利益来看，也属正常。但是，她相信日久见人心的道理，一切都可以用时间证明。

后来，卢燕知道了这是几千元的事，认为他可能一时拿不出这么多钱才那么跟儿子急。她便问道："你是不是凑不拢那么多钱？我手里还有一点钱，先给他用吧。"

"你的钱收好。"

"什么你的我的？你怎么分得那么清楚。"

"我不是这个意思。"

"你是什么意思？"

"我是说他没有资格用你的钱，他如果用你的钱，他就黑了良心。"

"找了钱就是用的，谁用都是用。这个月的用了，下个月的又会来。"卢燕安慰着他。

卢燕只有一个儿子，他在沿海打工，他技术好，收入高。他不但不用母亲的钱，反而经常给母亲寄钱。所以，卢燕还是有一些积蓄的。她是一个善良的女人，处理事情很合情理。她既然与鲁昌盛同居了，那么也要帮助他处理好家务事。这就是卢燕处理问题的标准。

"我知道这个道理，你的钱不是轻松到手的。你心肠好，我知道，他们不一定知道。"鲁昌盛心情好多了，说话心平气和。

"一个人做事不是做给别人看的，只要是问心无愧就对了。"

"我就不知道他为什么总是来找我要钱呢？"

"他们没有技术，收入不高，现在的开支那么大，难免有缺钱的时候。你是他父亲，他不找你，又能去找谁呢？"

后来，卢燕劝说鲁昌盛，让他对儿子说话、做事都不要使气，那样对他对自己都没有好处。钱的事商量着办，能办多少办多少。

晚饭后，鲁昌盛揣了钱去儿子家。他儿媳妇和孙子热情地接待了他，孙子还黏着他，说这样说那样。孙子还给他说了学校的一些事，还被老师表扬了。见孙子健康成长，学习成绩不错，他心里十分高兴。他看见乖巧的孙子和懂事的儿媳妇，就什么气都消失了。摆谈了一会儿，他高兴地拿出了钱。他临走的时候，儿子一家都送了他好远。如此，一家人又和睦如初，其乐融融了。

第十四章

这段时间，张华丽帮助各班级排练文艺节目，忙得不亦乐乎。她已经两个星期没有回县城，古敏只能与她在微信上交流。总之，看她的微信，看她照的相片，看她录制的视频，古敏知道她很忙，生活丰富多彩。现在，她精力那么充沛，仿佛年轻了不少。她异常活跃，充满了生气。她出现在哪里，哪里就有了不少欢快。古敏以前没有发现，张华丽是那么活泼可爱，那么受欢迎的人。到了老年，她还那么能干，他打心里佩服。

张华丽不时用微信提醒他，要他劳逸结合。她说不要一天到晚待在家里写小说，应该多到外面走走看看。外面的世界很精彩，还很长见识。如果自我封闭，会很闭塞，对身体不利。

古敏不知道她是什么意思，但知道她话中有话。他只能在微信上问她是什么意思。

她回答说，你那么聪明，不会不知道是什么意思吧。她说是提醒他，不要亏待自己，更不能让自己落伍。

看到张华丽的微信，古敏更加弄不懂她的意思。她去支教，而且去的是农村学校，她凭什么批评自己落伍呢？他很不服气，如果是面对面交流，他一定会与她辩论一番。

古敏的微信："张老师，你去的是山区学校，你能有多少进步和见闻，如此小瞧人呢？"

张华丽的微信："古大哥，你误会了我的意思，我的意思是你不要只沉浸在写作中，与过去亲近，更要跟上高速发展的时代。比如微信已经出了许多新花样，你都不了解。所以，我批评你快落伍了。"

古敏的微信："你的批评我接受，但不很服气，你必须用事实加以证明。"

张华丽的微信："你能微信付款吗？你能微信出行吗？你能微信购物吗？你能微信点餐吗？还有很多很多……"

她指出这些，古敏真的都不会。有的他用不上，有的他不愿意用。他想说自己愿意学，凭自己的能力，很快便能操作。但是，自己要写作，现在有很多不行的地方。于是，他在心里承认她说得也对。他的微信说："你说得对，我举手投降，行吗？"

张华丽的微信："不行。"

古敏的微信："为什么？"

张华丽的微信："这么简单的事，你开口就认输，会被别人瞧不起。"

古敏的微信："我现在很忙，以后再慢慢学习。"

张华丽的微信："不能找借口，现在就应该努力学习。学会了好处多多，乐趣多多，生活更方便。"

古敏的微信："你会这么多东西，原来还向我保密？"

张华丽微信："不是对你保密，而是你没有主动需求，我也不能在你面前卖弄啊。"

古敏想想，她说的是事实。她从女儿那里回来，他便立刻回了家乡。他从家乡回来不久，她又去了乡下。他们在一起的时间很少，没有多少时间交流，没有机会说到这些东西。

于是，他给她回微信："张老师，说明我们还是要多交流，你应该多帮助我。我现在就拜你为老师。"

张华丽的微信："你那么能干，我怎么配当你的老师？"

古敏微信："说明你正式拒绝教我，认为我愚昧。"

她看了古敏的微信，知道他是开玩笑。但是，她不敢迟疑，立即回应："你先别开玩笑，等一段时间我回城，立即教你。"

两个好朋友，为了各自的事业，不得不分开。但是，他们用微信交流，还是很到位，增进了了解，距离拉近了许多。他是一个爱学习的人，也愿意学习新的东西。如张华丽所说，他只要努力学习，更难的东西他也能学好。他盼望着她归来，不只是为了学习。

古敏忙于写小说，还忘记了许多事。这天，他接到了陈萍的电话。陈萍问他在忙什么，怎么不在同学群里发言了。经她的提醒，古敏一想，最近真的好久都没有与同学们互动了。

他只好告诉她，自己有许多事，实在忙不过来。忙起来，忘记了同学们，忘记与同学们交流了。

陈萍可不放过他，故意说他骄傲，看不起别人，他才会这样做。

古敏在心里叫苦，但他不敢与她辩论。他知道陈萍嘴巴厉害，自己怎么也说不过她。于是，他只好承认，一定改进，争取补过。于是，他将自己写的《故乡行》立刻发到了同学群里，与大家分享。他这样做，还有一层意思就是间接地告诉陈萍，他忙于写作。他的诗是这样写的：

故乡行

不见故乡久，
一瞥泪欲留。
遍地草疯长，
水中杂物浮。
吃水难清澈，
空气刺咽喉。
良田新房起，
处处耸高楼。
对面有人来，
不识心儿忧。
思绪难平复，
乡情心中留。
挥手别兹去，
还做四海游。

这是他回故乡后写的诗之一，忙着写作，自己都忘记了还写了许多诗。现在他没有新诗，为了接受陈萍的批评，急忙将之发出，与同学们分享。因为大家都知道古敏会写诗，还写得很好。好久没有欣赏他的作品，一在群里出现，便有许多同学为他点赞。有的说他诗写得好，有的要求他经常回去与同学们玩，不要做四海游。

可是，陈萍却唱起了反调。她又是在电话里说（她没有在群里说，是给古敏顾面子）："古敏，大家都说你诗写得好，我却不敢苟同。"

"美女班长，你是什么意思？"

"没有什么意思，只是不同意你的感想。"

"这些都是我亲眼所见，真诚所想的。"

"你回故乡待了几天，你真正全面了解故乡吗？"

"没有全面了解，我承认。但是，我是写我所见所感。"

"你既然冠以《故乡行》，就要真实地反映故乡，不能以偏概全，把故乡写得那么不堪。你的故乡也是我的故乡，我有责任纠正你的偏见。"

"你是什么意思？不妨直说吧，我十分欢迎你批评。"古敏了解陈萍，她是一个较真的人。他不敢再为自己辩护，只能说得模棱两可。

“我先不说什么，我只是发一点照片在群里，让你亲眼看看事实，然后我们再交流。”

不久，陈萍在群里发了许多照片，还有视频。那是一片大大的柑橘园，树上硕果累累。树下还有成群的鸡在悠闲觅食，给人一种祥和的感觉。园里还有几口鱼塘，有人在那里垂钓，似乎还有农家乐。有管理的园丁在劳作，有少数的人在园中的路边游动。古敏不得不承认，这样的画面与他写的东西是两个世界。他不知道陈萍这些照片和视频从哪里得来，但她以此证明古敏写的东西有偏差。古敏心里想，陈萍就爱争强好胜。她这么做的目的就是要让他认识到自己的错误，让他出丑。他虽然认为她发的照片、视频很美，但他不服输。

他电话告诉陈萍，说：“美女班长，你这么费工夫找证据，就是为了打败我吧？你这样做有一些过分。”

“我没有费工夫就有了证据，算过分吗？”

“我承认你的证据多，但这能说明问题吗？照我看来，你是故意与我作对吧。”古敏故意装出委屈的样子。

“我的古大处长，你这样是小肚鸡肠。”陈萍讲话就是这样直接，一点不给人面子。她不安慰他，还有意地气他。

“你大度，你是宰相肚里能撑船。真的这样，就不会为了打败别人，不惜费心费力四下找证据。”古敏也是故意气她，把话说得很尖刻。

听了他的电话，陈萍没有立即说话。停顿了一会儿，她严厉地说：“我早就告诉了你，这些证据不是我故意费力去找，就是我身边的事。你怎么变得那么固执？还那么不相信人呢？”话说到后面，她真的有些生气。好在她立刻打住，没有继续说下去。

古敏意识到什么，认为不能继续与她开玩笑，以免伤了和气。他笑了笑，说：“其他都不用多说，你说这美好的乡村在哪里？”

“你要问是哪里吗？我可以告诉你，这就是你和我的家乡。”

“你和我的家乡？是真的吗？我怎么没有看到，也没有听说过？”

“你没有看见，没有听说过，不等于它不存在。”陈萍本来想讽刺他几句，还是嘴上留了情。

“你不会故意骗我才这么说话吧？”

“我没有事干吗？我与你有仇吗？”陈萍停顿了一下，想着什么，然后继续说，“这地方离你的老家就二十多公里，我们本县范围内，应该算你的故乡吧？”

“陈萍，你真会吹。我提醒你，嘴巴吹歪了，就不是美女了。”

“我干吗要吹呢？我可以明确告诉你，我亲自参与了这里的建设。”

“你参与了建设？”古敏还是不相信。

“我明确告诉你吧，这个项目的名字叫作界市柑橘合作社。一听名字，你知道是在哪里了吧。”

“啊，那地方我知道，离我老家也不远。”

“这下你知道我拍的照片和视频不是移植的了吧。”在电话里，古敏听见了她的笑声，笑得那么自信。

“我怎么没有听说过呢？”古敏摸着自己的头，找不到原因。

“你没有听说过的东西很多，你还是要多出来走走看看，不要整天待在家里，封闭了自己。”

“我接受你的批评，你能把这事给我再介绍一下吗？”

“你最好马上就来看看，亲眼看了就会相信。”

“陈萍，我求求你了。你现在就说说吧，看的事只能以后再说。我向你保证，我以后一定要到现场看看。”

陈萍没有说话，电话里传来她清脆的笑声。笑过之后，她说：“这个项目就是现在提倡的新型农业试验，用经营的形式搞农业。说具体点，就是农民以土地入股，由企业家或者有能力的单位来具体操作，改变传统的农业模式，走出一条新农业的路来。我们这个项目是将种植、养殖、游玩、休闲相结合，现在还是投资阶段，再过几年，不但有较好的收益，而且环境还会更优美。这个项目的特点不但有经济效益，还有很大的社会效益。解决了土地的荒芜，解决了农民的就业，解决了环境的污染，满足了人们的游玩休闲的需求。”

古敏听着陈萍的介绍，心里十分高兴。因为他从新闻里了解过，现在就是在农业上搞一些开发，让土地发挥更大效益。没有想到还真的行动了起来，而且就在自己的家乡，还有自己的同学参与其中。他兴奋之后，说：“我接受你的批评，我确实了解不全面，是大大的失误。”

“我现在正式邀请你，有空到我的福利院参观，到我们的柑橘合作社消费。”

“你让我消费？你太抠门了点吧。”

“你看，说钱你就开始急。”陈萍大笑了起来，说：“你放心，我会赞助你。你啊，就是一本正经的样子，就不能改一改吗？”

古敏在心里赞美着陈萍，对她的事业有成十分高兴。她很能干，敢想敢干，还发展得这么好。他在心里想，一定要多多了解她，把她和她的事写进下一部小说里。

他放下电话，立即把自己那首诗删掉了。他心里激动，想到自己的无知，脸上开始发烧。他知道要真正地将那些不好的东西从大地上删掉，是多么不容易啊。陈萍真不简单，她是一个干实事的人，到了老年，还能干这么大的事。自己真的离她很远很远。他在心里告诫自己，要努力写作，写好小说，也算对得起自己的老年生活。他知道陈萍在搞物质建设，自己搞文化建设，虽然方式不同，但都在为祖国的美好贡献着力量。想到这些，他心里十分香甜。

凌林吸毒被抓以后，凌子美除了管自己的家以外，还要管儿子的家里事。然而，王二妹除了喜欢她的钱以外，凌子美的一切她都不喜欢。王二妹听不得她说话啰唆和指手画脚的指责。她的关心不但不被王二妹领情，还增加一丝讨厌。这段时间婆媳经常接触，关系不但不友好，反而更紧张。凌子美一贯强势，总以自己的标准衡量人。王二妹爱打扮，不但涂脂抹粉，还要画眉。凌子美认为她这样打扮，不知是给谁看。她嘴上不说，心里却十分不舒服。她不好明面上指责王二妹，便说她孙女穿得差，一个当妈的只管自己，却不管女儿。王二妹身上洒了香水，她就说孙女身上有臭味，不知道几时没有洗澡了。王二妹梳妆打扮，她就指责孙女头不梳脸不洗，像一个叫花子。王二妹知道她是在变着花样骂她，指责她只管自己美，而不去管女儿的事。凌林被抓以后，她本来就心中有气无处撒。一个女人要管家里的事，还要管女儿读书吃饭，她都忙不过来，很多事她也无法管。她心中有怨气无处发泄，还经常让凌子美指责，她能有好心情吗？对她能有好脸色吗？

后来，她见凌子美不收敛，还有扩张之势，她便不能再忍让。当凌子美指责时，她便开始顶撞，说如果她看不惯，就自己来操作。如果凌子美多说两句，王二妹还懒得听，干脆直接丢下她，出门一走了之。再后来，王二妹看到她就反感，只要她进门，王二妹就不给她好脸色。说实话，王二妹对自己的生活都照顾不好，还经常泡方便面吃，她怎么会顾得了女儿的生活呢？

凌子美心疼孙女，怕她吃了亏。她与杨青商量，想让凌芝到他们家里来生活。她说凌芝有住的地方，吃饭有人照顾，杨青还可以在学习上给她指导。杨青本来就很顺从凌子美，对一个小孩到家里生活，他也没有什么意见。见杨青同意了，她便接凌芝到家里生活来了。

她和杨青的好意，王二妹根本不领情。没过几天，她便与凌子美闹开了。她说凌子美干涉了她的家庭，如此做是故意让她出丑。她还说凌子美与她争夺凌芝，想让凌芝不认她这个当妈的，要剥夺她对女儿的监护权。对王二妹的无理取闹，凌子美只能让着她，只要孙女能生活好就是她最大的幸福。为了孙女，凌子美在改变自己的脾气，她对王二妹的吵闹，都是忍让着，有时还对她说好听的话。她对王二妹解释说孩子在她家吃好喝好哪点不好吗？这样的话，你会轻松不少。

王二妹听了她的话，似乎还有别样的意思。她想一定是凌子美在讽刺她没有本事，变相指责她无能。她可不能接受她的说法，心里很不服气。她顶撞凌子美，说凌芝的老子只是进了戒毒所，就是死在了里面，她也有妈照看，怎么就生活不好了？听了王二妹的话，凌子美有了话骂她，说她在咒她男人，说她有了另外的野男人。于是，婆媳二人便大战一场。这样吵闹的场合经常发生，两人像冤家对头，水火不容。王二妹虽然对凌子美的安排不满意，但她这样做实在不可理解。凌子美照看孙女，是对孩子好，为王二妹松气。无论凌子美怎么解释，王二妹就是不听。最后，她只好让孙女回到了她妈妈的身边。凌子美此刻只有一个念头，盼望着儿子早一点放出来。

王二妹爱好打麻将，她只要进了麻将馆，便感到特别亲切。她对麻友从不生气，只要与麻友在一起，她有说有笑，还可以随便开玩笑。现在，她对凌子美有意见，男人没在家，她对外面的人更加随便了。除了开荤玩笑，还与那些男子比比画画，动手动脚。只要有麻将打，她便十分快乐。坐在麻将桌边，她会兴奋不已，王二妹还是在无忧无愁地过着日子。

麻将馆里各色人都有，正经的人看不惯王二妹没有正形，但是，有的人对她特别好。这些对她好的人，有时便对她动手动脚，她却一点不生气。久而久之，有的人对她动了心思，她却没有一点防备之心，还是大大咧咧地与人交往。

王二妹人年轻，精力很旺盛。于是，在凌林被抓几个月后，她便不习惯离开了男人的生活。为了吸引男人注意，她还特别喜欢打扮自己。她会收拾，让人看了会觉得她年轻了几岁。她的脸蛋更吸引人，喜欢与她开玩笑的男人，不时去摸她的脸。她不但不生气，还嬉笑不止，让人摸不透她的心思。

麻将馆里有一个年轻人，他的名字叫程再富。这人头上没有多少头发，别人便给他取了一个外号，叫他“几根毛”。人们叫他的外号多了反而忘记了他的名字。这人是一个小包工头，钱来得容易，用钱会很洒脱，所以，麻将馆里的人都喜欢他。此人与王二妹早就是熟人，而且他与凌林还算是朋友。因为先前程再富打麻将不熟悉，还是凌林经常指导他，让他的技术提高很多。现在，凌林被抓了，他念在朋友分上，便经常照看着王二妹。他经常请王二妹吃饭，关心着她的身体和生活。王二妹赌输了钱，他还主动借钱给她，让她一定要玩痛快。王二妹对他感激不尽，在王二妹眼里，程再富是一个大好人。程再富还经常夸王二妹贤惠，一个女人能撑起一个家，真的很能干。他很会体贴人，说话好听，王二妹对他心存感念。她不但心里有他，还时时刻刻都想报答他的恩情。总之，他们走得很近，彼此都有好感。

一次，程再富请麻友吃饭，王二妹喝酒醉了，他只好将她送回家去。她回到家里，便倒在了床上。他说送她去医院看看，她说不用去医院，只要他看着就一定不会有事。他十分听话，竟然守着她没有离开。不久，王二妹醒来，看见他还没有走，心情一激动，竟然抱着他痛哭不已。无论他怎么安慰，王二妹总难止住哭泣。两人就这样抱着，后来，便不知不觉地上了床。从此，两人便经常秘密地厮混在一起。两人在一起，都找到了自己的需要，快乐无比。

王二妹与程再富有了这层关系，就不再是朋友关系了。彼此不明说，都在心里知道该怎么做。程再富不但给她钱，还不时给她买衣服，买首饰。王二妹不要他乱用钱，说自己不是图他的钱，她是讲情意的人。他是老江湖，对女人有特别研究。王二妹越是说不爱钱，他便出手越大方。他还安慰她，让她不要心疼钱，钱用了会再来，青春美丽不注意保护很快会消失。他这话不假，王二妹更有深刻体会。于是，她更加注意收拾打扮，想尽办法取悦于他。王二妹的精心打扮，外人只说她越来越漂亮，只有程再富才真正体会到她的精妙，知道她的“内涵”。二人热情越来越高，他们在一起配合密切，妙不可言……

这天后半夜，古敏突然想到小说的一个精彩情节。他怕会遗忘，便立即起床写了起来。只见他奋笔疾书，字像从笔尖冒出一般。不久，他便写好了几页稿子。再次上床，他总不能入睡，他在床上躺了好久，天刚亮便起了床。洗漱后，外出散步锻炼身体。他还从没有这么早起过，一旦早起，他才知道了早起的妙处。他悠闲地走着，吹着凉爽的晨风，呼吸着新鲜的空气。此刻，古敏的心情好极了。他漫步在花草绿树间，有一些忘情。突然，他听见有人招呼他。抬头望去，远远地看见姚大姐在忙着收拾自己的小菜园。他朝她走去，也对她打着招呼。

走拢了，他笑笑说：“姚大姐，你真勤快，这么早就在菜园劳作了起来。”

“我没有睡懒瞌睡的命，天没有亮就睡不得了，躺一会儿就必须起床，只有起来才觉得舒服。”

古敏知道，她是一个勤快人，闲不住。这样的农村人很多，就是进了城，仍然保持着乡下的好习惯。他们爱劳动，所以身体好。她已经是七十多岁的人了，没有病痛，整天都在奔忙，还一直都乐呵呵的。他们交谈了几句，古敏要离开的时候，又被她叫住了。原来，她将刚摘下的一把豇豆递给了古敏，说要送给他尝尝鲜。

古敏见状摆手推辞，急忙说："这是你的劳动成果，我怎么能接受呢？"

"你怎么就不能接受呢？新鲜得很，没有污染。"

"我不是这个意思。"

"那么，你就拿着好了。"说完，姚大姐笑了起来。古敏不好再说什么客气话，只好接受。看见他不推辞，她更加高兴。

离开后，古敏想姚大姐就是一个讲情谊的人。你对她好，她也会对你好。说实话，他写小说，不经常去买新鲜菜吃。姚大姐送他的豇豆，够他吃上几天了。

回到家里，他的心还不能平静。他坐在写字台前，没有心思写小说，便翻起手机里的照片看。他看见陈萍的柑橘照片和视频，仍然很兴奋。突然，他竟然有了诗意，他想了想，便一口气写了几首诗。

吟橘博园

一

走过界市橘博园，
绿树排排入眼帘。
果实累累枝头笑，
遍地美景令人颠。

二

池塘垂钓好悠闲，
鱼行水面听聊天。
满载而归心中喜，
收获多少亦欣然。

三

鸡鸭成群树下游，
饱餐草虫无烦忧。
将来虽成盘中品，
绿色美食就是牛。

四

农家乐在橘园中，

吃喝玩耍样样丰。

菜蔬自产鲜嫩美，

养身健体有奇功。

写到这里，他还没有尽兴。但是，他有事需要马上去办，只得放下。他想不用心急，以后慢慢写。他想积累多一点这方面的诗，再配上照片，做成美篇，到时发在同学群，让大家一起欣赏。他相信大家一定会喜欢橘博园，更愿意为这美好的事物唱赞歌。

他想着诗，想着橘博园，又想起了陈萍。参加同学会，他对陈萍的经历有了进一步的了解，更对她产生了兴趣。她读书那个时候，就表现出了一种勤奋和干练。后来，她敢想敢干，有一股闯劲。她经过一番努力，终于有了一片自己的天地。他想进一步了解她，想将她的事写进下一部小说里。想着想着，他一个人笑了起来，走在路上，他脚步轻快了许多。

第十五章

新学期开学不久，张华丽班上一个叫李梅的学生在上学的路上摔伤了。虽然是学生摔伤了，她却心痛不已。这个学生与她外孙女年龄相仿，可是，她却没有星耀那么幸福，生活条件也没有那么优裕，更不可能无忧无虑地一心读书。李梅不仅要走很远的山路上学，放学回家后还要帮助奶奶干农活。她心疼李梅，也更喜欢她。

张华丽一边为李梅处理伤口，一边在心里为之难过。她的眼睛慢慢湿润，说不出话来。这天放学，她没有让李梅回家，而是安排李梅住到了她的寝室里，要照顾她几天，让她好好养伤。李梅在张华丽寝室住下，她们朝夕相处，感情慢慢亲近起来。看见李梅，张华丽就会想到自己的外孙女星耀。两个女孩不但年龄相仿，也一样的乖巧。在张华丽的细心照料下，李梅的伤很快就好了。李梅恢复了以前的生活，但却让张华丽有些不习惯了。

张华丽感到不是她照顾了李梅，而是李梅给了她快乐，让她享受到了与孙辈在一起的快乐。以前，张华丽与学生在一起，总是那么快乐，退休后，身体虽然轻松了许多，却没有了那么多乐趣。现在，在支教的过程中，她重新找回了乐趣。她认为支教是很好的选择，这条路走对了。她暗暗告诫自己，只要能行，就一定要坚持下去。现在，她不但喜欢上了学生，还喜欢上了农村生活。农村人那么纯朴，那么真诚，农村环境那么优美，她觉得农村和农村人，是世上最美好的事物。

这个周末，张华丽回到城里。她将李梅的事讲给古敏听，说了自己的体会。古敏在农村长大，他对农村最了解，农村孩子生存环境差，成长很艰难。但是，农村的苦难，能锻炼孩子的意志和品质。他们特别能吃苦，不轻易在困难面前低头。他们往往都是先苦后甜，这样的甜能持久。现在，张华丽认识到了这些，说明她在认真地生活。于是，二人的共同话题就更多了，彼此也仿佛更加了解。

谈过李梅的事，张华丽没有忘记问古敏的小说进展。这段时间，她忙于教学的事，忙着照顾李梅，微信都很少玩，更没有空与古敏交流小说的事。

现在，张华丽问到了他的小说。他很平静地说："小说的进展还算很顺利，只是有些情节让人伤感。"

"为什么会伤感呢？你可以不这样写啊。"

"根据情节的发展，这又是必须的。"

"你就平静地写，不要进入到自己写的角色中去。"

"我没有进入角色，但还是忍不住为书中的她掉泪。"

听古敏如此说，她立刻有了兴趣。她笑着问："是怎么一回事？你说来听听。"

"你自己看，好吗？"

"不好，你就不可以说出来吗？"她故意说。

"你还是自己看吧，还可以慢慢体会。"

"你不愿意说，就算了吧。"张华丽脸上似乎有不悦之色。她是故意做出执拗的样子，她只是想听他说话。

他不了解张华丽的心情，又不想让她失望，只好笑笑，说道："这是一个美女广播员，在与男友玩笑时，造成了播音事故。在那个年代，这就是重大的事件。于是，她被停职接受审查。她反复检讨都不能过关，为了保护男友，她只能忍受着折磨。后来，在一个漆黑的夜晚，审查组长借交换意见的机会，奸污了她。这样的结果对一个女孩来说，就是灭顶之灾。她想到了去死，但是，她连死的资格都没有了。因为她如果自杀，她的罪名便自然成立，而且还会罪上加罪，最后，还可能牵连家人。"

张华丽也是那个年代过来的人，对他说的情况也了解一些。但是，她实在气愤，便脱口而出："她不能死，她可以告发那个组长。"

“她到哪里去告？那个时候，法制不健全。”古敏沉默了，过后又说，“这个组长的儿子就是这女孩的男友，播音事故便是他造成的。但是，组长硬是通过诱导让女孩独自承担责任，把他的儿子撇得干干净净。”

“这组长太坏，连自己的准儿媳都要奸污。”张华丽说不下去了，心里既气愤，又痛心。她神情凝重，眼睛慢慢湿润。

看见张华丽的表情，古敏心情很沉重。他有些后悔，不应该与她交流。这样，她就不会如此痛苦。但是，这情节是他从生活中提炼出来的。他在写的时候动了情，边写边流泪。他从另一个角度看张华丽的表现，认为自己写的东西，很真实动人，更为小说增添了不少魅力。

过了很久，张华丽说：“你还是让我自己慢慢看，好吗?”她对古敏写的内容感兴趣，想细读。

“当然可以，只要你愿意。”

古敏将手稿递到她手里，她慎重地接过稿子，轻轻抚摸着。她没有说话，心情很沉重。坐了一会儿，她说要回去看稿子，便离开了古敏家。

张华丽拿了他的手稿，默默地走了。古敏看见她离去的背影，没有说什么。看来，二人还沉浸在悲伤中。

张华丽想早点看到古敏写的这个情节，匆匆地回到家中，脚都没有洗，便靠在床被上看了起来。古敏的钢笔字刚劲有力，端庄的字迹让人看了有一种舒服感。他行文流畅，虽然还是手稿，读起来却很通畅。看到广播员的遭遇，她心情沉重。她生长在城里，没有当过知青，对农村的生活了解不多。那个时候，她还很小，对那个年代体会不深刻。可是，领导却利用职务之便奸污了她。读了故事情节，她对这事了解更清楚，对女广播员更同情，对那个书记更憎恨。她的情绪时而激愤，时而感伤。躺下之后，她总是睡不着。

后来，她睡着了，却总是做噩梦。有一次，她竟然在梦中哭醒。她在床上想，不知道广播员最后的结果如何？她希望广播员有好的结果，希望那个书记受到应有的惩罚。可是，后面的故事会怎样发展，结局如何，现在还看不出来。

早上起床后，她吃过早饭，便急着去问古敏。她想早一点知道后面的事，更想知道广播员的结果。她到了古敏的住处，她还有许多其他问题要问他，所以，她心里很急。

她到来的时候，古敏已经开始了写作。她不好意思地说：“作家，我这时来，不会影响你写作吧?”

古敏看她很认真的样子，不知道她是什么意思，只好笑笑说：“没有关系，欢迎你随时到来。”

“这样，我放心了。”

“难道你还有许多担心?”

“是这样的啊，因为你现在不同了。”

“我还是我，能有什么不同?”

张华丽听他如此说，立即笑了。人的情绪随时发生着变化，她对古敏的评价也是变化着。看了他写的东西，她认为古敏在以前的基础上，还需要加上文采。她历来对有文采的人很敬佩，于是，对古敏更另眼相看。

古敏翻着张华丽还回的稿子，问道：“你读了之后，有什么高见?”

“没有什么高见。”

“你怎么会没有看法呢?”古敏望着她说，心里觉得奇怪。

“看法肯定有，但不是高见。”张华丽不同意他的说法，才这样回答他。她认真地想了想，说：“概括起来，就是一句话。男人真坏，女人成了牺牲品。”她表情凝重，让人有些害怕。

听了她的话，古敏十分尴尬。他想说什么，却不敢说。他只能闭着嘴，一言不发。

他的表现，让她发现了。她笑了笑说：“你今天怎么了，怎么就成了哑巴呢?”

“你那么生气，谁还敢说话?”古敏轻轻地笑了笑。

张华丽跟着他笑了笑，说：“我生气了吗?还是吓着你了?”

“你难道没有生气吗?”

张华丽有所意识，“噗”的一声笑了起来。笑过后，她说：“我不是生你的气，你怕什么嘛。我是恨那个奸污女人的组长，他是披着人皮的狼。”

“你生他的气，所有的男人都被你骂了。你这样谁还敢与你交流?”

听了他的话，她笑了起来。笑完之后，她的脸微微泛红。她轻轻地问道：“古大哥，那个广播员后来怎么样了?”

古敏早就将她的结果以及结局构思好了。他见张华丽反应那么强烈，他都害怕跟她说后面的事。他不知道若她知道了广播员后来的惨状，会怎么做。他知道如果不说一点什么，她一定不会放过此事。他只好淡淡地说：“这是可以想象的，她的后来很不好。”

“你可不可以说具体一点?”

“她后来经常被那男的欺辱，她还怀了孕。”

“怎么会这样呢?”

“她逆来顺受，只能这样啊。”

“她就应该反抗，都什么年代了啊。”

“她总是把事物看得很美满，一旦有了缺陷，她就走向了极端。”

“这个人太复杂了，真可悲。”

张华丽没有说话，她低下头想事。过了好久，她抬起头来，说：“你就不应该这样写。”

“你说应该怎样写？”

“你应该写她的反抗，写她成为英雄啊。”

古敏没有立刻回答她，思考她话中的意思。他认为各种人物都有，她设想的人物也是一种吧。但是，自己所想的，却与之不同。他笑了笑，说：“你说得有道理，我接受你的意见。”

“你真的接受我的意见？你要把她写成喜剧人物吗？”

“接受你的意见，也不一定将人物的性格倒转啊。”

“那么，你怎么做？”

“具体怎么做，还没有想好。到修改的时候再参考吧。”

“我说的不一定对，你还是按你的设想去写吧。生活中不都是顺心的事，人不是一帆风顺的。悲剧经常发生，这是生活的表现嘛。”张华丽似乎想通了，她脸上的阴云在慢慢散去。

张华丽说要回学校，便走了。她走的时候，没有说什么话。古敏知道她心里在想事，她在想什么呢？她可能还在为那个广播员担忧，想她以后怎么生活，如何生存。他都有些后悔这么写，但是，生活中的悲剧还少吗？不能为了让她高兴，就胡编乱造吧。他在心里笑张华丽太敏感，而且很会联想。她这种性格，也是很多女人的性格。

张华丽到了学校，接触到学生后，她又恢复了平常心。她心情舒服了，想到自己先前的表现和想法，自己都觉得好笑。她认为自己太感情用事，怎么能用自己的想法去改变一个人的生活，改变一个人的命运呢？于是，她认为自己不适合写作，因为自己不冷静，太爱感情用事。这样写出的文学作品，没有真实性，还可能千篇一律、千人一面。

话说周一平，白茉莉骗了他的钱，他起初还不相信这是事实。他认为白茉莉一定会回到他身边，他们是有感情基础的，他们的生活那么和谐，还彼此照顾着，她还表示要嫁给他，要为他生一个胖小子。她那好闻的体味，让他时时心痒。她是一个有情义的人，她不可能一去不复返。她一定是遇到了什么事，才耽搁了没有回来。总之，他对白茉莉存在幻想，期待着她的突然出现。后来，见她实在不出现，他便主动地去找。他去一个个的洗脚城找，却见不到她的身影。他问别人认识白茉莉否？别人不是摇头，就是笑笑说不知道有这样一个人。

找了好长一段时间，他终于相信白茉莉是真的不回来了。他失望之后，产生了极大的愤恨。如果白茉莉在他面前的话，他一定会吃了她。他不但要吃了她，还一定不会吐骨头。除了从心里恨，他还采取了实际行动。他把白茉莉留在他那里的衣服拿出来，一件件撕成条，然后烧掉。最后，把衣箱一同烧掉了。总之，他不想看见她的东西。他看见她的东西就来气，只要想着白茉莉几个字，他的牙就咬得嘣嘣响。尽管如此，他还难解心中之恨。他还想做点实际的事，以此报复她，解除心中的愤怒。

他现在整天都在喝酒，时时喝得大醉。他这段时间烟抽得也特别多，有时候是一支接着一支抽。他虽然如此折磨自己，但对白茉莉的恨一点没有减少。这样的日子过了好久，他终于想到了一个解恨的办法。因为白茉莉是洗脚城的人，对她的恨，一定要让洗脚城的女人来承受。周一平在洗脚城取乐，泄去了心中的愤怒。周一平过着这样的日子，心情在慢慢平复。

凌林被抓后，凌子美主动承担起了照看王二妹家的事。可是，王二妹却不接受她的照看，于是，婆媳间矛盾不断。王二妹讨厌她，还高一句矮一句地讽刺她。为了儿子，凌子美只能受王二妹的气。她见王二妹整天都打扮得花枝招展，她开始怀疑王二妹有了外心。于是，她多了一件事，她要管住王二妹的身子，不能让她乱来。有空的时候，她就经常到王二妹出没的地方转悠，总怕她会有什么事一般。

功夫不负有心人，在一个漆黑的晚上，竟然让她遇上了王二妹。王二妹在餐馆吃了饭，喝了酒，红着脸、说笑着走了出来。她的女儿现在读书住校，她一个人住着，平时经常与人在外面吃饭。她今天特别高兴，一边走还一边与几个男人打闹，根本没有注意远处还有人看着她。

突然，一个声音大吼道："王二妹，你好欢喜啊，你的日子过得好舒服啊，你男人在里面受罪，你知道吗？"

王二妹受到了惊吓，惊恐地后退了一步。但当她看清楚是凌子美时，便来了气。她大声地回答道："怎么了，离了他我就不过日子吗？"

"王二妹，你还有良心没有？"

"你说我没有良心，就算我没有良心吧。我的良心哪里去了？我的良心就算被狗吃了吧。"王二妹很得意，把凌子美没有说完的话补充完整了。因为以前凌子美这样骂过她，她才这般熟悉。王二妹表现出什么事都没有的样子，但凌子美气得说不出话来。

她见凌子美没有说话，继续说道："你还说不说什么？不说的话，我还要去打麻将。如果三缺一，麻将老板会叫我。"她如此说话，故意气凌子美，另外，她在暗示程再富快走。程再富明白了她的意思，快速地离开了。

凌子美不认识程再富，更不知道他是干什么的。见他与自己的儿媳妇有说有笑，还打打闹闹，只认为不成体统。凌子美虽然强势，但对不熟悉的人，特别是社会上的男人，她还是不敢贸然去惹；对她熟悉的一些人，她也不是一律排斥，有时还与这类人交往，或者说笑一番。凌子美这种双面性格，在社会上很吃得开，许多人说她的好。她见程再富溜掉，假装没有看见，不与他计较。

她虽然轻松地放走了程再富，却对王二妹要起了威风。她的脸阴沉沉的，食指划着脸说："黄天白日的，在大街上勾引男人，你还要不要脸？离了男人你就不能活了吗？"

虽然凌子美与王二妹的关系十分紧张，但是，她还是第一次这么骂她。这是她对王二妹的长期不满意突然找到了突破口，便冒出了那些不堪入耳的话。如果换了一个人被如此指责，一定会面红耳赤，羞愧难当。可是，听了凌子美的指责，王二妹却无事一般。她脸不红，耳不赤，仿佛凌子美在骂别人。她更不会说谎话为自己辩护，她要用更厉害的手段予以回击。原来，王二妹早就摸准了凌子美的性格，如果你在她面前认了一回错，你便是永远的错，在她面前再不会有出头之日。王二妹的实际经验告诉她，只有比她更强势，比她更无赖，才能不被她欺压。

王二妹见她划着脸羞辱自己，不但不生气，没有吵闹，反而笑嘻嘻地说："我能勾引男人，说明我有本事。你不能勾引男人吗？该你背时倒霉。"

凌子美根本想不到她会说出这样的话，一时语塞，竟然说不出话。王二妹的话有太多含义了，既是自豪，更是对凌子美信心的沉重打击，更深层次的意思是她根本没有将凌子美放在眼里，她的一切行为都是正当且光荣。

凌子美也是吵架的高手，虽然一时气昏了头，但是，她很快清醒了，反击道："你说得对极了，我很背时。人人都知道我背儿时，才会出你这种忤逆。"

"说得好，儿背时，儿背时。"王二妹接过凌子美的话大声说着，还热烈地鼓起了掌。她的话不细听，仿佛与凌子美的话相同。实际上她这样说，意思是凌子美的儿子被她害惨了，到此还没有尽兴，她还补充道，"你说得太好了，给你加两分。”

凌子美回过神来，对王二妹先前的话十分不满。她正想发作，听到王二妹说加分，她忍不住骂了王二妹。

于是，两婆媳便大声地对骂起来。见了这一老一少的两个女人骂架，有的人不知道她们是什么关系，便停住脚看起了热闹，不久，便围了许多人。这样，凌子美反而没有了勇气，只想尽早一点撤离战斗，只听她骂道：“我不惹你这个坏婆娘，我让你遭别人唾骂。”说着，她便往后退。

“我偏要惹你这个老婆娘，有本事你不要走。”王二妹说着，直往前走。

凌子美本想骂完就走，这样会有面子，但她没有想到的是王二妹根本不想罢休。于是，她不再退却，只能止了脚步，想看她要干什么。王二妹只管往前冲，根本没有想到凌子美会站住。突然，二人的身子碰到了一起，她们谁也不让谁，竟然用身子推搡起来。

二人用身体顶了一阵，都难以让对方屈服。凌子美见王二妹实在欺人太甚，情急之下，她竟然趁王二妹不注意，突然往她脸上啐了口水。那带着腥味的东西落在王二妹的粉脸上，让她立马红了眼。她不管不顾地用头撞了上去，在凌子美的衣服上擦起口水来，无意间，竟然将凌子美推倒在地。只见凌子美脚在地上乱踢，嘴里大喊：“打人了，打人了，有人行凶了……”

不但没有人上前帮助她，人们还开始散去了。这是为什么呢？因为两个女人骂架，别人又不知道原因，如果多管闲事，不但管不好，还可能让自己惹来麻烦。

这时，王二妹仍然不解气，更不想放过她。只见王二妹对着地上的凌子美，一个劲地啐口水，凌子美的脸上、身上都溅了不少口水。王二妹啐完口水，丢下地上的凌子美，不管不顾地扬长而去。看她离去的背影，仿佛得胜而归的将军，十分有气势。

王二妹走了，还是没有人管地上的凌子美，见她倒在地上，更没有人敢去扶她。因为现在的人学乖了，怕遇到碰瓷的。如果自己爬起来，她又不甘心。她怕过路的人踩着她，于是，她便长声吆喝地嚎叫不断。过了好久，她只好自己坐了起来，在没有人注意的情况下，她立身起来，慢慢地离开了这里。

凌子美回到家里，杨青见了她很疑惑。她头发十分凌乱，还沾了泥草屑，身上还有不少泥土。他以为凌子美摔了跤，便好心地询问：“你怎么了？走路应该小心一点。”

“我今天倒了大霉，在大街上被母猪拱了。”

她的话让杨青莫名其妙，大街上怎么会有母猪呢？如果有母猪，怎么会拱上了她呢？他心里觉得奇怪，但不敢多问。因为她不想说的，杨青如果要问的话，不但不会有答案，还可能会受到呵斥。于是，他不敢再多说话，悄悄地回到小房间去了。

后来，王二妹与程再富谈起这场冲突，她还十分得意。她不但绘声绘色地表演了一番凌子美的丑态，还对自己的勇敢得意扬扬。这两婆媳太会表演了，真是难得的演员。

第十六章

周一平为了报复白茉莉，便疯狂地去洗脚城。这种情形持续了好长一段时间，才让他慢慢停歇下来。他的疯狂举动，让他的身体都有些吃不消了。他走路没有力气，还会喘气不匀，这是他以前从没有过的情况。他还睡不好觉，经常做梦，经常感冒，他觉得身体可能有了问题。他身上瘙痒，却不知道是什么原因。他时常心烦意乱，爱发无名火。他心中时时产生不安，找不到人说心中的苦闷，于是，他只好去找古敏。

古敏这段时间太忙，他有时连自己的生活都照顾不好，对他人之事更没有时间过问。周一平来找他，他才记起周一平。他十分高兴，放下手上忙着的事，特意为周一平泡了一杯茶。他见周一平沉默不言，脸色还很不正常，便关切地问道："你怎么了，很累吗？"

"不累啊。"

"看你脸色不正常，精神不好呢？"

周一平自己在忙什么，他心里明白。他休息不好，情绪波动大，对身体影响很大。他自己感到手脚无力，仿佛周身都痛。但是，他不承认自己有问题。他打起精神，笑着说："我好得很，吃得睡得，还能干重活。"

"你开什么玩笑，干重活？还有什么重活需要你干？"

能干重活，说明身体好。但是，周一平这里说的重活，有特殊含义。好在古敏不知道这话的特殊含义，才如此发问。周一平意识到自己说漏了嘴，便笑了笑说："我的意思是说我年轻着，什么重活都能干。我这段时间可能锻炼有些过度，才会这样吧。"

"锻炼身体要有一个度，过分了会伤身体，效果反而不好。岁数不饶人，自己应该多注意。”

他听了古敏的话，没有说什么。但是，他见古敏关心自己，心里很感动。为了掩饰，他立即向古敏散烟，自己也点了烟吸着，二人都没有说话。

过了一会儿，周一平看见了写字台上的稿子，他说道：“古老弟，你把写书当作一件事来干啊，都写了这么多，你不累吗?”

“写东西，谈不上累。”

“我说干这事就应该很累，太伤脑筋了。”周一平想了想，补充说，“你们有文化的人，都爱干这种事。”

“你说得对，这种事还是应该有人来干。”古敏笑了笑。

“你写这么多，一定能找很多钱吧?”周一平叹了一口气，继续说，“你又不缺钱，何必呢?”

“你让我怎么跟你说呢？写书的不一定挣钱，有时可能还要贴钱都说不定。”

“照你这说法，不是没事找事干吗？这不是干蠢事吗?”

“为什么是干蠢事？你怎么能这样说呢?”古敏摇了摇头，他想对周一平说道理，又觉得对他说不清楚。他只能摇头，没有继续说下去。

古敏从小就喜欢写作，读中学的时候就产生了作家梦。那个时候的年轻人，对书籍十分喜欢，对写书的作家更加崇拜，有许多年轻人便梦想着将来当作家。他参加工作后，常年在野外，住处也不固定，便放下了写作。但是，要当作家的梦没有破灭。现在空闲了，他又开始了写作，想圆年轻时的梦。他做事一向认真，对目前的写作，他当作一件大事来做。他为此的努力，为此的付出，外人很难理解。周一平没有文化，说了一些不当的话，古敏没有生气。但是，张华丽很理解他，很支持他的写作，他觉得十分高兴，而且还产生了无穷的力量。现在，他想到张华丽看了他的书稿后的表现，心里高兴。通过对比，他知道了有无文化的区别，以及不同人的表现和看法。特别是张华丽对他的鼓励，让他的写作充满力量，让他的目的更加明确。

周一平抽完了烟，见古敏埋头写作，他发问道：“你这书写了多少？还要写多久?”

“写东西要写多久，说不准确，应该还要写些时间吧。”古敏是要写几部有联系的书，他没有把自己的想法说出来，他只能这样回答周一平。

“你真有干劲，累不累哟?”周一平感叹道。

古敏喝了一口茶，笑着说：“自己喜欢做的事，不会觉得累。”

古敏的话，周一平很相信。因为他有深刻的体会，他去找洗脚女，他就不觉得累。他把自己的事用来比喻古敏的事，有些不伦不类，但他明白是一个道理。他在心里发笑，赞成地说："你说得很对，那样，你就继续干吧。我在这里帮不上忙，不干扰你了。"说着，他站了起来。

他正要离去，却被古敏拉住。他说："你不会干扰我的事，等一会儿，吃了午饭再走吧。"

"饭就不在你这里吃了。"

"你留下来，我们喝两杯，我好久没有与你喝酒了。"

"我这段时间的酒量减了，还是不喝了吧。"周一平说着客气话。

在古敏的劝说下，周一平留了下来。他是一个没有事干的人，在哪里都是一样，何况他与古敏的关系不一般，更用不着客气。

不久，他们就喝上了酒。刚喝了没多久，周一平便说："喝了这杯就可以了，你慢慢喝吧。"

以前喝酒，周一平从没有客气过。他的酒量古敏是知道的，不喝半斤，也要喝四两吧。他还有一个习惯，酒不喝尽兴，他会很不高兴。今天听他这么说话，古敏觉得奇怪。古敏告诉他说："我这里有酒，够你喝的。这瓶里的酒喝干了，我再开一瓶。"

周一平嘴里正嚼着菜，没有说话。他把菜咽下去了，说："我这段时间总觉得有些不对劲，好像有病似的，不是这里不舒服，就是那里痛，酒量减了不少。"

这下，古敏还真的担心起来。他关切地问："你是怎么了？如果有病就去检查一下吧。"

"检查，检查什么？没有那么严重，只是感觉上的问题。"

"人上了年纪，自然会出现问题，一定不能大意。"

"我知道，不会有问题。"

"还是要尽早去医院，一定要相信科学。"古敏看了看他，产生了怜悯之心。他还想说点什么，但没有继续。

不知是心情不好，还是真的身体有问题，周一平喝完了杯里的酒，便不再让倒酒了。古敏没有勉强他，只好自己喝着。

周一平离开的时候，古敏再次叮嘱，让他一定要去医院检查一下身体。

走在大街上，周一平都不知道该往哪里走。他想到古敏的话，然后决定马上去医院检查一下身体。因为他对自己的身体没有了把握，他开始相信起了科学。他在医院检查了许多项目，医生问了他许多问题。最后，医生说："根据检查，你可能得的是性病。"

“什么，你说是性病？”

“这是初步判断，你不用紧张。”

“我紧张什么？这是不可能的事。”

“你还是要相信科学。不过，还没有最后确定。”

“怎么会得性病呢？”周一平自言自语。

“我还没有问你呢？你有嫖娼的行为吗？”医生问周一平。

他没有说话，只是点了点头。看着他的表现，医生更相信了自己的判断。他想指责周一平，但没有说什么，只是摇摇头。

看到医生欲言又止，周一平不踏实了。他相信医生，对自己担心了起来。他急忙问道：“医生，该吃点什么药呢？”

“是哪种性病，具体确诊后，才能对症下药。”

“有那么麻烦吗？”

“你以为很简单？”医生真的想教育他一番，但是，他认为没有那个必要，还是没有多说话。

“那么，该怎么办呢？”

“先住院观察，最后确诊之后再说。”

“啊，我不住院。”

“这可由不得你，这是强制性的。你不但要住院，还不能乱跑乱动。”

“我坚决不住院。”周一平喊了起来，仿佛小孩一般。

医生还是耐心地对他说：“你不要喊叫，先让你的家属到医院来吧。”

“我没有家属。”

“你真的没有家属？”

“我是单身汉，哪来的家属？”

听了周一平的话，医生沉默着。他心情十分沉重，对他得性病的原因更明确了。过了一会儿，他平静地说：“你有亲近的人吗？”

“你这话是什么意思？”

“你最好的人，相信的人，可以叫他来医院，我们要与他商量。”

周一平不想告诉他，但是，他的心很乱。现在，得上了性病，他很后悔。他想到了古敏，他只有这样一个最相信的人。但是，他怕古敏知道了这些事，会对他失望。所以，他沉默着，一直不开口说话。

最后，在医生的劝说下，他终于妥协了。医生让他给古敏打电话，让他立即到医院来。

“我不给他打电话。”

“为什么?”

“不为什么，他很忙。”

“他是你的好朋友，再忙，他也一定会来的。”

最后，还是医生要了古敏的电话号码，到门外给古敏去了电话。古敏听说周一平的病很严重，要他立即去医院，他感到很奇怪，因为周一平才在他这里喝了酒，并不是有问题的。他不敢停留，立即坐了出租车去医院，在车上的时候，古敏想了很多。他想周一平怎么去了医院，而且还通知了让他去。他首先想到的是周一平出了车祸，只有这样才可能立即去了医院。他为周一平担心起来，还不知道他的伤势有多重，有没有生命危险更说不清。如果是车祸，一定与他喝了酒有关。他后悔不应该让周一平喝酒，他不喝酒一定不会出事。想着心事，他自责不已。下了出租车，他就急着往医院里面跑，但被司机拉住了，他奇怪地望着对方。

司机提醒他还没有给车费，他尴尬地笑了笑，递了一张二十元的钱给司机。他没有等司机找回零钱，便跑了。司机看见他离去的背影，摇了摇头。

到了诊室门口，看见周一平好好地坐在那面，古敏一颗悬着的心才放了下来。他喘着气，询问医生是怎么一回事，医生没有立即回答他，而是将他带到了一旁的办公室。

这时，医生才告诉古敏让他来医院的原因，初步判断周一平患有性病，还可能是艾滋病，因此，必须进一步化验。

听说周一平被怀疑有艾滋病，古敏的心往下沉。他虽然不是专业人士，但这方面的宣传太多，他知道这病的厉害。如果真的是艾滋病，那就很麻烦。虽然目前没有生命危险，但要治好这病几乎没有可能。那样，活着不但痛苦，还要背上不好的名声，受别人的白眼。他开始为周一平担忧，想着他以后的艰难生活，他心绪缭乱，没有了主见。后来，医生说了些什么，他都没有完全听进去。不过他还是很理智，表示一切听从医生的安排。总之，只要对周一平有好处，他都愿意为周一平做。

随后，医院用车将周一平转走了，古敏也跟着去了另一所专业的性病医院，周一平必须在这里接受进一步的检验，还不能离开医院。

古敏离开的时候，安慰周一平要听医生的话，安心治病，过两天他会来看他，他不会不管他的事。

回到家里，古敏仿佛生病一般，他心绪不宁，浑身没有力气。他猜测着周一平的检验结果，他告诉自己，周一平不可能是艾滋病，他也会很快出院。好长的时间里，古敏都将周一平的事当作自己的事。他有好事，古敏高兴；

他有了不称心的事，古敏会提不起精神。

在等待周一平检验结果的这几天，古敏想到了他与周一平交往的往事。古敏大学毕业后，分配到周一平所在的井队当技术员。他刚到井队时，人地生疏，生活也不习惯。不久，他们就从口音辨别中，认出了是四川老乡。于是，他们就特别亲近，周一平也开始关心起古敏来。古敏在这里遇上了这么关照他的老乡，所以他对周一平也特别亲。周一平是一个豪爽的人，特别讲义气，任何人都容易接受他。不久，他们就成了好朋友。

周一平对古敏特别欣赏，他佩服古敏是大学生，有知识有文化，还特别能吃苦，工作能力强。他有了古敏这个小老乡，别的同事都高看一眼周一平，这也是周一平值得自豪的。这样一来，周一平对古敏更加地好。他照顾古敏的生活，古敏不懂的东西，他也主动地告诉他，包括为人处世。

那时，周一平已经结婚了。他有一个家，也经常请古敏到他家里去，这样，让古敏也有了家的感觉。他们不但是同事，还是老乡和朋友，更像弟兄一般。

虽然周一平一直是一个工人，但古敏的变化很大。古敏有文化有知识，肯钻研搞科研，他屡有科研成果，有的还得了奖，几年后他就成了工程师，再后来还成了高级工程师，提拔为领导干部。可是，周一平却往下缩，最后，妻子都与他离了婚。因为他爱喝酒，爱抽烟，对家里的事也不关心。妻子忍受不了他，硬是与他闹离婚，而他仗着自己收入高，又不肯让步，也就离了婚。离了婚，周一平反而觉得轻松不少，他的事没有人管，想干什么就干什么，自由自在的多幸福。可是，后来他接触女人的机会少了，便没有再结婚。

几年后，反而是古敏照顾起周一平来。古敏有名气，又是干部，他说话管用，其他的人也看他的面子。周一平有什么事，只要知道他与古敏的关系，别人都要让着他。就是周一平不对，或者他有了错，只要古敏出面，就会没有事。后来，古敏高升离开了井队，井队的领导看在古敏的面上，也还是很照顾周一平。这样，周一平为交了古敏这个朋友而自豪。对周一平的婚事，古敏也关心不少，还托熟人为周一平介绍过女朋友。但是，不是女方看不起周一平，就是周一平看不起女方。于是，直到退休，周一平都没有找到对象。

周一平退休后家安何处成了问题，还是古敏给他建议，让他在古敏妻子工作的城市买了房，他退休后便到了这个城市。平时，周一平经常与古敏家来往，让他的日子过得较为舒心。对于结婚，周一平也没有放弃，但总不合适，也就只有走着瞧。

直到遇见了白茉莉，周一平又开始了第二春。他满心欢喜，想让白茉莉为他生一个儿子。但谁也没有想到，他遇上白茉莉不是好事，不仅让他舍了财，最后还惹了一身的病。他如果真的是得了不可治愈的病，古敏难以接受。想到这些，古敏便心疼，他为周一平难过。知道周一平得了严重的性病，古敏很是吃惊，因为他不了解周一平所做的事，才认为可能是医生误诊。他只好询问周一平，问他是不是有嫖娼的行为，这时，周一平才将他与白茉莉的事和去洗脚城的事向古敏坦白了。听他说了一些细节，古敏都感到脸红。但是，一切都晚了，他只能安慰他，让他有病治病，一切都会好起来的。

这几天，古敏吃不好，睡不着。他只要闭着眼睛，就会看见周一平。他很自责，认为自己对周一平的关心不够。他认为周一平得这种病，自己有一定的责任。他想周一平长期在野外工作，没有过上几天安定的日子。他无儿无女，孤苦一生，真的太不值得了。他与周一平的感情太深，他又不知道怎么才能让他好起来。于是，他心中的苦无处诉说，他开始期盼着张华丽快一点回到城里来。

一个星期五的下午，张华丽终于要回来了。古敏等不及了，竟然跑去了车站接她。张华丽下车后，看见了古敏，让她激动不已。因为她根本没有想到古敏会到车站接她，他的行为让她感到突然，她怎么会不激动呢？

她向古敏走去，不动声色地问道："你要到哪里去玩吗？"

"没有，我是专门来看你的。"古敏一老一实地说话，张华丽听了，心里舒服极了。她不知道该怎么对他说，但她不说比说更高兴。

二人走在路上，都没有说话，他们各自在想心事。张华丽想，古敏怎么会专门来接她，他为什么会这样呢？他想干什么？她不但心里暖暖的，脸上还充满了喜色。古敏在想，他要告诉她周一平生病的事吗？

到了张华丽的家，古敏终于忍不住了。他低沉地说："张老师，你知不知道周大哥得了病？"

"什么？他得了病？"

"是啊。"

张华丽没有想到古敏来接她，原来是要告诉她周一平生病的事。她虽然有些失望，但仍然很吃惊。她说："他怎么就得病了，得的什么病？"

古敏嘴唇动了动，没有发出声。过了一会儿，他才小声地说："可能是艾滋病。"

"什么，艾滋病？"

古敏点了点头，没有说话。

"他怎么会得艾滋病呢？"张华丽像问古敏，又像自言自语。

古敏见她问到了，只好老实地告诉她。他说了周一平与白茉莉的事，说了他被白茉莉骗的事，他还讲了周一平去洗脚城的事，由此而染上了病。有些话，他说着都脸红，他还很担心她会嘲笑自己，说自己怎么会有这样的好朋友。

张华丽听了，还是很平静。她说："周大哥看上去是一个老实人，他怎么会如此做事呢？"

不但古敏想不通，张华丽也想不通。二人都没有说话，沉默着。此时，古敏又在心里自责，心情坏极了。

"古大哥，你的脸色怎么那么难看，生病了吗？"

古敏笑了笑，说："我好好的，没有生病。"

"看你脸色那么憔悴，我还以为你生病了。"随后，她安慰道，"古大哥，你也用不着为周大哥太担心。你再怎么担心，也不能起作用。"

"我明白这个道理，但是，就是有些放不下。"

见古敏为了朋友如此难过，她在心里赞美着他，认为他太善良，才对朋友这么关心，才会将朋友的事当作自己的事。看他心情沉重的样子，她安慰说："古大哥，你也不用太担心。现在科学这么发达，有了病治就是了。这不是还没有最后确诊吗。"

话从她嘴里出来，古敏听后笑了笑，还点了点头。这个周末，张华丽过得不开心，古敏也很不快乐。

终于等到了探望周一平的日子。古敏去医院看周一平，更是想了解他诊病的结果。古敏想了一路，他总在想周一平检验的结果，但却不敢得出自己的答案。因为他最怕周一平得的真是艾滋病，如果是这样的病，那就麻烦了。他认为周一平不可能是艾滋病，一再地否认自己的看法。他知道，如果生活不检点，很容易传染上这种病。周一平对他描述过，他与许多卖淫女交往，而且不讲对象，不讲方式。他这般放纵，能避免不受传染吗？他的心不能平静，仿佛自己有病了一般，一点精神都没有。

一位上了年纪的女医生接待了古敏。她听说古敏是周一平最亲近的人，她亲切地问道："听说你是他的朋友，你们怎么成了朋友呢？"

听她如此问，古敏的脸上开始发热。他知道对方把自己当作了和周一平一路的人，才会如此发问。他还是老实地告诉她，说："我与他是多年的同事，也是老乡。生活中互相照顾，时间久了，就成了朋友。"古敏声音越来越大，还有一点激动。

她意识到了什么，马上笑了说："你不要有什么误会，我这样问，主要是想了解你与病人的关系，没有别的意思。”

“那么，你告诉我病人的情况，好吗?”

“你不用急。你是他的好朋友，他做这些荒唐事，你怎么就不劝告他，阻止他呢?”

“我们没有住在一起，我不可能跟着他走。再说，做这种事，谁肯公开呢?”

“我没有怪你的意思，只是有人管管，是最好的事。”

“你还是快一点告诉我他的病如何，好吗?”

“他是什么病，已经有结果了。但是，如果不加强教育，加强管束，还是不行。”医生还是没有说结果。

古敏听明白了医生的意思，周一平目前还不是很严重，但要对他管起来。于是，他松了一口气，心情好了不少，他说话的口气也好听了，他说：“以后的事，我一定尽力管好他。”

“你管好他最好，否则，还会出大问题，更严重的话，还会带来一些社会问题。”

“这些道理我知道，但是，人与人不同。教育是一种方法，关键是自己要管好自己。”他想，这么多人，嫖娼的毕竟是少数，这些人都是思想意识模糊或者品质上有问题。

“你具体说说怎么管好他，行吗?”

“你还是先说他的病，以及怎么治。管好他的事，之后再说吧。”

她笑了，意识到自己说多了，她想了想，说：“他不是艾滋病，但有多种性病。避免他再传染人，必须监督医治，病好了才能出院。”

“可以，一切都按规定办。这些，我可以为他做主，我可以答应下来。”古敏终于松了一口气，心情一下舒畅起来。

但是，他知道周一平还有一个医治的过程，这个过程可能还很长，麻烦还有很多。不过，病只要可以治愈，就有很大的希望。他要与周一平好好谈谈，让他认识到生命的重要，要他对自己负责。对周一平以后的生活，他还是充满信心，他相信周一平一定会吸取教训。他有一个想法，周一平出院后，就送他去陈萍办的福利院，他在那里，有陈萍关照，他一定能生活好。

为了周一平的事，古敏焦急了一段时间。现在，他可以放松了，他会把主要精力投入到写作中，过好自己的正常生活。

第十七章

周一平的病是严重的梅毒，还有尖锐湿疣等。他没有染上艾滋病，让古敏轻松了许多。除了古敏感到轻松，医生也轻松了许多。如果周一平得了艾滋病，查清源头该有多少工作要做，要动用多少人力和物力啊。

古敏不但松了一口气，还庆幸不已。他为周一平感到庆幸，为不是艾滋病而高兴。所以，他的自责消失了，心情好了不少。周一平虽然有严重的性病，还会麻烦不少，但总是能够治愈的。古敏的生活慢慢恢复正常后，又有了心情写小说。他有时还会与同学在微信上闲聊，还发出新写的短诗，与同学们分享。

现在说说鲁昌盛的事。一天晚上，他睡下后感到不舒服，一个劲儿地喊胸闷，心口疼，他还说呼吸困难，表情十分痛苦。这天晚上，卢燕正好休息在家，她学过护理，这样的事见得多。她没有惊慌，而是冷静地为鲁昌盛轻轻按摩胸部，进行一些临时处理。然后及时地拨打了120电话，做好了去医院的准备。当然，她心里还是很着急，鲁昌盛毕竟是上了年纪的人，什么样的结果都可能发生。她还给鲁昌盛的儿子去了电话，让他直接去医院等候。

鲁昌盛被送到医院后，便立刻开始了抢救。卢燕对医疗的程序很熟，什么挂号、就诊都没有跑弯路。鲁国庆慌忙地赶到了医院，他帮着卢燕跑路，但还是把卢燕累得出气不匀。不久，鲁昌盛的检测结果出来了，原来，他是心肌梗死的病况。医生说卢燕及时的处理，起了很大的作用，否则，病人到不了医院，就可能失去生命。

鲁国庆听到医生与卢燕的对话，脸色变得十分难看，一是对父亲的病情担忧，二是对医疗费用担心。他对父亲还是有很深的感情，他想，无论付出多大的代价，他都要保住父亲的生命。这时，他才体会到人的生命最重要，物质的东西显得太轻太轻。

他知道是卢燕救了父亲的命，心里很感激。于是，他凑上去问道："卢阿姨，该怎么办呢?"

卢燕与鲁昌盛同居，鲁国庆是极力反对的。他对卢燕没有过好脸色，更没有与她正式打过招呼，必须交谈时，都是你啊我的代替称呼。他能开口叫卢燕阿姨，让卢燕吃惊不小。因为他对卢燕态度不好，行为不当，卢燕也有气无处撒。现在，鲁昌盛突然得病，让他对卢燕的态度来了一百八十度的转弯，卢燕也感到很突然。吃惊之余，她对鲁国庆的态度也改变了。她安慰地说："只要到了医院，一切都听医生的。"

"看来，只能这样了。"

"不用担心，现在的医院设备好，医生医术高明。"卢燕安慰着鲁国庆，似乎也在安慰自己。

与其说鲁国庆相信医院和医生，还不如说他更相信卢燕。听了卢燕的话，鲁国庆松了一口气，脸色比先前好看多了。随后，他跟着卢燕，帮着为他父亲做一点事。

有必要介绍一下鲁昌盛一家相处的情况。鲁昌盛由于生活习惯不好，爱抽烟喝酒，随处吐痰，他儿媳妇很看不惯，当然，他也看不惯儿媳妇的态度，他们不可能生活在一起。儿子让他一起住，他就是不同意，当然，鲁国庆的妻子也明显反对公公住到家里来。次数多了，当儿子的也不好提出让父亲与自己一家人生活在一起了。

卢燕与鲁昌盛生活在一起，看重的是感情，对他的财产没有一点奢望。看在鲁昌盛的一片诚心，她也可怜他的处境，经过一番折腾后，二人的感情更加深厚，他们互相关心，互相帮助，比一般的夫妻还更恩爱。他们只是以同居的形式生活在一起，维持到如今。谁也没有想到，鲁昌盛会突然得病，而且是那么严重的病。特别令鲁国庆后悔不已的是，他认为如果自己不从中作梗，他父亲的生活会更幸福，心情会更好，那么，他就一定不会得病。他想着母亲逝世后，父亲对自己的好，他都有些无地自容。他没有说什么，但心里总是不安。在病人面前，一切恩怨、一切私利都似乎化解了，这是当事人也没有想到的。

于是，在鲁国庆叫卢燕阿姨后，她也冰释前嫌，待他如亲人一般。她见鲁国庆焦急无策，便安慰着他。在卢燕的安慰下，鲁国庆也有了主心骨。

等到父亲的病情平稳了，鲁国庆知道是卢燕及时的施救才有这样的好结果。他激动不已，对自己的一些做法感到脸红。为了表示自己的忏悔，他真诚地说："卢阿姨，我要感谢你，谢谢你挽救了我父亲的生命。"

"我说过不用你谢，这也不值得谢。"卢燕停顿了一下，想了想，她又说道，"照顾好他，也是我的责任。"这是她的心里话，她也一直这样做。

鲁国庆还想说什么，医生叫鲁昌盛的家属了，他把后面的话咽了回去。卢燕仿佛没有听见，一动不动。鲁国庆不知道怎么做，也没有反应。医生见没有人回应，更大声地喊了起来。于是，卢燕低声提醒，让鲁国庆去见医生。

他犹豫了一下，还是迈步向医生走去。他走了几步，回头望向卢燕，她还是孤零零地站在原地，一动也不动。

过了很久，鲁国庆心情沉重地回到了卢燕身旁。卢燕焦急地问道："医生怎么说？"

鲁国庆的嘴唇动了几下，但没有吐出声来。后来，他心情沉重地说："医生说父亲的心脏有严重的问题。"

听他说后，也证实了她心里的猜测。看见鲁昌盛发病的状况，她就感到了是心脏的问题。她心里虽然很着急，但怕影响了鲁国庆的情绪，于是她只能轻声地问道："医生说没说怎么治？"

"医生说目前只能用药物控制病情，不让其恶化。如果病情好转了，要及时做手术。"鲁国庆说到这里，说不下去了。他抬头看了看卢燕，在她亲切的目光安慰下，他继续说道，"医生说还要安心脏起搏器，否则，病人随时都有生命危险。"他心情沉重，没有了话说。

卢燕对这方面的病人护理得多了，她也认为医生的话是正确的。但是，鲁昌盛怎么会一下子得这样的病，而且来势汹汹，她很难接受。她的心在颤抖，在流血。一时间，她也说不出话来。

"卢阿姨，你说该怎么办？"鲁国庆又开始询问。

"你是怎么想的？"

"我的心很乱，根本无法想。"说着，他竟然开始流泪。

"你是他唯一的儿子，主意必须你拿，你不能不想问题啊。"卢燕不是推卸责任，因为从法律上说，她没有决定事情的权力。她这样说，也是合情合法。

听了卢燕的话，鲁国庆的泪更加止不住，后来，他轻声地哭了起来。卢燕平时看惯了他凶巴巴的样子，以为他是一个强硬的人，但见他哭了起来，她的心也软了。她轻柔地说："你先别哭，还是先拿主意吧。"

鲁国庆止住了哭泣，用颤抖的声音说："我母亲去世得早，为了养活我，父亲吃了不少的苦。为了让我能吃饱，他甘愿饿肚皮；为了让我穿得好，他几年都不做一件新衣服；为了让我感到母爱，他既当爹，也当妈。我长大了，他又操心为我说媳妇，让我不会打单身。"他抬头看了看卢燕，又低下了头。他好久都没有说话，好一片寂静。过后，他声音突然变了，说："我真的不是人，没有孝敬他，还经常给他气受，让他不开心。"说到这里，他又开始哭泣。

听他说话，看他的表现，心慈的卢燕泪眼模糊了。她强忍着悲痛，没有让自己哭出来。二人站立在那里，沉默了好久。

后来，还是卢燕说道："医生都告诉了你，你必须尽早做决定，医生才好确定医疗方案。"

听了卢燕的话，鲁国庆毫不犹豫地说："卢阿姨，我向你保证，就是倾家荡产，我都要给父亲做手术。必须挽回他的生命，让他过几天舒心的日子，也能让我多尽几天孝道。想想我以前做的，真的太过分了，真是枉为人子。"鲁国庆声泪俱下，情绪激动。

卢燕仍然十分冷静，她轻轻地说："你要考虑好，这可是烧钱的手术。"卢燕知道手术以及手术后康复的费用，是巨大的一笔钱。她没有给他细说，也是怕吓到了他。

"卢阿姨，我知道。我决定了，一定让最好的医生给父亲做手术。有了生命，比什么都强。"

他们正交谈着，鲁昌盛的身体突然颤动。卢燕立即赶了过去，鲁国庆也跟了上去，卢燕还按铃叫来了护士和医生。一阵忙碌后，鲁昌盛又安静了。一段时间里，鲁昌盛的病情都这样反复着，时好时坏，让人十分揪心。几天后，鲁昌盛的病情才慢慢平稳。这时，卢燕将鲁昌盛生病的事告诉了古敏。

接到卢燕的电话，古敏才知道了鲁昌盛生病的事。先前周一平生病，现在又是鲁昌盛生病，病痛的事不断地困扰着古敏，让他思绪万千。这些人平时都好好的，为什么突然就病了呢？古敏想找到一个规律，或者问出一个答案。可是，他没有去问谁，只是在心里问自己。他不能回答自己的问题，心里就更加着急。他没有更多的时间思考这个问题，他还要急着去探望鲁昌盛。

古敏来到了医院，卢燕迎了上去，哽咽地向古敏打招呼。古敏强忍悲伤，安慰卢燕不要着急，他说住进了医院，一切都会好起来。听了古敏的话，引起了卢燕的思考。她想，古敏是一个坚强的人，也是一个有主见的人，但到了这个时候，他也是把病人的希望寄托给了医院。可想而知，人们对医院是多么地信任。反之，医院给了人们安慰和希望。联系到上次的医患矛盾导致自己受伤的事，她想，患者家属与医院如果双方都能理解这一点，多为对方考虑，医患矛盾还会发生吗？不但不会发生矛盾，还会像亲人一般和睦。如果真是这样，该多么好啊。

看到眼前的古敏，卢燕仿佛有了依靠一般。她这几天的担忧和思考，悲喜一起涌上心头。不知不觉间，她的眼睛开始湿润，眼角还有了泪珠。

她的情绪变化被古敏发现了，他拍了拍卢燕的肩，说："妹子，坚强一点，一切都会好起来的。"

"古大哥……"卢燕没有说完，背过了身子，悄悄地擦着泪。

见到古敏，鲁国庆也赶过来打招呼。他知道古敏是一个有学问的人，还是干部身份退休，他是一个了不起的人，更重要的是这人是父亲的好朋友，父亲没有少给他说古敏的好。他崇拜这样的人，更信任这样的人。他知道古敏有学问，见多识广。古敏的出现，也给他带来了希望，还让鲁国庆更加感到了父亲的好。父亲只是一个普通的新市民，能结交这样的朋友，受到朋友的重视，他的地位也提升不少。

随后，古敏与卢燕低声交谈了起来。从她的嘴里，古敏了解到鲁昌盛的病况。他知道鲁昌盛随时处于危险中，只有度过了危险期，其他的才能考虑。古敏在心里为鲁昌盛着急，但他没有一丝情绪表露。他还不断地安慰卢燕，让她放宽心。前段时间，他为周一平的病担忧，现在又为鲁昌盛担忧。他想做人真的很难，做人真的很不易。

看看身边的鲁国庆，古敏又回到了现实中。他安慰了鲁国庆几句，然后问道："给你父亲治病的事，你是怎么考虑的？"

于是，鲁国庆又将对卢燕说过的话，坚定地对古敏说了一遍。古敏听了他的话，看了他的表情，相信他的话是真情的表露，说明他认识到了父亲的重要性，更重要的是他内心开始忏悔，准备努力挽回。古敏对他有了新认识，对他的行为加以肯定。他对鲁国庆说话也更倾心，还不断地给他鼓劲。临走的时候，古敏告诉卢燕，让她随时打电话，他还会经常来探病。

古敏离开了医院，心里想的还是鲁昌盛。自从他接触卢燕和鲁昌盛以来，他就对他们很友好。他觉得他们有着善良、对人真诚的品质。经过进一步的往来，他对他们了解更加深刻。鲁昌盛耿直，没有什么花花肠子，他的一言一行，都是那么直接。他虽然是一个男人，但却不缺少柔情。妻子亡故后，他将一切献给了家庭和儿子。他养育好儿子，给妻子一个交代。养大了儿子，又为其结婚生子操劳。儿子的事情圆满了，自己却到了老年。他把一切追求、一切享受都放弃了，但从未有过怨言。他总是默默付出，没有向谁提出过要求，包括对自己的儿子。后来，接触到卢燕，卢燕的温柔和细心，让他想找卢燕做老伴。但是，儿子不理解他，还百般阻拦。他一边受着委屈，一边还要照顾好卢燕的感受。他该有多么的难啊，他坚持着，做好自己，他就是这样一个好男人。

而卢燕是一个农村妇女，她是一个质朴的人。她认为别人对她好，她就应该对别人更好。她与鲁昌盛同居，不但要付出自己的感情、自己的劳作，还要忍受各种杂言碎语，更要遭受鲁昌盛儿子一家的怀疑和白眼。她内心十分痛苦，却一个人默默承受着，从不会有什么反抗。为了鲁昌盛一家的和睦，她做了许多，才将他们的关系维持到了现在。就是对她的所作所为，鲁昌盛的儿子一家都没有能指责的地方。她对家人好，对朋友好，对病人好，凡是接触过她的人，她都能受到很好的评价。

古敏将他们当好朋友对待，愿意他们生活幸福。他对鲁昌盛的病担忧不已，吃不好，睡不好，他总想找人谈谈鲁昌盛的事。张华丽教学工作忙，他不想让杂事打扰她，他更不想让她担惊受怕。后来，他还是忍不住告诉了张华丽鲁昌盛生病的事。张华丽听说鲁昌盛生病，也很难平静心情。虽然古敏劝阻她，但她还是抽空回家，与古敏一起去探望了鲁昌盛。看着病床上的鲁昌盛，她似乎有着害怕，她依靠着古敏，生怕有什么事发生。看到张华丽的表现，古敏有些后悔，真的不应该让她到医院来看病人。

后来，张华丽要回学校，古敏不放心，还亲自送她去了学校。他这样做，张华丽先是不同意，说自己不是那么脆弱的人。事后，她反复对古敏说，她真的很感谢古敏，说他真的很了解一个人的心，他能这样做，让她的胆子都大了起来。因为古敏本来就内疚，对自己这样做看作是本分，没有想到她还一再感谢，说出不少心里话，反而让古敏不好意思起来。

这段时间，古敏心情沉重，做事提不起精神，他更是少有写作，也不在群里与同学们聊天。以前，他对群里李清江、河边柳发表的诗作，都会给予回应，或者点评几句。现在，对他们的诗作，他也不闻不问。古敏一反先前的热情常态，一反先前对人的温柔。看来，鲁昌盛的生病，对他的打击很大，也可能是他妻子生病的事，在他心里还有阴影，他才有如此强烈的反应，如此具体的表现。

古敏在群里不发言，也对别人的发言不做回应，真的有些反常。他的如此表现，别人还不怎么觉得，却被一个人发现了，这个人就是陈萍。陈萍一直在等待着他的转变，期待着他在群里活跃，但看到他没有好转，她终于忍不住了。她不在群里发言，而是直接电话对古敏询问。陈萍问他是不是遇上了什么事，还是身体出了问题，怎么会沉默寡言起来。她还责备他不相信同学，有什么事都不告诉大家一声。在陈萍的追问下，他才说了鲁昌盛生病的事，他还说为鲁昌盛的病担忧，为他治病的费用担忧。同时，古敏感到陈萍心真细，更感到了她对自己的关心。他感动之余，也对她说了心里的想法。他说了鲁昌盛生病的事，还说了先前周一平生病的事。两位老友的病都是大病，他们生病，仿佛自己也病了一般。现在，鲁昌盛的病情还不稳定。稳定了病情，做手术又是笔大的开支，他为此焦虑不安。他还谈了自己的感想，说生命无常而脆弱，仿佛对人生都开始了怀疑。人生不知为了什么，人生的意义又何在？

对古敏的不良情绪，陈萍担心不已。她知道古敏多愁善感，她想必须提醒他，让他解脱出来。她告诉古敏要相信医学，现在来说，这都不是什么大病。她还说如果鲁昌盛有需要，她还可以为他的医疗费想办法。她让古敏一定放宽心，让自己开心地过日子，这才是最重要的。她说人生的意义很多，很丰富。当然，人生也有苦难的一面。因此，遇上了苦难，就要去战胜它，人生才会更上一层楼。一个人要坚强，要不断前进，这才是真实的人生，美好的人生。听了陈萍的一席话，古敏心情畅快了不少，更增加了不少勇气。想想自己还是一个男人，比起陈萍来，差得这么远，他才认识到自己并不是那么优秀，也不是那么完美。

陈萍还告诉古敏，新一届同学会正在筹备中，最后确定了再告诉他。她让古敏有一个准备，到时一定不能缺席。如果他缺席了同学会，她一定不会原谅。古敏知道她如此严厉，是要求他一定不能不去参加同学会。当然，她还想让古敏出去走走，开心快乐。陈萍的良苦用心，让古敏激动。他一再表示不会缺席同学会，还表示到时要敬她一杯酒，当面感谢她的盛情。古敏觉得一定要好好准备，在同学会时，为同学们做点什么。

陈萍知道他是一个认真的人，她却与他开玩笑。她说盛情和关心都说不上，更不需要他的感谢。只要他能到场，就是好同学，否则，就不是好同学。

鲁昌盛的最后治疗方案确定了，必须给他动手术，还要安心脏起搏器，只有这样，才能保证他的生命延续。鲁国庆早就表态，不惜一切代价，都要挽救父亲的生命。他没有半点犹豫，开始了积极筹款。鲁昌盛没有多少存款，他将其全部取了出来，然后就是找妻子要存折，取自己家的存款。听说要取那么多存款，他妻子不能同意，她的理由还是很充足，认为父亲没有生活在一起，他生病了，怎么能让我们家出这么多的钱呢？鲁国庆想法说服妻子，但就是说不过她。最后，他以离婚分存款相威胁，他妻子才松了口。但是，她也只是拿出了少部分。这么一点钱，离动手术的费用相差太大，急得鲁国庆跳脚。

实在没有办法，鲁国庆只好来与卢燕商量，看怎么解决目前的困难。卢燕知道自己的地位，以及她在这家人眼中的分量。她只是表态支持鲁国庆的决定，但自己不会做什么决定。当然，她表示自己会出一份力量。

听了卢燕的表态，鲁国庆知道她是一个通情达理的人，是一个值得信赖的人。他知道卢燕在救治他父亲的过程中，出了不少力，特别是父亲初发病时，如果没有她及时相救，可能父亲早就不在人世了。现在看来，有她相伴在父亲身边，是一种最好的选择。父亲住院，她精心护理，不分白天黑夜地守护着他，这是多么大的付出，多么的了不起啊。他在心里完全接受了卢燕，并将她看作家庭的一员。在卢燕身上，他还看到了一个母亲的身影，感受到了母亲般的温暖。如果有可能，他不会再给她出难题了。

鲁国庆诚实地告诉了卢燕自己目前筹手术费的情况。虽然想了许多办法，但还是差很多。最后，他说出了自己的决定："卢阿姨，我想将父亲多余的那套房卖了，留着也没有什么用，不如先救人。"

听鲁国庆说要卖房，卢燕的嘴唇动了几下，但没有吐出音来。后来，她还是违背自己不干涉他决定的承诺，问道："你为什么要卖房呢？"

"我实在想不出其他办法，只有这样才能解决问题。"

"你卖房，问过你父亲没有呢？"

"我虽然没有问，但我想他会同意的。"

"你最好还是与他商量后，再做决定吧。"

"为什么？"

卢燕没有说话，沉默着。鲁国庆望着她，等待着她的答复。于是，二人都沉默着，一时显得那么寂静。二人都不说话，仿佛没有话说。就这样，保持了很久很久。

仿佛下了很大的决心，卢燕还是开口说道："你知不知道，这房对你父亲是有特殊意义的？"

"什么特殊意义？"鲁国庆惊奇地问道，他好像第一次听说。

"他没有给你说过吗？"

"我真的没有听他说过。"

卢燕看看他，又望望天空。她犹豫了好久，终于说道："他给我说过好多次，说这房代表着你失去的母亲，看着这套房，就仿佛看见了你母亲。"

"他真的这样说过？"

"他不但这样说，还说就是他逝世了，也不希望谁卖掉它。"

"可是，那是以前的事，现在，已经不同了。"

"有什么不同？"

"现在要救父亲的命，这比什么都重要啊。"

"你说得有道理，可是，他醒来后知道房卖了，这不是更要他的命吗？"她的声音很轻，但很有分量。

一时间，二人又沉默着。他们的心都在激烈跳动，仿佛彼此都能听得见对方的心跳声。

后来，鲁国庆说道："不管怎么样，我都要卖掉房子，救我父亲的命。"鲁国庆情绪激动起来，有些不管不顾的样子。

卢燕没有说话，等他平静了一些，她说道："我劝你一句，还是先不要打房子的主意。"

"我真的没有其他的主意了。"

"只要肯想办法，主意会有的。"卢燕停顿了一下，继续说，"大家想办法，一定能渡过难关。"

听她如此说，鲁国庆注视着她，仿佛要在她脸上找主意一般。

这时，卢燕将挎包打开，从里面拿出一大沓钱，递给鲁国庆，说道："我这里还有几万，是我打工存下的，先给你父亲动手术用吧。"

鲁国庆用手挡着，说："卢阿姨，我们怎么能用你的血汗钱呢？"

"谁的钱都来得不容易，可是，与生命相比，钱又算得了什么呢！"她能一下子从挎包里拿出这么多钱，说明她早就有所准备，是出于真心。鲁国庆虽然十分感动，但他坚持着不接。

他不接卢燕的钱，还跪在了她的面前，不断地叩头说："卢阿姨，我谢谢你了，我谢谢你了。"

卢燕拼命地拉起他，说："我也就是这么多了，不够的，是借还是贷，就靠你解决了。"

后来，古敏知道了这事，也送了两万。古敏还告诉了陈萍，陈萍也捐了三万。特别要说一下，杨青还为鲁昌盛的手术送来了一万。他的钱凌子美管得很紧，这是他的零用钱结余，还有他女儿孝敬他的钱。凌子美知道了，她也不能干涉。能为朋友的事出一点力，杨青很高兴。终于，鲁昌盛做了手术。手术很成功，他也在慢慢恢复中。当然，这些事，都还没有告诉鲁昌盛。

不久，古敏接到了陈萍的通知，让他去参加同学会。看见老友在康复中，古敏心情好了许多，听说了同学会的事，他更是兴奋不已。他的心，已经飞向了同学会。

第十八章

古敏终于启程去参加新一届的同学会。想到同学会，他兴奋不已。上次的同学会，是临时召集，来的同学不多。但是，他为同学们的热情而感动又有些伤感。当年求学的时候，一个个风华正茂，生活虽然艰苦，但都有一股不服输的精神。几十年过去了，同学们都老了，特别是有几位同学竟然逝世，这是他没有想到的。他多么珍惜这份友谊，又要回到同学们中间，那是多么愉快啊。人没有到，他的心却已经飞了回去。

上次回到故乡，终于联系上了同学，又回到了同学们中间，感受到了同学情的温暖。同学间的友谊是真诚的，这样的友谊是在艰苦求学时，通过相互关心、相互帮助建立起来的，没有私心和杂念，没有一点利益关系，多么纯真，多么高贵。他要珍惜这份友谊，他要为之付出自己的努力。他还有一个想法，就是多收集一些素材，把这些东西写进书里去，一定很有意义。他还要回到母校，到家乡多走走看看。因为他离开家乡太久，他必须重新认识家乡，认识一些人和事。

当古敏向同学会筹备组表示自己已经决定参加同学会，大家都在群里热烈地欢迎他早一点回去，多玩几天更好。李清江还在电话里开玩笑说，故乡是爱他的，同学们是爱他的，他还说希望古敏找到真爱。古敏知道同学们关心他，很喜欢与他开玩笑，大家都真心希望他幸福。

陈萍给他专门去了电话，要他一定参加同学会，如果他不去，她不会原谅他。陈萍历来喜欢与他开玩笑，在与他说话时也很随便。他想，为了同学情，为了过去的友谊，自己也必须走一趟。实际上，同学们不知道古敏的心情，他早就期待着与同学们见面，与同学们联欢。陈萍还给他建议，让他早两天回去，她一定陪他参观新型农业基地，让他开一回眼界。她还说自己会开宝马去接他，还要给他找一个“三陪”。

陈萍的话，让他向往，更让他想法很多。当然，他多么想亲眼看看新型农业基地，了解更多的实情。陈萍说的“三陪”又是谁呢？她不要真的开大玩笑吧。上了高铁，他想了许多，但总让他心里没有底，后来，他干脆不想了。坐上高铁一个多小时，便到了目的地。他感慨如今的交通之便利，真是到了高速时代。

古敏还没有出高铁站，就远远地望见了站外的陈萍。只见陈萍认真地注视着每一个出站的人，她是那么专注，她的模样是那么可爱。他还没有这样认真地看过陈萍，他终于发现她真的好美，是那种端庄的美。他想，陈萍做事总是那么认真，与她美的外表有些不符。快走拢了，他看到是陈萍一个人，没有什么“三陪”啊。他更奇怪了，她不会把自己比作“三陪”吧。在众人的眼里，“三陪”可不是一个好词。他想到了陈萍的过去，她不会像读书时那样，搞什么恶作剧吧。当年，古敏就没有少被她捉弄，有时，他都有些怕她。

古敏快步来到陈萍面前，陈萍立即高兴地拥抱他。她总是这样热情奔放，开朗大方。可是，她这么做是古敏没有想到的，竟然弄得他都不自在起来。陈萍放开他，看他的脸通红，她大笑，还向他眨了眨眼。她本来还想说上几句，但古敏都这般模样了，她只能把要说的话咽了回去。但是，古敏却不放过她，笑了笑，说：“我的美女班长，你安排的‘三陪’呢？不会是你自己吧！”

走在前面的陈萍听了，立刻站住，说：“你是个老实人，你是不是想多了？看来，时间改造人，你难道也学了一些不该学的东西？”

陈萍的话，让古敏很不自在。他本来想与她开玩笑，反而让她将了一军。他红着脸说：“你怎么会说我想多了呢？这是你亲口说过的话，忘记了吗？”

“人家都说男人坏，这话不假。连你这么老实的人，都会想‘三陪’。”陈萍还是不放过他，说完便大笑起来。

话都说到了这份上，古敏不敢再与她开玩笑。如果她认了真，再给同学们宣扬，自己可无地自容了。于是，他不敢再开玩笑。他们都没有再说话，只是静静地往前走去。

他们快到宝马时，突然车门开了，他看见李清江从里面出来了。他顿时明白，这就是陈萍给他安排的“三陪”。见了李清江，古敏丢下陈萍，快跑几步奔了上去。古敏学着陈萍的做法，拥抱起了李清江。两人拥抱着，久久不放开。古敏还说道：“你就是陈萍安排的‘三陪’？你合格吗？”

“如果你对‘三陪’没有特殊的理解，我应该是合格的。我们的美女班长对你那么好，她的安排，我不能拒绝啊。”

陈萍已经走拢去，笑着拍了一人一下，他们才分开了。陈萍说：“你们不要那么恶心好不好，这是大庭广众。”

“是不是说没有抱你，你也来一下吧。”说着，李清江就要去抱陈萍，把陈萍吓得跑到了远处。三人都大笑了起来。这就是同学，这就是几十年的交情，他们才能如此随意，这般欢快。

他们上了宝马，宝马立即疾驰起来。这是一条平整的多车道快速路，来往车辆很少。所以，陈萍尽情地表演着娴熟的车技，车窗两旁的花草树木一闪而过。她紧盯前方，没有说话，更没有心情欣赏美景。只有古敏对路旁的美景赞赏不已，更在心里赞美着家乡的巨大变化。他多年在外，看着路旁的事物，他根本不敢与多年前的故乡联系在一起。在他的记忆里，为了多产粮食，就是一锄宽的地方都要下颗种子，哪里会有闲地栽花养草。看来，人们的生活富裕了，开始讲究起了精神的享受。

几分钟后，宝马下了快速路，驶入乡村小道。虽然是乡村小道，但仍然是硬化路面，只是十分狭窄。这时，路边的景色有了变化，除了偶尔有一些地方的油菜花正在怒放，那诱人的黄色特别耀眼，最多的是各种果树林立，有桃林，有柑橘园，还有不少的葡萄架。车子过处，引来了农家的小狗在后面追逐。储水田里，鸭群在悠闲游动，有时还将头伸入水中觅食。这真是一幅美丽的农家乐画卷。特别突出的是连成片的柑橘树，让人瞩目。车子停在了一排平房前面。他想，这就是陈萍所说的橘博园吧。他举眼望去，绿树一排排的，好像站岗的士兵一般，笔挺的腰身，一动不动，好威武。树下没有杂草，更没有塑料垃圾，配上蓝天白云，这里真是一个没有污染的地方。现在，不用谁与他辩论，他已经在心里承认了自己以前的认识不全面，更有对故乡不恭的评论。他知道是自己孤陋寡闻，还爱以偏概全，因此，才显示出自己多么偏激。

他沉思，忘记了走路。还是陈萍拉了他一把，他才跟着往前走去。转过一面墙体，他看见了一块高耸的水泥柱，上面一行红色大字——××市橘博果业农民专业合作社。这标牌说明了一切，正是陈萍参股的新型农业合作社。以前，他只从新闻中了解有新型的农业模式。如今，现实摆在了他面前。这一新生事物，已经悄然在家乡兴起。为了解决农田荒芜的问题、解决农民的就业问题、解决农民的增收问题，这种以农民土地入股，以企业形式经营的模式，真是一个好办法。他告诫自己，一定要认真看，多收集这新鲜事物的内容。他也在心里感谢陈萍，感谢她让自己开眼界，让自己转变思想，跟上新的发展。他不敢说出感谢的话，因为陈萍不喜欢听这类话。

他心里想事，便不知不觉地往果园走去。他刚走了几步，后面便传来陈萍的声音："你回来，想往哪里去？"他急忙回头，望她笑了笑。

"你还没有饿吗？我的肚皮早已经闹起了意见。"这次，陈萍说话温柔多了，她还对古敏笑了笑。于是，古敏停止了脚步，转身往回走。

他走到陈萍身旁，笑着说："我想先睹为快，没有想那么多。"

“你心急什么？有你看的。”随后，他们一起往室内走去。

室内是餐厅，虽然不大，但十分整洁。除了他们三人以外，另外还有几个人，都是古敏不认识的。坐定之后，陈萍便开始介绍起来，这几位都是企业的领导，特别是那位年轻人，便是这项目的经理——陈朝晖。古敏客气地称他陈经理，他立即纠正说，让古敏叫他朝晖好了。他解释这样不别扭，别人平时都这么叫他。古敏再细细端详，这人四十多岁，高高大大，很有精神。他事业有成，更显年轻帅气。

陈萍还向众人介绍了古敏，不但介绍了他的身份，还特别介绍了他是自己的老同学，是诗人作家。对古敏的情况，陈萍早就给这些人说过许多遍。他们知道古敏是陈萍的同学，而且私交很好。他们还知道古敏书读得好，工作后很有业绩，现在退休了，又成了诗人，还在写小说。所以，他们对古敏都特别重视，小心地陪着他。

这些人都是见多识广，经历过不少大场面，能与一位诗人在一起，却都很荣幸。他们想到他还能写小说，更敬佩不已。听了陈萍的介绍，都纷纷起立，与古敏打招呼握手。他们表现出的热情，让古敏不好意思起来。他一再解释自己只是爱好写写画画，是陈萍夸大其词。虽然写小说，但是能否成功，自己都不知道。因此，自己只是一个退休人员，一个业余文学爱好者。

席间，大家很客气，都小心翼翼地应付着。桌上也没有什么大鱼大肉，还多出几样野菜，什么凉拌折耳根、水焯马齿苋、炒红苕尖，让古敏印象深刻。这些过去田边地头不起眼的野菜，现在也能登上这大雅之堂。看来，时代不同，人们的胃口也变化着。过去是吃数量，现在吃的是质量。据主人介绍，桌上的蔬菜和鸡鸭鱼肉，都是自产的有机食品。

席间，他们还喝了不少的酒。朝晖介绍说这是茅台内供酒，不但味醇，而且不会上头，让古敏大胆地喝。这酒的生产商，也与他们有合作关系。话虽然这么说，但古敏可不能放开地喝。喝醉了出洋相在其次，耽误了观光橘博园，那才是大事。反而是陈萍大显身手，她与每人都干了一杯，而且像无事一般。陈萍能喝酒，这是古敏想不到的。但是，考虑到她是一个女孩，他还是为她担心。好在后来没有人再敬酒，古敏才放心吃起东西来。午餐很快便结束了，然后就是品茶。喝茶的时候，朝晖给古敏介绍了目前橘博园的规模有一千多亩。根据规划，以后还要慢慢扩充。在扩充规模的情况下，还要引进许多国外的新品种。到时候，这橘博园便四季有花香，时时有果味。今天只是走一走，能看多少看多少。如果要细致地看，不但看不完，而且会很累人。朝晖介绍后，古敏都有些心急了。他提议是不是一边看，一边听介绍，这样更有实感，印象会更深刻。他的话引得大家都笑了，便离开了品茶室，来到了野外。

走到一处，朝晖就介绍一处。这时，古敏看见橘树下有许多鸡觅食，还有调皮的大公鸡在追逐着其他的鸡打闹。古敏好奇地询问，这些鸡是谁养的。朝晖笑着对他说，这是合作社试养的，是树下养鸡的实战。这是一种立体的农业项目。这样放养的鸡肉更鲜美，更卫生。因此，鸡肉也更受欢迎，价钱也更高。

他们来到了一个地方，一连几口堰塘相连，还有人在塘边垂钓。朝晖介绍说，堰塘主要是用来储水，用水来浇灌果树，顺便也养起了鱼，这样既可以让游人垂钓，享受垂钓之乐，也增加了不少收入。他说："人们付出劳动钓的鱼，价钱比市场上的更高，他们都愿意买这里的鱼。"

古敏听了，不解地问道："为什么？不应该啊。"

朝晖笑着说："他享受了垂钓的乐趣，认为这鱼吃着比市场买来的放心。所以，他愿意啊。"

古敏低头想了想，认为他说得有道理。现在的人讲享受，讲生活质量。所以，养了鱼让人们垂钓，满足了这部分人的需求。如果到市场上买鱼，就没有了乐趣。

他们边走边谈，古敏对橘博园有了更深刻的认识，对经营的人也有了敬佩之情。他认为这项目好，有创新意义。

来到一个地方，地上摆了许多大小不一的塑料管。古敏好奇地问："这些塑料管是干什么用的？"

朝晖说："这是微灌用的，工程完工后，以后果树浇水就省事多了。不但省事，还节约了用水。"

"不错，不错，这样好处多多。"

他们走了很久，但是，大家都不觉得累。特别是古敏，他认真地听，还详细地记在脑袋里。时间和空间，仿佛都与他没有了关系。这时，路边正好有凉亭，陈萍建议大家到凉亭坐一坐，说应该休息一下了。

进入凉亭，古敏认真地观看起来。这凉亭除了顶盖，其他部分都是青石做成。立柱的青石上还雕刻了图案，或者刻有古诗。古敏一下想起来，这就是龙盛出了名的青石。龙盛的青石不但出名，而且还有悠久的历史。不久前，他还看过一个专门介绍龙盛青石的电视。没有想到，他能在这里与青石亲密接触。他抚摸着石柱，认真地端详上面的诗句，他想起了电视上介绍的东西。

龙盛城里的南北关，古代建有许多石牌坊，就是用青石建成的。现在成为龙盛的一个宝，除了供游人参观外，还记载了许多历史故事。他清楚地记得，电视上介绍戊戌六君子之一的刘光第曾在龙盛任职，由于政绩突出，这里还为他建有功德牌坊以示表彰。在古代用青石铺路、建桥，方便了出行。用青石雕刻的石狮摆放在大门外，更显家族的兴旺和气派。早年，人们还用青石做石磨、石碾、石杵等日常用品，方便了人们的生活。人们的生活离不开青石，青石也在人们的生活中有了地位，而且美名远扬。

朝晖还介绍说，现在，龙盛城里的公交站都是用青石建成的。龙盛青石雕刻的石狮远销国内外。龙盛青石不但成了产业，还成了一种青石文化，历史悠久，远近闻名。古敏为家乡骄傲，为家乡人自豪。

休息了一会儿，他们便往回走。朝晖告诉古敏，他可以给他一些资料，让他从书面上详细了解到他所需要的东西。

回到了办公室，李清江问古敏玩不玩麻将，古敏说自己不会玩，李清江立即笑话古敏不是龙盛人。古敏想不通李清江话中的意思。后来，李清江给他解释，说龙盛不但青石出名，龙盛的麻将也很出名。早年，龙盛麻将是用牛骨和楠竹片镶嵌而成的，很是精致，似艺术品一般。龙盛人不但麻将做得好，玩得也很有特色。不但大人小孩都会玩，而且玩的花样很多。比如早年的麻将不但有三种花色的牌，还有东南西北，中发白这些很有寓意的牌。另外，还有听用、财神等，样样齐全。现在，麻将的张数减少了，只剩下了三种花色的牌，其他的都不用了。有时，有的人还把三种花色减少为两种花色的牌来玩。以前的麻将是要数番数，如果番数不够，是不能和牌的，现在不同了，只要扯称就倒。打牌的人数也很灵活，四个人可以玩，三个两个人都可以玩。就是一个人，都可以玩出花样。现在，还有的人发明了五六个人玩的方式，这多么灵活。他说，龙盛的麻将文化还很深，规矩也很多。说到后来，李清江说自己都搞不清里面的门道有多深。他还开玩笑，让古敏把龙盛文化特色的东西写入小说，说不定会添色不少。

李清江的一席话，说得古敏云里雾里的，说得他头昏脑涨的。到后来，他还真的感到自己对家乡的东西了解太少，还真的算不上一个龙盛人。但是，他认为可以慢慢了解这些东西，但不一定都要学会。他认为龙盛是一个物产丰富的地方，也是一个出人才的地方，他为龙盛骄傲。

后来，古敏想到要为同学会准备一首诗。于是，他让李清江自己去玩，不用陪自己。李清江知道了他要做什么，也没有勉强他，自己就走了。

古敏突然想到一件事，便跑到门口，大声地将李清江喊了回来。

李清江笑着问："你反悔了，又需要我陪吗？"

“去你的，我才不要你陪。”

“不要我陪，把我叫回来又是为什么呢？”

“我突然记起一件事。我听说龙盛人喝酒豪爽，只要哪里喝酒大喊大叫，就一定有龙盛人在，是不是有这样的说法？”

“对啊，因为不大喊大叫，就喝不下更多的酒。大喊起喝酒，出了气，酒都能多喝不少。”

“但是，今天中午你怎么那么文静？还有其他的人，也是那么客气？”

“这是有原因的。”李清江想了想，说：“龙盛人喝酒是很豪爽，但现在收敛了。因为不久前，喝酒出了几次事，还死了人。于是，上面打招呼，喝酒的人也相互告诫着，便文静了起来。还有，今天你是贵客，大家将就着你，就更文明了啊。”

“哦，我说嘛，怎么大家喝酒都那么客气。”古敏笑了笑，说：“龙盛人不错，各方面都在进步。”

李清江再次离开后，古敏陷入了沉思。想到今天参观橘博园，收获不少，感慨更多，时代在进步，家乡也在进步。家乡的青石文化，有深厚的历史底蕴，又赋予了许多现代的意义。用青石做建筑材料，更有人情味，也更经久耐用。龙盛那么多石牌坊，那么多石拱桥，有的已经几百年了，还是那么有气派，还在为当地人服务。还有李清江说的麻将，龙盛人不但会制造，还会玩。龙盛人玩麻将有那么多的玩法，那么多的讲究，古敏也是第一次听人说起。李清江也只是那么轻描淡写，就让他大开眼界，如果找一个内行深入了解，肯定还有许多更有趣的东西在里面。还有龙盛人的酒文化，也有很多讲究。他想，一定要找时间向他们了解，丰富自己的见识。想到这些，古敏兴奋不已。他这个龙盛人听了这些东西，都十分感兴趣，如果给张华丽这个外乡人介绍，她还不知道有什么感想呢。她一定会惊奇，一定又会说我的家乡美，想着想着，古敏根本静不下心来。他喝了一口茶，抬头望向窗外。

窗外远处是整齐的柑橘树，还有人在树林里劳动。在那样的环境里劳作，也是一种享受吧。他站起来，看见了近处的一块草坪。他突然想起了母校那块大草坪，他读书的时候，经常坐在草坪里看书，与同学们交流学习经验。可惜，那草坪现在没有了，代替它的是一个现代化的运动场。他对大草坪有特殊的感情，想到大草坪，他就会想到自己的高中生活。早上绕着草坪跑步锻炼身体，晚饭后又会在草坪边散步、背公式定理、背外语单词。草坪虽然没有了，但还留存在古敏的心中，此刻，它正慢慢鲜活起来。他突然来了诗兴，竟然动笔写了起来。于是，一行行句子在稿纸上流出。

母校的大草坪

我深深地爱着你啊，
母校的那块大草坪。
你那阔大的胸怀啊，
装满我们的读书声。
你绿色茵茵的身躯，
陪伴我们跑步慢行。
仰躺俯卧在你怀抱，
会让我们气平心清。
你听过我们的私语，
记住了我们的笑声。
只要来到你的身旁，
你总会是笑脸相迎。
你给我们温暖抚摸，
多么地让我们心倾。
你见证了我们成长，
你付我们驰骋纵横。
怎么能够忘怀你啊，
母校绿色的大草坪。
你永远在我们心里，
难忘的母校大草坪。

古敏一口气写下了一首诗，歇了一会儿，他又从头看起。看着看着，他竟然轻轻地读出了声。读着诗句，他仿佛又看见了大草坪，还看到了自己和同学们。他的眼睛慢慢湿润，眼前的东西开始模糊。过了很久，他的心情才平复。

这天晚上，他和李清江就住在橘博园的客房里。因为明天要去参加同学会，应该早睡，他们便很早上了床，但就是睡不着。后来，古敏想到了龙盛酒文化的事。他一时找到了说话的东西，便开口问道："清江，听说龙盛人喝酒有许多讲究，你快给我介绍介绍啊。"

"龙盛人喝酒是有很多讲究，如果你不懂的话，不但会违反规则，还会得罪人。"

“因此，你更应该给我说说啊。”

“现在，没有那个必要了。”

“为什么?”听到李清江这样说，古敏觉得奇怪。

“因为那都是年轻时才有的事，现在上了年纪，喝酒都是自愿。”

“真的吗?”

“真的，你也看到的。不过，你是作家，我也可以给你说说这方面的事。”

“那你就说啊，还等什么呢?”古敏笑了笑，催促着他。

“你让我先想想啊，再说也不迟。”

李清江真的在那里默想，过了一会儿，他说：“龙盛人喝酒疯狂的时候是20世纪90年代。那个时候，人们开始富裕起来，便有了闲心和闲钱喝酒。龙盛的高粱酒又是出了名的好，不但价钱便宜，而且特别好喝。因此，凡是有聚会必须喝龙盛高粱酒。说起喝酒，人人都喜欢，那真是热闹非凡。那个时候喝酒，都是大盆装酒。一大盆酒顿在桌上，酒量小的会被吓住。开始先是敬酒，一个一个地挨着来，每人都舀一调羹。那调羹是土调羹，一调羹说的是八钱酒。不说八钱，三四钱酒是有的。你敬了，我又来，每一个人都要来上一次。一趟下来，每个人至少都喝了三四两酒。然后才是划拳喝酒，划拳分成两派，划输了的要喝酒，这样大家才有兴趣。因此，凡是有大声划拳的地方，一定是龙盛人在喝酒。”说到这里，李清江笑了起来，仿佛在回味。

古敏也是有酒量的人，听他说了喝酒的开始曲，他都不敢想象那酒场的阵仗了。说老实话，没有酒量的人，这开头曲都唱不好。

李清江继续说：“龙盛人劝酒也很在行，还有许多顺口溜。”说着，他用唱腔说了起来，“感情深，一口闷；感情浅，点一点；如果我俩好，喝酒必须要醉倒；要是心意诚，宁肯伤了身体，绝不会伤感情；酒逢知己千杯少，不是朋友半口多。”李清江很随意地就说了这么多，其内容无非是让别人多喝酒，酒喝得越多，说明感情越深。他觉得这劝酒的顺口溜有意思，朗朗上口，情深谊长。

古敏还在回味，李清江又说道：“龙盛人不但喝酒有说法，敬酒也有规矩。敬酒的人可以站起来，但接受的人必须坐着，否则，喝了也是白喝。如果碰了杯，杯中的酒必须要一口干。如果你没有喝干，放下了杯子，那是要罚你的。”

“要罚多少呢?”

“滴酒三杯，一滴酒都要罚三杯，这惩罚有多么严，你该知道其中的厉害吧。”

“照你这样说，我还真的害怕了。”

“你也不用害怕，对不知道规矩的人，也是说说而已。只要你立即喝干，还是可以过关的。”

古敏笑了，说：“看来，这处罚还很有人情味。”

“是啊，喝酒讲的是高兴，也不是非和谁过不去。”说完，李清江大笑起来，仿佛想起了年轻时的豪爽。古敏受到感染，也放声笑了起来。

古敏根本不知道当地人喝酒还有这么多门道，他想，肯定还有许多趣事吧。可能是太疲倦了，他没有再提问。不久，二人都进入了梦乡。

第二天一早，陈萍开车来接他们。由于昨晚睡得好，古敏显得十分有精神，也可能是要去参加同学会，马上要与同学相见，三人都很兴奋。

这次的同学会在母校召开，有多层意思。一是回到母校，缅怀过去的岁月；二是参观母校，了解母校的发展。地点是李清江联系的，他是这个学校的退休老师，一切都熟门熟路。特别是现在的学校领导听说这批学生中有著名的企业家，还有诗人，他们更是大力地支持。学生事业有成，这也是为学校添光彩的事，大家都感到光荣。

汽车行驶在乡村公路上，看着窗外的景色，古敏心情难以平静。远处绿油油的庄稼，还有黄色的油菜花，仿佛一幅幅水彩画，让人赏心悦目。公路旁的树木一晃而过，像放风光片一般。看着现在，他想起了以前。这一切变化那么大，他感到祖国真的很伟大。以前，人们连饭都吃不饱，哪里还有心情搞什么聚会。如今，大家都不愁吃穿，有了闲暇，才知道了情感的重要性，人们才有了各种各样的聚会。

他们到来的时候，已经有同学先到了。看见他们到来，四下聊天的同学都向他们聚拢，纷纷向他们打招呼。陈萍特别让人喜欢，无论男女同学，都要争着与她照相。一时间，陈萍显得很忙，古敏与李清江站在一旁，笑看他们留影。陈萍对同学们的要求，是来者不拒，耐心地陪同着照相。因为陈萍性格开朗，对同学热情，大家才这么喜欢她。

其间，也有同学与古敏照相。有的女同学，还把手放在他肩上，他反而局促起来。于是，便有同学向他开玩笑，说他是没有见过世面的人。不久，便有人起哄，要古敏与陈萍照一个亲密照。因为他俩是班上的干部，又都是成功人士。当然，同学要他们照亲密照，也是开玩笑的意思。古敏听了，脸开始泛红，陈萍反而显得十分大方，主动挽了古敏的手，等待着照相。见状，好多同学都忙着打开手机，留下这难得的镜头。同学们不但给他俩照相，而且不久就发在了群里，让大家欣赏品评。有的同学说他们不但相照得好，还真的很般配。同学们各自发表着看法，一时达到了小高潮。

这次的同学会没有各自介绍的环节，主要是联欢，各自献上一个节目，以欢快娱乐为主。大家都很赞成这样的安排，当陈萍讲完话，众人都像等不及了一般，都想亮出自己的才艺，娱乐大家。

首先，建国来了一个男高音独唱。他当年就是学校宣传队的干将，经过这么多年的磨炼，技艺更加精湛。他的歌声婉转悠扬，让人如痴如醉，其水平不亚于歌唱明星。一曲唱完，立即获得热烈的掌声。

随后，高聪、安平、化荣、启玉也纷纷高歌一曲，各有特色。他们唱出了自己的最佳水平，十分认真。

初明、家法、钟毅、永初、清春、德春、开奎几个同学表演的是男声小合唱，歌声把大家带到了那个火热的年代，让大家回味无穷。

祖秀、运光、德翠、何毅、雪梅、淑坤、艳苹、祖芬、清清等同学，有的是独舞，有的是街舞。她们的身段十分柔美，让人啧啧感叹，感慨连连。

思鹏同学表演了口哨，时而低沉，时而高亢，错落有致，让人浮想联翩。谁都想不到他的口哨吹得如此美妙，这么动听的表演，完全可以登上大雅之堂。

德东同学的二胡独奏，如诉如泣，让人时而心畅，时而忧伤，牵动了听众的心。

坤明同学的笛子表演，又是另一番景象。笛声悠扬洪亮，让人听了兴奋不已。

邦英同学的太极拳表演，显成同学的笑话，各有特色，都给大家留下了深刻的印象。特别是邦英同学结束时的一个亮相，立身的一字马，让大家赞叹不已。看了她的表演，仿佛大家都年轻了不少。

其间，古敏朗诵了专门为同学会创作的诗。他的诗回忆了求学时的生活、学习、劳动，回忆了艰苦年代学子的刻苦攻读，还回忆了同学们相互帮助、共同进步的友好情谊。他的诗句展现了一幅幅大家熟悉的场景，让人时而兴奋，时而动情，感情丰富的女同学还悄悄掉了泪。

同学们的表演，看似不经意，实际上也有过精心的准备。因为大家都要把最好的东西献给同学会，并收获友情。

看见眼前感人的一幕幕，古敏想了很多。他记起网上有不少的人发表文章，对同学会提出不少怪论。他在心里告诉自己，一定要给同学会正名，还同学会以清白。看了我们的同学会，如果谁还说同学会没有意义的话，那么，他一定是少见多怪，孤陋寡闻。试想一下，老朋友辛苦了那么多年，好久都没有与求学时的伙伴在一起了，他们现在才有了闲暇，大家聚在一起，找回年轻时的友谊，回忆美好的过去，这样做有什么错吗？他们自娱自乐，又没有干涉谁的生活，谁有资格来指手画脚进行批评呢？如果他这样做，只能说明他寡情，说明他失去了同学，失去了友情。那样的人，不是很可悲吗？他越想越激动，但就是说不出话来，于是，他只能陷入沉思……

下午，同学们参观了学校。随后，他们还登上了后山，这也是读书的时候经常去的地方。微风吹拂，树影摇曳，仿佛在欢迎着昔日的熟人。站在高处，学校尽收眼底。一栋栋高楼，显示着学校的发展壮大。古敏在心里祝福母校越来越好，同时这也是每个学子的期望。

夕阳西下，大家才依依惜别，都期望着来年的同学会再逢，大家也越来越年轻。

陈萍特意留下古敏，说她还有安排，希望他多玩几天。古敏对陈萍的生活和事业早就有了兴趣，他也想多了解她，为自己以后的新作做准备。他顺从地留了下来，还是李清江陪伴他。

这天晚上，古敏久久不能入睡，他想了许多……

第十九章

古敏对家乡变化感慨不已，他对陈萍更加产生了兴趣。陈萍能发展得这么好，背后一定有许多故事。他早就有了想法，要深入了解她，将她的故事写成一部小说。所以，他便留了下来。

第二天，他见了陈萍，便直接对她提出了问题："美女班长，我想细致地采访你。"

陈萍偏了头，望着他说："你想调查我，想探究我的隐私不成？"

"看你想到哪里去了？我不想知道你的隐私，我对这些不感兴趣。"古敏急忙说道，掩饰着心中的不安。

"那么，你是什么意思？"陈萍不放过他，继续发问。

"我对你的发家史感兴趣，想听你详细说说。"

"你对此感兴趣？我更不能告诉你。"

古敏一下子愣在了那里，他根本没有想到陈萍会这么回答他。但他还没有死心，继续说道："你不告诉我，怕我知道你不光荣的历史吧。"

“你别用激将法了，好不好？你知道我是什么人，在我面前要小聪明，是不可能得逞的。”

“我真的想了解你的发展史，对我有大作用。”古敏怕她不相信，想了想，说：“我不会揭露你的隐私，你难道对我还不信任吗？”

“信任归信任，但我可以告诉你，这其中有商业秘密，我不可能谁都说。”陈萍很正经地说，一点笑意都没有。

古敏还没有见过她如此严肃地说话，他一下子不好意思起来，但还是坚持着说：“我想了解你，把你的故事写成小说。我就是这个意思，对你的什么商业秘密，一点没有兴趣。”古敏老实地说出了想法，等待着她的回答。他心里很不安，从脸上可以看出来。

陈萍还是不说话，这让古敏更不放心了。他想，一定是她不相信自己的话，才不说话。他都不知道应该怎么对她解释，只是望着她，无限地期待。

她沉默着，就是不说话，一脸的严肃。从她的神情，看不出她的内心。突然，她大笑了起来，还笑弯了腰。笑过后，她说：“你还是以前的你，总是一本正经，没有一点幽默感。”

这时，古敏才知道了她的用意。她不是什么保护隐私，也不是怕泄露商业机密。她是故意这样说话，逗着他玩。

“就你心眼多，花样也多。”古敏嘀咕了一句。

“怎么，你生气了吗？”

“我不敢生气，我还有求于你。”

“你这样说，就是生气了。”

“看来，你还是有没有幽默感的时候。”看着她小心翼翼的样子，古敏笑了，陈萍也笑了。

过了一会儿，陈萍说：“我可以把一切都告诉你，但是我很忙，你能等等吗？”

“只要你肯接受我的采访，我有的是时间等。”

“真的？你真好。”

“我能等待啊，只要你不烦我，多久我都能等。到时，只怕你会撵我走都说不定。”

“我才不会撵你，到时你自己都会走。”陈萍停顿了一下，望向古敏，一会儿又补充说，“你不怕张老师盼着你回去吗？”

古敏红了脸，掩饰地说：“你就是爱开玩笑，还拉扯上别人。”

“她是别人吗？你能骗其他人，可骗不了我。”说完，她又大笑了起来。

古敏不好意思，没有说话。他知道说不过陈萍，不说什么，反而是一种对付她的上策。他不说话，但陈萍并不打算放过他。陈萍偏着头说：“怎么了？说到你心坎上了吧！”

“你啊，怎么那么会说？在你面前，真的很难做。”古敏低头看着地面，然后抬起头来，勉强笑了笑，说：“你嘴里出来的东西，是真话，还是玩笑，谁都难判断。”

“我为什么要开玩笑？人家是真心盼你好，希望你与张老师走到一起，过上幸福生活。”

古敏没有说话，而陈萍说的，他不是没有想过。他认为再婚，有些问题很不好处理，涉及着两个家庭，哪一方面没有协调好，都会出现矛盾，生活也不会幸福。特别是张华丽的态度很重要，她独身这么多年没有再婚，她怎么想，古敏根本不知道。如果处理不好，可能还会失去与她的友谊。因此，至今他都没有想过与张华丽的关系更进一层。另外，他对友情和爱情，也有自己的看法。他认为纯真的友情，也是一种难得的情感，这种情感也会让人幸福。他看有的夫妻，虽然睡在一张床上，却各想各的事，各做各的事。这种爱情，怎能与亲密无间的友情相比呢？

看见古敏抬起头，陈萍问道：“你在想什么？我说错了什么吗？”

古敏摇了摇头，没有说话。他不想与陈萍谈这个问题，自己也觉得没有什么内容可谈。他心里很矛盾，所以，他说不出话来。

“你与张老师的事，你是怎么想的呢？”陈萍根本不为他考虑，还是一个劲儿地发问，不想放过他。

对于这事，古敏还真的拿不定主意。他更想得到别人的一些指点，但他说不出口。特别是在陈萍面前，他更有许多顾虑，所以他只能沉默。他的脸慢慢泛红，眼睛开始模糊。

“你不说也可以，我也只是提醒你。很多事情都须主动，过了这个村就没有这个店。不是所有的女人都对你好，都离不开你。”

“你说到哪里去了？对爱情的事，你就是这个态度？”

“是啊。”陈萍没有反对他的说法，反而大方地应承着。她说：“当初，我与蔡勇谈恋爱的时候，很多人都认为不合适。可是，我就是要与他好。什么家庭背景，什么经济条件，什么郎才美貌，都不能阻止我的追求。最后，我们结婚了，还有了美好的家庭生活，事业也成功了。”

“你真不简单。”说着，古敏对她竖起了大拇指。

“应该说我不复杂，做事就是这么干脆。看准了，就奔着那个方向去，否则，许多好事都会错过。”陈萍说话声音越来越大，还有些激动。

古敏在心里想，陈萍就是这样一个人，能干快捷，就是恋爱婚姻都如此处理。古敏虽然是一个沉稳的人，但对陈萍的性格和作风还真的很佩服。他在心里赞扬着陈萍，对她更加欣赏。可是，他知道自己学不到她那一套东西，这时他认为自己对陈萍真的了解太少，还是得重新认识她，深入了解她。她的故事一定很多，对自己的写作很有帮助。

“今天已经很累了，你也不慌着回去，我们有的是时间摆谈。”陈萍笑了，继续说，“我没有时间陪你，我会安排陪你的人。他不但陪你玩，还会陪你吃，陪你住。”

“你不会给我找‘三陪’吧？”古敏也学着开起了玩笑。

“你想得好！”陈萍顶了他一句，说：“不过，如果你需要，我可以为你特殊考虑。”

“不，不，我是玩笑话。”古敏慌张了，急忙否定道。这时，他们都笑了，但是，他们各自笑的东西不同。

“我还是安排李清江陪你。你不要只盯着我找素材，他也很有故事，说不定他对你更有帮助。”说完，陈萍笑了。古敏被她的表现弄得有些捉摸不定。

陈萍离开后，古敏就上了床。他躺在床上，却睡不着。他想起了读高中时，陈萍就十分能干，书也读得很好，更有当干部父母的家庭背景，这令同学们十分羡慕。她的生活无忧无愁，脸上总是带着笑。那个年代，也只有陈萍这类人才感到幸福。因为他们不愁吃穿，而且有大好的前程。

在别人眼里，陈萍就是一个高高在上的人，可是，她不但不自视清高，反而平易近人。她特别喜欢帮助别人，如果有同学的饭票不够了，她会悄悄给几斤粮票，让他不至于饿肚皮；如果哪位女生的衣服破了，她会送上一件半新不旧的衣服。她做这些事，总是在不经意间，却是那么的难能可贵。

陈萍的书读得好，门门功课都是班上的前几名。她人也长得漂亮，身材高挑，大大的眼睛，特别是她的长辫子更引人注目，为她添了不少风姿。她对同学好，同学都喜欢她，只要有她在场，她一定是一个中心人物。但是，古敏由于家境贫寒，对陈萍总是难以热情起来。虽然有同学说他俩的成绩都很好，是天生一对，陈萍也对他很关心，但古敏不敢对她有什么奢望。此时，他又记起陈萍今天说的一句话，“早知今日，何必当初”。对她这句话的意思，他想了很久，就是不能理解。

陈萍有那么好的背景，怎么就干起了个体户？这是古敏想不通的，也是他想知道的一个谜。这些东西，他都想知道，但不知道她会不会告诉他。他心里不安了起来，好在不久他就睡着了。

他睁开眼的时候，天已经大亮。他急忙起床，洗漱，用早餐，然后恭敬地等候着李清江的到来。在等待的时候，他注意起周围的环境来。他住的地方有围墙，院内有高楼，也有平房，还有健身设施。这里的绿化搞得很好，绿树成荫，一些不知名的花正在开放，让人看了就心情舒畅。围墙外面有一条小溪，背靠着一座小山。他在心里赞叹，这里真是一个休养的好去处。

他听见了汽车疾驰声，抬眼望去，那是一辆大众车。看见车上下来的人，他急忙迎了上去，还大声地喊道："李清江，怎么又是你？"他故意开玩笑。

"怎么不可以是我？你想要什么样的人？"李清江笑着说。

"陈萍跟我说是一位美女，我还信以为真。"

"你不要重色轻友，你可不是这样的人。"

"人都是会变的。"古敏继续与他开玩笑。

"你开什么玩笑？你都能变，就不是古敏了。"

古敏读书的时候，总是不苟言笑，他喜欢清静，更喜欢看书。当时看不到前途，他只能暗暗下决心，抓紧时间多读书，以后干什么都会有好处。他始终相信，一个人必须有文化，有了文化干什么都要好一些。他从不贪玩，对自己的学习抓得很紧，他除了搞好自己的学习，还对班上的工作认真负责，帮助同学也很尽心。所以，他深受同学们和老师的喜欢，给大家留下了好印象。

他们开了一会儿玩笑，便进入了正题。李清江问他要去哪里玩，他都可以陪着去。古敏说哪里都不想去，在这里玩就很好，于是，他们朝后山走去。

来到后山，这里是另一番风景。山上有许多树，有的高大，有的低矮，错落有致。树下有茂密的草丛，绿叶间还有小花开着。朝远处望去，是一块块水田，现在还没有插秧，水面像明镜一般。田坎上有小鸟在觅食，远处还有炊烟。他在城里住久了，看到眼前的景象，他仿佛回到了从前，产生了一种亲切感。

他选了一块平地坐下，抚摸着身边的小草，仿佛回到了割牛草的时候。于是，他顺势倒在地上，仰望着天空。天空有朵朵白云，还有一群鸽子在飞翔。此情此景，古敏心里甜极了。

"你还是不要躺着，现在气温低，小心着凉。"李清江挨着他坐下，小声提醒着古敏。

古敏看了李清江一眼，说："躺在草地上，我就觉得特别舒服，还特别有亲近感。想起以前割牛草的事，仿佛就在昨天。"

“人总忘不了过去。”

“是啊，那时虽然苦，却自由自在。割牛草，想到哪里就去哪里，多么自由美好啊。”为深入了解李清江，他话题一转，说：“清江，你知道陈萍怎么评价你吗？”

“她怎么说我？”

“昨晚，她对我说，不要只盯住她，她说你也是有故事的人。”

“她真的这么说？你不是在骗我？”

“还是不说了，我怕她说我装不住话。”古敏故意这样说，是为了吊李清江的胃口。

“不说就算了，我还不想听呢。”李清江不上他的当，把话题止住了。

古敏没想到他是如此的表现，这是他没有想到的。此时，他说点什么不好，不说什么也不好，他真的陷入了两难。他只好如实地说道：“她说我也应该采访你，说你各方面都不错。”

“你别信她的话，与她比，我相差太远了。她的生活经历才是丰富多彩，能为你提供许多素材。”

“客气话就别说了，还是给我谈谈你的事吧。”古敏恳求他。

“不用你求。”

古敏一下子坐了起来，盯着李清江目不转睛。他脸上没有一丝表情，让李清江奇怪不已。

“你盯着我是什么意思？”

“我要重新认识你。”

“为什么？”

“你不够意思，你有什么东西说不得？”

这时，李清江才知道古敏误会了。他笑了笑，说：“陈萍对我说了你的事，你想写小说，你想知道什么，我们都会对你说。”

古敏抓住了李清江的手，说不出话来，他对自己刚才说的话，感到脸红。过了一会儿，他说：“你们真好，对我太好了。”

“你不用客气，你当作家，我们也跟着一起沾光。”

“什么作家哟，业余爱好。”

“写多了，自然就成了作家。”

古敏还不知道同学们是这样看待写作的，他现在才知道，自己还真的没有了退路。

“想知道什么，你就尽管问吧。”

“我们不用这么正式的采访，当摆龙门阵一样就可以了。”

“好啊，这样随意一些。”

古敏沉思着，过了一会儿，他说：“你为什么选择了当老师?”

“我为什么选择教书，可能是受父亲的影响吧。”

“子承父业，不错。”

“什么不错哟?当初，这也是选择一种生存方式。”

“你怎么这样说呢?”

李清江没有马上说话，仿佛在回忆着什么。好久，他才慢慢说道：“我们都知道，读高中的时候，是推荐读高中。为了读上高中，都必须过关斩将，许多品学兼优的同学，有的因为家庭成分，有的因为没有干部背景，最后便失去了读高中的机会，于是，他们只能遗憾终身。我们也就是运气好一点，才能上高中。”

李清江停住了，古敏也没有说话。李清江的话也让古敏想到了过去，那时学校招生少，想读书的人得不到满足。上了学的人，有的却不好好读书。因此，读上高中的人，也是各有不同的经历，各有不同的态度。不过细细了解，对同学们的情况还是知之甚少。对李清江说的，他有了兴趣。他克制着没有抽烟，更没有说话，他怕会打扰李清江的思考。

“最初，我没有被推荐上高中。正好有的退学了，空出了名额，让我有了一线希望，加上老师去为我求情，我才替补上了高中。因此，我必须珍惜这宝贵的机会，我必须认真读书，才对得起这机会，对得起为我求情的老师。我只能认真读书，才不会让老师的希望落空。”

说到这里，他一下子停住了，仿佛有些累。古敏也进入了李清江当年的内心世界，明白了他读书那么用功的原因。李清江那时一心读书，从不浪费一丝光阴。将他的事写进书中，也让现在的人了解了解过去，知道读书机会多么的难得，该多么激励人啊。

李清江笑了笑，说：“说这些陈芝麻烂谷子的东西，你一定会发笑。”

“那时，你读书很用功，大家都有些奇怪，现在才知道了原因。你立了志，才有了动力，这对你后来的发展，也是很有帮助的。”

“你说得很对。”

“应该是这样的。”

“经你指出，我觉得有道理。所以，恢复高考后，我将所有的志愿都填报了师范。”

“不忘师恩，立志当老师。”

“只是没有发挥好，后来，还是顶替当了老师。”

“招生那么少，考上一个学校真的很不容易。”古敏安慰着他，他说的也是大实话。“顶替也很不错。”

“我顶替培训后，分配到了一所初级中学任教。后来，通过在职学习，才有了大专文凭。再后来，调到了一所高中任教，这一干就是三十多年，生活平淡，默默走了过来。”

李清江说得轻松，他能不断地发展提高，一定是有着艰苦奋斗的历程。他想让李清江休息一下，便没有再提问。

还是李清江意味深长地说：“说老实话，工作中，我还是面对过许多诱惑，比如下海经商，或者改行干其他的工作。但是，我始终没有放弃教书，细想，还是没有忘记老师的帮助，是他让我获得了学习的机会。当了老师，就要当一个好老师。”说到这里，李清江深深地出了一口气。

见状，古敏暂时停止了采访。随后，他们向山上走去，谁也没有说话。他们看着地上的路，想着心事，一步一步地向高处走去。

下午，李清江说有事处理，便开车走了。古敏很疲惫，睡了午觉，起来后，他记下了李清江说的，等着陈萍的到来。

古敏到外面玩耍，空闲下来，他还是很想张华丽。她的身影总在头脑里出现，他觉得她那么引人注目。人总是这样，天天在一起，便不会理会，一旦分开后，再审视会发现许多平时不注意的东西。他现在觉得张华丽是那么温柔，那么善解人意，是一个好女人。他内心深处，有一种东西在颤动。于是，他与张华丽通话了，要她为他收拾家务，还不要忘记给花浇水。他还给她发了几张同学会的照片，让她欣赏。

她告诉古敏不用惦记家里，尽管放心地玩。她还评价说古敏的照片很美，不但他美，他的同学都很美；不但人美，那里的山水花草也很美。随后，她还发了几个表情。

晚饭过后，陈萍终于到来。她是特意来陪古敏，并接受他的采访的。看到她风尘仆仆的，古敏都有些过意不去。

陈萍没有注意到古敏的表情，坐下后，她便快言快语地说：“我们从哪里开始说呢?”

古敏心想，你比我还心急。他只好顺着她的意思，开口说道：“我记得你临近毕业，便去下了乡吧？当时，大家都说你好积极，响应伟大号召，会提前行动。”

“你快别提这事了，提前下乡这事，我现在还是生气。我积极什么哟，这是我母亲的主张，我至今在心里都还不原谅她。”她气呼呼地打断了古敏的话，滔滔地说了一通。

古敏看见她生气的样子，有些吃惊。因为这与他们当时想的完全不一样，她母亲为什么会做这样的决定？古敏有了兴趣。但是，没有等他提问，陈萍又说道：“我母亲这样做，是有不可告人的秘密。”

“什么秘密？”

“还不是想早一点下乡，以后早一点参加工作。”

“哦，原来如此。”古敏还是安慰她说，“你母亲多么关心爱护你，为你考虑得真周到。”

“哼，她才不呢。她是害了我，害我不浅。”

“你怎么会这样说呢？”

“我可以明确告诉你，如果没有提前下乡，我可以参加高考，凭我的实力，也会考上大学。那样，我就会走出一条不同的人生路。”

古敏相信陈萍的实力，但不完全赞成她的说法。她虽然高中没有毕业，但她也有高中文凭，她完全可以报考大学啊。想到这里，他问道：“你有高中文凭，完全可以去报考啊。”

“我可以报名，我可以高考。但是，我拿什么去考？我考什么？”她的话很冲，一下子让古敏都不知道怎么说话了。

过了一会儿，陈萍放缓了语气说：“我高中没有读完，知识都不完整，我拿什么去考嘛。再说，那么多人考，竞争那么强，你也是知道的。”

“你还是可以试一试，考了再说。”

“你这话跟我母亲说的怎么这般像？”

“什么意思？”古敏有些摸不着头脑，反问了一句。

“我母亲当年也是这样说，让我放心去考，其他的事就不用我管了。”陈萍停顿了，想了想继续说，“她以为还能用手中的权力，把任何事情都能办妥。天都大亮了，她却还在做好梦。她以为还能开后门，办私事。这么严肃的事，能当儿戏吗？于是，我就是不去报名。还是她去帮我报的名，但我就是不去考场。她反复劝说我，要我放心地去考。她说得我心烦，我就威胁说进了考场，我会一个字都不写，她才放弃了努力。”

陈萍说话如爆火炮，不细心听，还真不能听清她说了什么。但是古敏完全听清了她的话，还理解了话中的意思。他忍不住说：“你就是任性，很任性。如果参考的话，不一定考不好。那年的考题，也不是很难。”

“你不要多说了。当年，我们班五十多人考，就考上了两三人。你当然不觉得难，又有多少人能与你相比?”

话说到了这个份上，古敏不好再说什么。他知道陈萍的脾气，说下去，她一定会骂人。他只能沉默，陈萍一时也没有说话。

陈萍又开始说话了，她说：“现在想来，当时我也是有逆反心理。如果我妈不逼我，我可能主动参考也说不定。”

“看来，你还是承认自己有错。”古敏笑了笑，以此缓和气氛。

“这是很多年后才想到的。那时总以为母亲对不起自己，所以一切都与她反起来干。”

不知不觉，他们谈了很久。夜已经深了，没有什么声响。这时，陈萍说：“你应该休息了，我明天还有许多事要去办。今天就谈到这里，好吗?”

她起身出了门，下楼去了。不久，就听见了她发动车的声音。她就像一阵风一般，来得快速，去得麻利。

古敏还不能休息，他在慢慢品味陈萍的话。陈萍的所作所为，究竟为了什么，他不能得出答案。她母亲让她提前下乡，表面是在为陈萍考虑出路，但根本不知道陈萍需要的是什么。于是，把一件好事办成了错事，让女儿与自己走到了对立面，改变了女儿的命运，还让女儿不快乐，这又何必呢？假如她母亲知道是这样的结果，她一定不会这样做吧……

古敏想了很多，心也很乱。后来，他抛开这事，干脆上床睡觉。他太累了，睡得好香甜，还发出了轻轻的鼾声。

第二十章

第二天一早，李清江便来到了福利院。他们吃过早餐，李清江提议去古玉湖玩。古敏认为去年玩过，再次去玩，没有多大的意思。

李清江笑着说：“这不是我安排的。”

“那是谁安排的呢?”

“你说是谁安排的？当然是陈萍。”李清江歇了口气，说：“虽然过了一年，但是那里的变化还是很大，很值得一看。”

“真的吗?”古敏十分惊奇，还有一些不相信。

“我说的话不算数，还得你多用眼睛看。只有你看过之后，才可以自己去做结论。”

古敏就是这样一个人，你如果给他说什么，他不一定相信。但是，你如果不告诉他，他却偏要一探究竟。听李清江话中有话，他便有了去看一看的想法。于是，他马上说道：“客听主安排，照你说的办吧。我们去游览古玉湖，游山玩水是很有趣的事。”

李清江望他笑笑，说：“陈萍也是这个意思，说你回来一趟不容易，应该让你看看古玉湖的变化。这样，让你也知晓一点家乡的变化，家乡的山水美。”

古敏心里一动，对同学的安排感激不尽。他与大家同学两年，一间教室求学问，一间厨房吃饭，大家互相关心，互相帮助，建立起的情谊真是永生难忘。同学们年轻时忙各自的事业，现在有了空闲，能聚在一起游玩，是一件多么美好的事啊。同时，他还对家乡的变化多了一些了解，让自己融入其中，多么美好。他想抒发心中的感慨，但因为太激动，反而说不出话来。

清晨，人特别有精神，古敏看着车窗外的景色，有一种心驰神往的感觉。他怕影响李清江开车，没有说话，只是默默地欣赏着窗外的美景。几十分钟后，他们来到了古玉湖的一条大坝上。他们去年来过这大坝，再次来到这里，古敏举眼望去，原有的一家家农家乐没有了，代之而起的是一些健身设施，远处还有羽毛球场、篮球场，沿岸的道路也修整一新，花草在晨风中摇摆，仿佛在欢迎着游客的到来。看着眼前的变化，让古敏有了陌生的感觉。他不禁问道：“那么多的农家乐怎么就没有了呢？”

“早就拆除了，搬迁了。”

“为什么要拆除搬迁？这要投入多少的费用，还会影响多少的收入啊。”

“农家乐是有很可观的收入，但是，它对湖水的污染也是巨大的。因此，为了保护环境，只能这样做。俗话说，留得青山在，不怕没柴烧。保护好环境，才是经济长久持续发展的上策，否则，一些人找了钱，破坏了环境，让多数人受害，从长远看，才是得不偿失。”

人们知道了保护环境，有了长远的目光，真的很了不起。这让古敏想起前几年，地方上为了增加收入，都不会注意保护环境。商家获得了收益，政府在税收上有了收入，却让当地的老百姓为环境买单。他上次回到老家，就听乡亲们抱怨过。现在，地方政府不只是注意经济效益，而且重视环境保护，这是多么了不起的进步啊。如此说来，这不只是看看风景，而且还让古敏有了新的认识，新的收获。这时，已经有不少晨练的人在堤岸跑步，或者打太极拳了。在优美的环境里生活的人，是多么的幸福啊。他不禁投去羡慕的目光，看着跑步的人远去。

他们上了更高的地方，举目远眺，看见宽阔的湖面上有许多水鸟在嬉戏，湖面上空还有不少白鹭飞翔。附近的树上不时有小鸟停歇，发出悦耳的鸣叫声。小鸟似乎在歌唱，更像在呼朋唤友聚会。湖面上开起了游艇，游艇走过，后面的涟漪激荡，搅动了古敏的心。眼前的一切，他看在眼里，引起了他的诗情。他立即摸出随身带着的纸笔，心无旁骛地写起诗来。

观古玉湖有感

一

古玉湖畔再次游，
一次更比一次优。
水光山色看不尽，
美好景致心中留。

二

当年求学到此游，
民工筑堤成人流。
汗水浇出碧湖美，
前人之恩应记留。

三

湖水清澈野鸭游，
岸边绿树景致幽。
人在花草丛中行，
心旷神怡情悠悠。

四

晨练人多汇成流，
快跑慢行情悠悠。
小鸟鸣叫似清唱，
歌颂生活有奔头。

五

往事突然涌心头，
前人艰苦度日忧。
如今生活多美好，
渐强渐富祖国牛。

古敏写得飞快，不久便写下了几首诗。看见他写诗，李清江便到一旁独自看风景。看见他收起了纸笔，李清江走拢问道："古敏，我们去坐船游湖好吗？"

"不坐游船，船行走太快，不利于慢慢品尝古玉湖的韵味。我们还是在岸边行走游玩，欣赏美景吧。"

他们便绕着湖慢慢走着，不知不觉就到了中午。于是，李清江提议中午去外面的餐馆喝羊肉汤。说到羊肉汤，李清江介绍说："龙盛的羊肉汤，是色香味齐全，远近闻名。羊肉汤，豆花饭是龙盛出了名的吃食哟。"

"豆花饭，这是好饮食，我从小就喜欢它。"古敏做出了选择。

说起豆花饭，古敏想起了以前。那时他还在农村的时候，家里来了客人，没有好食物招待，豆花便是招待客人的好东西。他记得豆花是用石磨将泡胀的黄豆磨成浆，然后过滤出豆渣，再将豆浆煮沸，用自贡产盐剩余的卤水点，慢慢凝聚便有了豆花。这豆花又嫩又白，让人见了就食欲大增，豆花下酒、下饭都很受人欢迎。后来，他在外地工作，也吃过不少豆花饭，但就是没有了龙盛豆花的味道。他想，可能是外地的豆花不是石磨磨出来的，难免粗糙，用来点豆花的也不是卤水，味道不正宗。而龙盛的豆花是石磨磨豆浆和自贡产的卤水完美结合的产物，缺一不可。特别是蘸豆花的作料，是用的石碓舂的糍粑海椒加上芝麻，捣碎的炒花生仁、麻油、花椒面、豆瓣水、葱花搅拌而成，给豆花添了不少味道。因此，听李清江说到豆花饭，古敏嘴里都开始冒清水。

于是，古敏急忙补充说："我们还是去吃豆花饭吧，豆花饭就是好。"

"你是为了省钱吗？"

"不是省钱，我就是喜欢吃豆花饭。但是，不知道是不是传统的做法做成的豆花。"

"有传统做法的豆花，也有改良过的。"

"我们要吃豆花饭，就一定要吃传统做法的。"

"好啊，我一定满足你的要求。"

他们虽然费了一些周折，但是终于吃上了传统的豆花饭。这顿饭给古敏留下了好印象，让他重温了一遍早年的记忆。

下午，他们回到了福利院。稍作休息，古敏又开始了采访。

上次，李清江说到面临诱惑，还能安心在乡村任教几十年。他能做到这样，古敏要深入了解的。于是，他便提问说："你告诉我，曾遇到过哪些诱惑？"

“参加工作几年后，有的人开始下海做生意。我有个亲戚也在做生意，他一天的收入能当我几个月的收入，他也劝我跟着他们做生意，我考虑再三，终于没有选择做生意。”

“你为什么会放弃这样一个好机会呢?”

“我如果去做生意，自己学的东西便慢慢废弃了。我想，赚钱多是很好，但生活只要能过得去就行了。我是不甘心荒废学业，就没有选择去做生意。”

“你有自己的追求，不会乱了方寸，志向坚定。”

“我也不是那么崇高，只是认为做生意不适合我，便不去做而已。”

“你那么有文化，做生意也一定行。”

李清江摇了摇头，说：“不是谁都能成功地做生意，我没有冒险精神，更不会算计，做生意不一定行。”

古敏笑了笑，似乎同意了李清江的说法。过了一会儿，他问道：“你还有过什么样的诱惑?”

“后来，教师可以考公务员，我也没有去报考。”李清江想了想，继续说，“我还遇到一次借调到教育局的机会，我也放弃了。”

“这些机会，都能让你进城工作。”

“虽然能进城，工作环境也要舒适一些，但从自身的情况考虑，我认为不适合我。”

“有什么不适合你?”

“我一个人进城工作，家属在这边，两面挂念，很累。当时女儿快上初中了，我还怕影响她的学习。总之，我想法太多。”

“你真的考虑太多，想法也有些怪。”

“不是完全想法多，也不是怪。我知道什么东西适合我，什么东西是我想要的，我就这样做决定。”

“你说的有一定道理，但是，没有去实践，也不知道会怎么样吧?”古敏的意思是，李清江放弃这些机会，对自己来说，也是一种遗憾。

李清江听出了古敏的另一层意思，笑了笑说：“我选择了教书，而且干得还不错，我就这样坚持了下来。说我想法多，实际上我是再单纯不过了。对熟悉了的工作，不用多费脑筋，效果也好，就没有想着改变。”

“你肯定还有其他的看法和自己的追求，否则，很难坚持下来。”古敏想深入他的内心深处。

李清江微笑着，没有及时回答。过了一会儿，他说：“做生意，我真的不会。所以，看见别人赚钱，我不会眼红，也不会产生做生意的想法。至于去当公务员，也不是那么容易进入的。就是进入了这队伍，可能也不很适合我。”

古敏插话说：“有什么不适合你？”

“我做事有些较真，可能不能协调好各方面的关系。还有，做群众工作，我也不熟悉。因此，表面看这工作好，很威风，我却不敢去做，更害怕做不好。”

“你就是胆小，说好听一点，是有畏难心理。”

“总之，我认为公务员与老师的职业不一样，我不一定能胜任，就没有敢去介入。”

古敏听了，只是微笑，没有再说什么。这时，李清江反而问道：“你怎么只是笑，有这么好笑吗？”

“我想，你没有说老实话。但我不能强迫你，就只能如此。”

“你真狡猾。”

“你还是把真实的考虑告诉我吧。”

“好，我与你直说了吧。钱这个东西，可能很多人都喜欢。有的人想方设法弄钱，有的人为了钱，可以不要脸，可以不要灵魂，有的还为之不要命。可是，我真的爱它不起来。所以，我认为工资能维持生活就可以了。还有，我害怕钱找多了，自己都不知道怎么支配它。如果人被钱支配，一般都不会有好事情。”

听到这里，古敏笑了起来，李清江也跟着笑起来。这时，古敏想抽烟了，便摸了烟，散给李清江，他没有接，古敏只好自己抽。于是，他们停止了谈话。古敏抽烟的时候，一直在想李清江说的话。他认为李清江对钱的看法很新颖，对钱也有深刻体会。古今中外，围绕钱产生过多少悲欢离合的故事。有钱是好事，但处理不当，也会做出许多坏事。这样的例子很多，但就是没有多少人能悟出道理来。古敏想，如果没有与李清江交谈，他都没有认真思考过钱这东西。李清江能看清楚钱这个复杂的东西，对钱有正确的认识，真的很有智慧。

抽完烟，古敏继续说道：“你对钱的看法很不一般。那么，你不介入公务员队伍，一定有深层次的考虑。”

李清江笑了，但没有说话。古敏没有催他，耐心等待着他的回答。等了好久，李清江才说道：“钱、权二字说出来发音差不多，其作用也差不多。所以，现在有一种说法，叫钱权交易。其意思大家都懂，无非是钱可以变成权，权也可以变成钱。这两种东西的作用也差不多，用得好，就是好事；反之，它们的破坏作用很大。这就不用我给你举例了吧。”说完，李清江哈哈大笑了起来。

“你既然对它们的作用看得这么清楚，就一定能很好地处理。”

“不，不，不。”李清江没有让他把话说完，立即打断了他的话。

“为什么？”

“人是一个变化多端的动物，到时，人都会变，包括我也会变。所以，还是不去惹为好。”

“你真是一个怪人。”

“我一点不怪，我只是一个清醒的人。”

“对，你不但是一个清醒的人，还是一个哲人。”古敏由衷地赞扬着李清江，从心里佩服起他来。

“你不要讽刺我，我可没有那么好。我这样的想法和做法，好多人评价说是迂腐。”

“你这迂腐，有点可爱，我喜欢。”说完，他们都笑了。

他们谈了这么久，便起身到外面去走走，暂时停止了采访。来到室外，他们的心情都放松了，看着花草，心情好舒畅。

晚饭后，他们又去散了步。走了不远，古敏接到了陈萍的电话。她在电话里说自己很忙，实在脱不开身，今天只能让他与李清江在一起玩。她还问古敏的采访如何了，问他与李清江谈了些什么，应该还顺利吧？

古敏让她尽管忙她的事，不用惦记自己。自己无论怎样都可以，就不用她管了。他还说不要因为自己耽误了她赚钱，那样，自己的心会很不安。陈萍听了，立即指责古敏不会说话，说她不是只顾赚钱而不顾同学情谊的人。她似乎有些生气，古敏吓得急忙认错，说自己是开玩笑，让她不要当真。陈萍马上就笑了，说她知道古敏是开玩笑，但她就是要认真对付他，否则，他就是一个不知好歹的人，还会乱说许多的话。

李清江在一旁，将他们的通话内容听得一清二楚，他一个劲儿地笑。等通完话，古敏问李清江为什么笑。李清江告诉他，自己笑的是古敏也只有陈萍才制服得了。古敏一个劲儿地说陈萍真厉害，他都有些怕她。李清江听了他的话，笑得更欢。他说古敏说陈萍厉害，但同学们都没有感觉到陈萍有什么厉害之处。他还说大家都说陈萍对人热情，大方，亲近，容易相处。只有古敏认为陈萍厉害，一定是他们二人之间有什么不可告人的秘密。古敏说李清江就是爱开玩笑，他与陈萍和其他同学一样，就是纯粹的同学关系。随后，他们围绕着陈萍谈话。到了住处，他们才停止了玩笑。

回到住处，他们泡好茶，又开始了下午说的话题。古敏知道在农村学校工作的艰苦，能够坚持下来，是很不容易的。特别是李清江，他还有那么多机会离开，他却能坚守下来，安心工作，他必须了解深层次的原因。于是，他问道："清江，大家都说在农村学校工作是很苦的。你觉得如何呢?"

"农村学校很苦，设备很差，学生的基础也很差。所以在同样的情况下，付出的要比城里的教师付出的多很多。"

"我主要指生活上，收入方面。"

"哦，你说的是这些。"李清江想了想，说："我不觉得苦，主要看当事人的态度。"

"你怎么看呢?"

"农村学校的教师，工资是一样的，只是奖金福利差，只要能生活，就算可以了。"

"你真的是这样看?"

"我是这样认为的，我很满足。人满足了就会安于现状，不思进取。"

"你真了不起。"古敏真诚地赞叹了一句。他说："你不是安于现状，是一种执着，是一种坚守，是很高尚的美德。"

"你不要表扬我，我没有什么特别的地方。我知道一个人要认命，我就是一个认命的人。想想如果没有顶替的政策，我就是一个农民。农民能在农村过一辈子，我为什么就不能呢?想着这些，我就满足，心很安稳。"李清江一脸的坦然，波澜不惊。

李清江说到这里，古敏也有同感。看来，他们农村人有着共同的观念。话虽然是这样说，但要做起来，还真的很不容易。古敏从心里更佩服起他来，在心里赞美他。

过了一会儿，李清江又开始说道："工作总是要人干，如果大家都往城里跑，农村的学校就不用开了。农村没有了学校，农村的孩子到哪里去读书?"

"你说得很对，说得很好。"古敏竖起了大拇指，赞扬起他来。

"你不用夸我，我就是这样想，也是这样做的。"

"我不只夸你，还要夸在农村学校坚持工作的所有老师。是他们的付出，才有了我们农村人家的孩子读书的地方。"说到这里，古敏想起了自己的老师。当年他们的工作环境更差，收入更低。是他们的付出，才有了自己的学业有成，有了后来的工作，为国家做出了大的贡献。由此，他想到了张华丽。她是一个退休老师，选择了到农村学校当志愿者，这是多么崇高啊。有了这些人的无私付出，才有了农村教育的发展。将来，国家更加富裕了，应该大大提高农村教师的待遇，不能亏待了他们。

古敏突然冒出了一个想法，说："我说现在你也退休了，有的是时间，应该把你想的和做的事写成书，那一定很有启发和教育意义。"

"你让我写书？不是开玩笑吧。"

"我没有开玩笑的意思，我只是照实说。"

"我知道你是真诚的，写书不是谁都行。"说到这里，李清江很不好意思。

"你不能看轻自己的才能，你很会写。"

"我很能写？你的依据是什么？"李清江说完，笑了起来。

"你不要笑，我是有依据的。你平时在同学群里发表的诗作，有那么多的同学点赞，你就应该有写书的信心。"

古敏的话，又引起李清江的一阵笑。他笑过了，说："我写那点诗，也只是在群里发表，博大家一笑。我知道自己的水平，离写书还差很远。"

"你太谦虚了，你真的应该试一试，把你的想法和事迹让更多的人知道。"

"同学们的点赞，也就是给我一个面子，否则，我还不好让他们欣赏。"

"不是给面子，是真的好，同学们才会点赞。"

"要论写作，谁能与你比？"李清江把话题一转，指向了古敏。

"我也是在退休后有空闲了，才开始学起写作来。我写多了，才有了一点自信。"

"如此说来，我接受你的采访，开始有些后悔了。"

听他说后悔，古敏不知道是什么意思，急忙问道："你后悔什么？"

"我是说不应该给你讲我的事，我应该保守秘密。如果自己动手写，不就抢了你的生意吗？"

"哦，你是这个意思。我告诉你，我一定要把你的事写入小说中。但是，一定不会妨碍你写作。你完全可以自己写，咱俩互相不会干扰。"

"有你写就行了，我不用动手，都会搭着你出名，是多么好的事啊。"说着，李清江笑了起来。

说了这么多，古敏觉得有些累，便摸出烟来，想休息休息。他递了一支给李清江，他不接。这时，古敏不同意了，还开玩笑说："这是在外面，你夫人不知道，就给个面子抽一支吧。"

"我真的不会抽，还是你自己抽吧。"

"抽一支，没有问题。何况没有'对口'检查，不会出事的。"古敏说了一句玩笑话，但李清江还是没有接他的烟。

"不行，我一定要'毒害'你一下。"古敏将烟塞入李清江手中，还给他点上火。

随后，古敏抽了起来。李清江刚抽了两口，却突然呛着了，还咳嗽不止。看着他很不好受的样子，古敏笑了。后来，古敏便独自抽了起来。见古敏抽完，李清江也将烟扔掉了。

这时，古敏说："看来，你要学会写作，还必须从学抽烟开始。"

"这是什么意思?"

"有著名的作家说过，美好的文字，都是用烟熏出来的。"

"是吗？看来，我不是写作的人。"

"这是玩笑话，你不要认真。"

李清江笑了，没有说话。古敏认为今天说了这么多，应该休息了。可是，李清江却又开始说道："想想我的一些看法，还是有些偏颇。"

"你偏颇在哪些地方?"

"比如做生意，找了钱也不一定会变坏。你看陈萍做得多好，她找了钱，知道回馈社会，这就很了不起。"

"对，陈萍做得很对，我们都要向她学习。"

"再比如公务员，腐败的也就是那么一小撮人。大多数的公务员还是很有作为的，贡献也很大。"

"对，你能这么认识就对了，更全面。"

"你不知道，我们当时看见的一些现象，真的很难恭维他们这些人。"

"你说来听听?"

"那时，我还在一所乡镇中学任教，那时是乡镇管学校，也就是学校的财权、人事权都是乡镇管理。在学校教学不认真的，整天陪着领导喝酒、打牌的，只要合乎领导的心意，他就能一路顺风。这些人还有许多被提拔到了学校的领导岗位，学校也被他们搞得乌烟瘴气。总之，人情开路，金钱开路，不好的可以说成好的，好的却被压制。由此反推，可以看出公务员队伍的素质，他们的思想作风，他们的所作所为，偏离了正道，让群众意见很大。当然，少数人得到了利益，也给国家的事业造成了巨大的损失。正直的人看了心急，但不能改变现状。我也有许多看法，却只能憋在心里。我不能改变他们，但一定不能与之为伍。所以，我就是不想进入这个行列，但做到洁身自好还是可以的。"李清江一口气说了这么多，如今说来，还有些愤愤不平。

"你说的这种现象，有的地方是很突出。你这种想法，也符合有正直心的人的想法。"

"我后来调到了高中，对这种现象眼不见，心不烦。自己安心教书，当一个好老师，也是很值得。”

“有事业心的人，干什么都能出成绩。”

“是这样的，我干了几十年，钱没有找到，也没有当什么官，但是教了几千学生，尽心尽力，没有误人子弟。”

“你的教学一定很好。”

“说不上很好，但是过得去吧。我曾被评为县级优秀教师两次，乡镇、学校的优秀教师数不过来。我的各种教学经验文章获奖无数，参与的科研课题获得过省级二等奖。我的职称也是目前中学教师中的最高职称，因此，这也是对我工作的肯定，对我教书生涯的总结。我满意我的工作，我为之付出了，也有了一定的收获。”

“李清江，你真的很了不起。”古敏很激动，不自觉地赞扬起他来。

听见古敏的赞扬，李清江反而不好意思起来。他是有感而发，说起话来也很激动。当然，这是两个老同学间的谈话，他才这样毫无顾忌地说出了心里话。

李清江的话，让古敏感慨良多，他多么想多了解一些东西。可是，李清江突然说：“今天太累，我们还是休息吧。”

古敏不忍心再让他受累，同意了以后再谈，便让李清江睡觉。李清江倒下床，不久便发出了鼾声。他真的很累，睡得好香甜。

李清江睡着了，古敏还没有一点睡意。他的心情难以平静，想了很多。听了李清江的讲述，他能耐得寂寞，守得清苦，坚持在农村安心任教几十年，真的很不容易。古敏是从农村出来的，农村学校校舍简陋，教学设备不齐全，要教育好学生，老师要加倍付出努力。这些在农村任教的老师收入不高，更没有什么奖金，生活也相对艰苦。他们能安心教书育人，是多么的不容易。

古敏从李清江想到了张华丽，她退休后，为了农村的教育，甘愿去当志愿者，为农村教育发挥余热。她的形象一下子高大了许多，人也显得更加美丽。他突然想见她了，更想对她说说心里话。但是，他不知道她睡没有，只能试一试。于是，他开始用微信联系她。

古敏：“张老师，你在干什么？”

张华丽：“古大哥，你有什么事吗？我正在批改学生的作业。”

古敏：“这么晚了，你还没有休息？”古敏十分惊讶，询问了一句。

张华丽：“你不是也没有休息吗？明天要给学生评讲，必须赶紧改出来才行。”

古敏：“张老师，你们当老师的真了不起！”

张华丽："古大哥，你怎么啦？你现在才了解到老师的优点吗？"张华丽虽然是发的微信，但是古敏仿佛看见她在偷笑，让他有些不好意思起来，他停顿整理着思绪。过了好久，他才向张华丽发微信。

古敏："不是这样的。我今天与一个当老师的同学聊了一天，了解了他的事，才真正地感受到了老师的不易，老师的崇高。特别是农村的老师，更加地了不起，更应该受人尊重。老师付出那么多，收入是那么少，但他们没有一点怨言，一如既往默默地工作，默默地付出。"

张华丽："你说得很对，农村教师很了不起。我以前在城里工作，还有一些瞧不起他们。到了农村支教，才感同身受，与他们密切接触，才真正地认识他们，尊重他们。他们是更值得大家尊重、大家敬佩的人。"

古敏："你也是值得尊重、值得敬佩的人。你退休了，还去农村支教，更应该受到赞美。"古敏笑了起来，笑得那么开心。

张华丽："你不用夸我，我比起他们还差很远。他们真的很不容易，还不被人们理解，这对他们不公平。"

古敏："不理解的人，对老师有看法的人，都没有全面看老师，没有真正地认识到老师的贡献。"

张华丽："你说得很对，只要整个社会都尊重教师，尊重他们的工作，尊重他们的付出，社会才能真正地进步。"

"对，这样的局面很快会到来。"

"但愿如此吧。"发了这条微信，张华丽又补充："古大哥，你一定玩得很开心，才会有这么好的心情。"

古敏："与同学一起玩，真的很开心，心情特别好。你也开心吗？"

张华丽："我很开心，我与学生在一起，无比开心。"张华丽还发了表情的图案，古敏不知道图案是什么意思。但他理解这一定表示开心、快乐的表情，他看了，心里好高兴。

古敏："开心就好，你开心，我也开心。"古敏隐约地向她开玩笑，表达着目前的心情。

张华丽："应该说你开心，就是好事，大家就开心、放心了。"张华丽的微信，是她心声的表现。她知道古敏已经走出了阴影，开始了正常的生活，所以她会如此说。

古敏："我们都开心，真的很好。"

张华丽："你多玩几天回来，玩开心，玩出新意。"

他们结束了聊天，古敏却在回味她最后那句话。他感到了她的温情，感到了她的善解人意，也体会到了她的关心，感觉她无比美好。他好激动，多么想早一点见到她，说说自己此时的感受。

他躺在床上，久久不能入睡。他后来睡着了，竟然还做起了梦……

第二十一章

陈萍总是来去匆匆，仿佛有好多事等着她。她精力充沛，是一个闲不住的人。这天晚上，她早就说过要与古敏他们共进晚餐，于是，古敏和李清江一直等着她的到来。但是，天已经很暗了，还不见陈萍的踪影。他们不知道陈萍是否临时有什么安排，只能耐心地等待。

终于等来了她，古敏和李清江迎上去。陈萍下车便连声说："对不起，对不起二位。下午临时去处理了一件急事，还有一些扫尾工作，我让其他的人去完成，才抽身赶来了，否则，你们又会说我的闲话。"

"客套话不用说了，谁不知道你是一个大忙人。还是我们给你添了麻烦，应该是我们说对不起你才是。"古敏一边开玩笑，一边安慰她。

"你们都不要讲客套话，还是先解决肚皮的问题，它可早就叽里咕噜地闹起了意见。"李清江看着二人互相客气，便提出了自己的意见，他的话引得大家都笑了起来。

三人进到餐厅，餐厅的工作人员忙碌了起来。这都是陈萍早就安排下的，他们早做好了准备。举眼望去，菜虽然不多，却很精致。两个凉菜，两个炒菜，两个蒸菜，还有一个鸡汤。陈萍麻利地开了一瓶五粮液，倒满了三个杯子。古敏与陈萍在一起吃过几次饭，她提倡喝酒尽兴，但不能醉。如果她要开车，一定不会喝酒。看见她的举动，古敏知道她是有备而来。他还没有见陈萍有过如此的举动，不免心里咯噔了一下。他知道如果女孩要喝酒，一般都很有酒量。古敏已经几年没有放量喝酒，也不知道自己现在的酒量如何，便在心里告诫自己，一定要注意着点，不要醉了让他们笑话。

陈萍端着酒杯，站起来说："我由于事情多，没有认真地陪古敏喝过酒。今晚先说一句，只喝酒，谈友情，其他的事一律不谈，谁违规，罚酒三杯。来，为古敏的回归，为我们的同窗情，干一杯。"

坐下后，古敏说："陈萍，我也发个言。如果说错了话，罚不罚酒呢？"

"罚酒也可以。但是，什么话正确，什么话有错，这里没有裁判，就无法论证。因此，我认为什么话都可以说，不必那么认真。”说到这里，陈萍抿嘴一笑。她不知道自己的话有什么不对的地方，怕古敏揪着不放，她如此说了，就避免了许多闲话。

古敏本来想说陈萍的话有错，让她多喝一杯酒。但陈萍如此说话，他也不好再说什么，他只好跟着她笑了笑，便没有说话。当然，古敏想陈萍那么热情，也不想扯酒经，便放过了她。

接着，古敏发言。他说感谢同学们的厚爱，感谢陈萍的热情，要敬二位一杯。他们碰了杯，喝干了酒。

李清江说当年的三个班干部碰到了一起，必须喝一杯，于是，大家又碰了杯。三杯酒下去，大家才开始吃菜。他们慢慢品尝着菜，评价着菜。

过了一会儿，陈萍说：“古敏这次回来，我特别高兴。同学会后，我发现他情绪不错，身体也比去年回来时好多了。说实话，去年刚看见他时，我都为他担心不少。现在看来，没有了问题，这也是高兴的事。因此，我们必须一起再喝一杯。”

喝酒的时候，李清江心里发笑，差一点呛着。他稳定后，便开起了玩笑，说：“古敏，你听见陈萍的话没有，你看她多么关注你，多么地爱你，你可不要不知好歹。”

古敏知道他是开玩笑，没有反驳他。因为他不能说陈萍不关心他，自己无论怎么说，都不好办，不如不说话更好。但他心里感动着，心怦怦地跳个不停。

让人没有想到的是，陈萍不但不反对李清江的话，她还大方地说道：“我除了爱古敏，我还不是爱你啊，你用不着吃醋。”她大胆地承认，反而让李清江没有了话说。

陈萍觉得刚才的话还没有说完，继续补充道：“我不但爱你俩，所有的同学我都爱。我这个人重情感，只可惜那个年代，大家都穷，大家都苦，真是有心无力。”说着说着，陈萍动了感情。她停止了说话，提议大家再一起干杯，才掩饰了过去。

陈萍提起了过去，说起了读书那个时候，古敏和李清江有同感，也找到了话题。

李清江说：“陈萍，那时候你没有住校，我们住校生有多苦，你根本不了解。”

陈萍嘴里含着东西，没有说话。她咽下后，立即说道：“你不要吹牛，我虽然没有住校，但是住校生的生活怎样，我还是看了不少。看着那还有糊状的蒸的大馒头，就着豆瓣吃，该有多难吃啊。如果换了我，我还不知道该吃了它，还是该饿肚皮。”

“你当然觉得难吃，你那个时候过的是地主生活。我们不吃这样的东西，又靠什么填肚皮呢？”古敏笑着说，心里酸酸的。

“打住，打住，谁都不要忆苦思甜了。现在的生活好，我们就更应该好好享受，安度晚年。”她说完话，又让大家喝了一杯。

古敏见陈萍高兴，喝酒的兴致很高，开始为她担心。他说：“陈萍你能不能喝哟？还是多吃菜，少喝酒吧。”

古敏的话刚落，李清江便说道：“你俩不要那么肉麻，好不好？一个说爱你，一个关心对方酒喝多了。你们真的有什么秘密，还是交代了好。”

李清江的话，让古敏不好意思。他心里明白，自己与陈萍没有什么秘密。他这样说，是开玩笑取乐，便没有管他。他不说话，更是怕陈萍尴尬。

可是，陈萍不但没有反对，还大方地说道：“现在坦白也不怕了。当年，我就是暗恋着古敏。李清江，你们有谁知道吗？”她的话还没有说完，被李清江的掌声打断了。古敏根本没有想到陈萍会如此说话，立即脸红了起来。

陈萍继续说：“我虽然暗恋他，但是别人不来电，根本无法通电。”说完，她放声地大笑起来。她说的话一定是真的，否则，她不会故意这样说。

古敏这时才记起她说的“早知今日，何必当初”。她说的，还真的不是玩笑话。但是，古敏坚信陈萍不会暗恋自己，因为他根本没有感觉，她也没有什么特殊表现。于是，他马上说道：“陈萍，你真幽默。你是不是故意这样说，与李清江合起伙来取笑我？我有自知之明，班上的大美女，怎么会暗恋一个穷小子？这不会是古代的美好传说吧。”

陈萍说：“你不用择清自己，男女相爱，是很正常的。当然，我没有表露过，谁也不会知道。后来，便没有了机会表白，只能将自己的初恋烂在了肚皮里。如果不是李清江提起，我也无从说起，更不好意思说出来。现在说出来，舒服多了。”她尽情地笑着，不管不顾。

其他二人，都被陈萍的话震住了。看来，陈萍还真的暗恋过古敏。只见李清江说道：“陈萍，你不是故意说来取笑吧？你怎么会暗恋古敏，老实说来？”李清江也不相信她的话，或者是想了解细节的东西，于是，故意这样说话。

“你们不信我的话？我不但有理由，而且还很充分。”说到这里，她独自饮了一杯，仿佛在稳定情绪，然后说，“古敏勤奋刻苦，不多言不多语。他还肯帮助同学，被他帮助过学习的同学应该不少吧，这要花费他多少精力和时间，但只要有人求他，他总是会让别人满意。因此，我有时想问他问题，都不好开口了。还有，他的字写得好，诗也写得好。我们一起办壁报，我就喜欢与他合作。他有这么多优点，不值得女孩子爱吗?"

过去了这么多年，陈萍侃侃而谈，还说得那么清楚，谁还敢怀疑她的话不真实呢?这时，他们不但相信了陈萍的话，还让古敏在心里直叫惭愧。他怪自己只知道埋头读书，对其他的事一点不关心。他虽然很感激陈萍对自己的爱意，但也庆幸当时没有去注意这些东西，否则，分心去考虑其他问题，一定会给别人不好的看法，还会影响自己的学习。

为了掩饰心中的不安，古敏说道："陈萍，你真会说话。我只想问你，你的工作可以说是板上钉钉，你能为一个农民小子牺牲自己的幸福吗?"

"都说到了这个份上，我就全倒了出来吧。"陈萍笑了起来，仿佛在思考。过了一会儿，她说："我想过这个问题，凭我母亲当区长，我父亲当公安局副局长，不但我的工作不成问题，再多解决一个人的工作，也一定不是问题。我还想过，如果不能直接解决古敏的工作，就先让他去当兵，凭他的学习成绩，凭他那么好的一手字，还特别能吃苦肯干，他不可能不会提干。"说到这里，谁都不会怀疑她真的暗恋过古敏，她不但考虑自己，还为古敏计划了美好前程。一时，大家都没有再说话，气氛一下子有些沉闷。他们各自想着心事，连东西都很少吃，仿佛忘记了一切。

"你们怎么哪?都别伤感了。我们喝酒，我们应该高兴才对啊。"过了好久，陈萍才仿佛想起了喝酒，她故作高兴，又提议喝酒。没有人说话，更没有人推杯，都将一杯酒喝干后才放下杯子。

那个年代的人，受过穷，吃过苦，也特别重情感。虽然那时艰苦，生活上十分受穷，但人们都能互相关心，互相帮助。提起过去，大家就有许多共同的话题，也会显得特别亲。在场的三人，都通过努力，改变了命运，走出了一条光明大道。他们看重那个时光，更感觉同学情谊的重要。现在，他们退休了，想找回当年的记忆，找回那时的感觉，才经常聚会，既是叙旧，也是想继续当初的友谊。

李清江沉默了很久，又说话了。他说："陈萍，你那么爱古敏，他现在失去了爱妻，你也应该为他出一点力啊。"

古敏打断了李清江的话，说："清江，你说些什么哟!"

"我的意思是让她帮你找一个老伴，让你有人照顾，生活会更幸福。"李清江解释说。

"古敏，你别不好意思。李清江说的没有错，儿女有自己的事，照顾不过来。”陈萍说到这里，看了看古敏，继续说，“我之所以办医养结合的福利院，就是解决老人的养老问题。当然，你又当别论。”

古敏马上说：“谢谢你们的好意，我还没有到养老的时候。”

“我知道你还年轻，那就更应该找一个老伴。”李清江说罢，还笑了起来。

“找老伴，还是要自己多努力。”陈萍对古敏说，“我发现你与张老师就很谈得拢，你们也很般配，你应该找她谈谈啊。”陈萍一本正经地说，没有一点开玩笑的意思。

“不可能，不可能。”古敏摆了摆手，否定了陈萍的说法。

“为什么？”陈萍和李清江一齐问。

“她已经单身了那么多年，艰苦的日子都过了，怎么可能再婚呢？”古敏说出了自己的判断，他心里也这样想。他对张华丽有好感，但他从不敢往这个方面想，就是出于他的判断。

“你做事就是这么认真，怎么就不能灵活一点呢？”陈萍似乎有些生气，更是为古敏着急。她说：“人都是会变化的，她以前没有考虑再婚，原因可能很多。现在，她再婚也是有可能的。你不去试一试，怎么知道她是怎么想的呢？”

陈萍和李清江望着古敏，期待着他的回答。但是，古敏就是一言不发。他们也没有催他说话，就慢慢放弃了这个话题。

后来，他们也没有兴趣喝酒了。陈萍说她已经安排了事，明天会来专门陪古敏玩，接受他的采访。今天，大家都早一点休息。

他们都早早地睡下了，一夜无事。

第二天早餐后，三人坐李清江的大众，直奔橘博园而去。到了橘博园，陈萍说了她的安排，先在橘博园游玩，下午钓鱼，三人也好摆谈摆谈。大家都同意了陈萍的安排，还赞扬陈萍心很细，安排很合理。

走了一会儿，陈萍问道：“古敏，那天我给你讲到了哪里呢？”

古敏想了想，说：“你说你产生了逆反心理，与你母亲对着干。凡是你母亲安排的事，无论好歹，你都用相反的办法对付。”

“对，对，对，是说到了这里。那么，我们就从这里开始吧。你记得住那么多吗？”

“你稍微讲慢一点，我能够记住。”

“对，你的记性很好。你现在还有那么好的记性，是吗？”陈萍对着他笑了一下。

“与以前差不了多少。”古敏很有自信，笑了笑。

“记性好，不会得老年痴呆。”李清江插话说。

“为了反对母亲，我不但不去高考，就连她给我安排的婚姻，我也是极力反对。不是不去与对方见面，就是故意搞恶作剧，让事情办不好。我还明确告诉母亲，我的婚姻不用她操心。后来，让她逼急了，我就说已经有了男朋友。可是，她就是不相信，还非要我让她见这个男孩子。”

“你一定会说你的男朋友是古敏，是不是？”李清江笑着询问。

“我怎么会这么说呢？”

“既然是为了过关，就可以乱说啊。”李清江说。

“不行，不行。”陈萍想了想，说：“那时古敏都读大学去了，我不能这样说，我就将一个有好感的男孩子带给她看。这男孩是一个烤酒的工人，家里还很穷。她知道了男孩的情况，骂了我好久，还坚决反对。”

听到这里，古敏有些心急，说道：“你这不是胡闹吗？婚姻大事，可不能乱来。虽然应付过去了，不会闹笑话吧？”

陈萍笑了，说：“你们不用急，听我慢慢说。我对母亲说，如果她再干涉我的事，我就与男孩私奔，工作都不会要。她气得很，就是拿我没有办法，后来，就不管我了。”

“你们成了吗？”李清江关切地问。

“怎么不能成？我还真的与他好了，后来结婚生子，他就是我的丈夫蔡勇啊，他实际上是很不错的一个人。我们事业有成，还有两个孩子，其中一个还读了研究生。”

“你有两个孩子？你不怕违反计划生育政策，被开除吗？”古敏担心地问道。

“我有什么怕？不等他开除我，我自己开除了自己。”

“什么意思？”李清江问。

“我自动离职，下海做生意啊。”陈萍停住了，想了想，继续说，“那个时候改革开放，做生意很盛行，我也蠢蠢欲动。后来，遇到我的一个亲戚，他也放弃了工作，自己做生意，收入还很可观。当时，我家里那位工资低，而且还不能保证按时发。于是，我们就决定辞职经商。由于没有什么本钱，又没有经商的经验，便从小生意做起。我们先是进货赶场卖衣服，到批发市场进货，然后东奔西走地赶场卖。”说到这里，陈萍停住了，像在回味一般。

“那样，生活多么动荡啊。”古敏有这种经历，插话说。

“不但生活动荡，而且那份苦真是无法说了。背上背一大包几十斤重的东西，手上还要提一大包东西，就这样去赶公交车，该多么累，多么难。有的公交车看见背大包袱的人，便故意远远地停车，不想让你上车，占过多的位置。这时候，你必须奋力奔跑，才可能赶上车。就是到了车门口，要上去也很难，其他的乘客是轻装，很容易就上了。我们这么大的包袱，不注意就被别人挤开，或者被售票员推开了。”

“你真的太难，也太苦了。”李清江感慨了一句。

“你也太能干了。”古敏赞叹地说。

“这算什么哟！我经常是饱一顿，饿一顿。真是日晒雨淋风吹打，忍饥挨饿遭白眼，是生理和心理的双重打击。对于我们来说，一年三百六十五天，没有一天是星期天。”陈萍现在说到这些，仿佛很轻松幽默。

“你何必这样要钱不要命地干哟？”李清江说。

“你不知道，进了货，必须争取早一点卖出去，才会有收入，才不会积压资金。”陈萍解释说。

古敏没有说话，他在体会着陈萍当时的苦难，体会着她的内心世界。他没有想到的是，这样一个干部家庭的女孩，能这么吃苦耐劳，这么勇往直前。他想，每一个成功的人背后都有许多耐人寻味的故事。他期待着她后来的故事。

这时，正好路边有一个凉亭，陈萍径直走了进去。她坐下后，长长地出了一口气。大家都没有说话，都在想心事。他们对周围的美景，都没有心情欣赏，更没有评论。

休息了好久，陈萍才开口说话。她说：“你们都说我苦，还有更苦的事，你们根本不知道。我就给你们说一件吧，这也是我埋在心底，从未向别人说过的事。这件事让我终生难忘，更是在时时鞭策着我。那是一个冬天的上午，天上飘着大雪。我照常去赶场卖东西，这样的天气，不说没有顾客，街上的行人都十分稀疏。我站在摊位前，又冷又饿，手脚都冻僵了。让我更着急的是，根本没有人来买衣服。但是，我必须坚守，不能白白耽误一天。此时，我租摊位那家人却在屋内谈笑风生。后来，我还听他们说要煮醪糟水喝，以此驱寒。听他们这么说，我心里一动，有些高兴起来。”

“你高兴什么？”李清江插话问。

陈萍没有理他，继续说：“他们喝醪糟水驱寒，看来，我也有希望喝上一碗吧。想着那美味的东西，仿佛没有那么寒冷。于是，我就等待着，希望着。可是，过了很久，他们的门却没有打开一下。我还是等待……”

“你等来没有呢？”古敏有些着急地问道。

此时，陈萍的双眼开始模糊，声音有些哽咽地说：“直到我收摊，始终没有等到他们开门。我当时就想，他们怎么就忘记了我这个佃户还在门外受冷呢？我多少还与他们有点关系吧，他们怎么就这么心硬呢？这件事让我记住了，我也告诫自己，一定要好好干，一定要干出点名堂来。到我有了能力的时候，我一定不会忘记穷苦人，一定要为需要的人做一点事。现在，我经常捐款助贫，搞福利院，就是那件事教育了我，让我不要忘记穷人。”

“他们怎么这么不近人情呢？”古敏有些愤愤不平。

“这不能怪他们，这是当时我自己一厢情愿，他们大概也没有想到这些吧。”陈萍说得轻松，也是在安慰古敏。想想陈萍的话，古敏觉得有一点道理。

“你真的吃了太多的苦，我们根本不了解。”李清江说。

古敏说：“陈萍，我太佩服你了。我们都爱你，你是我们的好班长。”

“大家都认为经商就是大把地进钱，商人背后的事又有多少人知道？真的是一言难尽，我现在都不想说。要不是满足古敏，我是不会向人提起这些事的。如果要想卖掉一件衣服，不知道要向顾客说上多少话，要向别人赔上多少笑脸啊。还有，钱还没有找到，一些收钱的人倒来了，什么摊位费，卫生费，管理费，个体协会会费，每样费都必须交。当然，还有各种税，就更不能少。”

听陈萍这样说，古敏在心里过意不去。他采访陈萍，实际是将她已经愈合的伤口再撕开。他仿佛看见她的心在渗血，他的心情很糟。他说：“陈萍，对不起。”他说不下去了。

陈萍笑了，说：“你这人真怪，这不关你的事，你用不着这样。我现在给你们说出来，心情反而轻松了。我一直告诫自己要忘掉这些不愉快的东西，可是，就是忘不掉。现在反而让我释放了出去，是好事啊。”说完，陈萍大笑起来。不知道她是为了安慰古敏故意地笑，还是真心地笑。

但是，古敏总觉得气闷，便提议说：“我们还是出去走走，边走边谈更好。”

他们走到一个坡顶，四下眺望。眼前是一些高矮不一的橘子树，绿油油的树叶迎风飘动，就像一张张人脸在晃动。树木间有小鸟跳跃飞翔，有的小鸟站在树干鸣叫，像歌唱，也像在述说着什么。这时，古敏的心情好多了，也有了心情欣赏美景。他是在心里赞美橘园的广阔，橘园的美好。

古敏望向远处，忍不住问道：“远处的橘树上仿佛有纸，是干什么用的呢？”

陈萍顺着他指的方向望去，解释说：“那是橘子，必须用纸袋包好，否则，鸟会啄坏。”

“这个时候，怎么会有橘子呢？”

“怎么会没有呢？上次朝晖告诉过你啊，我们这个橘博园的品种很多，四时有橘花飘香，四季有果味浓。要满足市场的需要，除了用冷库保鲜，还必须有不同季节的橘子成熟，才能保证生生不息啊。”

听了陈萍的介绍，古敏和李清江都觉得太孤陋寡闻了。

古敏又想到了陈萍做生意的事，马上问道：“你赶场卖衣服的日子维持了几年？”

“还好，只干了三年，就结束了这样的生活。”

“你说得多轻松？三年，是你才坚持了下来。如果换了我，早就放弃了。”李清江说。

“走都走上了这条道，而且是自己的选择，只能硬着头皮往前走。这也是没有办法，不走也得逼着走。”

“你可以再回原单位上班啊，那样轻松许多，生活也应该没有问题。”古敏关心地说。

“你让我回原单位上班？我才不会回去。”陈萍扁了扁嘴巴说。古敏望着她，不知道她话中的意思。

陈萍笑了笑，说：“就是他们要我回去，我也丢不起这个脸。”

古敏说：“你就是爱面子，回去也不丢什么脸嘛。”

“也不是完全为了面子，总之，是不甘心就这样认输。”说完，陈萍轻松地笑了起来。

“就是不认输，也该早一点转行干其他的生意。”李清江说，他考虑到陈萍那样的苦，想想都太难了。

“你说得好轻松，说转行就能转行，哪有那么好的事？”陈萍想了想，继续说，“那个时候，说本钱没有本钱，说门路没有门路，我怎么去转行？”

古敏说：“是这样，做生意还是需要许多条件，缺一不可。”

“你父母那么有钱，找他们支持啊。”李清江说。

陈萍没有说话，撇了撇嘴巴。她说：“特别是我妈，她坚决反对我下海做生意。她会借钱给我？想都不用想。”

“你妈可能是不想让你丢掉铁饭碗，故意逼你。”古敏猜测着说。

“还真的让你说对了，她就是这个意思。我找别人借钱，她知道后，都去威胁别人，不让借钱给我。”

李清江惊奇地问：“真的有这事？”

“有啊，我找我的一个亲戚借几千元钱，说得好好的，去拿钱的时候，却变了卦。我反复询问，他才说了实话说不是他不借给我，是我母亲警告了他，他不敢借钱给我。我母亲说如果我的工作丢掉了，要他负责我以后的一切事情。他害怕，就不敢借钱给我。你们想，我那个时候该有多难。说老实话，我在没有人的时候，自己都曾悄悄哭过。”说到这里，陈萍说不下去了。

陈萍是那么坚强的人，自己竟然悄悄地哭过，这是谁都不会想到的事。但是，古敏他们相信她说的是实话，也十分同情她当时的困境。这样的困境，没有经历过的人，是无法想象到的。

古敏说：“说说你的转机是怎么来的，好吗？”

“好啊，这正是我要说的。一天，我在做生意的时候，突然遇到了我的一个表叔。我已经几年没有见过他了，他看了我的情形，也十分吃惊。后来，在交谈的时候，才知道他在省城做服装加工生意。这次回来找操作缝纫机的人，他的生意好，要扩大生产。他还问我为什么好好的工作不干，却做这小本生意。我如实地告诉了他我的经历和我的考虑。他听了后，好久都没有说话。”

“他为什么不说话呢？”古敏问。

“他没有说话，是在考虑问题。他想了一会儿，问我愿不愿意做他们做的这种生意。我说没有做过，不知道怎么做。他告诉我就是找几个能操作缝纫机的人帮着做，布匹到批发市场进货，衣服做好后，到批发市场批发。我没有胆量，因为我不懂行情。他说你这样的苦都能吃，一定能做好服装加工。他一个劲儿地鼓励我，我就是下不了决心。”

“这么好的机会，你可不能错过。”古敏有些担心地说。

见他焦急的样子，陈萍先笑了。她说：“我还不想错过这个机会呢，可是，我就是想法多，一时下不了决心。”

“后来，你去没有去呢？”

“说来话长。”陈萍看看时间，说：“时间不早了，还是先吃饭吧。”

在往回走的路上，古敏沉默不语。他是在想陈萍会怎么处理这事，她后来又是怎么发展的。但是，他相信陈萍一定会有正确的选择，否则，她不会发展得这么好。他没有想到的是，表面看来，陈萍顺风顺水，却根本没有想到她还吃过这么多苦，而且这样的苦，完全是她自己任性造成的。想到她的任性，多少还与自己有点关系，古敏心里有些过意不去。他庆幸陈萍终于走过来了，这是让人高兴的事。一路上，古敏想了很多。他的心情一时平静，一时激荡。他还想到陈萍后来应该怎么样了，她的故事一定很多，吃的苦也很多。他想早一点知道她后来的故事。

吃午饭了，陈萍突然来了兴趣，说一定要喝酒。她见酒来了，还提议要划拳，以此助兴，要看看谁的运气更好。古敏和李清江不想扫她的兴，只好陪她划拳。让人想不到的是，陈萍不但酒量大，拳还划得特别好。她出拳快，变化也快，让人眼花缭乱，只得败下阵来。三人的情绪高涨，又回到了快乐之中。

第二十二章

中午，他们划了拳，也喝了不少酒，也就不会去想不愉快的事了。在饭桌上，古敏急着想了解陈萍接下来的故事。吃完饭，他又向陈萍提问了。

陈萍没有回答他，娇气地说："你想累死我呀？怎么就没有一点同情心呢？"她似乎在撒娇。

听到陈萍如此说，古敏慌忙说道："对不起，对不起，我没有想到。"看他的样子，仿佛真的有错一般。

一旁的李清江看了，立即说道："陈萍应该说没有爱心才准确。你们不要那么亲热好不好？都那么大的岁数了，还在调情。"

陈萍根本没有理他，响亮地说："我就是要调情，你管得着吗？如果你要吃醋，可笑的是你。"

"我一点不吃醋，你们如果能死灰复燃，才会有好戏看。"

陈萍举手向李清江打去，他早就跑开了。

古敏在他身后说："清江，你这样说过分了哈。你要知道，有的玩笑是不能乱开的。"

李清江回来，看见古敏一脸的正气，他心里好笑，认为古敏就是一个事事认真的人，没有一点幽默感。于是，他故意说道："我偏要说，我没有说你，我说的是陈萍。她都不急，你急有用吗？"

陈萍笑了，说："他爱说什么，就让他说什么。如果不让他说，他还会认了真。年轻时都没有调情，现在人老了，还有什么情来调哟。"

他们来到会议室，陈萍说休息一会儿再去钓鱼。古敏又想找她谈，她说自已想眯一下，让古敏与李清江谈。说着，她伏在桌面上，眯上眼午睡了。

古敏只好说："可以，你休息吧。"

“古敏，你咋这么听她的？”李清江又在开玩笑。

陈萍抬起头，说：“怎么啰？他是学习委员，不听我的，行吗？”

陈萍这人能干，嘴巴也不饶人。李清江以为她睡了，才故意这么说。见陈萍这样说，他只能伸了伸舌头。大家都知道是开玩笑，反而觉得亲切。

这时，李清江问道：“我们说点什么呢？”

“上次说好了，你要具体说说你是怎样教书的。”

“对，对，对。让我想一下再说。”

“你就随意一些，还想什么呢？”

“就是，做过的事，还需要想吗？”陈萍又抬头插话，看来，她根本没有睡。

“你们说得轻巧，我教了三十多年书，都讲出来，该讲多久？不想想行吗？”他的话把听的人逗笑了。想想，他说的也很在理，他是教书的，说话很有艺术，十分幽默。

李清江想了想说：“教师的工作也是很单一，就是备课、上课、批改作业、批改试卷、做学生的思想工作。再就是解决一些具体问题，推动工作的顺利进行。送走了一批学生，马上就迎来另一批学生。照此行事，日复一日，年复一年。虽然有一些事很烦琐，但是没有什么惊天动人的东西。不是本行的人，一点趣味都没有。”

“你看你，说了那么多，就是没有一句话说到点子上。你是想说，还是不想说？”陈萍插话道，看来，她不想休息了，加入了听讲的行列。

“我在说啊，你不要心急嘛。”

古敏说：“好，我们不急，你慢慢说，我们听。”

李清江很有深意地笑了笑，说：“教师日常的事，大家都读过书，也知道一些，我就不多说了。我将这几年的工作体会概括起来，也就是两个字——苦与乐。你们是先听苦，还是先听乐？”

陈萍说：“这是你的自由，你说什么，我们听什么。”

“那么，我就先说苦的吧。”李清江喝了一口茶，清清嗓子，说：“教师的生活和工作中的苦，真的很多。并不如外行说的，老师工作安逸，耍得太好了，有那么多的星期天，还有很长的两个假期。其实，并不是这样。有很多的星期天，老师都要用来看书，查资料，备课或者批改作业试卷，就是不做事，都要想教学的事，学生的事。两个假期虽然很长，但是，上级都要安排教师的政治学习和业务学习，就更不说有的还要在职学习提高文凭。所有这些东西，都要占去教师的很多休息时间。因此，教师并不是耍得好，是不敢耍，就是耍，也不能好好地耍。”

他的话让一些“耍”字缠绕，把陈萍和古敏逗笑了。他们一笑，李清江也跟着笑了。众人笑过后，李清江继续说：“单说备课，就不是一件轻松的事，并不能很好完成的事。一个班几十个学生，他们的学习基础不一样，接受知识的能力不同，学生的反应能力有差异。因此，备课的时候必须考虑好各种情形，让各种程度的学生都能认真学习，跟上学习进度。更重要的是让各种程度的学生都能有极大的收获。一堂课讲下来，让学生获得知识，提高能力，产生兴趣，热爱这门功课，这才是成功。要想上好课，这些都必须在备课的时候要考虑到。你们说，这么多因素，该要动多少脑筋，考虑多少问题。为什么有的教师的课，有的说他上得好，有的又恰好是相反的评价呢？这就是他考虑不周到导致的，一部分适合了，另一部分就难适应。长期下来，有的学生进步，有的学生却掉下去了。后来，还有的学生干脆放弃了这门学科。怎么让所有的学生都能进步，跟上教学进度，这都要求教师时时考虑。就是备课完成了，在具体教学过程中，都还要根据实际情况，临时采取一些措施，把课讲好。上好一堂课，该有多难、多苦，外人是不能想到的。”

陈萍和古敏被李清江的话深深吸引，还不时地点头，表示赞同。但他们没有说话，怕打断他的话题。

歇了一口气，李清江继续说：“大家都知道电视上老师讲的课好，为什么没有把这种课录下来，拿去放给学生看就完了呢？如果那样，就省了多少事，国家也用不着投入那么多的人力物力办教育了。因为各地的学生，各种程度的学生有所不同，再好的教学片，都不能适应具体的学生，还必须让教师针对具体的学生，进行教学，才能让学生学习好，有好的收获。”看来，李清江对这些问题也有过深入考虑，而且看法也很正确。照此看来，他的水平怎样，他的工作情况怎样，大家都略知一二。他们露出了佩服的目光。

李清江喝了茶，没有歇气，继续说：“我再说说上课的苦。上课的时候，学生的基础有差异，性别有差异，接受能力有差异，对课程的喜好有差异。教师必须时时注意各种情况的发生，从而调整进度。学生跟不上趟，就要放慢，还要反复讲解，或者举例说明。如果有的学生在课堂上没有弄懂，还必须在自习时，个别辅导。”

“课堂上如果有学生开小差，你去提醒他，会打断教学，会干扰其他学生听课，因此，你只能用声音的提高变化来提醒他。如果他都还不改正，只能一边讲课，一边接近他，站到了他面前，他会知趣地，并立即回到听课之中，否则，不但他听不好课，其他的同学也会受影响。如果他刚开始反对，就会弄得很糟，这堂课的效果也可想而知。”

听李清江讲到这里，古敏在心里赞叹起来。他听人说教学是一门艺术，看来，李清江就很懂这门艺术。他能评上优秀教师，真的是名副其实。

“如果使用了许多方式，都不能纠正他，最后，只能叫他回答问题。往往到了这个时候，他能回答，说明这个知识他弄懂了，还是要加以肯定。如果不能回答，就让其他同学回答，让他认真地听别人讲。这样，课堂秩序维护了，教学效果也好了，师生关系也密切了。”

说到后来，李清江说得快，不断地喝水。他问道：“我说这些，你们可能不爱听吧？”

古敏说：“你说啊，有意思。”

李清江笑笑，说：“教师备课，讲课都很辛苦，但他们的生活更苦。无论盛夏还是寒冬，你必须保证不能迟到，更不能早退。上课的时候，还必须精神饱满，一直站着给学生讲课。有时候生病，只要能坚持，都要坚持着给学生上课。因为一个老师，他面对的是众多的学生，他的一举一动都牵涉着那么多人。如果必须请假，其他的老师去顶课，都会让你不放心。如果学生是住校生，还必须给学生上早晚自习。学生休息了，老师还要巡视校园，保证学生的安全。总之，心都放在学生身上，有时连家都顾不过来。”

李清江又喝水，古敏发现这是他的一个习惯。他讲一会儿，就必须喝水。喝水让他歇气，歇气也正好喝水。李清江看见古敏在发笑，说道：“你一定是在笑我喝水？这是一种职业特点，如果不喝水，嗓子受不了。久而久之，就成了习惯。”

“一个毕业班送走了，仿佛完成了一个任务，也结束了一段艰苦的旅行。可是，还不能松气，因为立即就要准备接下一个班次，又要开始新的行程。身体的苦好说一些，心灵上的苦是没处说。社会往往用高标准看老师，老师的一言一行都有那么多人盯着，稍不注意，就会受到无端地指责。可是，老师付出那么多，回报却那么少。还有，如果教学质量好，就是一片的叫好声；反之，会受到各方面的指责，让你抬不起头。因此，教师一直都处在高度的紧张和高度的自我约束中生活。但是，虽然这么苦，老师却被大家认为是高尚的，自己也认为不同一般，生活在陶醉之中。所以说，老师是生活清苦，精神清高，现实清凉。”说到这里，李清江停住了。他显得很累，仿佛再不想说话了。

古敏对他笑了笑，表示感激和敬佩。李清江在农村学校任教几十年，在艰苦的环境里工作，付出了那么多，真的很不容易。从他的谈话中了解到，为了学生，他想了许多办法，也有了丰富的经验。因此，他就比一般的老师付出更多，更值得人们敬佩。

陈萍说道："教师的苦我还是不了解，你说了这么些东西，让我认识更加深刻。我真诚地说上一句，老师辛苦了。"她没有一点开玩笑的意思，是发自内心地说话。说完话，她还向李清江鞠了一躬。

"你们也不用客气，老师有许多苦，但还是有很多乐。"李清江说着，心里仿佛在想什么。

"李清江已经累了，今天就暂时说到这里。现在，我们去垂钓。"如果不是陈萍提起，其他人都忘记了还要去钓鱼的事。于是，大家急忙准备，然后一起向鱼塘走去。

这里的鱼塘很多，一连好几个。鱼塘边有凉亭，还栽了花草树木，在这样的环境里垂钓，让人心旷神怡。他们选了人比较少的地方，开始垂钓。他们也没有想钓多少鱼，只是想体会一下钓鱼的乐趣。放好鱼线，李清江便认真地注视着水面。他们钓了一会儿，还没有收获，但其他地方不断传来惊呼声。不用说，一定是有人钓到了大鱼，才会引来惊呼。古敏对钓鱼没有兴趣，平时也没有钓过鱼，因此，他对自己的鱼线一点不关心，反而会被其他的惊呼所吸引。他想找人说话，看陈萍和李清江都认真地望着水面，他不好意思去打扰。后来，他干脆拿出手机，玩起了手机。

不远处，陈萍开始起鱼。只见她用力地一弹，用力过猛，竟然拉了一个翻山。她钓鱼的姿势，让李清江笑了。因为她这样起鱼，就是内行所说的拉翻山鱼，如果鱼大了是根本钓不起来的。因此，一看她的起鱼方式，就知道她是外行。陈萍钓起的是一条小鱼，但她很高兴。因为她最先钓起了鱼，鱼的大小对她来说，并不重要。

这时，古敏说："陈萍，你真行。依我说，这鱼一定是一条男的。因为它喜欢美女，才被你钓了起来。"

古敏的话，引来李清江的大笑。陈萍说："去你的哟，钓鱼不行，说俏皮话却那么厉害。如果不认真钓鱼，今天晚上没有鱼吃。"

李清江看了看陈萍钓的鱼，说："这鱼太小，误入歧途，才被陈萍钓了起来。"他连讽带刺的话，引来古敏的笑，陈萍也跟着笑了。

看来，钓鱼的乐趣就在于此。无论谁钓到了鱼，都会让人快乐。

看见陈萍都钓到了鱼，古敏也不玩手机了。他开始全神贯注地盯着水面，他的眼睛有些疲倦，水面的浮头就是一动不动。于是，过一段时间，他就会提起鱼线看看，他以为鱼饵掉了，才没有鱼上钩。他心越急，越没有鱼吃钩。

其间，李清江钓起了几条比较小的鱼，但是，古敏还没有钓上鱼。不久，他失去了钓鱼的兴趣，他便到别人的地方观看了起来。

正在此时，李清江钓到一条鱼，看着水面搅动的浪，便知道这鱼不会小，这立即引起了古敏的兴趣，他干脆跑了拢去。古敏问李清江需要帮忙吗，李清江没有说话，因为他根本没有空说话。他身子一会儿前倾，一会儿后仰，还不停地跑动着。总之，他是随着水中的鱼动作着。鱼怎么动，他就随着鱼游的方向动。鱼累了，不想动了，这时，他就轻轻牵动钓线，但又引起鱼的大动。于是，他又慌忙地随着鱼动作起来。李清江在认真起鱼，让古敏惊喜不已。他在李清江周围跑动着，他想帮忙，可是，他又不知道该做点什么。他不敢说话，怕干扰了李清江，更怕惊动了水中的鱼。

已经好久了，那条鱼还是在水中游动。后来，鱼实在累了，这时，李清江一会儿提动鱼头，让鱼头露出水面便立即放入水中。鱼受了惊吓，立即大动起来。过了一会儿，鱼又平静下来。如此反复多次，鱼没有力气大动了。只见李清江牵动鱼线，慢慢地引着鱼往浅水的岸边游。最后，他用网兜将鱼弄了起来。见状，古敏急忙去抱起那鱼，高兴极了。这是一条大鱼，至少有三斤多。高兴之余，古敏赞美起李清江钓鱼的技术。他说："清江，你真行，这么大的鱼都被你钓着了。"

"这没有什么技术，只是我的运气好一些吧。"

"肯定不是这样，其中一定有技巧。如果换了我，一定弄不起来。"

陈萍笑话古敏，说："你不要如果了，你啊，无论鱼的大小，都一定不会亲近你。"

李清江平淡地说："如果要说技巧，就是熟能生巧。你多钓几次鱼，就有了技术。"

"那么说，你经常去钓鱼哟？"

"对啊，我退休这几年，去钓鱼的时候多了。只要有空，我便要去钓一会儿鱼。但是，都是在野外的河边垂钓，这么大的鱼少有遇到。"

"清江，你真行，懂这么多东西。"古敏说。

"与你比差远了，我这算什么哟。"说完，李清江笑了。

古敏不懂他话中的意思，想了想，问道："你是不是太谦虚？我连小鱼都钓不到，怎么能与你比呢？"

"钓鱼算什么？你会那么多的东西，我怎么能与你比呢？"

这时，古敏才理解了他话中的意思。他想，李清江的话有道理，熟能生巧，他就不相信自己不能钓上鱼来。沉静下来，他想，李清江工作那么忙，退休后，竟然能安心学钓鱼，还有那么好的技术。退休后的生活，各有各的不同，比如自己爱好写作，有时是没日没夜地干，乐此不疲。李清江退休后，有空就去钓鱼，也是一种不错的退休生活。还有张华丽，她去支教，贡献余热。她在支教的过程中，也找到了自己的乐趣。还有姚大姐，她整天在小区里转悠，变废为宝，同时也锻炼了身体。总之，一个人到了老年，都要找到一件自己喜欢的事情。只要找到了事干，就觉得生活有意义。他的认识有了提升，眼前一片光明，他的心情好愉快。于是，他无意识地吹起了口哨。他的口哨声尖厉悠长。

“古敏，你的口哨吹得好好听哟。”陈萍赞扬起古敏来。

他不好意思起来，说：“我都不知道我在做什么，影响了你们钓鱼吧。”

李清江笑了，说：“不会影响，鱼才听不懂你的音乐哟。如果鱼都知道了你的美妙乐曲，还不跑到你那里去了，那才是影响我们钓鱼。”

听李清江如此说，陈萍大笑了起来。古敏不知道她为什么这样笑，红着脸问道：“陈萍，你笑什么？”

“你不知道清江在表扬你口哨吹得好，如果鱼听懂了的话，都要跑去听你的口哨。”说完，陈萍笑得更欢。

这次垂钓，只有李清江有大收获，陈萍与古敏，只是钓了一点小鱼，但是，他们得到了休闲，也得到了不少乐趣。古敏还在心里告诉自己，回去后，也要抽时间去钓鱼，以此调节生活，找到更多的乐趣。

晚上，他们又聚在一起，开始了采访活动。陈萍说不知道明天会不会冒出事来，她想先说说自己的事。可是，李清江却说自己的事说得差不多了，正好利用晚上的时间，结束谈话。陈萍听他的话有理，便让给了他。于是，她与古敏都当起了听众。

李清江想了想，说：“老师的苦楚很多，但乐趣也不少。有一点苦尽甘来的感觉，苦中作乐也说得上。”说到这里，他笑了起来。

他笑过之后，继续说：“教师的乐表现在很多方面，这也是外人不知道的。比如一个成绩差的学生，经过老师耐心地引导，他的成绩慢慢提高了，老师很快乐。因为他的付出落到了实处，有了好的结果，他当然很高兴。教师不一定就喜欢优生，学生成绩好就高兴。因为有的学生基础差，你如果一定要求他变为优生，是很不现实的事。因此，只要师生都付出了，有了成效，就是快乐的事。”

“再比如一个顽皮的学生，通过教育，让他改正缺点，走上正道。这也是一个老师感到高兴、快乐的事。在这里，我可以举一个例子。我曾经教过一个学生，他好动不好静，上课的时候，蔫儿了吧唧的，下课后像打了吗啡针一般，猴跳猴跳的。特别是打起篮球来，他更是忘了命一般。我告诉他打篮球很好，但有了文化，篮球会打得更巧。后来，他上课能听课，能完成作业，篮球也照打不误。快毕业时，省运动队选队员，便看上了他。他不但发挥了专长，还解决了农村户口问题。那个时候，要解决一个户口，是多么难的事啊。这件事告诉我，不是每一个学生都只有学习文化知识才优秀。一个学生，他只要发挥了自己的特长，一样能成为人才。能让一个学生成才，成为有用的人，老师就会很快乐。”说到这里，李清江沉思着，仿佛在想着什么。

过了一会儿，他继续说：“教师的工作，是对人的工作。你必须熟悉人，引导人，培养人，发掘人的潜能。为此，教师要用最大的努力。只要你努力了，尽责了，结果也是必然的，会给你带来快乐的。”

李清江侃侃而谈，陈萍和古敏被他的话深深吸引。他们相信李清江说的，不时点点头，表示赞同。其间，古敏还站起为李清江倒过一次水。

歇了一会儿，李清江说：“要搞好教育、教学工作，经验的积累也很重要。如果能将经验写成文章，既提高了自己，也能有利于工作。如果发表了，或者交流了，会让更多的人受益。我爱写这类文章，还获过许多奖。”说到这些，李清江笑呵呵的，看来，这也是老师的一乐吧。

“总之，我认真地工作，努力地付出。我吃了不少的苦，也感受到了许多乐趣。如果让我再一次选择职业，我还是会选择当老师。”

“为什么呢?”陈萍问。

“我就是一个这样的人，我干不了大事，但当老师很适合。几十年以来，我能一直爱着教育，一直安心教育，不受诱惑。用一句时髦的话说，就是‘不忘初心’。我当初选择了当老师，要在学校工作，才会有我的用武之地。”李清江结束了谈话，长长地出了一口气。陈萍和古敏为他鼓掌，三人都乐了。

看看时间挺晚的，大家都累了，便谈了一会儿其他的东西。后来，陈萍说她也想休息了，便结束了今天的活动。陈萍说，她明天要推掉工作，陪二位好好玩一天，便离去了。

李清江倒下床，很快就睡着了。古敏没有睡，他在整理着笔记。后来，他上了床，还是睡不着。他忍不住与张华丽聊起了微信，还把李清江的事给她做了介绍。听了古敏的介绍，张华丽也不停地赞扬着李清江，说他是一个好老师，说这样的老师工作出色，也会受学生欢迎。张华丽还很羡慕李清江会写经验文章，说自己就是不会写文章，这是自己的一个大缺陷。古敏安慰她，说现在写也不迟啊。她立即反驳说，现在写不但迟了，而且也没有什么用。经古敏一再询问，她才告诉古敏，说如果自己能写教学经验文章，会搞教学科研，自己会更上一层楼的。说白了，她就不只是一个中级职称的事。

与张华丽聊后，古敏又想到了陈萍。他现在才知道，陈萍曾对自己这么好过。当然，这都是过去的事。当时，他与陈萍间什么事都没有发生，而且，他也不知道，但是，这份情谊让他温暖，让他珍惜。想想世界为什么这么美好，就是有那么多的人爱你，关注你，帮助你。于是，他想到对待恋人应该是什么态度呢？他将想的结果，写成了一首诗。

恋人

我还深深地记得，
曾送你一朵鲜花。
经过多少年以后，
花儿是否还芬芳。

你可能已经忘记，
曾送我一张白纸。
经过多少年以后，
纸上已写满诗行。

这是写给恋人的诗，他有感而发。无论你是爱一个人，还是被一个人爱，都是美好的事。但是，应该怎么对待这种爱呢？那就是无论得到的是鲜花，还是一张白纸，都必须十分珍惜，而且还要好好爱护，让鲜花保持芬芳，在白纸上写满诗行。也只有这样，才是真正的爱。古敏想着想着，便睡着了，他脸上还露出了微笑。

第二十三章

第二天，陈萍不但推掉了一切工作，还关掉手机。她说要安静地讲自己的事，不想让其他事干扰。

在陈萍开讲前，古敏和李清江先坐到了一起。在等陈萍到来的时候，古敏向李清江提问道："清江，我昨天听了你的讲述，我好激动。后来，我想到了一件事，好想问问你，可惜，你已经熟睡了。”

“你有什么要问的事？你现在说啊。”

“我想，你这么优秀，退休了怎么不去发挥余热呢？你应该去找一个教育培训机构上班，一定有不菲的收入，也有了事情干。这么一举几得的好事，你怎么就没有去做呢？”

听了他的话，只见李清江笑着，没有立即回答他的问题。

古敏根据自己的考虑，继续问：“是没有人聘你，还是你没有去应聘？”

“是这样的，我还没有退休的时候，就遇上了我早年教过的一个学生，他主持着一个培训机构。他让我退休后，一定去他那里帮忙，说会给我优厚的报酬。我当时就否定了，后来，他还找过我，也让其他的学生带过话。”

“你为什么不去呢？”

“没有为什么，就是不想干。”

“不是这么简单，肯定有更深刻的原因。”

“如果一定要我找点原因的话，就是我对钱不感兴趣。如果一个人一直都在围绕着钱转，很不值得。工作时都那么累，退休了还要主动去找累受，我不会那么傻。我认为好不容易退休了，就该好好地休息，好好地过自己的生活。还有，以前对家人关心太少，我一定要回归家庭。”

“你的想法有些怪，你真是一个怪人。”古敏听了他的话，感到十分奇怪，便如此说了一句。

“我一点都不怪，我还想多活几年。好不容易退休了，我不想再去找罪受，不要自己给自己过不去。”李清江还是坚持着自己的观点，平淡地说话。

古敏突然想起刘高昂。他也是自己的同学，也是一位优秀教师。他虽然是退休了，却干得那么欢。上次同学会，只是见了一面，他就匆匆离去。为了培训机构的工作，他舍去了休息，舍去了友情。他与李清江仿佛是两股道上的车，各自奔跑着。这次同学会，大家仿佛忘记了他，谁也没有提到他。他知道刘高昂少与同学相聚，大家不提到他也很正常。既然想到了他，古敏问道：“我刚才突然想起，这次同学们聚会，怎么还是没有看见刘高昂参加呢？他真的是那么忙吗？那么不顾情谊吗？”

李清江只是淡然一笑，没有回答。古敏更加奇怪，以为大家疏远他，才不愿意说他的事。李清江毕竟与他都是当老师的人，不应该对他也如此冷淡吧。他望着李清江，不好说什么话。

“刘大哥啊，他已经走了。”李清江终于冒出一句。

“他到哪里去了？”古敏不知其中的意思，问了一句。

“他已经去了天堂。”他有些伤感，仿佛不想说此事。

“啊，真的吗？”古敏根本不相信自己的耳朵，反问了一句。“怎么会这样呢？去年看见他还好好的，怎么就……”

“听说他得了急性病，一星期多的时间就走了。”

“啊，太遗憾了。”古敏的心情坏到了极点，黯然神伤。

李清江说：“是啊，谁都说遗憾。可是，这也是不能挽回的了。”他停顿了一下，补充道，“他们那个圈子的人，还编了几句顺口溜为他做了总结。”

“他们是怎么说的？”

“刘大哥一生匆忙，做人总追求高昂；找的钱存在银行，人却去到了天堂。”

听了李清江的话，古敏更加伤感。他想，又一个高中同学逝去，人生怎么这样呢？他无法解释，更难以接受。他们都没有说话，沉默着。

过了一会儿，李清江说：“有人总结过，老师的寿命最短。细细想，还很符合这个说法。现在，人的平均寿命在不断地增长，可是老师呢？却不是这么一回事，有的还没有到退休，人却没有了。”

“你也不用那么悲观。”古敏安慰了他一句。但在心里一想，他觉得李清江的话还真的有些道理。

“我一点不会悲观，悲观也没有什么用。所以，一定要走自己的路，如果能多活几年的话，什么都有了。”

听着李清江的话，仿佛在为他先前的话做解释。他不去干第二职业，也可能是从身体方面考虑的吧。他的想法，虽然不一定正确，但是，谁又能说有什么错呢？人生就是这样，各人有各人的活法，对与错很难有统一的标准。

顿时，他们都没有话说了。他们默默地坐着，像什么事都没有似的。过了一会儿，陈萍才匆匆到来。她不知道他们先前说了什么，也没有多问。客气话都没有说，她便说起自己的故事来。

她说：“上次说到遇到了我的一个表叔，他在省城做生意。他看见我做小生意这般苦，便告诉我应该去大地方做生意。他还说做生意必须要趁早，干什么事，走在前面的人，都要好于走在后面的人。他还说他就是做这个生意起家的，再做一段时间，他要改行干其他的了。”

古敏插话说：“他都不想做的生意，怎么会推荐你去做？”

陈萍望他笑了一下，说：“你急什么？你怕他会害我？”她停顿了一下，似乎在想什么。过了一会儿，她继续说，“你放心，他是为我好，才为我提建议。他不想做这门生意了，是因为他有了本钱，要做更大的生意。做生意都是这样的，一步一步地高升。没有什么生意人会一条道走到黑，也没有谁能一出道就做大生意。”陈萍为古敏解释了一番，让他放下心来。

陈萍继续先前的话题，笑了笑说道：“他还向我保证，要为我作指导，不懂的都可以问他。他还给了住址给我，如果决定了要去省城，让我一定去找他。我当时仿佛是走夜路的人，在快迷路的时候，突然前面出现了一盏明灯，让我看清了方向。但是，我一时不能确定去不去省城。犹豫了一段时间，想了很多，我决定还是确定先去考察一番，亲眼看了后，再做决定。”

“后来，我去了省城，找到了我那表叔。他带我去了荷花池批发市场，当时就吓着了我。”

李清江听陈萍说吓着了，急忙问：“你被什么吓着了？你胆子那么大，有什么能吓到你？”

陈萍笑了，说：“我胆子大？我那是缸钵里头的泥鳅——要团转。到了荷花池，才知道什么是做生意。荷花池市场那么大，楼上楼下一个摊位挨着一个摊位，拥挤不堪。卖主买主，那么多人，都是做生意的。而且还分了片区，不同的片区，批发的商品不一样。一个片区里，许多人都是做同样的生意。我想，这么多人做同样的生意，怎么做哟。顿时，我心里害怕极了，只是没有说出来。这里人挤人，有空着手的，有背大包袱的。通道狭窄，人都站不稳，他一边给我介绍，一边带着我到处看。

“回到家里，他问我有什么想法？我如实地告诉了心里的想法，总之，心里没有底。而且这么大的场面，一定竞争激烈，这个风险不知道该不该冒。他听了我的话，大笑了起来。我不知道他为什么发笑，脸都红了。后来，他才告诉我，做同样生意的人虽然多，但买主也很多。生意各做各的，买主靠自己去发展。只要能吃苦，诚实做生意，一定会有自己的买主，生意也很有前途。他一再鼓励我，不用害怕，只要走出了第一步，就轻松了。他还对我说，如果我做了一段时间不想做，他可以找人为我做扫尾工作。他鼓励我，支持我，让我很感动。但是，我还是没有答应他，说回去商量后再决定。他给了我手机号，让我决定了再联系他。那个时候，一般的人都只能用 BB 机，可是，他却用的是大哥大。”

“后来怎样呢？”古敏急着问。

“我回去后，因为各方面的原因，还是没有确定是否去。我也不好意思告诉他，他见我很久都没有回话，主动给我打电话，问我是什么意思。我的难处他根本不知道，我也不好意思说出口，只能敷衍说正在考虑。”说到这里，陈萍停住了，似乎有些累。

这时，李清江给陈萍倒了水，让她喝水。陈萍也是口渴了，汩汩汩地喝起了水来。喝完水，陈萍说："我从省城回去，与丈夫商量好，还是觉得应该去省城闯一闯。说干就干，我低价处理了存货，筹备着去省城的事。接下来，我却遇上了一个一个的坎。首先是资金的问题，如果不借钱的话，不能做成这件事。我知道母亲有存钱，但她就是不借给我。找我爸说，他就往我母亲身上推，说钱是母亲在管。看他们不借钱给我，我也是一个死要面子的人，就不再去求他们，我就去找别的人借。我找到一个叔叔，他愿意借几千元给我，让我过两天去取。可是，当我高兴地去他那里取钱的时候，他却突然变卦，说没有钱了。当时我急得都想骂人了，怎么会有这样说话不算数的人呢？"

李清江笑着问："你骂他没有呢？你就是性子急，就算他不借钱给你，他也没有什么错啊。"

陈萍也笑了，说："我是心里想骂人，但还真的骂不出来。因为这个叔叔一直对我很好，他变卦不借钱给我，一定有原因。我便与他摆龙门阵，想知道其中的原因。后来，他告诉我，说我母亲找过他，威胁他不能借钱给我。说如果他借钱给我，我以后工作没有了，就要他养我一辈子。所以，他怎么还敢借钱给我呢？他还让我原谅他的难处，仿佛他真的有错一般。"

"我说嘛，他肯定是有难处，才会临时变卦。"李清江松了一口气。

"听我叔叔说了事情的原委，我立即哭了起来。"

"怎么，就是借不到钱，你也不应该哭啊。"古敏插话说，显出十分关切的样子。

"我不是哭借不到钱，我是哭我母亲怎么会这么心硬。"

"她不是心硬，她是为你担心，怕你走错路。"古敏笑了，安慰她说。

陈萍说："她就是这个心思，但她做得太过分。说老实话，当时我很恨她，心里都不认她是母亲。"

古敏问："后来，你是怎么解决了钱的问题呢？"

"我是一个不服输的人，她要阻止我，我就偏要对着干。经过这事，反而坚定了我的决心。我必须去省城，而且还必须干出一个样子来才行。于是，我就找其他的人借钱，一个人借一点，终于筹到了需要的资金。"

"这下好了。"古敏说。李清江也露出了微笑。

"什么好了？这只是解决了一个问题，其他的问题还很多。我还是长话短说，找车工的问题，找住房的问题，租摊位的问题，做什么产品的问题都摆在我面前，必须一样样地解决。最后，我也一一地解决了。于是，我开始了新的生活。”

“你不说的话，外人还真的不知道会有这么多问题。看来，要成功做一件事，还真的很难。”李清江说。古敏点了点头，表示赞同他的观点。

“这下好了，不用挤公交车，不用吃那般苦了。”古敏欣慰地说。

“看来，我就是一个吃苦的命。我吃了那么多的苦，但是，也只是开始，后面还有一个一个的苦在等着我。”

“真的吗？”李清江吃惊地望着陈萍，嘴都有些闭不拢。

“是啊，你听我慢慢说吧。”陈萍笑了一下，过了一会儿，她说：“首先，是住房的问题。我们租的房子就是两间，一间作为我们女孩子的住房，我们的住房，也就是摆的一个大通铺，十个左右的人挤在上面是人挨着人睡。冬天还好一些，但夏天热得让人难以入睡。电风扇一晚吹到天亮，身上还是一个劲地淌汗。弄饭、吃饭的地方是在露天坝搭了一个棚，就算有了厨房。一个小小的厕所，既是解手的地方，也是洗澡的地方。上厕所要排队，洗澡也要排队，特别是夏天，洗澡都十分困难，那个日子是人过的日子吗？”说到这里，陈萍沉默了，好像还在体会着那个苦味。

“我们女孩子还好点，我丈夫睡的地方是加工衣服的那间屋。夜深了，大家都休息了，他还要裁剪衣服。一天的工作完成，已经是深夜时分了。那时，他才能睡觉。刚睡熟不久，又要忙着收拾衣服，准备拉到荷花池去卖。真是吃不好，睡不好，休息不好。”

“我再给你们说一下拉衣服上市的情况吧。衣服打成包，捆在自行车的后座，简直就像小山一般。人骑着这样的车上路，稍有不慎就会摔倒。可是，大家都知道省城的自行车多成了车流，一辆挨着一辆，让你不能停下，更不能倒下。我就是看着这样的车流，头都是晕的，更不用说骑着走了。好在我丈夫能干，如果换一个人的话，真的不能想象。”陈萍在讲述，古敏也在随着想象，他也为此担心起来。

可是，李清江却不是这样，他反而对陈萍开玩笑说：“这是你自找的啊，如果换了一个人，说不定你的日子还更好过也说不定。”

陈萍伸手轻轻打了他一下，说：“就你聪明，你还不是放马后炮。”说完，大家都笑了。

“说老实话，听了你的事，我都感到害怕，更不用说去操作。”古敏感叹道。

“所以，你与陈萍不能走到一起呢！”李清江又开起古敏的玩笑。这次，陈萍和古敏都没有说什么。

“人都是被逼出来的，如果不是逼着，谁又愿意吃这般的苦呢？这就是我的命运吧，活该我吃苦受累。”陈萍感叹地说。她既是认命，也是庆幸自己终于走过来了。

陈萍喝了水，继续说：“这一切的苦，都是为了赚钱。如果衣服卖不出去，那才是真正的苦。因此，无论怎么累，只要站在摊位前，什么苦和累都不会去想了。此时要想的是买主快快来，衣服卖了，才有钱去进布匹，进行再生产。虽然拉货去市场费了那么多力气，也累得不行了，但是，一口气都没有歇，便着急将衣服的样品挂出来，然后，摆放好衣物，才可以歇一口气。歇气的时候，眼睛都不能空，必须盯着来往的人流。如果有人往你的摊位看上一眼，就得立即笑脸相迎，热情地招呼着。”

听到这里，李清江突然发笑。他的笑让陈萍住了嘴，古敏也感到奇妙。

“你笑什么？”陈萍还是向李清江发了问。

“没有笑什么。”李清江一脸的狡黠，没有说话。

这时，陈萍不放过他了。她说：“你一定不怀好意，笑得太吓人。”

看实在难以过关，李清江平淡地说：“我是笑你说的笑脸相迎，真形象。不用说顾客，就是我，看见美女望着笑，也不会离去。”

“你看，你真坏，往歪处想。”陈萍打了他一下，他身子一侧，差点摔倒。见状，陈萍笑了，说：“看嘛，说坏话，马上就遭报应。”

先前，古敏没有注意李清江。当陈萍打了他，还说他遭报应，才引起了古敏的思考。于是，古敏才知道了李清江笑的深层意思。他说：“李清江脑壳硬是转得快，该挨打。换了我，还要多打几下。”

古敏说了话，李清江可不依他。他嚷道：“古敏就不对了，怎么如此重色轻友呢？没有为我说几句好话，还火上浇油。”他的话引起大家的笑，气氛也没有了先前那么沉重。

陈萍接着说：“因为竞争激烈，必须对顾客好。如果放脱了买主，是自己的损失啊。”她在解释为什么要笑脸相迎，这也是一种生意人的常态。她笑了笑，说：“如果他站下来了，你就必须找话与他说。问他是不是想买点什么？然后向他介绍自己的产品有哪些优点，样式是今年最流行，衣料是最新材料，最重要的是价格合适，进回去后，一定大有销路。但是，无论你怎么说，他都可能不会立即下手。”

“为什么呢？”古敏问。

陈萍笑了说：“人家也是生意人，怎么会轻易地相信了你呢？他必须货比三家。当然，如果你说的合他的意，就是不立即下手，最后，他还会回来买。

因此，做生意，不是货好就一定受欢迎，你还必须多给他说话，增强他的信念，给他好印象。”

“哎呀，你说这些，都让我害怕生意人了，做生意原来还很有学问的哈。”李清江说。

古敏接过话说：“生意经，生意经。陈萍说的这些，就属于生意经。”古敏想了想，说：“所以说，无论干什么，文化多一些还是有优势的。陈萍是高中生，又会说，生意一定不会差。”

陈萍撇了撇嘴，说：“做生意，不能只靠嘴巴，必须货真价实，必须讲诚信，当然，人情世故也很重要。总之，这里面很有讲究。除了这些以外，还必须灵活行事。如果对方执意压价，你也必须给他一些好处，把生意先做成了再说。这次不能赚他多少钱，他认为你生意做得合理，他下次会找到你这里来的。于是，在以后的交往中，钱都赚到了。还有，如果算账的时候，有的尾数不用他说，我都会给他抹了，他会说你耿直，会更加信任你。”

“陈萍真不简单。”李清江由衷地赞叹了一句。古敏也笑了笑，表示赞同。

陈萍心里高兴，兴奋地说：“不久，我们的生意就上了正轨，让我看到了光明。我找了钱，也很会用钱。那个时候座机电话都不容易安上，我就不去求谁，干脆就买大哥大。我们家里是用大哥大比较早的，很让人羡慕。”

“那个时候，用大哥大的，都会被别人多看几眼。”李清江说。

“我们用大哥大，主要是考虑生意上的需要。因为信息很重要，有了它，联系客户很方便。他需要什么，可以事先告诉我，我先给他备货。到时他可以直接到我家里进货，这样，大家都省时省事，对大家都有好处。”

“你的脑壳是灵活，比电子加滚珠都转得快。”李清江开玩笑说。

“你说错了。我觉得我的灵活，虽然与我的聪明有关系，但还不是最主要的。”

古敏问：“你认为主要的是什么呢？”

“我认为是得益于我读了高中，比一般的人更有文化。我有了文化，会看书看报，听得懂新闻。”陈萍停顿了一下，看见古敏他们望着她，有些不解的样子。她解释道：“这说明我获得信息的方式多，了解的东西多，做什么都会跑在前面一些。因此，我会比一般的人先获益，也会先一步避开风险。我知道文化的重要，后来，我找了钱，还资助了一些没有钱读书的学生。”陈萍没有说了，脸上露出了满意的笑容。

“你说得很有道理。”古敏赞扬说。

陈萍笑了笑，说：“我可以举一个例子来说明。当时，我认识的一个熟人，他比我做生意早，也找了一些钱。他与我们摆谈，十分骄傲自豪。他还说做生意，只要胆子大，遍地都是黄金，就看你敢不敢要。他还说做生意不需要什么文化，有了文化反而胆小，一脸的看不起文化人的样子。我对他的话，很不服气，但是，我又不能驳斥他。因为当时，他确实找了钱，谁能说他不对呢？后来，我们都到浙江做生意了，他还是在荷花池做同样的生意。我们的生意越做越大，他的生意却越做越小。”陈萍想了想，继续说，“他的理论，对于做小生意的人适合。如果生意要做大做强，他的理论注定失败。世界上那么多成功的生意人，谁会是大老粗？没有文化，怎么管理企业，怎么把握经营的方向？更不用说现在，如果不懂电脑，不能上网，不懂先进的经营模式，真的是寸步难行。有了文化，学起东西来都要比没有文化的快很多。做生意也是在不断地学习，不断地进步，否则，就会失败无疑。你们说，是不是这个道理？”

他们点点头，表示赞成。古敏他们还在回味陈萍的话，都没有说话。

歇了一会儿，陈萍看了看她那块小金表，便提议该去吃饭了。于是，他们结束了上午的谈话，说笑着去吃饭了。

他们到了餐桌边，陈萍便嚷着要喝酒。她兴致高，声音也大了起来。

古敏还是试着问：“你怎么又提议喝酒？”

“我高兴啊，想喝一点就喝啊，这也是我在生活中的一种灵活。不像有的人墨守成规，不知道变通。我这样做，既满足了自己，也不伤害他人。有的迂夫子，自己给自己设置很多障碍，这又何必呢？”

李清江好奇地问：“你说谁是迂夫子？”

“这样的人很多，还需要我举例吗？谁是就自己对号入座，你管不了那么宽吧！”陈萍一边倒酒，一边说。她说完，谁都没有去接话。

“你这人真的很深，让人看不穿。”古敏说了一句。

“我能让你看不穿，说明你眼力不行啊。”陈萍一点不让，顶了他一句。她的话似乎一语双关，古敏想说什么，没有再开口。他不想与她争辩，更不想多说话。

可是，一旁的李清江却看出了什么名堂。他似笑非笑地望着他们，一言不发。陈萍倒好了酒，大家便开始喝酒，喝了两杯，气氛便热烈了起来。他们没有再说其他的话，只喝酒，直到散席。

古敏来到了室外，微风吹拂，他的头脑清醒了许多。他开始思考陈萍上午说的事情，认为陈萍真的很能干，头脑很灵活。她虽然是一个女孩子，但多少男孩子能比她强呢？他承认自己就比陈萍差远了，如果自己不是考上了学校，是个什么样子，真的不可以去想。于是，他又想到了陈萍说的眼力。难道她还有别的意思？联系着她说的曾暗恋过自己，他想，可能她还记着以前的事，对自己还有一丝埋怨吗？他不敢想下去，但他认为自己配不上她，自己也不值得她爱。总之，以前的事搅得他有些昏了头。他有好多话想说，但说不出口。他很苦恼。一个人回过头看，有好多不如意的地方。但是，对过去的事，谁又能说得清楚呢？

他无意识地摸出烟来，点燃后猛吸了一口。他要控制一下情绪，便在心里安慰自己，以为彼此都渡过了难关，而且都有了好的发展。他还是相信一个人的命运，只要自然发展，就是最好的结果。后来，他的情绪好了起来，心情好了，什么事都能看清楚。他心里好痛快，又自然地吹起了口哨，他向远处走去，上到更高处，看得更远。

过了好久，他才回到了陈萍他们身边。一见面，陈萍便笑了说："古敏，你去了哪里？"

"我出去散了步，清醒了一下头脑。"

"你才喝了多少？怎么就醉了吗？"李清江关心地问了一句。

"他没有醉，可能比谁都清醒。"陈萍笑着说。

看着她笑眯眯的样子，古敏不知道她话中的真正含义。但他没有说什么，他也不知道怎么说。他悄悄地坐下，喝了一口泡好的茶。

不久，陈萍又开始说道："我们还是讲正事吧。我说了，我会赚钱，我也会用钱。会用钱，也才会赚钱。我那个表叔有一个朋友，他比我的生意做得早，做得好。但是，他为了省一点电话费，都不知道他放脱了多少生意。他先是没有安上电话，后来，有了电话，他为了省钱，也是在半夜后才用电话。可是，联系上了对方，都要第二天才能行动，到时，已经比别人慢了。于是，他只能在别人后面追，却总是追不上别人。再后来，他的生意比我的都差。我表叔都说过他，但他就是不听别人的话。"陈萍说起她表叔那朋友，都有些为他惋惜。

"你表叔现在如何了呢？"古敏问了一句。

"他先前找了钱，后来便没有做生意了。将钱修了房子，现在靠房租生活。当然，他修了房子，还是算赚了。"

"我们不谈他，还是说你的事吧。"古敏对陈萍说，"你的服装加工干了多少年？怎么会想到转行的呢？"

"我承认如果再继续做几年服装加工，还是可以坚持的。但是，我认为既然要转行，就早一点转为好。因为我知道做我们这样生意的人越来越多，竞争会更激烈，而且利润会越来越低。因此，继续干下去，是不会有好的结果的。当然，我要转行，这也不是主要原因。”陈萍停住了，没有继续说下去。

古敏见她歇了一会儿，还是没有继续说下去。他便问道：“你转行的主要原因是什么呢?”

“做这种生意太累人，我必须转行。因为人的身体垮了，就什么都没有了。”

“你一定没有说老实话。”李清江说，还很神秘地笑了起来。

“我就是这样想，也这样做。”

古敏没有说话，只是微笑着。他的表情被陈萍看见了，她急忙问：“你笑什么?”

“我没有笑啊。”

“你不老实，我明明看见你在笑。”

“我一直都是这样，笑总比哭好吧。”古敏狡辩道，然后说，“你还是老实地说说你怎么转行的吧。”

“我看见做服装加工的人越来越多，继续做肯定不行。但是，这样下去，卖布匹批发的生意会越来越好。加上我们做了几年生意，也积累了本钱，我就决定转行搞布匹批发。这样一来，我既轻松了，还能找到更多的钱，我为什么不赶快转行呢?”

“哦，原来如此。”李清江感叹道。

“搞布匹批发，又是一门新学问哟，你能行吗?”古敏说。

“我为什么就不行呢?”陈萍偏着头说，很自信的样子。见他们没有说话，她补充说，“我做服装加工时，就与布匹批发的人混熟了，了解了他们是从浙江进货，地点行情我都知道。因为我不做这种生意，他们什么都要告诉我，更不会防备我。”

“看不出来，你还这么聪明，不知不觉就获得了信息。”李清江赞扬着陈萍，表现出十分钦佩的神情。

古敏笑了，说：“你这种人太厉害了，看来，与你谈话都必须小心翼翼，否则，一定会吃亏。”

“去你们的哟，你们有什么防我的东西吗？要说吃亏的话，更是无稽之谈。”她说完后，三人都大笑了起来。

笑过之后，陈萍主动地说：“我告诉你们一个题外话。就是当时各地兴起了合作基金会，他们高额吸储，也高额放贷。这样，贷款容易了，做我们这种生意的人就会更多。他们贷了款，找到几个能操作缝纫机的人，就可以做服装加工生意了。粗制滥造的东西多起来，行情也会乱，再不转行，大家一定会烂在一起。后来事实证明了我的判断正确，及时转行搞对了，否则，就会吃大亏。”

“你真的很有眼光，了不起。”李清江说，还竖起了大拇指。

“我虽然有眼光，但还需要分析判断，更重要的是要能取舍得当。有的看准了，如果不能舍去眼前利益，还是不能取胜。”陈萍想了想，说：“我表叔那位朋友，就是吃了这个亏。我们都开始做布匹批发了，也告诉他转行，他就是不相信，最后还把生意做亏了。当然，倒下的商家很多很多。”

“看来，做生意也很有风险。”古敏说，有赞扬陈萍的意思。

“干什么都有风险，但都没有做生意的风险大。人们都认为生意人风光，比在地上捡钱都轻松。实际上不是这样一回事，俗话说‘只看见强盗吃嘎嘎，就是没有看见强盗挨傻打’。”陈萍停顿了一下，出了一口气，说：“做生意并不比教书轻松，必须眼观六路，耳听八方，多看多想，会判断。”

古敏笑了，说：“你就是一个好老师，今天给我们上了一堂教研课，让我们开了眼界，收获很大。”

李清江说：“她不是老师，简直是成了精。”

“去你的哟，你才是精。”陈萍瞪了他一眼。

李清江才不怕她，继续逗她说：“你就是精，是白骨精，还是狐狸精？老实招来。”看陈萍举起了手，他立即跑开了去。

这时，只剩下了古敏和她。她说：“我知道服装加工要垮，一定会带着布匹批发的垮。于是，布匹批发干了两年，我就没有干了。再后来，我就离开了省城，去了浙江。”

“你去浙江，又做了些什么生意呢？”

“生意也做了许多，道理都差不多。慢慢地熟悉了，又有了本钱，干什么都好办了。”

“对，原始积累很重要。”

这时，李清江回来了。他不知道他们在说什么，便问道：“你们背着我在说什么？”

“没有说什么。”古敏老实地说。

“肯定说了什么。”李清江故意说。

“说了什么，你想干什么嘛？”陈萍不让步，故意逗他玩。

“我不敢做什么，只要你们好，就对了。”李清江又开起了玩笑，见他们没有接话，便没有继续说下去。

他们坐着，喝了一会儿茶。陈萍说：“一路走来，钱也找到了，但总觉得很累。现在，我也不想再找多少钱了，便做一点自己喜欢的事，做一点有意义的事。”她说的有意义的事，是指她现在做的事。

他们终于结束了谈话，便轻松地去山上玩，还照了许多相，有单人照，也有合影。他们还约定，要古敏经常回来，大家多在一起玩。

明天，古敏就要回去了。他躺在床上，想起这几天的事，觉得很有意义。陈萍和李清江虽然做的事不同，但都有一个共同的特点，就是无论做什么，都要做一行爱一行。做好了，就是事业有成，对社会有益，他就是一个了不起的人。一个人到了晚年，更应该如此。古敏心情好，想到了好远好远。

第二十四章

古敏告别了陈萍和李清江，踏上了归途。他坐在高铁上，看着窗外的景色，心情起伏不定。回到家乡，他看了许多东西，听了许多话，不禁让他在心里思索。现在与几十年前比较，真的变化太大了，大得让人难以想象。高铁跑得这么快而又平稳，在以前，连高速公路都没有。还有就是橘博园这种新型的农业生产模式，也是以前不能想到的事。城市建设变化特别大，以前低矮的房屋见不到了，代之而起的是一栋一栋高楼大厦和优美的居民小区。街道宽敞整洁，绿化成荫。到处都是绿地，还有许多的公园供人们休闲和锻炼身体。这些物质上的变化，带来了人们思想的变化。人们的选择多了，而且都能在自己的岗位干出成绩。现在，无论小孩，还是老人，他们都乐呵呵的，过着美好的生活。因此，我们没有理由不热爱这个时代，没有理由不好好生活。想到这些，古敏心里美滋滋的。他仿佛看到了更美好的明天。他相信生活会越来越好，自己也充满了生活活力。他想，一定要努力写作，将小说写成功，以此反映美好的生活、美好的时代、美好的人物。他要记录这美好的时代，让更多的人认识这时代。他想，这么美好的时代，不把他告诉更多的人，让更多的人分享自己的幸福，真的是一种浪费。

于是，他想到了陈萍和李清江，以及其他的同学，他又想到了母校。有了当年学校的培养，才有了更多的知识，才有了后来的发展。回到母校，母校的变化那么大，也是他没有想到的。想到同学，想到母校，他更加激动。他想着人和事，有了写诗的冲动。于是，他快速地写起来。

母校，我们来了

母校啊，我们来了，
来到了这凤凰岭旁。
寻觅着当年的足迹，
温习那熟悉的地方。
现实虽是那么陌生，
过去让我们难遗忘。
远去了馨香女生院，
消失了男生土坯房。
没有茵茵的大草坪，
失去了阔大黄土场。
找不到读书的教室，
还有那照我的灯光。
一切一切的一切啊，
是多么令我们向往。
一切一切的一切啊，
早已变换原有模样。
母校，亲爱的母校，
怎敢一刻将你遗忘？
你精心地哺育我们，
是我们永远的亲娘。
你从未与我们分离，
永远驻在游子心上。
我要用辛勤的劳作，
让你更加美好荣光。
要用我们点滴业绩，
让你名字闪闪发亮。
我们一起努力奋斗，
奔向那幸福的前方。

他写了又改，还不断地默咏，他要表达激动的心，要表达对母校的感激。他是那么激动，他感受不到冷暖，感受不到身外的一切。

他回到了离去一段时间的家。让他想不到的是张华丽来看他，还让他去她那里吃晚餐。她说古敏辛苦了，现在满载而归，她要为他接风洗尘。她没有说错，古敏此行确实收获满满。他收获了友情，特别是陈萍说出了多年前的隐私——她的暗恋，让他吃惊不小。陈萍家庭那么优裕，还会暗恋一个农家子弟，这可能是很多人都不会想到的吧。但这竟然是事实，不是她亲自说出来，谁也不会知道这个秘密。他感谢陈萍对自己的看重，更珍惜这份情谊。他要求自己应该更加努力，做好以后的事。

张华丽还特别开了一瓶红酒，说要为古敏庆贺。吃饭的时候，张华丽很少讲话，他愿意听古敏说他的见闻。古敏说到精彩的地方，她不时地赞美一番，或者发出笑声。虽然古敏已经零星地告诉过她一些事，但是当面再给她说上一遍，让她感到更实际，更亲切。她还十分羡慕古敏的同学聚会，感慨已经几十年的同学，还能那么的友好。读书那个时候的一些事，都还记得如此清楚。这些人都是农村人，通过自己的努力，在不同的岗位都做出了如此大的成绩，这真的很了不起，更让她产生敬佩之情。她很喜欢听这些事，而且饶有兴趣，让古敏也有了要向她倾诉的欲望。但是，夜已经很深了，古敏不得不告辞。离开的时候，他承诺只要她愿意听，他可以慢慢地把自己了解到的事，一五一十地全部告诉她，让她一起开眼界，一起幸福欢乐。

第二天，张华丽锻炼后，吃过早餐，却还没有见到古敏的身影。她以为古敏旅途劳顿，要好好睡一下懒觉，恢复体力，她就没有去惊动他。但都快吃午饭的时候了，还没有见到他的身影，她只好去敲古敏的门，要叫醒他。她敲了几下门，里面却没有什么动静。她想，可能是他出去办事去了吧。她慢慢下楼，往自己的家走去。到了家，她还是不放心古敏。于是，她拿上古敏家的钥匙，再次往古敏家走去。她轻轻地开了门，想给他一个突然袭击。进得门来，没有看见古敏，她便朝他的卧室走去。只见他的上身完全露在外面，背对着门的一方，被子有大半掉到了地板上。他悄无声息，好像熟睡一般。她想，这么细致的一个人，怎么不会睡觉呢？她走了拢去，没有惊醒他。她也顾不了那么多，便大声地叫了起来。可是，他没有答应。她只好用手推他，他的身子倒了过来。一看，她被吓住了，因为古敏的脸通红，但就是不说话。睡得再熟的人，此时都应该醒来啊。她叫他没有回应，摸他的额头，很是烫手。看来，他是生病了啊。她一时慌了神，不知该怎么办。她突然想到了给古敏的儿子打电话，让他想办法。古经接到电话，才知道他父亲已经回家了，但是现在病了，他立即打了120电话。他还告诉张华丽，他会立即赶到这里来。

古经赶到的时候，医生已经将古敏抬下了楼。他没有多说，便与张华丽一起上了救护车，将古敏往医院送去。

卢燕已经很久没有见到古敏，见他突然病了，也赶来帮忙。她嘴里还一个劲地说："这么好的人，怎么会生病呢？"她话中的意思很含糊，但谁也没有去分析，也没有闲空应答她。

接下来，医生让家属去挂号，去交费用。医生见了缴费单，才一一地给古敏做相应的检查，不外乎是心电图，脑电图之类的。医生忙，家属也忙。好在卢燕熟悉，帮着古经跑路，节省了许多时间，也及时给古敏做了检查。当然，吸氧、输液之类的也全用上了。那嘟嘟嘟的声音，让古经和张华丽很是不安。折腾了半天，古敏终于清醒了。

他终于问道："我现在在哪里？"

听他说话了，大家都松了一口气。张华丽的脸上也好看了一些，她俯下身告诉他说："古大哥，这是医院。"

古敏想坐起来，但没有成功。张华丽急忙对他说："你不用动，好好休息。"

"我怎么就到医院了呢？"他一脸的疑惑，自言自语地说。

"你不用着急，医生说你没有什么大问题。"张华丽安慰着他，没有正面回答他。

古经进了病房，看着他父亲，心放宽了一些。但是，他内心还是很焦急。他一向以为父亲身体很棒，也就没有多关心他身体的问题。现在，出去走了一段时间，回来怎么就生病了呢，而且还来势很猛。他不知道是什么原因，但知道人到了老年，随时都可能生病。古经已经向学校请了假，要在医院照顾父亲。

张华丽见古敏没有大问题，便去了乡下上课。她虽然去了学校，心里还是在想着古敏。她想，古敏一直都很健康，怎么说病就病了呢？她不能回答这个问题，但还是在心里安慰自己。她认为古敏是一个好人，好人会一生平安，不会有事的。

古敏的检查结果出来了，他的心脏很好，也没有什么其他病。他说什么都不住院，执意要出院，医生也只能让他出院，但建议他要加强身体锻炼。身体的衰退，在慢慢地变化着，只有坚持锻炼，才能减慢衰退。他这次生病住院，自己还不觉得什么，却把张华丽吓得不轻。当然，他的家人也很焦急。往往都是这样，当事人不急，其他相关的人却更急。这事，也提醒古敏要注意身体。只有身体好，才能做想做的事。于是，他听从了医生的话，开始锻炼身体了。他规定自己一天必须走五千步，还开始练太极拳了，买了书来照着做。看他那积极的样子，张华丽都好笑。她认为一个人再不听话，但医生的话，他还是会相信的。过了一段时间，他又开始了写作。他已经耽搁了许多时间，必须将时间抢回来，写好这一部书。还有新的作品在构思中，那也是他急着要写的东西。

古敏恢复了正常的写作，他要抓紧时间写。他现在思路仿佛更加清晰，写作速度快了许多。

几个月后，凌子美住进了医院。她怎么会住院呢？这还得慢慢说来。

前面我们已经知道，凌子美的儿子凌林吸毒被抓。后来经过审理，他不但吸毒，而且还参与贩毒，这就是所谓的以毒养毒。因此，他的罪行很重，不可能轻易过关。据说如果等案子审理清楚，凌林至少要判刑十年八年。这样的结果凌子美无论如何都难以接受，她要找关系，为儿子减轻罪行。于是，她到处找熟人，再托熟人的熟人，为她儿子的事奔忙。她虽然跑了不少的路，找了许多关系，但还是不能达到她的目的。她找的这些人，有的人推托，有的人无能为力。毕竟是她去求别人，看到实在不行，她又气又急。过了一段时间，她冷静之后思考，只能怪儿子不争气，不但他要坐牢，而且让自己也很没有面子。她一面自己生闷气，一面骂人，向着杨青撒气，责怪杨青只是一个没有用的教师，到了关键时刻，帮不上一点忙。杨青气她不过，只能尽量躲着她。他在家里得不到安静，有机会便往外面跑。于是，一个家让凌子美闹得鸡犬不宁，家也不像一个家。到了这种时候，她还是不会自我检讨，自己教导子女的方式是否正确，一味地宠着儿子实际上是会害了他。还有就是凌林不找事情干，整天打牌过日子，凌林结交的人也不是好人，他怎么可能不变坏呢？

当然，凌林的事，她也只能在家里发脾气，在外面收敛了许多，因为她怕别人会笑话她，看她的笑话，她更怕别人会诅咒她，说这是她好强得到的报应。所以，她出门便尽量躲着人，尽量不去人多的地方。当然，那个欢庆队的事，她也没有闲心去管了，更不去参加活动了。她又是一个精力还很旺盛的人，没有正事干，只能找闲事干。在杨青身上撒气，就是她的日常事之一。杨青先是躲着她，后来实在躲不过了，便主动提出要与凌子美离婚。他想长痛不如短痛，离了婚一个人过日子也不是不可以。离婚二字以前经常挂在凌子美嘴边，现在从杨青嘴里出来，她应该是满足了吧。不过这才不是她需要的，因为离开了杨青，她没有撒气的对象，更没有了对他的经济支配权，她怎么能放弃呢？于是，听到杨青说要离婚，她立即来了火气，大骂杨青没有良心，说他嫌弃自己老了，没有了姿色，还骂杨青喜新厌旧，在外面被人勾引，才要求与自己离婚。因此，她坚决不离婚，一定不能让杨青的阴谋得逞。如此一闹，反而让杨青不好做人，仿佛自己真的有错一般。明知是她无理取闹，于是，杨青更是生气，不知怎么办更好。

杨青与她说不到一起，心都冷到了极点。只能怪自己当初没有眼光，找了一个如此泼辣的女人，弄得自己日子不好过，还不能对外人说自己的苦恼。因此，他只能生闷气，只怪自己命不好，才有如此人生。为了凌林的事，两个老人的日子过得十分不舒服，关系也很紧张。

凌子美见凌林不能放出来，她还多了一件事，就是要去管儿媳妇家的事。可是，王二妹历来不服她管。现在凌林被关了起来，她本来就有很大的气，眼里就更不认她这个婆婆。见凌子美要去管她家的事，她就更是气恼。因此，婆媳俩根本不能见面，只要见了面，必定要大闹一场才能结束。二人真是水火不相容，她们都是不讲亲情、不讲人伦的人。但是，关系虽然紧张，凌子美却并不放弃对王二妹的监督。她必须管好王二妹，不能让她干出格的事。王二妹整天只知道收拾自己，把自己打扮得花枝招展，装扮得像小姑娘一般，还整天与打牌的人混在一起，随意开玩笑，这让凌子美更不放心。她俩见面要吵闹，凌子美就采取暗中监视，这也干扰了王二妹的正常生活。王二妹恨她，但是，又没有办法对付她。

以前，要钱都是凌林出面找她。现在，王二妹便直接找她要钱，而且理直气壮的。她又不能不给钱，因为她怕王二妹没有钱用，会乱来胡搞。她管不了王二妹，还要乖乖给钱让她用，凌子美是有苦难言。她不敢对王二妹明说什么，一怕她闹事，二怕有的话对她不起作用，反而会提醒了她，让她真的往邪路上走。总之，凌子美觉得自己没有路走了，自己也没有了干劲。她想到自己以前的能干，真的快到了崩溃的边沿。

凌子美越怕的事，便越要发生。因为王二妹在凌林关起后不久，就与茶馆里的一个牌友勾搭上了。这个人叫程再富，是一个搞工程建设的小包工头。他人长得帅，又有钱，本来就很受女人爱，加上他很花心，更是想方设法地接近女人。与他上过床的女人不少，他还养了二奶，三奶。他对王二妹早就看上了眼，只是看在凌林是牌友，又有凌林守着，便没有下手的机会。现在凌林关了起来，正好为他创造了条件。他稍微用计，王二妹便被他勾引上了。当然，也可能是王二妹更主动。因为凌林关了起来，她需要钱用，也需要男人滋润。这些东西，程再富都能满足她，二人正好互补。于是，这二人先是经常在一起吃喝，后来，酒醉饭饱之后，二人便摸来摸去，最后滚在一起也是必然。不久，他们就达到了情投意合、配合密切的程度。在外人还不知晓时，他俩就俨然夫妻一般。程再富还租了房子，专门供二人同居。

有了程再富做后盾，王二妹更无后顾之忧。她做事更加大胆，更加不把凌子美放在眼里。因此，钱她照样找凌子美拿，却一点不听她唠叨。她拿脸色给凌子美看是家常便饭，有时还恶语相对。现在，凌子美也没有了强势，对王二妹更是有了怕意。她怕王二妹给儿子戴绿帽，怕王二妹跑路，她儿子便没有了家，她也会断后。她越是怕王二妹，王二妹就越凶她。因此，她们的位置仿佛颠倒了，彼此还心照不宣。凌子美不敢对王二妹说出自己的担心，她便采取监督跟踪的方式来管王二妹。她虽然做得很隐秘，但还是有被发现的时候。一旦被王二妹发现了，二人便立即发生正面冲突。冲突的结果都是以凌子美失败告终，因为她吵不赢王二妹，何况自己的行为确实卑鄙。但是，她就是不放松王二妹，行为更加隐秘。

王二妹对她的行为忍无可忍，便将这事告诉了程再富。她在对程再富说凌子美现在的丑陋做法的同时，还说了凌子美以前的一些恶行，让他知道凌子美真的是一个恶人，是一个难以相处的人。程再富为了讨好她，便也对凌子美恨之入骨。有了他的支持，王二妹更有了势力。后来，在与凌子美争吵之后，王二妹与程再富睡在一起的时候，便提议要他想办法教训凌子美，让她不再跟踪自己，让自己真正地自由自在。欢乐之后，他听了王二妹的话，立即答应要教训凌子美，让她知道多管别人的事要付出代价。

过后，程再富还是没有付诸实践。因为他也不想多事，而且凌子美没有干涉到他的自由。再说，凌子美是六十多的人了，弄不好出了人命，那可不是开玩笑的事。这事王二妹没有催，程再富便拖了下来。

可是，在一次冲突中，凌子美抓伤了王二妹的脸，让她几天都不敢出门。在闭门家中的几天里，她越想越气，越气便越想报复。因此，她天天在程再富耳边念叨，要他快为自己报仇，还说如果他不给自己报仇，就不想与他玩了。看着王二妹有伤疤的脸，程再富也很生气。因为女人的脸，就是她的招牌，招牌都损伤了，实在不可爱。最后，他答应王二妹，一定找机会给她报仇，给她找回面子。

凌子美事事都不顺，她只好在家又骂杨青，以此撒气。于是，有空的时候，杨青也往外面跑，以此找清净。所以，凌子美经常一个人在家里，她又是一个在家里待不惯的人，没有了撒气的对象，她也到外面开始找乐子。不久，她便迷上了麻将，而且晚上也要打麻将。她的孙女已经读初中，开始住校，她就更没有事干了，打麻将更没有节制。她玩起麻将，就什么都忘记了。

这样一来，她反而烦恼少了，心情好了不少。

这一天晚上，她打麻将的手气特别好，还从来没有一次赢过这么多钱。她赢了钱高兴，牌友便要她招待吃夜宵。一向把钱看得紧的她，竟然答应大家吃烧烤，喝啤酒。吃了烧烤，大家都各自回家。凌子美虽然没有喝多少啤酒，但由于高兴，走路都高一脚矮一脚起来。这时，夜已经深了，路上行人很少。她走到一僻静处，突然窜出几个人，直接撞倒了她。这些人不但没有拉她起来，反而向她落下了重拳，或者用脚踢。她被一阵乱打之后，这些人便一哄而散。

原来，这些人是程再富安排的，他们专门来教训凌子美。他们已经等候了一段时间，这次终于得了手。他们虽然只是教训她，羞辱她，但有的还是下手很重，竟然让凌子美一时昏了过去。

不知过了多久，城管巡夜的人发现了地上躺着的凌子美，他们叫了120，送她去了医院。在她身上搜到了电话号码，通知了杨青。这天，杨青去了一个朋友家，喝了酒，便在朋友家睡了。听说凌子美去了医院，他才慌忙赶去医院。这时，凌子美得到了救治，已经苏醒了。

她见了杨青的面，又气又急，竟然骂道：“你死到哪里去了？现在才来。”

先前，杨青见凌子美受了伤，还很内疚，认为自己没有照顾好她，才让她摔伤了。现在，她如此一骂，反而让杨青轻松不少。他认为她还能骂人，一定没有什么大的伤。于是，他忍着，让她去骂着出气，自己一言不发。

随后，杨青还给她倒了一杯水，轻声地说：“你是怎么了？走路也不知道小心一点。”

凌子美根本不领他的情，加上被打了，气一时难消。她便恶声地说：“我的事不用你管。”

见她如此举动，杨青不好说话。此时，他走不是，不走也不是，十分为难。护士见了，急忙过来对凌子美说：“你不能发火，你是脑震荡。如果再发火，对身体没有一点好处，还可能造成血管不通畅。”

护士话音虽轻，却十分起作用。凌子美只是瞪了杨青几眼，便没有再说话。她还乖乖地躺下去，闭目养神。不是她特别听护士的话，而是护士的话让她害怕。因为她看脑壳出问题的老人看多了，他们不是说话不清，就是走路偏偏倒倒，样子太可怜。她怕自己会有这样的后果，怕自己瘫痪。如果那样，自己不但生活困难，还会让别人笑话。她好强了一辈子，不想有这样的结果。她心里有了畏惧，便不敢再放肆。

护士的话，让杨青知道了凌子美的现状。但是，他想不通的是凌子美跌倒，怎么会是脑震荡呢？他不敢问凌子美，也没有去问其他的人。他心里烦闷，只好到室外去。他想一个人待一会儿，既能静心，还能透气。

第二天一早，卢燕突然看见了杨青。她十分惊奇，这么早他就到了医院，是为了什么呢？于是，她热情地上前招呼杨青。杨青见是卢燕，也高兴地与她打招呼。

到了面前，卢燕笑着问道："杨老师，这么早，你到医院干什么呢？"

杨青不好意思地笑了一下，轻声地说："我们家里那个，现在生病住院了。"

"啊，你是说凌大姐住院吗？"卢燕十分吃惊，望着杨青说。待杨青点了点头，没有说话。她继续说："她好好的，怎么就住院了呢？"

"我也不知道是什么原因，可能是不小心摔倒了吧。但护士说是脑震荡，还很严重似的。"

"摔跤都摔成脑震荡，她也太急太忙了吧。上了年纪的人，做事一定要慢，走路也要小心。"卢燕嘴里这样说，但心里有另外的想法。她不敢说出口，怕凌子美知道了，说在诅咒她。

吃过早饭，通过细心观察，杨青发现凌子美不只是摔伤，便问了医生。医生告诉他，说凌子美不但有摔伤，还有攻击造成的伤痕。这下，杨青才知道了事情不是那么简单，他询问凌子美是怎么一回事，凌子美虽然不愿意说，但还是大致告诉了事情的经过。知道了实情，杨青马上要报警。凌子美坚决不让他报警，说报警也是空事。她搪塞说半夜三更的，谁知道是什么人做可恶事，若报了警，不但不能破案，还可能让大家知道了此事，会让自己很没有面子。她坚持不报警，杨青也不能自作主张。因为凌子美的脾气他太熟悉了，如果他擅自报警，一定不会有好下场。因此，凌子美只能吃哑巴亏，杨青只能干着急。

知道凌子美住院，卢燕买了水果来探望她。她虽然很瞧不起卢燕，但是进了医院，她也只能热情地应对卢燕。因为卢燕与医院的人熟悉，凌子美还想利用她得到一些好处，至少有熟人办事要好很多。

送卢燕出来，杨青告诉了凌子美伤情的真实原因。实际上，卢燕已经知道了这情况。因为她问过了护士，她们是熟人，护士也就老实地告诉了她。见杨青主动说起这事，她说："怎么会这样呢？是一些什么人干的呢？"

"我也不知道是怎么一回事，是不是有人输了钱给她，要报复她也说不定。"杨青只能猜测地说。

"愿赌服输啊，什么人如此下作？"卢燕不明就里，也是安慰杨青，便这样顺着他说。

“她的事从不让我过问，我也不想管。”杨青苦笑了一下，他那无可奈何的样子让卢燕看了，反而很同情起他来。

于是，卢燕安慰道：“杨老师，你也不要太着急。她现在到了医院，病有医生管着。你自己才是要爱护自己，身体健康很重要。”

“谢谢你的关心，我的身体还是很好的。”杨青咧了一下嘴，似乎笑了一下，意思很复杂。

卢燕要照顾病人，便离开了。她离开的时候，说有什么事，让杨青尽管去找她。看着她离去的背影，杨青很是感动。他想，她是一个农村女人，还这么通情达理，真的十分难得。卢燕与鲁昌盛的事，杨青也是很清楚。他俩受了那么多挫折，但二人那么体贴，相互关心。他对卢燕和鲁昌盛的生活还很羡慕，虽然生活过得紧凑，但只要开心就好。想着别人过着好生活，他脸上愁云密布起来。

杨青在医院忧愁的时候，古敏却开心极了。因为他的小说已经写下了最后一个字，终于完成了初稿。看着眼前堆积的稿子，他十分开心。他没有想到自己还能写小说，而且还能写出让自己满意的东西。第一次写这么长的作品，而且写得很顺畅，他不知道说什么好。他心里高兴，便总想找人说话。可是，现在只有他一个人，只能在心里高兴。

他写的小说，是恢复高考制度前后的生活。在一个西部的乡村，那里生活着一批年轻人，这群年轻人有的是回乡青年，有的是下乡知青，他们朝气勃勃，在艰苦的生活中坚强奋进。小说不仅写了他们生活中喜怒哀乐，还写了他们的友情、爱情、亲情。这部小说表现了那个时代的特色，也表现了古敏的生活体验以及对人和生活的看法。这些人有的坚定坚强，有的迷茫，但他们都在努力，都想找到自己前行的路。

他特别喜欢其中的男主人公，他是一个农村青年，成长在“读书无用论”的年代。但是，他有坚定的信念和远大的理想。读书的时候，他努力读书，学习文化。回到农村，他就努力劳动，并将所学的知识用于科学种田，使粮食增产增收，为改善乡亲的生活而努力。后来，他还当了代课教师，他认真教学，爱护学生，深受师生的欢迎。再后来，恢复了高考招生制度，他终于考上了大学，获得了再次读书的机会。恢复高考招生制度改变了一代年轻人的命运，也让国家走上了正轨。现在国家的强大，也就是从那个时代开始的。想到这些，他仿佛回到了过去。

他又从小说，联系起自己周围的人。比如自己与李清江，能有后来的发展，还能做出一些成绩，也是从那时开始的。陈萍能不断地转行，生意越做越大，也是得益于那时的改革。总之，古敏十分欣慰，他对自己的小说十分满意。他更有信心要写好下一部小说，因为他已经有了许多素材，有了表现生活的能力，加上自己的努力，他相信一定能成功。

这天晚上，他很晚才睡。睡觉前，他不时地翻动着手稿，浏览着文字。他真的很兴奋，感觉生活很美好。后来，他还做了梦。在梦中，他似乎回到了过去，他好像是去参加生产劳动，挑了一重担东西走在黑夜的小路上。他感到很吃力，但他还是咬牙坚持着前行，走着走着，突然看见了光明。他睁眼一看，发现窗外有了曙光。他知道自己做了梦，想着梦中的事，他笑了。

他想，美好的一天又开始了。

第二十五章

前面，我们已经知道鲁昌盛得了心肌梗死，有过生命危险。后来，用了一大笔钱给他安上了心脏起搏器，住了一段时间的院便回家休养，他的身体恢复很快。从表面上看，他仿佛比生病前还健康了不少。

鲁昌盛治病的时候，需要一大笔钱。卢燕慷慨地拿出自己打工存下的钱，为鲁昌盛治病，她还通过古敏、陈萍等人的关系，给鲁昌盛资助了一部分医药费，使鲁昌盛及时手术，恢复了健康。这让鲁国庆看到了卢燕那颗善良的心，更看到了卢燕的为人。自己这个做儿子的，却没有对父亲充分理解，更没有尽到责任。他知道父亲的病随时都可能复发，如果他身边没有一个人照顾，会很危险。通过一再反思，他感到自己以前干涉父亲再婚的事，做得太不近人情，更是考虑不充分，因此，他必须加以改正。

于是，他看父亲身体逐渐好了起来，找机会把房产证等证件还给了父亲。他还对父亲保证，不干涉他与卢燕的婚姻，他还希望父亲早点与卢燕商量完成他们的结合，并办好正式的结婚手续。

鲁国庆不但对父亲改变了态度，他对卢燕的态度更是来了一个大转弯。因为他真诚地感到，如果没有卢燕的及时救助，他父亲的生命可能早已经终结。也就是说，卢燕不但是他父亲的老伴，更是他父亲的救命恩人。此时，他知道一个人如果没有了生命，房子和财产又有什么意义呢？他还从父亲生病、做手术等一切事情上认识到卢燕是一个善良的人，她是一个看重情感而轻视钱财的人。她值得朋友爱戴，值得所有人尊重。她与父亲的结合，也不是建立在钱财上，因此，他们的爱情是值得信任、值得赞美的。他开始将卢燕当亲人对待，他还开始叫卢燕阿姨，有的事他也知道征求卢燕的意见了，也能主动关心她了。总之，他们的关系和谐了，像一家人了。

鲁昌盛经过长时间的恢复，身体几乎回到了从前。现在，儿子已经支持他与卢燕的结合。也就是说，他应该再次考虑与卢燕的婚姻，他应该向卢燕再次求婚，正式走入婚姻的殿堂。但是，他和卢燕虽然比以前更亲密，却谁都没有提起这方面的事。这让鲁国庆有些奇怪，因此，他想与父亲提出这个问题，让他们早日办了手续，安安心心过日子。

这天，卢燕去医院上班，鲁国庆来到了父亲的住处。他看父亲的身体越来越好，心里十分高兴。鲁昌盛见儿子比以前懂事，知道关心老人的生活了，很是欣慰。父子俩泡好茶，坐在一起摆起了龙门阵，谈了一会儿闲事，鲁国庆便将话题往正事上移。他说："父亲，你的一切证件，我都给你放回去了，你是晓得的。"

"我知道，一件不少地放在衣橱里。"

"你有了证件，办什么事都很方便了。"

"我没有什么要办，就让它放在那里吧。"

看见父亲似乎不懂自己的意思，鲁国庆只好说直白一点："你该办的事，就早一点办了啊。"

"我需要办什么事？我现在过得好好的啊。"

"父亲，你怎么不懂我的意思？"鲁国庆望着父亲，心里很着急。

"我都是几十岁的人了，什么话没有听说过？说我不懂意思，你的话有什么特别意思呢？"鲁昌盛还是按照自己想的说，让他去着急。

鲁国庆心里急，他又不想明说。他知道父亲犟咬筋（固执），他有自己的主张。如果明说了，他怕父亲不会照自己说的做，还会把事情搞糟。他只好沉默，让他多想想。

"好了，我都有些累了，让我休息一会儿吧。"鲁昌盛不但不主动说事，反而做出不想说话的姿态来。

鲁国庆看父亲闭目养神，他也没有再说话。他只能陪着父亲坐，用脚在地上划来划去。鲁国庆也在想该怎么更明白地提醒他。

过了一会儿，鲁昌盛说："该干什么你就去干什么，我这里没有事。"

"你就是这脾气，真让人心急。"

"你急，急有什么用呢？"

听父亲如此说，他似乎是明白自己话中的意思。这让鲁国庆更迷惑，不知道其中有什么道道。说实话，他现在想明白了，父亲与卢燕结婚，应该是很好的事。至于财产的事，他也不看重了。他更相信卢燕不是那种贪心的人。他想，不用急在一时，还是慢慢地说吧。于是，他说："你要好好保重身体，与卢阿姨相互关心，把日子过好。"

鲁国庆走了，鲁昌盛仿佛松了一口气。儿子今天的话，他听懂了意思，但是，他不正面回答，也是有自己的想法。他想自己是做了大手术的人，现在与卢燕说这种事，怕她不会接受，他更怕外人说闲话，说自己一家人对不起卢燕。身体好的时候，不让别人体面地进门，现在，身体不好了，需要人照看，才看重起别人来。他是一个爱面子的人，反复思考后，便不好开口说与卢燕的婚事了。当然，他更想让卢燕提出来，这样最好。如果她提出来，自己一定会满足她的要求。

鲁昌盛的想法与生病前有了大的改变。他以前认为自己身体棒，与卢燕结婚后，还能过上好多年。再说，自己有财产，还有固定的收入，也够二人过上舒服的日子。现在，他看到了问题的关键，人不能生病，如果生了病，自己那点钱起不了什么作用。这样不但不能让卢燕过上舒服的日子，还可能拖累她。这就是目前鲁昌盛的想法，也是他不想提出结婚的理由。因此，他也很为难，他有许多苦衷。

鲁国庆从父亲家出来，便去了医院。他想顺便找卢燕谈谈，看她对父亲目前的想法是否了解，他还想找机会与卢燕说说心里话。

他来到医院，在病房找到了卢燕。此时，卢燕护理的病人正好睡着了。他怕打扰病人，只是轻轻地招呼道："卢阿姨。"

"你来了，你父亲在家里啊。"卢燕轻声回应道。他们的关系已经很融洽了，彼此也能说上话。

鲁国庆笑了一下，说："我知道，我是从父亲那里来的。"

听他说从父亲那里来，卢燕知道鲁国庆是找自己。她不知道他有什么事，也没有问。但是，她怕影响病人休息，便主动地往外走。于是，鲁国庆也跟在她后面走着。卢燕出了房门，并没有停止脚步。他们继续往前走，来到了走廊尽头，她才停下脚步。

她站定后，问道："你到这里来，是有什么事吗?"

"对，有事。"说了一句，他便不说话了。

"有什么事，你说了吧。"她见鲁国庆有些吞吞吐吐，便鼓励他说话，"只要能帮助你，我一定会尽力。"

鲁国庆先笑了一下，然后说："有一件事，我给父亲提醒了一下，他没有明确表态。我不知道他是怎么想的，想问问你知道吗?"

"是什么事？你说来听听，我也不一定知道他怎么想。"卢燕咧了咧嘴，笑了一下。

"卢阿姨，我们做晚辈的，有很多地方做得不好，都要请你原谅，不要与我们晚辈一般见识。"鲁国庆没有说正事，反倒向她道歉，这让卢燕有些莫名其妙。

她还是拍了拍鲁国庆的肩，真诚地说："你有什么事就直说吧，客气话不用多说。"

"卢阿姨，我现在才知道你和我父亲是真正地相亲相爱，他离不开你，你也需要他。以前，是我们太不懂事，让你们受委屈了，我们做的一些事实在太过分。"说着话，鲁国庆的眼睛开始湿润。他动了感情，很真诚。

卢燕听了他的话，心情十分平静，没有说话。她现在知道了鲁国庆到这里的目的，他是想说两位老人的事。以前，她与鲁昌盛结合，被鲁国庆百般阻拦。为这件事，她没有少见这父子俩争吵。他们争吵，让她也受了许多闲气。但是，她对他们的争吵，本着不参与的原则，始终不介入。如果能避免的时候，她往往都会主动离开。事后，如果鲁昌盛在她面前说起，她也是多劝说鲁昌盛，让他不要生气，保重好身体才是上策。因为她知道，自己与鲁昌盛的结合，牵涉到许多问题，其中最重要的就是财产问题，这个问题，她心里明白。因为为了财产，许多家庭都要闹矛盾，特别是老年人再婚，当事人都很敏感。但是，她与鲁昌盛同居，并不是看在他的财产上。说实话，他们彼此都需要一个伴，彼此都需要有人照顾，还有他们彼此都很合得来。所以，虽然受到了那么多阻挠，他们都没有分开，受那么多的气，他们都一起接受了下来。想着这些，卢燕有一些不堪回首的感觉。于是，听到鲁国庆的话，她没有什么反应，只是在回想以前的一些事。

她回想自己与鲁昌盛住到一起，还是鲁昌盛苦苦追求的结果。当初，她与鲁昌盛认识后，他就很喜欢她，后来，还很依恋她。鲁昌盛还想了许多办法，让她对他产生了好感，比如他到医院看卢燕，帮她做事，又主动给她送饭，说自己在家里做的饭菜更合口味，更有营养。后来，他还说自己的住房宽敞，让她住到他的房子里。再后来，他便向卢燕求婚。卢燕看他诚实，也喜欢上了他，于是，他们便先住到了一起。虽然受到许多阻拦，他们却没有分开过。想着过去的事，她觉得似乎在做梦一般，她觉得有苦难，但还是很幸福。

等了好一会儿，鲁国庆见卢燕不说话，心里便有些急。只见他在卢燕面前跪了下去，他的举动，让卢燕一下惊慌起来。她急急地说："你这是干什么，你这是干什么嘛。"

"卢阿姨，你一定要原谅我们。以前的事，完全是我们的错。"

"你起来，快起来。"卢燕伸手去拉他，可怎么也拉不起来他。

"卢阿姨，我对以前做的事真的很后悔，我们很不应该。"

"国庆，你起来，你起来说。"卢燕有些急，她根本不愿意看见他这样做。特别是在这里，她怕别人看见，还以为他们之间发生了什么大事。

"你不用拉我。"鲁国庆坚持着，一动不动。

"你起来，不起来的话我不会与你说什么。"她见鲁国庆仍然不动，她生气了，做出了要离去的姿态。

鲁国庆见她要离去，慌了神。他立即站了起来，但还拉着她的衣服不放，就是不让她离去。直到卢燕站住，他才松开了手。

卢燕轻声地说："国庆，你父亲是做了大手术的人。他的脾气又怪，你不想让他多活几年吗？"

"卢阿姨，你这是什么意思？我怎么会有歪想法呢？"鲁国庆望着她，不明白她话中的意思。

卢燕沉默了一会儿，说："我们做事都要顺着他，如果惹他发了脾气，对身体会有影响，你应该知道。"

"我就是顺着他的意思，才这样做。这也是他以前强烈要求过的，为此，我还惹他生了不少的气。"

"以前是以前，现在是现在。"说到这里，卢燕没有再往下说。

"现在怎么了？他有什么新的想法吗？"

卢燕不想回答他，因为她也有了新的想法。但是，如果不回答他，他肯定不会罢休。于是，卢燕说："无论做什么事，都不能心急。特别是对你父亲这样的人，更应该有耐心。"

鲁国庆听懂了她的话，意思是只能等待。他也没有更好的办法与她商量，只好听从她的建议，耐心地等待。他给卢燕鞠了一躬，快快地离开了医院。卢燕目送他远去，便去忙自己的事去了。

古敏写成了初稿，很是高兴。过了两天，他实在等不了了，便给张华丽打电话，告诉了自己心中的喜悦。

张华丽听说古敏的小说完成了，也是很兴奋。她说话的声音都比平时高了很多："古大哥，你太了不起了。热烈地祝贺你，祝贺你这个大作家。"

听了张华丽的话，古敏也很高兴，但是，他却抑制着兴奋，冷静地说："张老师，你太夸张了吧。"

"我没有夸张，我说的是实话。你太伟大了，佩服佩服。"她一边说话，一边忍不住笑。

"你更夸张了，这点事，与伟大不沾一点边。"古敏心里高兴，嘴里却说着客气的话。

"你说我夸张，难道你就不兴奋吗？"

"你这话是什么意思？"

"你不是特别高兴、不是特别满意的事，你不会专门打电话告诉我。你说，是不是这样的？"

古敏听了她的话，在心里思索起来。他承认张华丽的话有一定道理，他还佩服她的心真细。她这样说话，也证明她也很了解自己。此时，他的心情复杂了起来，他控制着情绪，他说："让我怎么说你呢？你又不是我肚子里的蛔虫，我想什么你都会知道？"他与她开玩笑地说，间接地同意了她的说法。

"古大哥，你说脏话了，看我不理你哟。"她严肃的语气，让听话的人不知道她是怎么想的。

古敏还真的怕她生了气，急忙说："好，好，好，我道歉，我道歉。"

听了古敏的话，她突然爆发了笑声。这笑声是那么放肆，那么自豪。这时，古敏才知道她先前是在开玩笑，一下让自己现出了原形。他的脸一阵发热，说不出话来。

听不见他说话，张华丽问道："古大哥，你怎么了？"

"我没有怎么啊，我好好的。"说完，他笑了起来。

"你啊，太狡猾了。早知今日，何必当初。"

听着张华丽说的，古敏又想起来陈萍也说过这样的话。他觉得她们说得怎么会一模一样呢？不但用词一样，连口吻都差不了多少。他在心里想，女孩子都爱这样说话，所以那么可爱。他心里涌起了一股暖流，却说不出话来。还有，这当初又指什么呢？是说她上了当，还是说他不可信。他猜不透其中的含义，心里很乱。

这时，张华丽又笑着说："古大哥，你的小说写成了，也应该为我们做一件好事了啊。"

"你让我为你们做什么好事？你说来听听。"古敏真的不知道她说的好事是指什么，只好试着问。

"你是真的不知道？还是故意小家子气。"她没有明说，只是一阵发笑。

“我真的不知道你指的什么，你就明说了吧。你说什么，只要是好事，我都会满足你。”

“好哇，我明确地告诉你，你应该请客，请我们来吃一顿好东西。”她说完，又是一阵笑。见古敏还没有回答，她说：“怎么了？舍不得吗？”

刚才，一个虫子在他面前飞，他去赶虫子，才没有及时作答。听了她的话，他立即说：“你说什么话哟，我是那样的人吗？”

“那这样，星期天，我就等着你请客哟。”她把时间都定了出来，看来，她知道古敏一定会请客。

“好，就这么定了。”

他们结束了通话，张华丽放下电话，心却没有平复。她没有想到古敏这么快就写好了一部小说，说明他真的很有才华。这小说的一些章节，她也是读过的。里面的一些人物，她也是很喜爱。有些情节让人喜欢，有的情节催人泪下。总之，这小说，她很喜欢。特别是古敏通过写作，已经恢复了常态，这更是值得庆贺的事。她要求古敏请客，也是向他表示祝贺，更是想营造一种热闹的气氛，让他与大家一同乐一乐。

张华丽提议古敏请客，古敏心里很愿意。因为这毕竟是好事，大家一起乐一乐，很有必要。特别是他先前回家乡，后来又埋头写小说，都已经有很长时间没有与朋友们在一起欢聚了。借此机会，大家聚一聚，他也求之不得。于是，他期待着星期天早点到来。

到了星期天，除了古敏和张华丽以外，只请来了杨青一个客人。这也是有原因的，周一平还在治疗，医院不准他外出。卢燕临时接到了看护一个危重病人的任务，她实在脱不开身。卢燕不能来，鲁昌盛也不会来，因为他是做了心脏手术的人，一般不能参加这种高兴的活动，如果没有卢燕在场，他也不会参加。凌子美遭袭击住院后，精神上受到了刺激，已经有些不正常。因此，杨青不让她参加活动，她也不愿意与熟人相见。以前凌子美是那么好强的人，如今都成了怕见人的人了，真的变化很大，也让人不能理解。凌子美成了这般模样，杨青也不好提离婚的事。他怕受到舆论非议，更在良心上过不去。因此，他们谈了凌子美的现状，也给大家带来了不愉快。古敏本来是想请大家一起高兴一番，却没有想到会是这样的情形。古敏很伤感，他没有说出来，但其他人是能感受到的，特别是张华丽，她明显地感到了古敏的不痛快，她心里也有一丝隐忧，但她装出高兴的样子，有说有笑，还故意找话说，让大家高兴。

张华丽和杨青都是有文化的人，对古敏写成了小说，说了许多羡慕、祝贺的话。特别是杨青，他根本不知道古敏会写作，突然听说他竟然写出了长篇小说，真是惊异不已。他对古敏说了许多赞美的话，还说古敏是大家学习的榜样。他还检讨自己，整天忙忙碌碌，却一无作为。当然，杨青也赞扬了张华丽的支教，也很了不起，说自己当初就是太软弱，听从了凌子美的话，没有坚持去支教。张华丽见杨青真诚地检讨，反而心里过意不去。她安慰杨青不要想那么多，如果他要去支教，以后还有很多机会。

他们有说有笑，古敏却很少说话。古敏心情不好，只是应付着他们。看着古敏心情沉重的样子，张华丽反而有些后悔。她想，如果早知道是这样的结果，还不如不让他请客更好。但是，既然都这样了，她也装出了欢喜的样子，说了许多赞美的话。吃饭的时候，她还说要陪古敏他们喝酒，一定要敬古敏一杯，表示心诚。听说她要喝酒，古敏立即要去买红酒，但被张华丽阻止了，她说自己能喝白酒，只是平时不喝而已。听说她能喝白酒，不但古敏高兴，连杨青都来了兴趣。后来，她只喝了一杯，就坚持不再喝。她说好久都没有喝白酒，怕喝多了会让人笑话。见状，古敏知道了她的良苦用心，原来，她是为了让古敏高兴，才勉强自己喝酒。他嘴上没有说什么，但心里还是十分感激。

请客过后，古敏好好地休息了几天，便开始修改起小说来。修改小说，并不比写初稿容易。写初稿是经过了构思以及各方面的妥善安排，还写有提纲，还是很轻松的。修改的时候就不同了，必须全面考虑小说的结构，对不合理的地方要删去，缺陷的地方要加以弥补。还有就是人物形象是否丰满，是否有特色，人物的表现是否合理，他的语言、行为是否符合其性格。特别是小说叙述的语言，人物的语言要加以统一，不同的人物有不同的语言风格，他的语言要与他的性格和形象相统一。因此，他在修改小说的时候，还是很伤脑筋。而且对古敏来说，这并不轻松。于是，他整天都在考虑小说，几乎与小说中的人物生活在了一起，他对外界的一切，都冷淡了不少。

好在有张华丽，他才有了一个能讨论的对象。对一些细节的东西，张华丽还给他提出了许多好的建议。比如，在写的时候，古敏用了许多当地人的方言土语，对大众读者来说，是否能知道其含义，古敏就把握不住了。他专门征求了张华丽的意见，是否将这些东西修改成普通话的用词。她告诉古敏，这些东西不用改，因为这才是本人的东西，才表现了人物的特质。如果改掉了，反而千篇一律，会失色不少。张华丽还举了名著中的一些实例来说明这个问题，她还说自己这个外地人都能懂其中的意思，而且这些语言很有趣味，根本不用改动。这才坚定了古敏的信心。后来，古敏也想通了，如果将这些人物的语言改成了普通话的用词，那就不是当地农民说的话，就会很失败。

但是，有时该怎么改一些东西，他们的意见也很不统一，特别是对女主角的结局，张华丽很反对他的安排。具体就是女主角是否该考上大学，张华丽与古敏的看法恰好相反，古敏的安排是男主角考上了大学，而女主角落榜。因此，女主角离开了那个小山村，离开了自己的同学和恋人，回到了城里。从此，他们就没有见面，实际就是分开了。对此安排，张华丽不赞成。她认为古敏应该安排他们双双考上同一所大学，以后在一起读书，关系进一层结合在一起，那是多么好的事情啊。她认为如果将二人分开，就是一种悲剧，不符合大团圆的结局。她还说，中国人都喜欢大团圆，你怎么就要分开他们呢？她仿佛动了感情，还一再强调，让他一定要改一下女主角的结局。

听了张华丽的说法，古敏在心里发笑，他认为女孩子就是把事情想得太完美，根本看不得悲情，可是，实际生活却往往不是这样。特别是在那个年代，招生那么少，怎么能让他们把好事占完了呢？特别是结合人物的特点，女主角虽然成绩很好，但她偏科，在竞争那么激烈的情况下，如果偏科的人，往往都不能考上学校。古敏经过了那场考试，是知道其残酷性的，他与张华丽反复解释，她就是不能接受他的安排。她还说文学作品源于生活，还应该高于生活。总之，她认为大团圆的结局，才是好的结局。

张华丽不但不接受他的解释，还离开了小说的内容来说问题。她指责说男人都是心硬的动物，没有一点同情心，没有美好的设想。见她生了气，让古敏更说不上话来。于是，他只能对她妥协，说对这个结局，他可以再考虑考虑。他想，反正现在还早，等改到了那里再说。

过后，古敏还在想这个问题。他认为女孩子就是感性多于理性。她的举动让人感到好笑的是，她竟然把小说与现实联系在了一起。他只能在心里想，不敢把自己的想法说出来。他知道如果说了出来，她听了后会是什么结果，古敏可以预料得到。

后来，他想到了陈萍，想起了陈萍对他说的话，恋人不一定都能走到一起，往往恋人都是以分离告终的。他再联系自己所接触到的一些人，更相信了陈萍的话很正确。但是，恋人虽然不能走到一起是一种悲剧，但是他们还可以互相关心，互相竞争，共同进步，也不失为一件好事。如果双方在不同的岗位，做出了大的成绩，也是一种好的结果。因此，他认为自己的安排合理，坚持这样的结局，会让人深思，会更让人热爱生活。

总之，在修改小说的过程中，古敏得到了张华丽的不少帮助。他们有愉快的合作，也有友好的争论。古敏没日没夜地修改小说，有时都会忘记吃饭，虽然很忙很累，但他心情十分愉快，修改的进程也很快。张华丽想到他上次生病的事，还是不时地提醒他，一定要注意身体，如果为了写小说累垮了身体，就没有什么意思了。每当这时，古敏都说自己身体很棒，不会再有什么问题。

他感激张华丽，有一次还开玩笑说，要把她列入作者之一。她听了，便立即反对，说不能这样做，否则，便是欺世盗名。她还说，自己做的事对他可能没有帮助，有时还会帮倒忙也说不定。他知道张华丽指的什么，但他不会与她计较，只是一笑了之。

古敏不但修改小说，他同时也在构思新的小说。他想尽快动笔写出新的小说，因为作品中的人物仿佛在催促他，因此，他怎么能休息得了呢？

第二十六章

古敏在修改小说的时候，仿佛回到了书中描写的那个年代，就是自己求学的时候。自己读书那个年代，生活十分艰苦，特别是农村的孩子，放学回到家中，丢下书包，就要背上背篓去割牛草参加生产劳动。不管是天晴还是下雨，都必须早早地起床，吃了饭便急忙往学校赶。离学校远的学生，有时天刚亮，就必须早早赶路，否则，会迟到。学生回家要参加生产劳动，作业都是在昏暗的煤油灯下完成的。这样一天接一天的读书加劳作的生活，该有多么的苦和累啊。但是，必须刻苦耐劳，坚持前行。

后来，古敏读高中了。同学们都住校，不用参加劳作。但是，无论冬夏，大家洗脸、吃水都是自己到凤凰井去提。每一天有一顿豆瓣下大馒头，还经常吃不饱，特别是上了晚自习回到寝室，大家几乎都饿了，只能喝冷水填肚皮。农村生活艰苦，农村学生的生活更苦。那个时候，做一个学生该有多难。

现在，虽然是农村的学生，也要比自己读书那时好得多，但是，他们比起城里的孩子来，又相差更远。特别是他经常听张华丽谈她的学生，说他们有的不能吃饱饭，有的还穿得很破烂。每当这个时刻，便会勾起古敏的回忆。于是，在空下来的时候，他想到也应该为这些学生做点什么。通过自己的帮助，给他们一些鼓励，也是很有意义的事。

他有了一些空闲，便想立即完成自己的想法。他取出存款，去商店买了大量的作业本、笔等学习用品，他还买了许多课外书籍，买了篮球、乒乓球等体育用品。他租了车，把这些东西运到了天铧小学。他为学校捐这些东西，也是想让这里的学生得到一些帮助，并给他们以鼓励。

当这些用品运到学校的时候，让学校的李校长大吃一惊。他十分激动，一再地说欢迎，说谢谢。见古敏到了学校，还送了这么多东西，张华丽也吃惊不小。因为她从没有听古敏说过，他要做这么一件事。现在，事实摆在她面前，她感动不已，也是一个劲地说谢谢古敏。她嘴里说着谢谢，心里想，古敏是一个重实际的人，总是在悄悄地做，有时做了都没有人会知道。她还想，古敏以后还不知道会做出什么让人吃惊的事。但是，她就喜欢这样的人，佩服这样的人。张华丽想着心事，不知不觉地脸上现出了丝丝红晕。

以前，李校长多次听张华丽说过古敏的事。他知道古敏也是农村孩子，但他读书特别用功。后来，他工作后，又是一个工作业绩很突出的人，他的科研成果获得过国家级的奖，为国家做出了巨大贡献。现在，他还发挥余热写小说，为精神文明建设做贡献。李校长不但对古敏的业绩感兴趣，更想知道他是靠什么支撑着自己，让自己总是那么努力。于是，李校长决定举行一次全校师生大会，让古敏做报告。听了李校长的话，古敏没有推辞，欣然接受了任务。

报告会开始，李校长代表学校和全体师生对古敏为学校捐献物资表示了衷心感谢。他还简单地介绍了古敏的一些成绩，他特别强调了古敏也是一个农村孩子，他的家庭条件和学习环境与在座的同学们相似，他的事迹对大家是有一定启发意义。请他给大家做报告，是很有意义的事。大家对古敏有了兴趣，并希望进一步了解他。

可是，在报告的时候，古敏却没有说自己的事。他主要说了陈萍的事，他将采访陈萍得来的东西，概括起来给师生做了介绍。他还告诉大家，无论是学习，还是生活、工作，遇上再大的困难都没有什么可怕的。一个人要有一种精神，有一股不认输的精神。有了这种精神，就能战胜困难，就能跨越险阻，勇往直前，到达胜利的彼岸。一个人的能力有大小，但只要爱国爱人民，就不会迷失方向，就会不断前进。

他说陈萍获得了巨大经济利益后，还不忘回报家乡，回报社会。如今，她还在继续创业，发展新型农业，改变着农村的面貌。她能做到的，我们也一定能做到。只要我们不怕困难，刻苦读书，学好本领，将来一定会成为一个有用的人。祖国的更加强大，更加富强，要靠大家共同努力。

古敏的报告，在师生的热烈掌声中结束。听了他的报告，同学们受到了很大鼓舞。他们眼前一亮，仿佛看清了前进的方向。他们觉得自己也能搞好学习，能成为一个有用的人。在后来的日子里，每当他们用到古敏捐献的东西时，就会想到他的报告，便有了一种无形的力量。这是古敏事前没有想到的，他这事做得很及时，意义重大。

回到城里，古敏仿佛有了更大的力量。他不分昼夜地改起小说来，他不知道累，还整天乐呵呵的。他在心里不时告诫自己，要尽早修改好作品，争取能早日发表，让更多的人读到这本书，与他一起分享幸福。其间，张华丽也在关注着他的写作，不时地询问他的书改得如何了。其实，她已经知道了书的大部分内容，她问的目的，就是在督促他的工作。当然，听着古敏报告书稿的进展，她也有一种特别幸福的感觉。总之，张华丽和古敏都在不同的岗位努力着，愉快地生活着。

可是现在，凌子美的生活却糟透了。上次，我们知道凌子美被人打了闷棒，还住到了医院里。她出院后，便留下了后遗症，她不时会头痛头晕，要靠吃药才能缓解疼痛。她虽然很强势，但在病痛面前，也只能退缩，萎靡不振。她看看现在的自己，再想想以后的日子，她开始怀疑起人生。她不但怀疑人生，还仿佛没有了对事物的判断标准。于是，她心灰意冷，对什么都没有了兴趣，仿佛什么都与自己无关。如果知道她的过去，联系到她的现在，她前后简直就是两个人一般。

现在，凌子美对杨青也改变了态度。她对杨青发火的时候减少了，有时还能主动与杨青交谈几句。杨青对她的改变，也有所认识，但不知道她是否真的改变了自己。因此，他对凌子美仍然是以前的态度，小心地应付着她。他不但小心应付着凌子美，还做好了她突然变脸的准备。

眼下，凌子美也不外出参加活动了。以前，为了帮商家宣传，她搞起活动不知苦累，忘记了身外的一切。她住院中断了活动，出院后，就再也不去参加活动了。因为她住了院，怕熟人问她住院的原因，她不能回答别人。她以为这是一种丑事，别人知道了会笑话她，但她不知道的是大家早就知道了她住院的事，知道她爱面子，才没有去探望她。她不去欢庆队，还有一个原因就是已经换了领队，她去了后，别人也不会让位于她。她是一个有领导欲的人，不甘心让以前的队员变为她的领队，更不愿意接受新领队的指挥。于是，她干脆不露面，少了许多麻烦和苦恼。她的举动，就是远离外界，封闭起自己。

她虽然节节后退，但是，该来的事照样到来，她受到的打击照常接踵而来。凌林吸毒贩毒的案件经过调查，终于结了案。凌林不但没有被放出来，还被判刑十二年。这样的结果，凌子美难以接受。想想这漫长的十二年，她就有一种要发疯的感觉。十二年啊，她不但没有了儿子照顾，还要受他人多少白眼，受到多少人的背后指责。如今，她不能向别人指手画脚，只能接受别人的指指点点，这是多么难受的事啊。她想到这些，心里就十分不安。她再想想到了十二年后，自己更加苍老，儿子出狱后，他又该怎么生活呢？她想得太多，想得太远。她想了许多问题，却得不到答案。她眼前一片迷茫，看不清前路。她心里乱糟糟的，只要起床后，就不知道这一天该怎么度过。后来，她想到了这样的事是一种报应。对，她认为应该是一种报应，因为她经常这样骂别人。她没有想到的是别人没有得到报应，反而是她得到了报应。想到这些，她就会无端地发笑，或者自言自语。看着她的表现，有人说她可能精神上出了问题。但没有一个人敢给她当面指出来，更不敢劝她去看医生。大家知道她的脾气，都不敢去接近她，更不用说劝她去看医生了。

凌林判刑后，王二妹便提出要与凌林离婚。听说王二妹要离婚，凌子美立即心里发紧，她不能接受王二妹与凌林离婚。因为一旦离了婚，凌林就连家都没有了。她只好去求王二妹，让她做人讲良心。她的话让王二妹听了，火冒三丈，反而骂凌子美才是没有良心，她才有不好的报应。她想干涉王二妹离婚，但又力不从心。她劝说过几次，得到的是王二妹的一阵辱骂，让她落荒而逃。凌子美还想到，如果王二妹离婚了，也要把凌芝留下来，她来帮儿子养女儿。她只能在心里这样想，根本不敢说出口。王二妹知道了凌子美对她离婚的干涉，就更想要快点与凌林离婚，最后，经过她的努力，终于把婚离了。王二妹离婚后，很快就低价卖掉了房子，随后，她带着女儿离开了此地。从此，王二妹母女便从凌子美眼前消失了。

凌子美见不到王二妹，她心安理得，少了许多烦恼。可是，她见不到孙女凌芝，让她日子十分难熬。因为她的儿子坐牢，现在又失去了孙女，她认为没有了亲人。想到自己好强几十年，竟然落到如此地步，别人一定会笑话自己，自己也没有脸出去见人。她在家里待了一段时间，便天天出去找王二妹母女。可是，无论她怎么找，就是见不到她们的踪影。这样一来，她实在忍受不了了，便天天不停地咒骂王二妹，什么脏话恶毒话都骂了一个遍，骂完后，仍然不能解除她心中的愤恨，一张脸也很难看。她这些行为和话语，虽然消解了她心中的一点恨，却让杨青受了难。后来，杨青一听见她开始骂人，就有一种害怕的感觉，他更想躲着她。杨青的表现被她发现了，她就连带着杨青一起骂，骂了杨青还不解气，还骂其他的人。她骂大家都在与她作对，都是想害死她才甘心。

凌子美除了骂人，就是发呆。她可以看着一个地方很久，一言不发，没有什么反应。如果要说话，她总是那么一句话——“怎么是这样的呢？怎么是这样的呢？”她如此怪异的表现，让人见了她，都有害怕的感觉。于是，有的人便说凌子美可能有神经病，让杨青送她去医院。当杨青对她提起去医院，立即遭到她一阵痛骂。她骂杨青没安好心，是想让她生病，是想让她早一点死。她骂杨青老不正经，想让自己早死，他才好去找年轻的老婆，骂杨青说自己有病，他才是病得不轻。众人的好心，得到的是凌子美的辱骂。她见了谁，都没有什么好脸色。别人怕见她的青白脸，能躲都躲着她走。

但是，杨青却躲不了。他还必须天天面对她，接受她的拷问。这样的结果，杨青特别想不通。他认为自己关心她，是出于一片真心，希望她身体好。她竟然说是要害她，这不是无中生有吗？但是，杨青知道她是强势惯了，还是尽量让着她，避免与她争吵。可是，凌子美对杨青的避让却理解为杨青有了错误，才会如此软弱。因此，她更加怀疑杨青，更加地谩骂杨青。一个家里，气氛被她弄得十分紧张，两人的心越离越远。想着这样痛苦度日，杨青就想到还不如一个人过日子清净。杨青嘴里虽然没有说出离婚，他心里已经产生了离婚的念头。当然，凌子美不去治病，他也只能由她去。二人虽然没有离婚，竟然比离了婚还生疏。总之，杨青对她不搭不理，不冷不热。两人就这样过着日子，杨青有时反而自由多了，有时做事也能有自己的主张。

凌子美见杨青不理她，便没有了发泄的对象。她吵了一段时间，也开始了反思。想着儿子不找工作干，整天打牌过日子，都是自己娇惯的结果。直到儿子吸毒，她都还认为儿子是跟别人学坏的，他儿子不会有错。后来，儿子判了刑，她才知道自己对儿子的判断有误。但是，对儿子的归宿，她已经无法掌控。她想儿子没有了，就把孙女照看好，也算有希望。她没有想到的是，王二妹那么快就离了婚，而且跑了。王二妹一失踪，凌芝也没有了。现在，杨青也不理她，她反而怕失去了他。杨青如果真的离开了她，她便成了孤家寡人。如果到了那种地步，她不知道自己应该怎样活下去。想到这里，她感到了一丝害怕，她不能让这种结果产生。她要采取行动，扭转局面。

她开始停止骂杨青。后来，她便采取跟着杨青的办法。就是到了晚上睡觉，她都故意说害怕，要杨青与她睡一张床。她与杨青分床睡已经很多年，她突然提出要与他一起睡，杨青反而觉得奇怪。他现在不愿意与凌子美睡在一张床上，他推说自己晚上要打呼噜，怕影响她睡觉。但是，凌子美不同意，说杨青是找借口嫌弃她。她想，杨青不与自己睡在一起，是不是他在外面有了女人？她疑心重，越想越像真的。她就更不能放过杨青。于是，杨青不回到大床睡，她就跟着他去小床睡。总之，她就是要与杨青睡在一起。杨青没有办法，只好回到大床睡觉。不知道什么原因，他回到大床睡觉，竟有点不适应了。他总是失眠，睡着了还经常做梦。他不敢向凌子美提出回到小床睡觉，他怕凌子美会说一些难听的话，更怕她会做出难以想象的事。于是，他只能忍耐着，有苦也不能说。所以，凌子美的日子不好过，杨青陪着她也受罪。

就是这样，凌子美还不让杨青安生睡觉。有时杨青睡着了，她睡不着，便会故意去捅他，弄醒他。杨青问她为什么要弄醒自己，她却狡辩说没有弄他啊。实在难辩，她就说是无意的。她还说杨青故作清高，仿佛他的身子不能让人接触。她这样说，让杨青无法作答，只能忍让着。实际上，她有时自己睡不着，心里害怕才故意弄醒杨青，想让他陪着自己熬时间。她不敢把真实的情况告诉杨青，只能找理由如此搪塞。杨青晚上没有睡好，白天一点精神都没有。他现在不但怀疑凌子美有病，仿佛自己也有了病。

凌子美不在家里吵闹，杨青反而觉得日子难过。照目前的情况看，他还愿意受凌子美的吵闹，那样还舒服些。现在，凌子美不管他了，他便经常到古敏家去，找他谈谈话，有时同古敏喝一点酒，这就是他的好生活了。当然，他也会向古敏说一些他与凌子美的事，说出自己心中的苦恼。他诉说苦恼的时候，古敏都会认真地倾听。听了杨青的苦，他不但同情杨青，也同情凌子美。根据杨青的叙述，古敏知道了凌子美的现状。古敏与杨青夫妇交往多年，对凌子美也是很了解。想到她以前多么强势，多么能干，觉得她是那么可憎；现在，变得那么胆小怕事，又觉得她十分可怜。她不敢见人，把自己封闭起来，可想她的日子过得有多苦。当然，她的事，又拖累了杨青。但是，对杨青家的事，古敏不知道怎么帮助，他也很苦恼。于是，他只能认真地听杨青倾诉，然后给他一些安慰。当然，他也给杨青出主意，让他带着凌子美去旅游。这样，看能不能改变凌子美的现状。

杨青也试着要凌子美去旅游，可无论他怎么说，凌子美都不去旅游。有时心烦，杨青都想丢下她不管，自己一个人去旅游散心。但是，看着凌子美的现状，他真的不敢让她一个人在家里。

看来，凌子美受的打击真的太大，她才有如此的状况。如果不去就医，可能情况还会更糟。因此，古敏为杨青担心不已。他告诉杨青，一定要想办法，让凌子美去看病。杨青得到了古敏的指点，心宽了一些，也明确了自己该怎么做。他要想办法，逼她去就医。

目前，凌子美与杨青几乎形影不离。因此，他就告诉凌子美，如果她都没有病，就不能总是跟着自己。如果她不去看病，二人只能离婚。因为杨青从没有说过这么坚定的话，她听了这话，也是吃惊不小。以前，她经常对杨青说离婚，她吃定了杨青不会离婚。还有，那时如果离了婚，她有儿子、儿媳、孙女，她的日子照常好过。现在，如果离了婚，她就是孤身一人。她不能接受离婚，听见杨青这样说，她终于忍不住哭了，哭得十分伤心。哭过之后，她擦干眼泪，终于同意去医院看病。

凌子美住进了医院，经过一段时间的治疗，她的病情得到了好转。出院回到家里，她性情开朗了一些，也不那么害怕了。她对杨青也不是形影不离了，有时还可以独自出门散步。凌子美现在的脾气也改了一些，以前是她指挥杨青，杨青一切都听她的。现在，她不但不指挥杨青，有时还会主动征求杨青的意见。

杨青把凌子美住院后的表现告诉古敏，古敏也为他们高兴。他还告诉杨青，凌子美的病情会越来越好，她恢复到以前的状况都有可能。

古敏是安慰杨青，杨青听了，反而不是很乐意。如果凌子美恢复到以前，那是什么情形，杨青想都不敢去想。当然，他也知道古敏的好意是安慰人，他只能笑笑就过去了。

事后，古敏对凌子美的事，还真的好好想了一番。他认为凌子美一贯强势，并不是她真正的强大，许多都是表面现象，她内心实际还很空虚。她的强势，许多是她性格上好强的表现，并不是她自身优秀。她嘴巴会说，很会吵架骂人。她又当过一个小官，经常面对办事的群众，她发火的时候，办事的人只能忍受着。久而久之，便养成了她的脾气，惯就了她的强势。如果有人与她较真，她就不是那么强了。比如面对王二妹，她是一筹莫展；当杨青不吃她那一套后，她也只能低声下气地求他。因此，她的强势是装出来的。她这种性格讨人嫌，更是十分可怜。

现在，说一说周一平的事。他得了严重的性病住院已经很久了。他住院期间不能随便走动，仿佛失去了自由一般。于是，他见不到外面的人，其他的人也很难见到他。古敏由于忙，也是好久没有见到周一平，仿佛忘记了他。

这一天，周一平突然来到了古敏家。古敏已经好久没有见到他了，突然见到他，古敏又惊又喜。

一见面，古敏惊奇地喊道："周大哥，你怎么到这里来了？"

"怎么，我不能来吗？"

古敏笑了，然后说："周大哥，我不是这个意思。我知道你在住院，怎么会到这里来呢？"

"我不住院了，我是好人了。"

“真的吗？”

“怎么不是真的呢？你怎么不相信我的话呢？”

两人的手抓到了一起，他们来到沙发坐下。随后，周一平给古敏讲了他治病期间的苦，但他坚持了下来。他还拿出了医院的证明，让古敏看自己已经痊愈。看了证明，古敏再次为周一平高兴，还拍了拍他的肩膀表示祝贺。古敏想起当初怀疑周一平是艾滋病，他的心一下冷了。想到周一平的晚年会无比悲哀，他真的为周一平痛心。现在，他的病治好了，外表看上去还胖了一些。古敏好高兴，他为周一平高兴，自己也高兴。他立即起身，说要弄两个好菜，二人要喝上几杯表示庆贺。是的，他俩已经好久都没有在一起喝酒了。

喝酒的时候，他们谈了很多话。谈到凌子美生病的事，让周一平大吃一惊。他一直以为凌子美是一个健壮的人，没有想到她也会生病。他对凌子美生病，也没有幸灾乐祸的意思，更是提醒着他，人到了老年，养好身体是最重要的事。想到自己的事，才知道自己以前是多么荒唐。他在心里告诫自己，一定要管好自己，走好每一步。

送走周一平，古敏静下心想，又开始为周一平担心。他怕周一平一个人过日子，不能很好照顾自己，更怕他旧病重犯。想了很久，他终于眼前一亮。他想到了陈萍，他要把周一平的事告诉她。因为以前陈萍说过，她办的福利院，其中有一个目的就是能让老年人在那里养老。如果周一平能到那里去，古敏也更放心。因为有陈萍的监督，加上生活无忧，这是最适合周一平去的地方。

古敏在电话里询问陈萍，陈萍还以为是古敏要住到那里去。她还故意开玩笑说，这里不欢迎你。后来，古敏告诉她，不是自己要去那里，而是自己的一个朋友。于是，陈萍才给古敏详细地介绍了福利院的事。她说这里已经收住了许多老人，大家对这种医养结合的方式很欢迎，评价也很好，特别是政府也很重视，在政策上给了很大的支持。最后，陈萍说不但欢迎周一平去那里，也欢迎古敏去那里。

这时，古敏反而开玩笑说，自己才不去她那里呢！慌得陈萍直问古敏是什么意思，古敏告诉她，因为她不欢迎自己，自己怎么好厚着脸皮去呢？陈萍知道他是在为先前的话开玩笑。她立即笑着说：“你不要那么小气，对于你，我是随时欢迎的。”

第二天，古敏就去了周一平家。他把与陈萍联系的事告诉了周一平，经他一说，周一平还真的动了心。因为周一平是一个喜欢热闹的人，听说福利院能管住管吃管玩乐，有病时还有医生照顾，这是多么好的事啊。于是，这事立即定了下来。

几天后，古敏便送周一平上了路。他要到陈萍那里实地看看，再做决定是否长住那里。周一平受到了陈萍的热情接待，她像自己的亲人一样对待他。他住了几天，就做了决定。周一平立即办了入住手续，住了下来。他的一些用品，都是委托古敏给托运去的。为周一平找到了一个好去处，他能安度晚年，这是多么好的事啊。想到这些，古敏好几天都处在兴奋中。

周一平住到了陈萍的福利院，古敏与她的联系又增多了。此后不久，古敏接到了陈萍的电话。陈萍告诉他，说她的丈夫蔡勇已经回到了四川。她丈夫的生意有二女儿照顾，蔡勇可以放得手了。

古敏听了陈萍的电话，一方面为她高兴，一方面也有想不通的地方。他便在电话里问道："怎么会是这样呢？做得好好的生意，说放手就放手了呢？"

听了古敏的话，陈萍立即笑了起来。笑过后，她说："你这么聪明的人，却提了一个愚蠢问题，钱一个人找得完的吗？专注于赚钱，自己却失去了许多有意义的东西，这是别人不能知道的啊。"

想想陈萍的话，古敏觉得有道理。但是，他故意说："你的看法虽然新颖，但不正确。你想，一个人有了钱，什么事不好办？如此看来，你应该没有损失吧。"

陈萍没有细想，立即回答道："你以为钱是万能的？我们虽然找了一点钱，损失的东西少了吗？整天忙着做生意，饭没有正经吃过，觉也睡不好，生活不安定，情绪起伏大，身体都被拖垮了。天天与钱打交道，没有了其他乐趣。还有就是一家人在一起的时间都很少，其中的苦谁能理解？大家都只看到商人找了钱，却没有看见商人也有吃不起饭的。"

"你又开始诉苦，怕我向你借钱吗？"

"去你的哟，你借钱？你想找打还差不多。你这样说话，还算是好同学吗？还算是知己吗？"陈萍说话快，情绪还有点激动。

"你不要激动，我故意逗你的。"

"你逗我？你以为我不知道？你尾巴一翘，我就知道你要屙屎撒尿。"说完，陈萍大声笑了起来，十分得意。

"陈萍，你说话文明一点好不好？"

"怎么哪？我对你是够文明了。否则……"

古敏知道陈萍是一个不认输的人，便说道："好，我认输。"

"这还差不多。"陈萍笑了，然后说，"我还忘记告诉你，我家里那个说，要去买一辆房车，方便开着去旅游。到那时，我邀请你一起去，好吗？”

“不好，我才不去呢！”

“为什么？你不要不识抬举。”陈萍又开始急。

“不为什么，我不想当电灯泡。”

这时，陈萍才知道了古敏话中的意思。她只是好笑，没有话说了。后来，他们约定，有机会的时候，一定一起去旅游。

古敏期盼着那一天，因为他还想更进一步了解陈萍，还要了解她丈夫蔡勇，他还想了解更大的世界。

第二十七章

又是几个月过去了，古敏的小说终于被一家出版社接受。眼见自己的作品要出版了，别说他有多高兴了。小说能出版，他对继续写作增强了信心，增添了力量。于是，他第一时间打电话告诉了张华丽，让她最先知道自己的小说出版的消息，分享自己的快乐。听说古敏的小说要出版了，张华丽很是兴奋。她告诉古敏，她在周末一定回到城里，要为他庆祝一番。写小说时，张华丽没有少给古敏提建议，也为之出了不少的力。现在，小说能出版了，他俩都很高兴。

终于到了周末，古敏很快又要见到张华丽，他心里很激动。实在等不得了，他要去公交站接张华丽。可是，一辆辆的公交车到站，就是见不到张华丽下车。古敏知道她是一个说话作数的人，她一定会到来。他耐心地等着，一支支地抽烟，等待着张华丽。但是，从天铧小学方向来的最后一班公交车到站，还是没有见到张华丽的身影，古敏很心急。他猜测着张华丽没有回来的原因，一个个原因都被他想到，然后又被一一否定掉。但是，古敏还是不明白她没有回来的原因。

他失望地往家慢慢走去，心里仍然想着张华丽的事。他认为张华丽一定有什么急事脱不了身，才没有回到城里。但是，她即使有急事，也应该打一个电话告诉一下啊。他在心里埋怨着张华丽，又似乎在责备自己。

后来，他将与张华丽交往的事快速想了一下。她对人热情大方，乐于助人。当朋友有困难时，她一定会施以援手。他妻子生病时，张华丽就是这样做的，给了他们不少帮助。过后，他写小说的时候，张华丽的建议和看法，让古敏信服，并见识到了她的聪明和智慧。于是，他自认为张华丽是一个优秀的女人，更是自己的知音。但是，目前看来，他认为自己还是太自信，他在心里发笑。

他闷闷不乐地走着，突然，电话响起。他摸出电话一看，是卢燕打来的，他立即接听。卢燕焦急的声音响起："古大哥，古大哥，你快到医院来吧，张老师在这里。"

他还没有发问，对方已经挂掉了电话。她显然很匆忙，有些发急。但是，古敏听清了电话的内容，卢燕说张华丽在医院里。张华丽怎么会去了医院？他的心悬了起来。他不敢多想，便站在路边拦出租车。几辆出租车过去，都是载了客人。他想硬性挡下一辆车，求别人让他。可是，他没有这样做，因为他的心太乱，他都不知道该怎么做才对。

他想起了张华丽，想起了那熟悉的医院。这几年，他到这医院的次数太多了，他对这里也十分熟悉。但是，他不知道这次去会看到什么，他的心仿佛要停止跳动了。他开始在心里为张华丽祈祷，祈祷她不会有事。现在，他又想到了张华丽的好，她真的是一个好人。于是，他在心里责备自己，刚不久，自己还在心里怀疑过她的好。看来，自己真的太自私，总是从自己的角度看问题，不为别人着想。他祈祷张华丽一定会没有事，如果她有什么事，他一定不会原谅自己。

他坐出租车到了医院，丢了五十元钱给司机便走掉了。司机喊他，要找钱给他，他都没有听见。

古敏往急救室的方向跑去，卢燕迎了上来。她招呼古敏，说："古大哥，现在，张老师正在急救。"

"她怎么了？"

"应该是车祸。"

"啊，是车祸吗？"

"古大哥，你不要急。张老师没有生命危险，正在做手术。"

古敏不想问细节，卢燕也没有多说话，他们都沉默着，等待着。不久，李校长从外面进来。古敏与李校长是认识的，他们相互打了招呼。然后，古敏急着问道："李校长，这是怎么一回事？"

李校长强挤出一丝笑，仿佛在安慰古敏。他放缓了语气说："张老师说有急事要回城，便到公路边等车，后来，就听说她出了车祸。"

"怎么会这样呢？"古敏像在询问，又像自言自语。

"后来，听人说是一辆货车刹车失灵，向一个玩耍的小孩冲去。张老师看见，急忙冲上前，她推开小孩，自己却……”听到这里，古敏的心空了，头脑也是一片空白。

李校长后面说些什么，他没有听清楚，或者是根本没有听。他知道车祸的后果，不会很轻。他脑壳里出现了张华丽的形象，但总是有些模糊。他坐在走廊的椅子上，双手抱着头，一言不发。他的心跳得很快，脑筋也转得飞快。他不敢想，也不知道该想什么。他只能等待，慢慢地等待。

急救室的门终于打开，张华丽被推了出来。她躺在推车上，一动也不能动。她的头上手上都缠上了洁白的纱布，只有一对眼睛露在外面。他看过她动人的面庞，也在心里想过她那美好的形象，却从没有见过这般形象。他的心十分沉重，有一瞬间仿佛要停顿在那一刻。他只是呆了那么一刻，便快步向张华丽迎了上去。他没有说话，只是扶着推车，无意识地跟着。

进了病房，护士还没有离去。古敏便不顾一切地喊道：“张老师，张老师，你怎么会这样呢？”

护士轻声地说：“家属请不要大声说话。”

张华丽的眼睛动了动，想说话，但没有说出来。古敏也意识到这是病房，自己刚才无意识的举动与环境不合拍，他闭上了嘴。他走近张华丽，用手去扶着她的手。他想以此安慰她，更像要给她力量，让她战胜病痛。他们的眼睛望着对方的眼睛，虽然没有说话，但二人都知道对方想说什么。

卢燕轻声提醒说：“古大哥，张老师没有事，她肯定会很快好起来。”

古敏看看卢燕，仿佛相信了她的话，脸上露出一丝笑。他说：“妹妹，你一定要护理好她，让她尽快好起来。有你护理她，我会放心不少。”他对医院里的操作已经太熟练了，他竟然自作主张地帮张华丽请了护工。他要卢燕护理张华丽，也没有考虑卢燕是否忙得过来。

“古大哥，你放心，我一定把张老师护理好。”卢燕轻声说，答应着古敏的要求。她继续说：“我已经安排好了，让老鲁来帮我照看正在护理的病人。”

听卢燕如此说，古敏好激动，竟然抓住了卢燕的手，说：“谢谢你，谢谢你，好妹妹。”

卢燕点了点头，算是答应了他。张华丽的眼睛动了动，但没有说话。

古敏仿佛完成了一件大事，心情一下轻松了许多。他竟然无意识地抚摸着张华丽的手臂，像在安慰她，又似乎在安慰自己。当他意识到自己的动作时，脸一下红了，并拿开了自己的手。他与张华丽交往这么几年，他们之间还从没有如此接触过。他看看张华丽，见她没有特殊的反应，他才放下了心。

这时，躺着的张华丽似乎动了动。见状，卢燕俯下身问道：“张老师，你怎么哪？不舒服吗？”

张华丽的嘴动了动，没有说出话来。卢燕似乎知道了什么，便用湿纸巾给她擦了嘴，还擦了脸。后来，卢燕提醒古敏，应该去为张华丽补办住院手续以及缴费。于是，古敏又忙去了。在忙着的时候，他又在想张华丽的事，在心里为她祈祷。他此时想起一句话——吉人自有天相。他认为张华丽就是吉人，无论朋友，还是同事、学生，对她的评价都很高。她是一个肯为他人付出的人，是一个不计较个人得失的人。她这次又是为了救人才受伤的啊。她一定能逢凶化吉，渡过难关。当然，他知道张华丽伤得不轻，康复要付出很大努力。他暗下决心，为了张华丽的康复，他要为她付出，为她尽一份力。想到这些，他轻松了好多。办住院手续跑了许多路，他一点没有感到累。

过了几天，张华丽的病情稳定下来，也能说话了。在她的要求下，古敏拨通了她女儿的电话。他把张华丽的事告诉了杨纯洁，他尽量把事情说得轻松。

杨纯洁听说母亲出车祸，一下急了。她焦急地说：“古叔叔，我妈怎么就出车祸了呢？”

“孩子，你不用急。你妈妈没有事。她现在住到了医院里，一定会很快好起来的。”

“人都住到了医院，怎么会没有事呢？”杨纯洁十分着急，语气急促。

这时，古敏才意识到自己刚才没有说明白。他定了定神，用坚定的语气说：“孩子，刚才我没有说清楚，以现在说的为准。你妈妈是出了车祸，也不轻。但有医生的治疗，有你妈妈的努力，加上大家的帮助，她一定能康复如初。”

杨纯洁听了，一下安静了，好久都没有说话。她似乎在想什么，或者一时不知道怎么回答。过了一会儿，她轻声地说：“古叔叔，我相信你，我相信你说的话。我在这里谢谢你，谢谢你的帮助。”

杨纯洁是真心地感谢古敏，她再也说不出什么。她停歇了一会儿，突然焦急地说：“古叔叔，你说我该怎么办啊？”

“怎么了？你有什么事吗？”听她如此焦急，古敏也心急，急忙问了一句。

“我想立即来到妈妈身边，看望她，照顾她。可是……”后面的话她没有说出来，也可能很不好说。

“孩子，你有什么话，都可以对我说。当然，是在你信任我的情况下。”古敏不知道她会说什么，便直接说了出来。后来一想，才补充了后面那句话。

她在电话的那头，突然笑了起来。她笑过后，说：“但是，我有难处，不能立即来到妈妈身边。”

“为什么？你说来我听听。”

她沉默着，空气仿佛都静止了一般。过了很久，她说：“我担任了两个高中毕业班的课务，还担任一个班主任。眼看学生就要毕业，我怎么能放下他们不管呢？我想走，学校也不会同意的啊。想到这些，我的心都在痛。一边是我妈妈的伤，一边是学生的前途和命运。”

听了她的话，古敏知道了原因。他的心放松了好多，急忙回答说：“你不用急，听我说。”古敏就是这样一个人，做事从不武断，哪怕是帮助别人，他也是要征求对方的意见。总之，他事事为别人考虑。他停顿了一会儿，说：“我想了一下，你的工作和学生的考试是大事。你妈妈的事与之相比，要小一些。”

“古叔叔，你这话是什么意思？”她的语气很冲。她似乎不理解古敏，认为他也不是以前的古敏。她曾听母亲多次说到古敏的好，她的话把古敏说成了一个完人。她还笑过母亲，说古敏这样好，现在他的妻子走了，你正好追求他啊。她母亲听了她的话，说女儿根本不理解母亲，还说她与外人更亲。当然，这是张华丽母女间发生的事，外人不会知道。听了古敏的话，杨纯洁又想起了往事。

听着对方的语气，古敏才意识到自己的话被她误会了。他急忙说：“孩子，我没有别的意思。真的，你妈妈有医生治疗，有护工照顾，还有我在这里帮助，你不用为她做什么。但是，学生离开了你，谁都不能代替。你想，他们到了人生的关键期，你也知道孰轻孰重吧。我先前的话，就是这个意思。”

“古叔叔，你真好，只怪我不懂事。”

“你不用说道歉的话，你的心情我理解，只怪我没有把话说清楚。”

“古叔叔，你说的我知道了。但是，不能看着妈妈康复，我总是不放心啊。”

古敏想了想说：“我可以在电话里报告你妈妈康复的情况，她能用电话了，就由她告诉你，好吗？当然，你要看看妈妈也可以，你们可以在视频里相见啊。你说好吗？”

“好，太好了。谢谢你，我的好叔叔。到了假期，我再来看妈妈。”杨纯洁心情激动，说话也特别快。

“好，就这样决定。你不用挂念你妈妈，这里有我。你放心地工作，干好工作是大事，你妈妈也会支持你。”

这时，古敏听到了电话那头有哭声。他急忙问原因，杨纯洁告诉他，说自己太激动，才有如此表现。她还说如果没有古敏的帮助，她真的不知道该怎么办了。

后来，杨纯洁还与古敏商定，由古敏代表她行使家属的权利和责任，因为医院里有许多事都必须家属签字认可。有了杨纯洁的委托，古敏也更加放手去做。

古敏对杨纯洁有承诺，他也按照承诺去做。他除了给张华丽洗衣服外，还要喂她吃饭，为她经常擦脸。护工干的事，他也争取着为她做。比如为她翻身，他怕弄疼了张华丽，也是尽量帮着卢燕做，这样轻松好多。为了帮助张华丽康复，他本来想写的下一部小说，暂时放了下来。他尽心尽力为张华丽做事，不知苦和累。他虽然很忙，但心里很乐意。因为以前张华丽没有少帮他，现在帮张华丽，他认为是应该的。他这样做，也是在减轻卢燕的工作量。他做的事，被两个女人看在眼里，感动在心里。

古敏还有一件事就是每天都与杨纯洁通电话，报告张华丽的情况。他还连好视频，让杨纯洁看她妈妈，与她妈妈说话。后来，张华丽能用电话了，又是他接通电话，让张华丽两母女通话。他做得那么细致，不厌其烦地做着。

平时张华丽的人情好，听说她住了院，每天都有许多人来探视。有她以前的同事，有她教过的学生，还有一些朋友。起初，这些探视的人，都是古敏接待，古敏为他们介绍张华丽的情况。他们看见古敏为张华丽做事，都称赞古敏不错。看见这么多人来探视张华丽，让古敏更加感到张华丽的为人，她的好。

张华丽出了车祸，她不能去上课，杨青知道了，便立即决定去为张华丽顶课。杨青这样做，也是看在张华丽的面上。有人顶课，减轻了其他老师的负担，对学生的学习也有好处。本来，杨青就提出过，要去当志愿者，只是当时受到了凌子美的坚决反对，他才放弃了这个事。现在，为了帮助张华丽，也算是完成了他的一桩心愿。

不久，张华丽可以下床了。医生告诉古敏，家属必须扶着病人慢慢走动，恢复她的行走功能。如果不走动，对她的康复有影响，对她的行走影响更大，而且还会肌肉萎缩。于是，古敏每天便增加了一项工作，扶着张华丽行走。起初的时候，张华丽只能站立，根本不能走。他便将张华丽扶来站着，他在身后扶着她。张华丽站不了多久，便站不住了。他每次都鼓励张华丽多站一会儿，这样坚持了一段时间，张华丽的脚有了力量，她站的时间也更长久。

张华丽的脚上有力了，古敏便要她开步走。可是，就是拄着拐，张华丽都迈不开步。因为她根本用不好拐，她还胆小怕摔倒，怕会造成更大的伤痛。古敏看着她那一动不动的样子，无论怎么鼓励她，保护她，她就是不能迈开步子。古敏心里很着急，但嘴上还是温柔地鼓动张华丽迈步走。可是，她就是不走。没有办法，古敏只好让她的一只手搭在自己肩上，他用一只手扶着她的腰，仿佛拖着她才艰难地迈出了受伤后的第一步，然后是第二步，第三步……走了几米远，两人身上都出了汗，但心里十分愉快。张华丽看到了自己能恢复行动功能的希望，也有了信心。古敏高兴她终于相信了自己的话，并能照着去做。于是，有空的时候，古敏都要扶着张华丽走几步，以此锻炼身体，恢复行走的功能。他们这样练习行走，让看见的人都开玩笑说二人在练习跳舞，可姿势却没有跳舞优美。当然，他们也知道这不是跳舞那么痛快，那么好玩。张华丽知道古敏为了她，付出了许多，但她没有在嘴上说过谢谢。她心里十分感激他，又不能只说谢谢就能表达真实的心情。因此，她干脆就不说。

就是这样，古敏硬是带着张华丽慢慢走了起来。再后来，他就让张华丽拄了拐练习走路，他不放心，仍然跟在她左右保护着她。看着张华丽慢慢恢复，他别说有多高兴了。好长一段时间他都没有写作了，现在又在开始构思小说。为了练习写作，他在写短诗。他坚持写短诗，几乎天天都要写，为后面写小说练笔，做着准备。

假期到了，张华丽的女儿立即赶来看她。杨纯洁看见母亲的时候，她正在家里练习走路。她看见母亲的现状，又惊又喜。惊奇的是母亲竟然能慢慢行走了，高兴的是母亲又能过正常人的生活了。她直夸母亲不一般，母亲是一位英雄。

听了女儿的话，张华丽说女儿不知内幕，说自己才不是什么英雄。她对女儿说，自己受伤之初是悲观极了，说自己都以为没有了希望，今后的日子都不想过了，好在你古叔叔一再的鼓励，还有他大力的帮助，我才有了今天。

听她如此说，杨纯洁故意说："我不赞成你的说法，你不能把你的功劳都归于古叔叔。"

"你知道什么哟？我有功劳吗？自己都不能动，吃饭都要人喂，后来，能下地了，就是迈不开步走路。"

听她如此说，杨纯洁一下笑了。见女儿发笑，张华丽才知道女儿是故意这样说话，是想逗着她笑。

杨纯洁到来后，古敏还是经常去张华丽家，有时还在她家用餐。古敏也会习惯地帮着做事，他与张华丽也能习惯地谈一些家常，很有默契。他们相互帮助，相互关心，杨纯洁也看在眼里。过了一段时间，杨纯洁还产生了一种想法。这种想法的产生，让她感到奇特，却乐在心头。

有一天，杨纯洁又在与母亲摆龙门阵。因为她有了想法，就想着增加新的谈话内容。她与母亲谈了一会儿家常，便有意往古敏身上谈。她笑着对母亲说："妈妈，我想问你一个问题。"说到这里，她便打住了话题不往下说。

女儿吞吞吐吐的样子，张华丽不知道她要说什么。张华丽觉得奇怪，便追问道："你要问什么，就尽管问啊。"

"不是什么大事，不说也罢了。"

见了女儿的表现，张华丽更加好奇。她心急地说："不是大事，我也要你说出来，你不能有事瞒着我。"

杨纯洁故意吊母亲的胃口，笑笑说："我真的不想说，你不要逼我。"

"说也得说，不说也得说。你是我女儿，我就是要逼你！"母女俩太亲昵了，她们说话才如此随意。

"妈妈，你真霸道。"杨纯洁开始嚷嚷着，她说，"我想问你对古叔叔有什么评价？就是这么简单。"

"你怎么会问这样的问题呢？"

"因为我不熟悉他，想从你这里多了解他。"杨纯洁编了谎话，笑着很随意地说，声音很低。

张华丽知道女儿说谎，却不去揭露她。她只是淡淡地说："我们在背后议论人，很不好吧。"

"妈妈，你真狡猾。"杨纯洁笑了，继续说，"我们又不是说他的坏话，有什么不好的呢？何况平时我们也没有少说他，你说是吗？"

张华丽故意想了想，笑着说："我告诉你，要了解一个人，只能通过自己接触他，才能深刻地认识他的本质。"她还是不正面回答，把对古敏的评价不往外泄露。

杨纯洁突然笑了，让张华丽莫名其妙。看着女儿一脸的狡黠，她知道女儿在使坏，但又不知道缘由。张华丽一脸的茫然，却不知道女儿笑的原因，她心里急，心跳也加快了不少。但是，她脸上还是故作轻松，仿佛无事一般。

杨纯洁笑过之后，看着茫然的母亲，她就是不开口说话。张华丽都快撑不住了，杨纯洁才说道："妈妈，你原来就是这样认识古叔叔的本质吗？"

"你这个傻妹子，竟然开起了妈妈的玩笑。"她瞪了女儿一眼，还轻轻地拍了她一下。随后，母女都笑了。

"妈妈，我不是开玩笑，我很认真。"杨纯洁停住了笑，一脸严肃地说，

“妈妈，我真的想知道你是怎么评价古叔叔的。”

张华丽想了想，说：“一句话，我对他没有评价。”

“怎么会是这样的呢？你别骗我好不好。”

“为什么不可以这样呢？”说实话，张华丽早就对古敏有了评价，那还是在古敏妻子生病的时候。张华丽看见古敏为了他妻子，尽心尽力地护理她，默默地为她做事，他不怕难和累，不怕脏和苦。要知道这不是一天两天的事，一干就是几年。能够这么有耐心和韧性，真的太难做到了。有些琐事，就是妇女都很难做到，他一个大男人，却做得那么完好。这样的男人，真的很少很少。但是，女儿问到了这样的问题，张华丽又不好意思说出心里的想法和对他的评价，所以，她才躲躲闪闪地要避开正题。

在张华丽默想的时候，杨纯洁说话了。她说：“妈妈，我说你是一个忘恩负义的人。”

“有你这样说妈妈的吗？我怎么就忘恩负义了？”

“你是我妈妈，我才会实话实说。古叔叔为你做了那么多，连一句评价的话都得不到。你说如果他知道了，该多么失望啊。”

听了女儿的话，张华丽没有说话。她承认女儿说得对，但她就是不能说出自己对古敏的真实想法。她必须对付女儿，说：“我不赞成你的话，无论什么事，都不要听口头说的，要看实际行动。”说完，张华丽的脸上显现了一丝红晕。她是想说自己对古敏很好，只是你没有看见而已。她不能对女儿说，她对女儿说不出口。她心里甜甜的，脸上起了红晕。杨纯洁没有注意母亲的表情，没有及时发现她的变化。

听了妈妈的话，女儿知道妈妈心里想的是什么。她知道母亲对古敏评价高，但她就是不想让别人知道。杨纯洁为什么要与母亲谈古敏，她是有了考虑。母亲为了女儿，已经付出了许多。现在，到了老年，身体越来越差。特别是她又受过伤，如果身边没有一个人，当女儿的实在很难放心。平时她看见母亲与古敏这么情投意合，而且也很谈得来，特别是古敏帮助母亲康复，杨纯洁更加感激。她认为如果不是亲人，谁能这么尽心尽力啊。她心里早就将古敏当作亲人看待。后来，她想到如果能促成二位老人结合，对二老都有好处，对双方的孩子也是好事一件。杨纯洁眼看假期就快要过去了，她想在离开此地前完成一桩大事，于是，她故意找话与母亲谈。有了这次谈话，杨纯洁心中有了底。

后来，杨纯洁便经常在母亲面前表扬古敏，数说他的优点。她还说古敏这种男人真的很少，吃过不少的苦，才能刻苦学习，努力工作，事业大成。

他对自己、家庭、事业都能有很好的交代，真是一个完美的人。当杨纯洁说到古敏的时候，张华丽也会无意地补上几句。她不知道女儿的用意，才会无意地流露出赞美。但有时她仿佛意识到了什么，又会变成了一个纯粹的听众，一言不发。

一天，杨纯洁又谈起了古敏，说了后便感叹道："古叔叔真的很优秀，如果谁得到了他是一种幸福。如果失去了他，一定会很遗憾。"

张华丽知道女儿又是在用话照自己，但她还是相信了女儿的话是正确的。突然，她心里一下发急，她都不知道自己怎么会有如此的反应，这是她以前没有过的感觉。她心跳加快，耳烧面热，显得很不自在。她自言自语道："我怎么会心慌呢?"

"妈妈，你怎么突然心慌？是病了吗?"

"我没有病，别瞎说。"这时，张华丽想起自己生病时候的事。她躺在床上不能动，古敏为她做了许多事。特别是自己换下的衣服，他都洗得干干净净。要知道，有的是内衣，一般的男人，怎会帮一个女人洗内衣啊。想到这些，她更感到了如果没有古敏的照顾，没有他的付出，自己不会好得这么快，恢复得这么好。如果古敏有妻子，他想这么做，他的妻子也会反对吧。所以，她找到了刚才心慌的原因。

杨纯洁等了一会儿，看母亲没有什么特殊的表现。她知道母亲真的没有事，便继续说道："你真的没有病？那么，你怎么会心慌呢？我该怎么帮你啊?"

"谁需要你帮哟，我又没有病。"她没有细想，有些文不对题似的说。

"你别骗人了，怎么脸都发红了?"杨纯洁笑着说，张华丽低下了头。

过了一会儿，张华丽平静地说："当初，有许多人追求我。可是，我就是不去考虑这个问题。因为我怕自己有了幸福，却让你不会幸福。我下定决心，要专心专一地把你培养成才，就是我的幸福。后来，慢慢地人就老了，再也不想这方面的事了。"她终于说出了心中的秘密，她立即轻松了，还十分坦然。

杨纯洁听着妈妈的讲述，心里很不是滋味。她知道母亲为自己付出了许多，她没有再婚，也是为了女儿的幸福。她看看妈妈，觉得她更加伟大。她暗暗告诉自己，她要帮助妈妈，让她得到晚来的幸福。

在杨纯洁思索的时候，张华丽又说道："人啊，就是老得快，不知不觉就老了，心也枯竭了。"

"妈妈，你没有老，你还很显年轻。当然，你更应该有自己的追求和幸福。”

“你不用逗我玩了，我又不是妖精，还会很年轻?”

“只要心态不老，人就一定年轻。”杨纯洁停顿下来，她看了看母亲，继续说，“追求幸福，无论何时都不会晚。只要两人能相互理解，相互帮助，就应该大胆一点才行。”

“我希望你不要再说这样的话，你妈妈是有伤痛的人。我自己都看不起自己，谁还会喜欢我。还有，别人知道了这事，笑死人了。”做完对自己的评价，张华丽一脸的平静，这就是她目前的真实想法。

杨纯洁挨近母亲，抓住她的手，轻声地说：“妈妈，你考虑事太多。还有，这种事也不关涉别人，谁会笑呢?”

杨纯洁知道了母亲的心，她是有了自卑心理。只要母亲这一关通过了，杨纯洁就能帮到她。顿时，她有了力量，知道自己该怎么去做。她收拾了一下头发，信心满满地出门去了。

第二十八章

杨纯洁出门去，是因为她在家里打电话不方便。走了一会儿，她拨通了一个电话。当她告诉对方自己是谁，并约对方见见面时，对方十分惊喜，立即同意与她在一个咖啡厅见面。

原来，杨纯洁是与古经通电话，并约他见面。杨纯洁与古经岁数差不多大，二人的母亲是同事，很小的时候就经常在一起玩。他们通过长辈的关系，便成了好朋友。只是近年大家都很忙，才少了联系。听到杨纯洁约他摆龙门阵，古经立即确定了见面的地方。

二人见面后，便热情地相互问好，坐下后，随意寒暄了起来。二人都有一个共同的感受，就是时间过得快，一晃彼此都人到中年了。古经问杨纯洁，说她回来了，怎么不早告诉一声呢?杨纯洁说现在告诉也不会迟吧。说完，二人都笑了起来。他们是儿时的好友，父辈也是好友，所以，再久没有见面，见面后都会一下熟悉起来。

随后，杨纯洁便把话题往正题上引。她说：“我今天找你，不是寒暄闲事，而是有正事找你谈谈。”

听她如此说话，古经也认真地说：“什么正事?你尽管说。”

"我问你，你父亲生活情况如何？"

"我父亲怎么哪？"古经想了想，说："你不要说，平时我还真的很少去观察我父亲在做什么，他日子过得如何。"

"我离母亲远，是力不从心。你呢？离得这么近，却不闻不问。真的应了那么一句话，父母可以为儿女付出许多许多，儿女为父母付出的连零头都达不到。"

听了杨纯洁的话，古经的脸泛红。他真心感到自己对父亲关心不够，心中有愧。但是，这都是在别人的提醒下，自己才发现了这一点，他就更感到有愧于父亲。过了一会儿，他说："我只知道忙自己的事，真的很少关心父亲的事。想想，我真的做得太差劲。"

看见古经真诚地检讨，杨纯洁在心里笑。她说："你不用检讨，从现在改正，还来得及。"

"你说得很对。"古经停顿了一下，继续说，"平时认为父亲身体好，就没有把他的事放在心上。我真的太大意，也实在不应该。"古经做着深刻的检讨，仿佛梦醒一般。杨纯洁抿着嘴笑望着他，心想，年轻人都是如此。

"老年人的事，很多都说不清楚。你看我母亲，身体那么好，却一下就出了事，谁能预料得到呢？当然，我还要感谢你父亲，他在我母亲车祸后帮助不少。"说到这里，杨纯洁便自然地感谢起了古敏。她心里十分激动，有很多的话都说不出来。

"你不用客气，我们的父辈是多年的好朋友，相互帮助都是应该的。"古经安慰杨纯洁，这也是他的心里话。

"看来，你还是认同我们两家是多年的好朋友。"杨纯洁笑了，她听着这话舒服。

"那是当然，谁也不能否认。"说完，二人都会心地笑了起来。

但是，他们各自笑的内涵不一样。杨纯洁认为古经承认两家是好朋友，她觉得自己要说的事更好开口。古经认为两家是好朋友，这是长期交往形成的，谁都不可以否定，因此，相互关心，相互帮助是理所当然。

杨纯洁喝了口咖啡，仿佛品尝味道一般体会着，实际上她是在想问题，应该怎么说出想说的话。她笑了笑，开口问道："你刚才都觉得对你父亲关心不够，那么，你想不想改正错误呢？"

古经望她笑了笑，说："应该改正，你说我该怎么开始改正呢？"

"你该怎么改正，还用问我吗？"

"你这样问我，我想你一定知道该怎么改正哟。"古经一点不回避她的目光，认真地说着话。他知道杨纯洁找他摆龙门阵，一定不会只是聊天那么简单。

“那么，我问你，你希望你父亲能生活好一些吗？”

“那是当然，你难道不希望你母亲生活得更好一些吗？人心都是一样的，你说是吗？”

“那么，你不觉得该为你父亲做点什么吗？”

“我当然希望为他做事，你认为我该从哪里入手做呢？”

“你应该多关心他，爱护他，为他做许多事。”

“你说得很对，我一定注意这些。你找我摆龙门阵，一定是有更重要的事要谈吧？你说出来啊，我们之间还有什么不好谈的呢？”古经意识到她想说什么，他在心里已经猜到了几分。他也希望是这样，这对老人好处多多。

于是，杨纯洁说了两位老人的情况，说他们能相互帮助，而且很谈得来，他们彼此了解，彼此有好感，如果能促成他们生活在一起，应该是很好的事。一经杨纯洁提出，古经立即赞成，还赞美杨纯洁心细，想得十分周到。

他们达成了共识，都表示要努力做工作。他们愉快地结束了会面，为了完成使命，都信心满满。

杨纯洁与古经都表示要努力，促成二位老人生活在一起。他们还知道张华丽已经动了心，就是不知道古敏是怎么想的。他们还约定由古经先摸摸古敏的想法，然后再采取相应的行动。

古经还没有找他父亲说此事，鲁国庆却找古敏来了，他有事求古敏帮忙。

鲁国庆找古敏，是要说他父亲与卢燕的事。他知道古敏是卢燕的好朋友，他说的话，卢燕会认可。鲁昌盛与卢燕同居几年，都没有办手续。先是鲁国庆怕自己的利益受到伤害，尽力阻止二人办手续。后来，鲁昌盛生病，卢燕无微不至地照顾他，才让他捡回了一次生命。经过此事，让鲁国庆认识到生命重于金钱，亲情重于利益。他开始要促成二人结合，但卢燕却没有了办手续的意愿。虽然经过鲁国庆多次劝说，卢燕都找借口推迟着不去办手续。鲁国庆不明白其中的原因，他问自己的父亲，鲁昌盛也没有告诉他原因。先前，他就想找古敏帮忙，说服卢燕，让他们去办手续。但是，因为张华丽住院，鲁国庆知道古敏很忙，就把此事暂时放下了。他到医院去的时候，看见了古敏帮张华丽恢复健康，尽心尽力，他也十分感动。这事更提醒着他，老人有老伴相助，是多么的美好。当然，他更进一步地了解了古敏的为人，他对朋友很好。于是，他想到了请古敏帮忙，解决这个难题。

古敏认识鲁国庆，他还热情地接待了鲁国庆。坐下寒暄了几句，鲁国庆便进入了正题，说明了到来的目的。古敏对卢燕与鲁昌盛的事，了解得很清楚。他知道二人迟迟没有能办手续，完全是鲁国庆从中作梗。后来，听说鲁国庆同意二人办手续，但他们却不想办了。古敏知道一些，但不是很清楚内幕。现在知道了鲁国庆的目的，他也认为是好事，还赞扬鲁国庆很懂事，很孝顺。

听到古敏的表扬，鲁国庆反而不好意思起来。当然，他知道古敏也是实话实说，但联系自己以前的行为，怎么配得上他的赞扬呢？于是，鲁国庆反而做起了检讨，说自己以前做得很不对，现在就是想纠正以往的过错。古敏答应了鲁国庆的请求，表示一定尽力促成此事。他还安慰鲁国庆，说这事不能急，必须了解他们的想法，才能办好事情。送走了鲁国庆，古敏便立即去找张华丽。

古敏找张华丽，也是有一定的原因。他知道张华丽与卢燕、鲁昌盛也是朋友，此事也应该让她知道。更重要的是，古敏想让张华丽从中帮着做工作，促成此事。如果促成了此事，也完成了自己对鲁国庆的承诺。

张华丽听后，立即笑话他，说他怎么就成了月老。古敏急忙解释，说自己根本不懂这方面的事，所以，才会告诉她，也有求她帮忙的意思。

张华丽听了，笑着说："别人求你，你又来求我，很有意思。如果成功了，算你是红娘，还是我是红娘？"

听张华丽说完，古敏想都没有想便说道："红娘当然应该是你啊，我是男同志，怎么会是红娘呢？"

"你也出了力，你如果不是红娘，又应该是什么呢？"

"应该是红娘的对方吧。"说到这里，古敏似乎觉得不对劲，便没有继续说下去。

他悄悄看张华丽，看她没有什么特殊的表现，他才放下了心。实际上，他的话引起了张华丽的震动。她以为红娘的对方，就应该是红娘的丈夫啊，所以才会震动。但是，她却没有什么表现，她知道古敏是照实说话，不会有别的含义。但是，她心里也在想事，认为古敏为了朋友的事，就是心急。但自己的事，还不知道他是什么想法。因为上次杨纯洁与她谈过话后，她对古敏说话都有一些改变。她不像以前那样想到什么就说什么，她开始考虑古敏能否接受她的讲话。她怕说话不慎，让古敏难以接受。这是一种什么变化，她都很说不清。

后来，他们商量了一番，应该怎样做这个工作。商量的结果，张华丽认为还是让古敏先试探一下卢燕的想法。她认为女人的想法，往往会起很大作用。古敏不完全赞同她的说法，他认为女人在一起谈这种事更方便。但张华丽认为古敏更被卢燕认可，他太胆小才怕受挫。最后，他们达成共识，由古敏约卢燕，让她到张华丽这里来，大家在一起谈更好一些。

两天后，古敏联系卢燕，她正好休息。于是，古敏让她到张华丽这里来一下，说有事请她帮忙。听说张华丽需要帮忙，卢燕立即赶了来。

见面后，寒暄了一番，古敏便直接说道："妹子，今天约你来，是想问你一些事。"

听古敏说问事，卢燕没有多想，便立即点了头，还让他尽管问，自己知道的都会告诉他。因为她以为古敏要咨询有关医院的事，有关张华丽住院的事。

一旁的张华丽接过话说："他想问一下你的事，不是他的事。"

"问我的事，什么事？"

"对，是你的事。当然，如果你愿意说就说，不想说就不用说。"古敏笑了笑说。

"古大哥，你太客气了。你尽管问，对你们，我有什么不能说的呢？"

于是，古敏便把鲁国庆找他谈的事大概告诉了卢燕。他还加上了自己的看法，认为鲁国庆的提议很好，特别是卢燕他们都同居了几年，办了手续不是更好吗？

听了古敏的话，卢燕低下了头，似乎在思考着。坐她对面的古敏看到了她的表情，不断变化着。好久，她才抬起头来，说："这事鲁国庆已经找我谈过几次，他甚至还给我下跪相求，但是，我没有答应他。"

"这是为什么呢？"张华丽插话说，她觉得奇怪才这么心急。

古敏说："鲁国庆也给我谈了这些，就是不知道你怎么会不同意呢？"

卢燕笑了笑，轻声说："我现在过得很好，也很安静，何必多此一举呢？"

"你认识有问题，绝不是多此一举。"张华丽说，"这样，你能得到相关福利，退休了还有退休金。"

"对，你一定还有其他原因。你能说来我们听听吗？"古敏接着张华丽的话，补充说道。

室内好一阵沉默，似乎心跳都能听见。过了一会儿，卢燕说道："古大哥，张老师，这几年我做护工，看了好多人和事，什么都看淡了。说实话，我现在也有不错的收入，我还买了退休保险，到时也有退休金领。"

"你还是说说实际怎么想的，好吗？"张华丽不相信她的话，特别是看淡了是什么意思，她无法理解。她要卢燕说，也是看看她的想法是什么。

“我护理过的病人，还有一些住院的病人中，有许多是当官的，有些是大老板。他们很风光，也很有钱。但是，他们生病了，一旦过去了，还不是与普通人一样了吗？我就常常想，只要生活能过得去就行了。只要自己愉快，身体好，就是最好的。其他的什么，都是可有可无。”

“你说的很有哲理，但是这不妨碍你们办手续啊。”古敏听了卢燕的话，认为她虽然没有高深的知识，但说的话有很深刻的道理，可是，他认为这不妨碍办手续，才这样提醒着她。

张华丽说：“你这个想法有些怪。”她说完，摇了摇头。

卢燕笑了笑，说：“我的想法一点不怪。人是要为自己活着，不是为了其他东西而活。为了这样或者那样，会让人看不起，被别人压制和指责，还不如什么都不管，什么都不想，只要开开心心过自己的日子，这样，自己好，别人也难对付你。一个人无论地位多低贱，多么的贫穷，只要不求于人，不欠别人什么，就能挺直身子生活，挺直身子做人。人地位低，并不代表他不要尊严。你们说，是不是这个道理？”

古敏理解了卢燕的意思，因为他在农村生活过许多年，人欺负人、人压制人的现象看得很多。她能说出这样的话，说明她也是经受过许多欺负、压制，才对此有了深刻体会。她不去办手续，也是在尊重自己。可能她对鲁国庆以前的做法还不能原谅，或者她又有了新的想法。于是，卢燕一边说，他一边不停地点头，表示赞同。张华丽生活在城市，也很少吃苦，便不能理解卢燕的意思。她表现出一脸的茫然，更无话可说。

卢燕说完了，立即引起了古敏的深思。他对卢燕更加理解，也更高看她。他认为卢燕的话很实际，却包含了深刻的道理。她能坦然生活，能真诚对人，也是她对人生的深刻理解在指导着她的行为。他知道卢燕还有许多话没有说出来，他也不想继续追问。他一向很尊重人，别人不愿意说的东西，必定有他不说的理由。如果不断追问，也是不尊重人的表现。因此，他只能在心里对鲁国庆说对不起，自己真的很难完成任务。

接下来，他们转换了话题。后来，张华丽说去弄饭，要留卢燕吃饭。卢燕说自己还有事需要去办，一定要走。卢燕出门的时候，还笑说让他们在一起吃饭。她说两人在一起吃饭，会比一个人吃饭香甜很多。

看着卢燕离去的背影，古敏在思考她最后说话的意思。他回过身来，看见张华丽的脸有些红晕。他正想说什么，突然，电话响起了。他接听后，才知道他儿子到他家来了，正在找他。于是，他只好匆匆离去。

古敏回到家里，却看见杨纯洁也在这里。他热情地向杨纯洁打招呼，在沙发上坐了下来。

古经先发问说："爸爸，你去哪里了？"

"我去你张阿姨那里，我们谈了一点事。"

"哦。你们谈什么呢？"古经很吃惊。

"还有卢燕，我们主要是谈卢燕的事。"

"卢阿姨有什么事吗？"

于是，古敏将鲁国庆求他的事和找卢燕谈话的事，都简要地告诉了两个年轻人。当然，谈话的结果如何，他没有说。

杨纯洁对卢燕与鲁昌盛同居的事是第一次听说，听说后便赞叹一句："这事多么好啊。既然都同居了，怎么又不愿意办手续呢？"

古敏只是笑了笑，没有立即回答她。过了一会儿，他说道："我也觉得奇怪。以前，是鲁国庆阻挡着不要他们办手续，那是没有办法。现在，没有了一点障碍，她反而不需要了。她拒绝鲁国庆的请求，可能有她的考虑。"

"她真的不应该拒绝。"杨纯洁说，仿佛有些失望。

"是呀，她不应该拒绝。"古经也补充了一句。

古敏想了想，说："人就是这样的，同样的一件事，不同角度的人，会有不同的看法和处理方法。特别是涉及利益的时候，不同的利益方，看法不同，处理方法也不同。这样，事情就变复杂了，更难回到原来的地方。可能是卢燕有些顾虑，才会这样处理。"

"她怕什么呢？"杨纯洁问。

"具体是什么，我也不能肯定。这种事，真的很难。"古敏说完，苦笑了笑。他的笑，也表示对杨纯洁的歉意，他真的不能帮她解答。

一时，没有人说话了，屋里一下安静了，他们都在想事情。

过了很久，古敏开口说道："难怪有一个作家会说，婚姻是一座围城，里面的人拼命想出来，外面的人却拼命想进去。"

"我不同意这种说法。"古经立即表态说。他笑了笑，继续说："无论他是作家，还是什么伟人，他的话都不能包罗万象。婚姻没有那么复杂，也更不会那么可怕。"

"我同意古经的说法，还有人说婚姻是甜蜜的，婚姻是美好的。"杨纯洁赞同道。他们有共同的目的，所以，观点是那么一致。

古敏也不是很赞成这作家的说法，只是临时想起，才如此说了出来。他对两个年轻人的说法如此一致，感觉有些奇怪，他沉思着，没有说话，更没有反驳。

过了一会儿，古经却说道："爸爸，我们今天想找你商量事情。"

"你们找我商量事？什么事？"随后，古敏拍了一下脑袋，说，"我怎么这样笨呢？还想过你们怎么会在这里等我，原来是要商量事。"

看着他的举动，杨纯洁露出了笑容。她说："古叔叔，你对自己要求太严了，谁都有转不过弯的时候。"

"对，可能是老了的原因。"

他的话，一下让两个年轻人笑了起来。

古经说："杨纯洁想找你谈谈她妈妈。"

"哦，好啊。"

杨纯洁笑笑，说："古叔叔，我想问你，你对我妈妈是怎么评价的？"

听她说自己对张华丽的评价，古敏认为太简单了。他想也没有想，说道："我对你妈妈的评价啊，就是一个'好'字。真的，她很好。"

"古叔叔，你能不能说具体点？"

"她有知识有能力，肯帮助人，而且对朋友很好。说实话，我还没有听谁说过她的不是。"因为古敏太了解她，所以，开口就说了出来。

听着古敏赞扬自己的妈妈，杨纯洁脸上露出了笑容。她还不满足，说道："古叔叔，你举一些例子呢？"

古敏以为杨纯洁没有在母亲身边，她想了解一些细致的东西，便说道："她对人好，喜欢帮助人，她就帮助过我不少。特别是古经妈妈生病期间，她为古经妈妈做过许多事。她善良，肯资助贫穷的学生。她退休了，还去当志愿者，她的同事、学生、朋友都很喜欢她。"

古敏停顿时，杨纯洁说道："那么说，你是她的朋友，也喜欢她吧。"

"对，我很喜欢她。"说出之后，古敏意识到了什么，便停顿了一下。但是，他知道自己的话没有说清楚，立即补充说："因为我们是朋友，是朋友间的友爱。"

他补充的话，让两个年轻人都笑了。他们为什么会发笑，古敏不知道，但他脸一下红了。

见状，杨纯洁说："古叔叔，你不用解释，我们知道。"

"对，对，是这样。"

"你知道不知道我妈妈怎么评价您？"

"她对我有评价，她怎么评价？"

"她说你很能吃苦，才能学习好，考上学校；你能吃苦，工作上才有大的成绩；你能吃苦，才能照顾好家人。她还说你各方面都很行，一般人不能做的，你都能做；一般人不会做的，你也很会做。”

“她简直把我说得太好了，我没有那么好。”古敏笑了。听了张华丽对自己的评价，他心里美滋滋的。

“她还说你也帮助她不少，特别是她车祸后，你为她做了许多事，还帮助她康复、锻炼。她说如果没有你，就没有她的现在。”杨纯洁一口气说下来，没有停顿。

“她言重了，我没有为她做什么。”古敏想了想，继续说，“我为她做一点事，也是真心，因为她也为我做过许多事。”

“古叔叔，你不用客气。我妈说你的好，我还没有完全说出来。”杨纯洁笑了起来，让古敏很不好意思。

他想都没有多想，便说道：“你妈妈更好，我比起她来，相差很远很远。”

这时，古经插话说：“你们都很优秀，不分上下。”

听了古经的话，大家都笑了。古敏没有争辩，气氛很热烈。大家都在想心事，屋里安静了。这时，古敏想到两个年轻人不会只是摆闲事吧。但他们想做什么，他真的猜不着。他又不能问，只能沉默着。

还是杨纯洁先说话了，她说：“你们都很优秀，而且彼此又那么了解，就不想更好一些吗？”

“当然可以更好一些，我尽量努力去做。”古敏没有细想杨纯洁话中的意思，表示着自己的态度。

“爸爸，杨纯洁不是这个意思。”

“那么，是什么意思？”

“她离母亲那么远，她母亲没有人照顾，她很不放心。”

“她完全可以放心，有我帮助她母亲，一切都没有问题。”

古敏说完，两个年轻人又开始笑了。古敏不知道自己的话有什么地方好笑，他们怎么那么爱笑呢？他有些莫名其妙，却不好意思问。

“古叔叔，你真单纯。”

“这与单纯有关系吗？”

“你就不可以多想点其他的，想更宽一点啊。”说完，杨纯洁笑了。

“我应该想些什么呢？”

古经说道：“我与杨纯洁商量过，认为你和她妈妈是好朋友，你们的关系如果能更进一步，就更加美满了。因为你们现在有这个条件，完全可以的啊。”

这下，古敏知道了是什么意思，他的脸一下红了。他不是没有想过这方面的问题，但也只是想想而已，现在，被两个年轻人一下子提了出来，他还真的不知道应该怎么回答。

“古叔叔，你表态啊?”

古敏沉默着，过了好久，他慎重地说：“我没有什么想法，反正就是过日子嘛。但是，不知道你妈妈是什么态度?”说完，古敏的脸红了，显得十分不安。

“你表了态，就好办了。”杨纯洁说道，然后笑了起来。

在两个年轻人的努力下，古敏和张华丽也在一起沟通了一番。最后，他们决定结合在一起生活，彼此都有照顾。他们的结合，很有基础，二人是朋友，并且相互帮助，相互爱慕，特别是家庭成员都很支持，这十分难得。以前，他俩都没有想过到了老年，还能从朋友做到家人。古敏仿佛做梦一般，几天以来，都很难静下心来。当然，张华丽单身那么多年，更没有想过还要和谁在一起生活。看来，这真是缘分。听说了他们的事，朋友们都很赞同，纷纷向他们表示祝贺。

由于杨纯洁很快要回去了，她想在离开前，为两位老人把事办了。两位老人认为一切从简，也没有什么要操办的。商量的结果，就照一张双人相，请家人和朋友吃饭，宣布二人的结合，便完成了。他们还商量，结合后就抽时间出去旅游，也算是旅行结婚吧。

在家人和朋友们的见证下，古敏和张华丽结合了。大家祝贺他们，气氛热烈而庄重。大家赞美二位老新人是郎才女貌，是幸福的一对。有人说他们是一对夕阳红，光彩照人。

两位情投意合的老人，开始了崭新的生活。

尾声

古敏与张华丽结合后，新房安置在张华丽家里。

不久的一天，张华丽对古敏说："古大哥，现在我们是一家人了，我想要对你说点什么，好吗?"

古敏想，你变得真客气，马上说："你什么都可以说，一点不要顾虑。"古敏望着她，笑眯眯的，期待着她要说的话。

"就是一个建议，建议而已。你的身体不是一个人的，当然，我的身体也不是一个人的。我们都要注意，保护好身体，那样，才能生活得更好。"

张华丽为什么要这样说，因为她是有深刻体会的。她想到自己车祸后，躺在床上，一动不能动，连吃东西都需要人喂。她那个时候就想，这下完了，她很是悲观。后来，在医生和护理人员的帮助下，她才看到了希望。特别是有了古敏的帮助，才让她慢慢恢复了行走的能力。她感激古敏，认为他是自己的恩人，加上他们原来就有许多共同之处，最后才走到了一起。她也看到许多老人由于身体的原因，生活质量下降，对亲人也是一种拖累。她不能对他讲得过细，只能点到为止。

"你说得很对，我十分赞同。"听了张华丽的话，古敏心上涌起一股暖流。自从前妻生病后，古敏就没有听见过这样关心体贴的话了。从那以后，都是他在管前妻的生活，穿衣、吃饭、休息。现在，突然听见有人关心自己的身体，他觉得很温馨。他感到有人管着日常生活，真的是一种福气。

"那么，我就继续说下去了。"她温柔地一笑，说，"以后要多锻炼身体，还要注意休息。"

古敏听出她话中有话，望着她只是笑。他知道自己平时一个人散漫惯了，特别是生活没有规律，身边多了一个人，是应该多注意。于是，他悄悄地将手上的烟熄灭掉。他说："你说得很对，我有不对的地方，你一定要指出来。"

她看见了古敏的动作，笑了一下。她说："我建议，小说可以慢慢写，太熬夜亏身体，生活习惯不好。"她没有指出古敏抽烟的事，她认为抽烟虽然对身体不好，但是管严了，却不一定有好效果。

张华丽如此说，古敏知道她指的什么。自己搞起写作的时候，有时想起了好的情节，就是睡下了，也会爬起来写下相关的内容，然后再入睡。自己这样做，肯定对身边人的休息也有影响。他没有说什么，但在心里告诫自己，以后一定要注意，因为自己身边多了一个人。想到这些，他笑着说：“我一定听从你的命令，慢慢改正。”

她抿一抿嘴，说：“古大哥，你说话真风趣。但是，我不是要指挥你，只是提建议。”

“建议比命令管事，你说是这样吗？”

“对，俗话说‘革命靠自觉’。”她说完笑了，古敏也跟着笑起来。

他们开始生活在一起，张华丽几乎不让古敏做家务事，包括弄饭等。古敏说她的身体还没有完全恢复，说让她少做事。她说古敏不会安排生活，他安排生活不科学。她除了安排正餐外，一会儿鸡蛋，一会儿牛奶，一会儿水果，仿佛整天的生活就是吃，弄得古敏都不习惯了。但是，为了顾她的面子，他还是多少都吃一点。当然，他们也没有忘记到外面散步。两人走着，谈着共同感兴趣的事，也很快乐。

这天，他们散步，在小区里遇上了姚大姐。她老远就开始招呼古敏，走近了，她也笑着向张华丽打招呼。姚大姐还是在忙着捡废品，身体还是那么硬朗。

“古大哥，张老师，你们两个散步啊。张老师，你的身体好了吧，你越来越漂亮了。”她还赞美了张华丽一句。

姚大姐的赞美，让张华丽脸上泛起了一丝红晕。她不好意思地说：“姚大姐，你真会说话。”

“谢谢你的关心，她好多了。”古敏也说了一句客气话。

“你会打扮，真的显得很年轻。”姚大姐笑着说。

张华丽只是望她笑一笑，没有说话。她与古敏结合后，真的注意起了打扮。姚大姐的话提醒了古敏，他也觉得张华丽更好看了，就是不知道原因。她这么一说，古敏才知道原来是打扮的功劳。

“你和古大哥都是好人，一定会没有事的。俗话说，好人有好报。”姚大姐又回到了原题，说着自己的看法。

古敏笑着说：“你说得真好。你也是一个好人，所以，你的身体那么好。”

姚大姐笑了，说：“你不知道，我这是贱命，不能耍的命。如果耍起的话，会觉得浑身不舒服，好像有病了。”

她说的话，让大家都笑了。她要急着去捡废品，就告辞走了。看着姚大姐离去的背影，古敏心想，以前在农村经常听老人这样说话，说人不干活就会生病。现在听见姚大姐如此说，引起了他的思考。他知道这是勤快人的口头禅，是用来堵别人嘴巴的话。捡废品也没有什么丢人的，变废为宝也是好事啊。她这样活动得多，还真的很有利于身体。她这样生活，也是一种乐趣吧。古敏联系自己看到的，他想姚大姐的话有道理。因为勤快，人活动得不错，身体自然好了许多。

他还想起了前妻，退休后不久就生病，以后的日子过得很艰难，也没有了质量。有许多的人都如此，进入老年，身体就会出问题。这让古敏体会到，身体好才是硬道理。

人到了老年，应该怎么生活呢？他在心里问自己。

有陈萍那种生活，就是继续干事业。当然，做事业，也不忘社会责任，回报社会。

还有就是像张华丽以前那样，去当志愿者。这样既能发挥特长，发挥余热，又不会因寂寞而苦恼。现在，张华丽虽然不能去当志愿者了，但杨青又接着去干，这也是受到她的影响的好结果啊。

由此，他想到了刘高昂同学。他退休后去了补习学校，也是发挥自己的特长。虽然找了许多钱，却早早地病逝。古敏想，他一定是累死的，他岁数大了，怎么还能承担起比正业还重的工作量呢？这样的话，不但身体吃不消，还失去了许多老人应做的事情，失去老年人的乐趣，失去老年人的人情和亲情。总之，古敏觉得他不应该选择如此的退休生活。想到这里，古敏心里隐隐作痛。说真的，虽然许多同学看不起刘高昂，古敏却很理解他。刘高昂一定有自己的难处，很多都是身不由己造成的。所以，他才疏远了同学，顾不了人情世故以至于他还疏远了亲情吧。

古敏很满意自己的老年生活，尽自己的能力，做自己喜欢的事。而且这样的事对自己有利，对社会有利，还不会伤害别人。他想，以后与张华丽去旅游，游山玩水，还要写许多诗和散文，丰富自己的写作。想到这里，他轻松了许多，心里涌起了一股暖流。他觉得自己太幸福了，日子过得很美好。

古敏想了那么多，他得出了结论。他认为人到老年，不能没有事做，那样对身体不好。但是，该怎么做事，是值得考虑和选择的。

由老年人做事，古敏想到了老年人的婚姻。杨青与凌子美到了老年，婚姻不和谐。因此，生活也不是那么舒心。最后，导致相互伤害，家庭关系十分紧张。

卢燕与鲁昌盛虽然是同居，但他们能相互理解，相互帮助。他们感情和谐，生活也很满意。他们虽然没有高的社会地位，没有高的收入，但是他们觉得满意，就是最好的老年生活。

古敏又想到了周一平，他单身一人，到了老年还是很苦的。他没有什么事干，难免会做一些不正常的事。因此，他差一点给自己惹来灾难。现在，他在福利院生活，有了一些老人陪伴，生活质量好多了，他也很幸运。古敏想，有了社会的关注，有了国家的关怀，老年人的生活一定会更好。

老年人的生活，老年人的婚姻，看来不是一件小事。因此，值得大家去关注，更值得去探讨，找到一些很好的老年人的生活方式。

古敏在想心事，脚步自然慢了下来。听见张华丽喊他，抬头一望，他才知道落下了很远。古敏急步朝她走去。看见他慌张走拢的样子，她笑了，还伸手去接住他。于是，他们便这样手拉手，走回了家。

回到家里，古敏突然有了灵感，他急忙摊开稿纸，写起诗来。

人生的思考

人生是那么的短暂，
许多事都值得思量。
生命中的条条道路，
全靠自己努力开创。
须时刻保持着清醒，
看清前方而不迷茫。
路途有困惑与险阻，
要有勇气冲关闯荡。
人生不怕艰辛苦难，
有了奋斗才知馨香。
人心难免产生险恶，
要多多保留着善良。
人可能会获取许多，
为之付出会更荣光。

只要心中未有黑暗，
眼前就是一片敞亮。
人生有一定的目标，
美好的都值得奔忙。
人生有灿烂的朝霞，
也有闪耀着的夕阳。
拥有着美好的理想，
就有了前进的力量。
抛弃一切杂念烦恼，
自由畅快地去远航。

几天后，古敏接到了陈萍的电话。她特意邀请古敏与张华丽去玩，同时看看周一平。然后，两家人结伴旅游。古敏知道陈萍的心意，他十分感激。对她的安排，他欣然接受。想到陈萍，古敏想到了他们的友谊。他们总是相互关心，相互帮助，默默地关注着对方。这样的友谊是那么深情，这样的友谊是那么纯洁，这样的友谊给人无限力量。

陈萍提到周一平，古敏才想起了问周一平的现状。陈萍告诉他，说周一平在那里生活得很好。她还说周一平很受欢迎，大家对他评价很高。听说自己的老朋友受欢迎，生活很好，古敏高兴极了。他似乎觉得陈萍话中有话，便反问她是不是真的。陈萍认真地告诉古敏，说这不但是真的，而且还有比这更好的事都说不定。古敏问是什么更好的事，她不告诉古敏，只是说他去了那里，自己就能看到。陈萍的话，留有悬念，让古敏更加向往。

过几天，古敏就要与张华丽出远门旅游了。古敏与陈萍约定两家人一起去游三峡，领略三峡的壮观。他们还要去上海，看这世界级大都市的繁华。古敏早就想去旅游了，只是被很多事耽误，才等到如今。他想想就兴奋，他多么向往远方啊。

其间，他和张华丽去了一趟天铧小学。他们办了一件有意义的事，就是他们以张华丽和古敏亡妻的名义，共同捐了一笔钱做奖学基金。因为她们都是教师，对教师和学生都有深厚的感情。她们不能为教育出力了，想以此方式表达一点心意，也连接着教育这条线。当地政府和学校热情地接待了他们，还表示一定会使用好基金，把当地的教育搞得更好。

他们回到城里，下了公交车，古敏看见对面的山顶有一轮红红的太阳在闪耀。这就是所谓的夕阳，无比美妙的夕阳。它快要下山了，却还要把最后的美好奉献给人间。古敏看着夕阳，目不转睛。他想，太阳有了美好的朝霞，才能有火红的一天，夕阳才会无比灿烂。人，不也是这样的吗？

古敏站在那里，一动不动。他在欣赏美景，还是在沉思？过了一会儿，他心里涌起暖流，似乎领悟到了什么。他想，将美好的夕阳比作人的老年，是每个人的向往。夕阳何处，是每个老人的选择，需靠自己去努力实现。他欣赏着夕阳，心里有了新的感触。他的心向往着远方，还期待着很多的美好。

欣赏夕阳很甜美，夕阳有人欣赏才更美。

2021 年 1 月 1 日—2 月 21 日草就于成都龙泉驿。

2021 年 2 月 22 日—2021 年 9 月 16 日修改打字，是为第一稿。

2021 年 10 月 19 日校正定稿。

2022 年 2 月 26 日—3 月 8 日再次修订。